SERENA KENT

Mord auf Provenzalisch

Weitere Titel von Serena Kent:

Tod in Saint Merlot

Über die Autoren:

Serena Kent ist das Pseudonym des Autorenehepaars Deborah Lawrenson und Robert Rees. Deborah wuchs in Kuwait, China, Belgien, Luxemburg und Singapur auf. Sie studierte am Trinity College in Cambridge und arbeitete als Journalistin für verschiedene Zeitungen, u. a. für *The Daily Mail*, *Mail on Sunday* und *Woman's Journal*. Sie hat bereits acht Romane veröffentlicht, die in zwölf Sprachen übersetzt wurden. Robert studierte erst am Eton College, anschließend ebenfalls am Trinity College in Cambridge. Nach einer Karriere als Banker beschloss er, sich seiner Leidenschaft, der Musik, zu widmen. Heute komponiert und dirigiert er Musik für Theaterstücke. Das Ehepaar lebt gemeinsam mit Tochter Madeleine in Kent. Seit etwa zehn Jahren besitzen sie zudem einen alten Hof an den Hängen des Luberon in der Provence, den sie selbst renoviert haben.

SERENA KENT

MORD AUF PROVENZALISCH

Ein Provence-Krimi

Aus dem Englischen von
Diana Menschig

lübbe

Dieser Titel ist auch als Hörbuch und E-Book erschienen

FSC
www.fsc.org
MIX
Papier aus verantwortungsvollen Quellen
FSC® C014496

Vollständige Taschenbuchausgabe

Deutsche Erstausgabe

Für die Originalausgabe:

Titel der englischen Originalausgabe: »Death in Avignon«
Originalverlag: HarperCollins Publishers, New York

Für die deutschsprachige Ausgabe:

Textredaktion: Frank Weinreich, Bochum
Umschlaggestaltung: Massimo Peter-Bille
unter Verwendung einer Illustration von © ER_09/shutterstock
Satz: hanseatenSatz-bremen, Bremen
Gesetzt aus der Adobe Garamond Pro
Druck und Verarbeitung: GGP Media GmbH, Pößneck
Printed in Germany
ISBN 978-3-404-18443-9

5 4 3 2 1

Sie finden uns im Internet unter: www.luebbe.de
Bitte beachten Sie auch: www.lesejury.de

1

Es war ein herrlicher Morgen Ende Oktober. Unter dem saphirblauen Himmel erstreckte sich der wellige Bergrücken des Luberon bis ins Tal, wo sich die Wärme des Sommers noch hielt. Eine ungeheure Stille, einer Kathedrale gleich, lag über den fernen Hügeln.

Auf der Terrasse von *Le Chant d'Eau* atmete Penelope Kite tief ein und strich dann mit dem Bogen über die Saiten ihres Cellos. Der erste Ton war ein Grollen, gefolgt von einem tiefen Brummen. Dann wurde sie mutiger, und der Ton gewann an Klarheit.

Wie immer beruhigte sie die Musik. Dabei war ihre innere Unruhe heute gar nicht so schlimm, verglichen mit den ersten Wochen in St Merlot, als sie sich vorgekommen war wie ein Vulkan, der in der Augusthitze ausbrach. Es war erstaunlich, wie schnell sie sich in der kurzen Zeit eingelebt hatte. Der heruntergekommene alte Bauernhof war neu verputzt und frisch getüncht, die elektrischen Leitungen erneuert worden. Vor Kurzem war dann noch ein großer Holzofen geliefert worden, und bald würde sie über zwei neue Badezimmer verfügen.

Und was noch schöner war: Sie hatte Freundschaften geschlossen. Sie konnte es kaum noch erwarten, heute Abend den Bürgermeister von St Merlot zum Essen treffen. Diesen charmanten Laurent Millais, der noch dazu so gut aussah, dass einem die Knie weich wurden. *Das dritte Mal bringt Glück,* hoffte sie. Bedauerlicherweise war bisher immer etwas dazwischengekommen.

Dieses Mal schien es gut zu gehen. Er hatte angerufen und die Verabredung bestätigt. Zuerst wollten sie die Eröffnung einer Kunstausstellung in Avignon besuchen, und danach im La Coquillade in Gargas zu Abend essen. Das La Coquillade war ein sehr feines Restaurant und Boutique-Hotel, das inmitten von Olivenbäumen, Teichen und Weingärten lag und für seine romantische Atmosphäre bekannt war. Penelope wurde ganz aufgeregt, dann rief sie sich selbst zur Ordnung. Laurent hielt einfach nur ein Versprechen, das er ihr gegeben hatte, um die Aufklärung der beiden Morde zu feiern, die sich kurz nach ihrer Ankunft im Luberon-Tal ereignet hatten. Kein Grund, sich so zum Narren zu machen.

Sie sollte sich auf die Musik konzentrieren.

Sie kämpfte gerade mit einer besonders teuflischen Passage, als das vertraute Geräusch von Autoreifen auf Schotter unerwarteten Besuch ankündigte. Kies spritzte zu allen Seiten, während das Auto über die Zufahrt rumpelte und dann mit quietschenden Bremsen zum Stehen kam, ein Geräusch, das weit jenseits der Schmerzgrenze lag.

Penelope wusste sofort, wer das war, und spielte weiter, bis sie das unverkennbare Klackern von Stilettos auf Steinfliesen hörte.

»*Coucou*, Penny!«

»*Bonjour*, Clémence.«

Clémence Valencourt erschien auf der Terrasse. Sie trug eine wundervolle kurzgeschnittene schwarze Jeans mit einem weißen Seidentop, unter dem sich nicht einmal die Ahnung eines Bauches abzeichnete, wie das in reiferem Alter eigentlich üblich war. Ein Anblick, von dem Penelope nur träumen konnte. Schleifen aus vergoldeten Kostümperlen wurden von einer Jacke gekrönt, die aussah wie von Chanel – und es vermutlich auch wirklich war. Die kleine Pariserin lächelte und zeigte dabei perfekte weiße Zähne. »Das war sehr gut, Penny. Das kenne ich – Rachmaninow? Bitte spiel weiter!«

»Also gut, wenn es dir nichts ausmacht, würde ich gern diese Passage zu Ende üben. Sie ist ein bisschen anspruchsvoll, aber ich habe es fast hinbekommen.«

»*Impecable*. Du spielst zu Ende, und ich werde zuhören und uns einen Kaffee kochen.«

Penelope spielte die schwierige Passage noch einige Male, bis der Kaffeeduft zu verführerisch wurde, als dass sie ihn weiter ignorieren konnte.

Clémence brachte zwei Becher nach draußen, und sie setzten sich einträchtig an den weißen Kaffeetisch, der neben einem Olivenbaum in einem verzinkten Pflanzkübel stand. *Die reine Freude,* dachte Penelope, während sie ihr Gesicht der Sonne zuwandte. Es war so großartig, die Luft war immer noch warm genug, dass man mitten im Herbst draußen sitzen konnte.

»Penny, ich wusste gar nicht, wie gut du spielst. Du hältst noch einige Überraschungen für uns parat, *n'est-ce pas?*«

Penelope nahm das Kompliment gern an – erst recht von dieser schicken, kultivierten Frau, die eine so unerwartete Verbündete geworden war. »Na ja, ich war früher sogar viel besser, aber das wird schon wieder. Es braucht seine Zeit. Und genau diese Zeit habe ich jetzt. Ich habe mich so lange nach dieser Möglichkeit gesehnt, meine Interessen wieder aufzunehmen. Musik. Gartenarbeit. Vielleicht sogar ein wenig Malerei. Wobei ich nicht mehr gemalt habe, seitdem ich geheiratet habe.«

»Ja, Penny, wir sind alle besser dran, *sans* Ehemann.«

Penelope reizte es, sie nach Monsieur Valencourt auszufragen, der so oft unterwegs zu sein schien, aber Clémence fuhr fort, ohne auch nur Luft zu holen. »Eine Malerin bist du auch noch? *Mon dieu*, was für ein Multitalent ist hier nach St Merlot gekommen!«

Penelope war sich nie sicher, wann die Französin sich über sie lustig machte. »Ich würde nicht behaupten, dass ich eine Malerin bin. Aber ich wollte es immer vernünftig lernen, und dies scheint der perfekte Ort dafür zu sein.«

»Ja, Penny, es ist das Licht. Seit Jahrhunderten kommen Malerinnen und Maler deswegen in die Provence.«

Penelope zögerte, obwohl sie wusste, dass es besser wäre, sie sagte es jetzt, als dass Clémence es auf anderen Wegen herausfand. »Laurent nimmt mich heute Abend mit auf eine Ausstellung.«

Clémence versteifte sich ein wenig. Sie blickte Penelope mit großen Augen hinter einer perfekt frisierten blonden Haarmähne an. »Heute Abend … in Avignon?«

Als Immobilienmaklerin im gehobeneren Preissegment unterhielt Clémence ein weitgespanntes Netzwerk.

»Ich glaube schon. Er will einen Freund unterstützen – die Presse wird auch da sein. Er liebt es, wenn *La Provence* ihn erwähnt, oder nicht?«

»Er legt es in letzter Zeit sehr darauf an, in der Öffentlichkeit zu stehen, das stimmt. Er wird die neue Ausstellung in der Galerie Gilles de Bourdan eröffnen. Ich habe gehört, dass Nicolas Versanne dort ein paar neue Bilder zeigen wird. Erinnerst du dich an Nicolas und Claudine Versanne? Du hast sie auf Laurents Dinnerparty getroffen. Claudine ist Direktorin im Museum für Ockerfarben in Roussillon. Was für eine hübsche Idee, dich auch mitzunehmen.«

»Auch?« Penelope wurde misstrauisch. »Kommst du etwa auch?«

»Könnte sein, dass ich vorbeischaue.«

Penelope sah schon, wie das vertrauliche *Tête-à-Tête* mit

dem gut aussehenden Bürgermeister wieder in weite Ferne rückte. Sie war sich stets unsicher über den aktuellen Status dieser komplizierten Beziehung zwischen Clémence und ihm. Anfang des Jahres hatten sie eine Affäre gehabt, und vielleicht war es nicht die einzige, doch das schien vorbei zu sein. Penelope hatte in dieser Hinsicht selbst sehr gemischte Gefühle, um es vorsichtig auszudrücken.

»Es ist nur die Einladung, die er mir vor Wochen versprochen hat. Du weißt schon, nach all diesen … Unannehmlichkeiten hier im Dorf. Eigentlich wollten wir letzte Woche bereits ausgehen, aber dann hatte einer seiner Freunde ein Problem, sodass er abgesagt hat. Es ist wirklich nett, dass er sein Wort hält.«

»Ich sollte dich Freunden vorstellen, die auch Musik mögen.« Clémence schien noch nicht am Ende ihrer Möglichkeiten angelangt zu sein, wenn es darum ging, Penelopes Bekanntenkreis zu erweitern. »Sie machen gemeinsam Musik und sind ständig auf der Suche nach neuen Leuten. Sie treten ab und zu im Luberon auf. Hättest du nicht Lust, mitzumachen?«

Penelope hatte solche Auftritte immer schon geliebt. Sie stand gern im Rampenlicht und war süchtig nach dem aufregenden Gefühl, das sie auf einer Bühne überkam. Es war eines der Dinge, die sie am meisten während ihres spießbürgerlichen Lebens in England vermisst hatte. Die Vorstellung, mit einer Gruppe in Frankreich aufzutreten, begeisterte sie sofort.

»Das wäre großartig. Ich würde sie gern kennenlernen und hören, wie sie spielen.«

»Du hast Glück, Penny, sie geben in ein paar Wochen ein Konzert in Viens. Warum kommst du nicht mit dorthin?«

Viens lag etwa fünfzehn Kilometer weit entfernt. Dort lebten die Valencourts in einem prunkvollen palastartigen Haus mit Marmortreppen, mittelalterlichen Steinverzierungen und Wänden voller Wappen alter Adelsfamilien. Bisher hatte Penelope Monsieur Valencourt noch nicht getroffen, und jetzt fiel ihr auf, dass sie nicht einmal seinen Vornamen kannte. Vielleicht würde er da sein. Penelope war fürchterlich neugierig, aber Clémence hatte die Angewohnheit, alle direkten Fragen zu ignorieren.

»Das ist wirklich freundlich. Das würde ich gern tun«, sagte Penelope deshalb nur. Manchmal konnte sie sich selbst nicht erklären, warum sie so misstrauisch war, wenn Clémence sich so spröde verhielt. Sie hatte das Herz auf dem rechten Fleck. Es waren nur ein paar Morde nötig gewesen, um das herauszufinden – eine Möglichkeit, die zugegebenermaßen nicht jeder hatte.

»Ach, übrigens«, Clémence runzelte die Stirn, »was wirst du anziehen?«

Penelope betrachtete ihr altes Kleid von Laura Ashley und die Strickjacke, die bequemen Segeltuchschuhe und die nackten stacheligen Beine, die sie später noch rasieren wollte. »Ich hatte keinen Besuch erwartet.«

Ihre ehemalige Immobilienmaklerin verzog das Gesicht zu einer schmerzerfüllten Grimasse, die nichts anderes hieß, als dass jede Französin, die etwas auf sich hielt, zu allen Zeiten Besuch erwartete und entsprechend aussah.

Penelope hatte sich inzwischen daran gewöhnt. Zu Beginn hatte der Unterschied zwischen der Engländerin und der Französin, beide nicht mehr ganz jung, ihr freundschaftliches Verhältnis zueinander bestimmt. Es ging ganz selbstverständlich damit weiter, dass die Engländerin in Bezug auf Mode hoffnungslos unterlegen war und ihren Platz kannte. Doch im Laufe der Zeit hatte sie dazugelernt. Und inzwischen war es einige Wochen her, seit sie das letzte Croissant zum Frühstück gegessen hatte, geschweige denn zwei.

Nun hörte sie brav zu, als Clémence ihr erklärte, dass ein gut geschnittenes, schwarzes Kleid immer angemessen war, um sich in der Kunstszene zu bewegen. Im Gegenzug gab Penelope ihr Ratschläge, als es darum ging, wie man Werbung für Immobilien in der britischen Presse platzieren könnte. Schließlich notierte sie das Datum des Konzerts in Viens in ihrem Terminkalender.

Nachdem Clémence gegangen war, versuchte Penelope, sich wieder auf Rachmaninow zu konzentrieren, doch der Funke sprang nicht über. Auch ihre widerstreitenden Gefühle ließen sich nicht beruhigen. So sehr sie Clémence auch mochte, fühlte sie sich in ihrer Gegenwart doch immer minderwertig. Nicht nur an dem alten, zerfallenen Bauernhaus, auch an ihrer eigenen Person gab es noch großes Verbesserungspotenzial.

Letztes Jahr um die gleiche Zeit hatte sie noch als eine gelangweilte, geschiedene Frau mittleren Alters in Esher gelebt, deren Existenz von der Familie als selbstverständlich hingenommen wurde. Eine Frau, die ihre Arbeit vermisste, nachdem sie gekündigt hatte, weil ihr Chef sich in den Ruhestand verabschiedete. Zugegeben, ihr Leben in der Provence begann wie ein Alptraum, weil eine Leiche in ihrem Swimmingpool schwamm. Doch auf diese Weise hatte sie Dinge über St Merlots Vergangenheit herausgefunden, von denen sie sonst niemals erfahren hätte. Es war vielleicht nicht gerade der beste Weg gewesen, um sich als *Femme fatale* zu etablieren, doch sie hatte einige interessante Freundschaften geschlossen, nicht zuletzt mit dem Bürgermeister.

Bei dem Gedanken an ihn lief sie die Treppen hinauf, um in ihrem Kleiderschrank nach einem gut geschnittenen, schwarzen Kleid zu suchen.

Der Stapel mit Kleidung, die nicht infrage kam, wurde immer größer.

Nachdem sie ein letztes Mal vergeblich herumgewühlt hatte, ließ sie sich auf das Bett fallen und nahm ihr iPad. Sie überflog die Überschriften von erwartbar deprimierenden Meldungen beim *Daily Telegraph* online und konnte nicht widerstehen, irgendeinen Unsinn darüber zu lesen, was ein runder Geburtstag für den Kleiderschrank bedeuten sollte. Penelope mochte schon dieses »sollte« nicht.

Das war einer dieser Gründe, warum sie glücklich darüber war, Surrey verlassen zu haben. All diese Forderungen der englischen Mittelklasse. Tu dies. Tu das. Geh in dieses Restaurant. Iss Grünkohl. Lies dieses Buch. Und jetzt noch: Trag diese Kleidung.

Für diejenigen, die fünfzig geworden waren, blieb nur, sich auf den gesunden Menschenverstand zu verlassen. Stilikone Inès de la Fressange riet dazu, sich eher sinnlich als sexy zu geben, weil dies »stärker« sei. Begleitet wurde die kryptische Aussage von der Liste der Dinge, die es zu vermeiden galt: glitzernde Blousons, bestickte Röhrenjeans und hohe Stilettos. Nichts davon hätte Penelope jemals in Betracht gezogen, für sich zu kaufen.

Zurück im Erdgeschoss goss sie sich erst einmal eine starke Tasse britischen Tees auf. Dabei wunderte sie sich, dass sie sich benahm wie ein Teenager, der versuchte, sich vor dem ersten Date zu beruhigen. Vor allem, da doch alle Hoffnung sinnlos war. Sie spielte nicht einmal annähernd in Laurent Millais' Liga.

2

Schlag sechs fuhr Laurent in seinem blauen Mercedes vor. Der Farbton passte perfekt zu seinen Augen. Penelope hegte den starken Verdacht, dass es sich hierbei nicht um einen glücklichen Zufall handelte.

»Du siehst sehr elegant aus«, begrüßte er sie.

Letzten Endes hatte sie sich für eine schlichte (und figurschmeichelnde) Kombination entschieden: ein lockeres schwarzes Seidentop zu einer kurzgeschnittenen schwarzen Jeans und Schuhen mit hohen Absätzen. »Danke sehr. Du ebenfalls.«

In seinem lässigen schwarzen Leinenanzug und einem hellblauen T-Shirt sah Laurent einfach umwerfend aus. Der lange provenzalische Sommer hatte sonnengebleichte Strähnen im glatten, honigfarbenen Haar hinterlassen. Für einen Engländer in seinem Alter wäre es zu lang, doch für Monsieur Millais war es perfekt, denn es betonte seine wundervollen Wangenknochen, die klassische Form der Nase und seinen glatten gebräunten Teint.

Er beugte sich zu ihr, um sie dreimal auf die Wangen zu küssen, links-rechts-links. Penelope hoffte, dass sie sich nicht blamierte, indem sie rot anlief, weil eine heiße Woge sie durchströmte, als seine Lippen ihre Haut streiften. Sie roch den herben Zitronenduft seines Rasierwassers.

»Ich werde wie ein englischer Gentleman fahren, nicht zu schnell.« Er öffnete ihr die Beifahrertür. »Ich weiß, dass du es nicht magst, wie wir alle so um die Kurven rasen.«

»Das wäre äußerst zuvorkommend.«

Wie versprochen fuhren sie erfreulich gemächlich die Hauptstraße entlang durch das Tal, ohne dass ein nervöses Umklammern des Türgriffs oder der Versuch, eine imaginäre Bremse zu treten, nötig geworden wäre, wie das bei einer Fahrt mit Clémence üblich war.

Während sie die nahezu leere Straße entlangfuhren, vorbei an Aprikosenbaumplantagen mit leuchtend roten Blättern und verträumten Lavendelfeldern in Samtgrau, plauderte Laurent über die dörflichen Angelegenheiten von St Merlot. Dabei ging es vor allem um die schwerwiegenderen Probleme, wie die enttäuschende Qualität der Wildschweinpastete in der *Épicerie-Fruiterie* oder die Frage, ob die Boulekugeln der lokalen *Pétanque*-Mannschaft von der Gemeinde bezahlt werden sollten.

»Natürlich ist das eher eine symbolische Unterstützung. Ich bezweifle, dass Geld, das wir den Spielern zukommen lassen, es weiter als bis in die Bar schafft. Keiner von denen hat die Absicht, Boulekugeln zu ersetzen, mit denen sie seit Jahrzehnten spielen.«

»Wie steht es um die Planungen mit dem Priorat?«, fragte Penelope.

Laurent war Mitglied eines Konsortiums, das ein verlassenes mittelalterliches Nonnenkloster, *Le Prieuré des Gentilles Merlotiennes*, in ein Luxushotel umbauen wollte. Ein Grundgedanke war, so viele natürlich angebaute regionale Kräuter wie möglich in den Anwendungen und Produkten zu verwenden. Penelope war sogar gefragt worden, ob sie sich vorstellen könne, auf einem Teil ihres Grundstücks Lavendel anzubauen und beizusteuern. Sie freute sich schon jetzt auf ihre erste Aromatherapie-Sitzung.

»Es bewegt sich alles in die richtige Richtung. Sämtliche

Genehmigungen liegen vor, die Verträge mit der Baufirma sind unterschrieben. Die Architekten hoffen, bald mit der Arbeit zu beginnen, solange das Wetter noch mitspielt.«

An diesem Oktoberabend stand die Sonne immer noch hoch über dem klaren provenzalischen Himmel. Sie fuhren mitten in sein rosafarbenes Herz.

»Du meinst, wenn ein paar Wolken diesen endlos blauen Himmel trüben.« Penelope amüsierte sich immer noch sehr darüber, wenn die Franzosen hier im Süden verwirrt in den Himmel schauten, sobald ein paar Wolken aufzogen und die Temperatur sank, und dabei düster brummten: »*C'est pas normal.*«

»Warte nur. Du hast den Winter im Luberon noch nicht erlebt, oder?«

»Nein, aber das kann unmöglich so schlimm sein wie der nasskalte graue englische Winter. Der ist so endlos und feucht, dass auf unseren Mänteln das Moos wächst.«

»Moos? Wirklich?«

»Oh ja.« Penelope blieb ganz ernst. »Britische Mäntel werden auf eine ganz besondere Weise imprägniert.« Sie wartete, bis sein Schaudern nachließ, und lächelte dann. »Nein, natürlich nicht! Aber es fühlt sich so an. Als würde diese Feuchtigkeit wie ein Gewicht auf dir liegen. Und immerhin scheint hier stets die Sonne, auch wenn es kalt ist.«

»Das stimmt. Aber warte, bis der Mistral kommt. Der Wind heult Tag und Nacht, fegt die Rhône hinunter nach Süden. Das kann Leute verrückt machen.«

Zügig bogen sie in die Auffahrt einer zweispurigen Straße ein. Olivenhaine und große Zypressen hoben sich still vor der spektakulären Bergkulisse ab, während sie das Tal nach Westen in Richtung der großartigen mittelalterlichen Kulisse von Avignon durchquerten.

»Das wäre für mich kein großer Unterschied. Ihr denkt doch sowieso alle schon, dass ich verrückt bin.«

»Nicht verrückt, nur anders.«

Penelope hoffte, dass sie die Gelegenheit bekam, mehr darüber herauszufinden, was Laurent über sie dachte, doch der hatte bereits das Thema gewechselt und sprach über Avignon. »Außerhalb der Saison ist es hinreißend, Penny, du wirst es lieben. Im Sommer ist es schrecklich. Überfüllt mit Touristen, heiß, Studenten an jeder Ecke, die sich für Bob Dylan halten. Oder für Marcel Marceau, wie er pantomimisch einen Baum darstellt.«

»Aber nur während des Festivals, nehme ich an.« Penelope war erst nach dem berühmten Avignon-Festival in die Provence gekommen und stellte es sich wie Edinburgh vor, nur ohne die bedrückenden schottischen Gemäuer und den Regen.

»Du wirst dich wundern. Alle wollen dem künstlerischen Ruf der Stadt gerecht werden.«

»Ich kann's kaum erwarten.«

Die Galerie Gilles de Bourdan lag auf der Rue des Teinturiers, eine von Bäumen gesäumte pittoreske Kopfsteinpflasterstraße innerhalb der gewaltigen Stadtmauern. Ein kleiner Kanal floss am Rand entlang. Einige Wassermühlen zeugten vom industriellen Erbe der Färber, die einst in dieser Gegend arbeiteten. Penelope freute sich diebisch, als sie mit Laurent die Galerie betrat und die neidischen Blicke der anderen Frauen bemerkte. Aber der Moment ging schnell vorüber. Sofort wurde der Mann von so vielen Leuten belagert, dass er in der Menge regelrecht verschwand und Penelope wie ein Rugbyball Stück für Stück weitergegeben wurde, bis sie am Rand stand. Während ein junger Kellner mit Brille und einem langen geflochtenen Bart ihr ein Glas Rosé reichte, schaute sie sich nach den Canapés um.

Die Ausstellung war im hinteren Bereich der Galerie, in einem modernen, zweckmäßigen Anbau gelegen. Der helle luftige Bereich war in vier Räume unterteilt, die je einem der sehr unterschiedlichen Maler gewidmet waren, darunter Nicolas Versanne. Dem Katalog zufolge reichten die ausgestellten Werke »vom Konzeptuellen bis zum Figürlichen und liefern eine Erzählung differierendender Interpretationen, von Schwarz bis Weiß, von Verzweiflung bis Hochgefühl«. Penelope unterdrückte ein amüsiertes Lachen. Warum mussten die Franzosen immer alles so prätentiös ausdrücken?

Sie schaute sich nach Nicolas und seiner Frau Claudine um. Sie hatte die beiden von Laurents Dinnerparty noch in guter Erinnerung. Die Ausstellung war bereits gut besucht, das Publikum eine Mischung aus gut gekleideten Leuten mittleren Alters, Jüngeren ganz in Schwarz sowie einer beachtlichen Anzahl an selbstbewussten Künstlerinnen und Künstlern in exzentrischer Kleidung. Eine Frau trug einen Catsuit mit Leopardenmuster unter einem knallpinken Mantel. Was gut ausgesehen hätte, wenn sie auf der anderen Seite der Siebzig gestanden hätte. Eine andere ältere Blondine in einem weißen Minikleid drückte einen Mops an ihre Brust. Für einen Moment fragte Penelope sich, ob sie hier Brigitte Bardot vor sich sah.

Es gab viel zu sehen, während sie so allein umherbummelte. Sie würde später beim Abendessen mit Laurent einiges zu erzählen haben und freute sich schon darauf.

Sie betrat Raum eins und fand sich vor einer Reihe an Seilen hängenden grüner Flaschen wieder, aus denen rote Farbe zu Boden tropfte. Gegenüber befand sich eine große Tuba, aus deren Trichter es qualmte. Ziemlich verwirrt las Penelope den Titel: *Der Preis des Krieges*. Der Preis dieser rätselhaften

Kunstinstallation von Nina Chiroubles betrug dreißigtausend Euro. Fassungslos betrachtete Penelope einen Haufen gebrauchter Konserven (*Der Westen*, fünfundzwanzigtausend Euro) und ging weiter zu einem dreidimensionalen Ausstellungsstück, das mittels einer Halterung an der Wand befestigt war. Bei näherer Betrachtung entpuppte es sich als der zur Galerie gehörende Defibrillator.

Eine Frau (nicht sehr viel jünger als Penelope) in violetten Leggings und Minikleid mit türkisfarbenem Haar, dessen Schnitt an einen Nymphensittich erinnerte, hatte einen kleinen, ängstlich dreinblickenden Mann in eine Ecke gedrängt. Sie stach mit einem schwarzlackierten Fingernagel nach ihm. Die Worte »Kampf« und »fortschrittlich« flogen dem Armen um die Ohren.

Diese moderne Kunst ist doch ein einziger großer Betrug, dachte Penelope. Sie ging durch die nächste Tür und hoffte wider besseres Wissen dahinter auf ein Kunstwerk, das sich wenigstens einen kleinen Bezug zur Realität bewahrt hatte.

Dieser Raum war voller großer, meist einfach nur schwarzer Leinwände, die in fluoreszierendem Gelb mit *Scarpio* signiert waren. Sie wiesen unterschiedliche Größen auf, die von einem kleinen Quadrat in einem verzierten Goldrahmen bis zu einer riesigen rahmenlosen Leinwand reichten, die über ihrem Kopf drohte. Penelope schielte auf den Titel, *Studie in Schwarz VI*. Kostenpunkt: günstige zehntausend Euro.

Während sie die Menge betrachtete, die sich kaum für diesen Raum zu interessieren schien, fiel ihr Blick auf einen ausgemergelten Mann mit unmöglich langem und strähnigem Haar, zerklüftetem Gesicht und dunkler Sonnenbrille. Er trug Jeans, T-Shirt und Jackett, alles in Schwarz. *Entweder ist das der Künstler persönlich, oder Keith Richards hat sich gerade die Ehre gegeben,* dachte Penelope, als sie den Raum rasch nahe einer mittelgroßen Leinwand verließ, die in einem erfrischenden Schiefergrau gehalten war. Der nächste Raum war um einiges voller.

Kaum hatte sie ihn betreten, empfing sie die unverwechselbar affektierte Stimme eines Briten, die auf Englisch über die Menge hinwegdröhnte. »Die Leute wollen immer wissen, woher ich meine Inspiration nehme! Was soll das? Ich habe mich mein Leben lang stets für alles rechtfertigen müssen. Dabei ist das Einzige, was zählt, meine Malerei!«

Instinktiv wandte Penelope sich ab. In den vergangenen Monaten hatte sie jeglichen Kontakt mit hier lebenden Landsleuten so gut wie möglich vermieden, da sie sich ganz und gar auf das örtliche Leben einlassen wollte. Dieser Engländer erschien erschreckend vertraut, mit seinem dichten blonden Haar, das an manchen Stellen ergraute, einem glatten gebräunten Gesicht und breitem Körperbau, der einst sehr sportlich gewesen sein mochte. Er stand selbstbewusst vor einigen gackernden Frauen.

»Nun, was denken Sie?«, sprach er sie an. Seine Gefolgschaft fiel in Schweigen und schaute sich suchend um. Es waren ausnahmslos gut gekleidete Frauen mit unnatürlich vollen Lippen und glatter Stirn. Wenn sie ihre Augenbrauen hätten heben können, hätten sie es bestimmt getan.

Penelope lächelte unsicher und fragte sich, ob die Chance bestand, so zu tun, als habe sie nichts verstanden.

»Nicht so schüchtern! Ich find's klasse, dass Sie zu meiner Präsentation kommen!«

Der schneidige Künstler überfiel sie wie ein Bulldozer in voller Fahrt. Er trug einen ausgebeulten, cremefarbenen Anzug, ein rosa Hemd und eine mit Oldtimer-Rennwagen gemusterte Krawatte. Im nächsten Augenblick fühlte Penelope einen festen und energischen Händedruck.

»Erfreut, Sie kennenzulernen, Mr … Mr …«

»Roland Galbraith Doncaster. Nennen Sie mich Don, alle nennen mich so. Korrigieren Sie mich, aber Sie müssen Penelope Kite sein!«

Er gab ihr keine Gelegenheit, das abzustreiten.

»Ich habe von Ihnen und Ihrer Feuertaufe gehört. Sie haben ja eine ganz schöne Welle gemacht. Wobei ›Welle‹ vermutlich etwas unangemessen ist!« Er kicherte über seinen eigenen Witz. »Sie müssen eines Tages vorbeikommen und mir alles erzählen. Sie sind *das* Gesprächsthema in der britischen Gemeinschaft. Wir haben uns alle schon gefragt, wann wir Sie treffen würden – und hier sind Sie!«

»Woher um alles in der Welt wissen Sie, wer ich …?«

Er zog ein Stofftaschentuch hervor und tupfte sich über die Stirn. »Claudine hat mir erzählt, dass Sie Kunst mögen und vielleicht hier vorbeischauen. Ich hatte schon befürchtet, dass Sie es nicht tun werden, umso mehr freue ich mich, dass Sie nun da sind. Schließlich ist das hier wahre Kunst – Kunst, zu der Mut gehört. Nicht diese Alte-Damen-Wasserfarben-Pinselei. Nichts für ungut!«

Don Doncaster schenkte ihr ein warmes Lächeln. Penelope konnte durchaus nachvollziehen, warum er von dieser albernen Fan-Gemeinde umgeben war. Er hatte eine gewisse Ausstrahlung, wobei das aber auch einfach übersteigertes Selbstbewusstsein sein konnte. Die Art Mann, die Penelope im Laufe der Zeit allzu gut kennengelernt und gründlich satt hatte.

Sie riss sich zusammen, um etwas Small Talk zu beginnen. »Das ist also Ihr Raum?«

Jetzt erst konzentrierte sie sich auf seine Kunstwerke. Während sie die Gemälde betrachtete, konnte sie die gnadenlose Wahrheit nicht verleugnen. Sie waren grauenhaft. Tatsächlich fand Penelope, dass jeglicher Mut einzig und allein darin bestanden hatte, sie anzufertigen. Die Farben waren so dick aufgekleistert, dass die Blumen und Obstteller wie unordentliche Reliefs hervorstanden. Sonnenblumen starrten bösartig. Lavendel wie violette Speerspitzen. Eine ausgeweidete Melone. Es war alles ziemlich grässlich.

»Meine schlichte Pinselei.« Er kniff die Augen zusammen, um ihre Reaktion abzuschätzen. Ein Anflug von offensichtlich falscher Bescheidenheit lag in seinem Lächeln. »Es läuft heute Abend ziemlich gut, wenn ich das so sagen darf. Ich habe die meisten schon verkauft. Daher fürchte ich, dass für Sie nicht mehr viel übrig ist.«

Von seiner Fangemeinde ertönte ein selbstgefälliges Lachen.

»Ach, wie schade«, sagte Penelope. »Also …«

Er war ganz in seinem Element. Nonchalant lehnte er sich an den Tisch und nahm grüne Oliven aus einer Schüssel neben sich, während er seine Aufmerksamkeit von einer Bewunderin zur nächsten lenkte. Eine Frau in den Vierzigern machte ein Selfie mit ihm vor einem grellen Bild mit Mohnblumen, aus dem das Gipsrelief eines lebensgroßen Hundekopfs hervorstach. Wie gebannt verfolgte Penelope das Spektakel und versuchte, sich so viel wie möglich zu merken, damit sie es später in allen Einzelheiten ihrer Freundin Frankie erzählen konnte. Die würde sich großartig amüsieren.

»Schätzchen, nehmen Sie eine, die sind einfach himmlisch.«

Penelope bemerkte, dass er ihr die Schüssel hinhielt.

»Die reinste provenzalische Köstlichkeit. Mit Mandeln gefüllte Oliven. Die muss ich haben! Ich werde noch eine richtige Diva. Ich werde sogar schon nachgeahmt, wussten Sie das? Hört, hört!«

Penelope lehnte höflich ab. »Ich möchte mir noch den letzten Raum ansehen, da war ich noch nicht.«

»Oh, ich bin sicher, den werden Sie mögen. Für meinen Geschmack etwas zu abstrakt, aber unbestreitbar gut. Der mischt sich die Pigmente selbst – kann ich nicht verstehen!« Er steckte sich eine Olive in den Mund. »Hmm, *delicioso*. Los, nehmen Sie eine!«

»Nein, wirklich, ich …«

»Meine Liebe, wenn Sie hier in dieser Gegend leben wollen, müssen Sie diese kleinen Wunder probieren! Ich bestehe darauf, das ist nicht verhandelbar!« Er drängte ihr die Schüssel auf und schenkte ihr ein weiteres unwiderstehliches Lächeln.

Obwohl Penelope grüne Oliven wirklich nicht mochte, hatte sie keine Chance abzulehnen. Sobald er sich seinen Bewunderinnen zuwandte, ließ sie die Olive in ihre Handtasche fallen. Sie wollte den Raum gerade verlassen, als die Qualmwolke einer teuren Zigarre sie einhüllte und Dons Hand auf ihrem Unterarm landete. Gegen ihren Willen wurde sie zu seinen Bildern gezogen. Aus der Nähe waren sie noch scheußlicher. Penelope war gezwungen, eine grauenhafte violette Kirche inmitten einer Wiese zu betrachten, vor der zwei Lämmer mit panisch aufgerissenen Augen herumtollten.

»Also Mr … Don. Sie malen sehr figürlich.«

»Scheint das zu sein, was die Leute wollen. Wir müssen den Leuten immer geben, was sie wollen, finden Sie nicht auch? Wenn das Publikum ein gesellschaftliches Statement haben will, muss es Ninas Arbeit nehmen. Wenn es aber die Provence will, so gebe ich ihm Sonnenblumen und Lavendel.«

Penelope befreite sich aus seinem Griff und wandte sich der Tür zu. »Entschuldigung. Ich habe gerade eine Freundin entdeckt. Ich komme gleich wieder.«

Sie ging sofort zu Laurent.

»Da bist du ja, Penny! Tut mir leid, dass wir uns verloren haben.«

»Ich kann verstehen, warum du dort nicht hineingegangen bist. Was für eine Farbverschwendung.«

»Komm, lass uns den Raum mit Nicolas' Arbeiten suchen. Ich verspreche dir, dass er dich dafür entschädigen wird.«

Nicolas Versanne stand in einer Ecke seines Raumes und führte eine konzentrierte Unterhaltung mit einem Paar in den Sechzigern. Mit seiner Designerbrille und dem ordentlichen dunklen, von silbernen Strähnen durchzogenen Haar konnte der Künstler auch als Architekt oder Geschäftsmann durchgehen. Wie Laurent besaß er eine ruhige, selbstbewusste Ausstrahlung.

Der Raum war zweifelsohne das Herz der Ausstellung. Nicolas' Bilder waren abstrakt: kräftige, leuchtende Farben, die sorgfältig arrangiert und dann von tiefblauem Indigo, sattem Violett und Schwarz überlagert wurden, sodass der Eindruck entstand, dass ein Motiv zugleich enthüllt und verborgen wurde. Penelope ertappte sich dabei, Figuren und Landschaften zu sehen, die auf den zweiten Blick überhaupt nicht da waren. Es war die reinste Magie. Während sie die Bilder betrachtete, verband ihr Geist von ganz allein Punkte und arrangierte sie neu. Die Farben, so aufeinander abgestimmt, dass sich der Kontrast noch verstärkte, sandten ihr einen Schauder über den Rücken.

Penelope betrachtete ein kleines Gemälde, das eine Straßenecke in der Dämmerung sein konnte: angedeutete Schatten in Mitternachtsblau, Grau und Mauve. Sie war mit ihrer Bewunderung nicht allein. Der kleine Mann in dem dunklen Anzug, den Nina Chiroubles in dem Raum mit ihren Installationen belästigt hatte, stand neben ihr. Auf seinem fuchsartigen Gesicht mit dem Spitzbart lag ein entrücktes Lächeln, während er in ein eselsohriges Notizheft kritzelte.

Sie hörte, wie Nicolas und Laurent einander innig begrüßten, und drehte sich um.

»Du erinnerst du dich an Penny – Penelope Kite. Sie war auf meiner Dinnerparty.« Laurent winkte in ihre Richtung.

»Selbstverständlich. Ich freue mich, Sie wiederzusehen. Danke, dass Sie gekommen sind!«

Sie küssten einander dreimal auf die Wange, und wie auf Befehl erschien Claudine, die französische Antwort auf Audrey Hepburn in einem exquisiten kleinen Schwarzen. Auch sie begrüßte Penelope herzlich.

»Alle Achtung, Nicolas. Ihre Arbeiten sind einfach überwältigend gut«, sagte Penelope.

Aus Richtung des kleinen Mannes ertönte ein Seufzen, dann weiteres Kritzeln. Nicolas blickte ihn kurz verwirrt an, dann winkte er die Gruppe ein Stück weiter weg.

»Wer ist das?«, flüsterte Penelope.

»Emile Sablon.«

Sie beobachteten, wie die schmächtige schwarzgekleidete Gestalt einen Schritt von der Leinwand zurücktrat, sich dann wie ein Fragezeichen verbog und über sein Notizbuch beugte.

»Der Kunstkritiker von *La Provence*. Er hat für *Le Monde* gearbeitet und hält ziemlich viel von sich. Typischer Pariser.«

Penelope folgte dem Mann mit den Augen, als er den Raum Richtung des Bereichs von Don Doncaster verließ. Er hielt an der Tür inne, stieß ein lautes theatralisches Seufzen aus und betrat den Raum.

»Er wird Dons Werke lieben«, murmelte Penelope bei sich, bevor sie sich sie wieder Nicolas zuwandte. »Ich finde Ihre Bilder fantastisch.«

»Sie gefallen Ihnen?«

»Und wie.« Sie konnte sich gerade noch davon abhalten, zu erklären, dass sie gegenüber den anderen Kunstwerken nicht unfair sein wollte, aber dennoch froh war, endlich echte Kunst zu sehen. »Besonders die kleineren Bilder faszinieren mich. Darin liegt so eine Tiefe. Ich liebe diese raffinierte Farbsprache.«

Claudine strahlte über das ganze Gesicht. Penelope hatte offensichtlich die richtigen Worte gefunden.

»Ich habe Nicolas bei seinen Experimenten geholfen, antike Farben aus dem Museum nachzuahmen. Sie sind alle aus natürlichen Rohstoffen hergestellt, von Pflanzen bis zu Steinen, die zu Pulver zermahlen werden. Dadurch entstehen Farben von ganz besonderer Qualität. Die Art und Weise, wie sie das Licht einfangen, ist ganz anders als bei Massenware, egal ob Öl- oder Acrylfarbe. Mein liebstes Bild ist jenes da drüben. Es sieht immer anders aus, je nachdem, von welchem Winkel aus Sie sich ihm nähern. Kommen Sie, ich zeige es Ihnen.«

Penelope wurde zu einem bestimmten Punkt geführt. Dabei fragte sie sich, ob Claudine von ihrem Essen am späteren Abend mit Laurent wusste und falls ja, ob das der Grund dafür war, dass sie in dieser gut befreundeten Gruppe so schnell akzeptiert worden war.

Ein lautes Krachen kam aus einem der anderen Räume und ließ alle Anwesenden zusammenfahren.

Penelopes erster Gedanke war, dass eine der Installationen von der Wand gefallen und auf dem Steinboden zerscheppert war. Rufe wurden laut, gefolgt von einigen Schreien.

Sie und Claudine liefen wie alle anderen zur Tür, um zu erfahren, was passiert war. Im Raum von Doncaster herrschte ein heilloses Durcheinander. Ein großer Mann im schwarzen

Anzug rannte an ihnen vorbei, zerstreute die Menge und verlangte von den Leuten, zurückzutreten. »Machen Sie Platz!«

Die befehlsgewohnte Stimme ließ die Menge leiser werden. Als sich die Gäste zurückzogen, wurde die Ursache des Aufruhrs sichtbar. Auf dem Boden lag die reglose Gestalt von Don Doncaster. Sein Kopf war in den Schoß einer aufgeregten Frau mittleren Alters gebettet, die ihn mit einer Mund-zu-Mund-Beatmung versorgte und den Vorgang mehr genoss, als der Situation angemessen war. Sie wurde soeben von einer weiteren Frau zur Seite geschubst, die dazu ansetzte, ihn hochzuziehen, um das Heimlich-Manöver anzuwenden. Die wurde ebenfalls weggestoßen, als ein schlanker Mann hereinrauschte. Er trug einen Tweedanzug, für den er Generationen zu jung war, und brachte den Defibrillator mit, den Penelope zuvor gesehen hatte.

Don wurde die Krawatte ausgezogen, dann das Hemd, was einigen Bewunderinnen einzelne Seufzer entlockte. Die Pads wurden angelegt, und die Maschine lud auf, bis es laut klickte. Der Künstler verkrampfte sich unter dem elektrischen Schock.

Es sah schlecht aus. Seine Brust hob sich auch nach dem dritten Stoß nicht. Dann krümmte Don plötzlich den Rücken. Sein Helfer legte das Ohr auf sein Brustbein und bat mit einem Wink um Ruhe.

»Ich höre einen Herzschlag. Er ist da, wenn auch schwach.«

Er befahl der gaffenden Menge, den Raum zu verlassen. An der Tür hielt Penelope für einen letzten Blick inne. Dons gut polierte braune Schuhe standen in schrecklichem Kontrast zu seiner fahlgrauen Haut und dem zerzausten Haar.

Am Eingang der Galerie und draußen auf dem Kopfsteinpflaster hatte sich eine nervöse Menschenmenge versammelt. Der Kunstkritiker trieb sich in der Nähe der Tür herum, als überlegte er, wie er aus der Sache das Beste für eine schlechte Sensationsnachricht herausholen könnte. Einige Frauen lagen einander in den Armen und weinten. Die Installationskünstlerin Nina Chiroubles drängte sich Richtung Ausgang. Penelope entdeckte Claudine, die in einer abgelegenen Ecke stand und eindringlich in ihr Telefon flüsterte. Nicolas unterhielt sich besorgt mit dem jungen Mann im Tweedanzug.

Unterhaltungsfetzen flogen durch die Luft.

»Es heißt, er hätte plötzlich gewürgt. Dann ist er rot angelaufen und vornüber gefallen. Dass so etwas passieren muss!«

»Der Arme.«

»Was, wenn er stirbt? Glaubt ihr, dass die Preise für seine Werke dann steigen? Das ist doch üblich, oder?«

Eine laut Englisch sprechende Stimme mit starkem spanischen Akzent unterbrach sie.

»Natürlich gibt es einige Künstler, die eine Lücke in unsere kulturelle Landschaft reißen. Deren Kunstwerke werden mit der Zeit im Wert steigen. Aber ich würde Herrn Doncaster nicht dazu zählen. Er hat einfach nur einen Bedarf befriedigt, mehr nicht.«

Penelope wandte sich nach dem Sprecher um, um zu sehen, um wen es sich handelte. Einige Schritte entfernt stand Keith Richards' Doppelgänger, der Genius hinter der Serie schwarzer Bilder. Penelope fand es nicht angemessen, dass er hier und jetzt auf diese Weise über seinen Kollegen sprach, und schoss ihm einen mörderischen Blick zu, den er mühelos verstehen können sollte.

Sie entfernte sich etwas und hielt nach Laurent Ausschau.

Wie aus dem Nichts stand Clémence neben ihr. »Was ist passiert? Ich bin gerade erst angekommen.«

Penelope setzte zu einer Erklärung an, wurde jedoch von sich rasch näherndem Sirenengeheul unterbrochen. Sekunden später hielt ein Krankenwagen vor der Galerie, und Notärzte rannten hinein.

Von ihrer Position nahe des Eingangs konnte Penelope den großen Mann sehen, der die Initiative ergriffen hatte. Kaum hatte er den Raum mit Doncasters Werken verlassen, wurde er von Neugierigen belagert. »Ist das Monsieur de Bourdan?«, fragte Penelope Clémence im Flüsterton. Es schien logisch, dass er der Inhaber und Namensgeber der Galerie war.

»Ja.«

»Was für eine Schande – seine schöne Party. Hoffen wir, dass Don wieder auf die Füße kommt und unbeschadet bleibt.«

Laurent sprach gerade mit dem Galeriebesitzer, als der bewusstlose Künstler auf einer Liege zum Krankenwagen getragen wurde. Das Sirenengeheul durchbrach die Abendluft, und Don Doncaster wurde davongefahren.

Penelope sah, wie Laurent sein Telefon herauszog und ein kurzes, aber intensives Gespräch führte. Schließlich kam er mit ernster Miene zu Penelope. Als einziger Anwesender mit einem offiziellen Amt sah er sich verpflichtet, dem zusammengebrochenen Mann im Krankenhaus von Avignon Beistand zu leisten.

»Natürlich musst du das tun«, sagte Penelope ganz sachlich.

Und da ging es wieder einmal dahin, ihr Abendessen *à deux*.

3

»Er stolzierte herum wie ein Gockel mit geschwollenem Kamm, und im nächsten Moment lag er platt auf dem Boden«, grübelte Penelope laut am nächsten Morgen.

Monsieur Charpet zog seine Baskenmütze ab und kratzte sich am Kopf. Der Gärtner hatte es nicht einmal bis zu den Pflaumenbäumen geschafft, die er beschneiden und von toten Ästen befreien wollte, als er auch schon die Neuigkeiten erfuhr. Sein Walrossschnurrbart hing schlaff herunter, und seine braunen Augen wirkten angemessen betroffen. *»Mais, c'est terrible, Madame …«*

»Das war es, Monsieur Charpet. Auch ziemlich unwirklich, inmitten all dieser erschreckend lächerlichen Bilder. Und ich weiß nicht, warum, aber ich hatte den schrecklichen Gedanken, dass das alles eine Art Marketing-Gag sein könnte.«

»Marketing-Gag?« Der alte Mann rollte mit seinen weitsichtigen Augen. »Sie mochten diesen Mann also nicht?«

Penelope setzte an, das abzustreiten – immerhin kannte sie Don Doncaster so gut wie gar nicht. Doch sie musste zugeben, dass Henry Charpet die Wahrheit erraten hatte. »Es war nur mein erster Eindruck, daher würde ich nicht direkt sagen, dass ich ihn nicht mochte. Nein, es war eher die Tatsache, dass ich fand, er wäre einer von diesen typischen Leuten, die im Ausland leben und eine übertrieben hohe Meinung von sich selbst haben. Eigentlich gab er sich sogar sehr charmant. Es war nur …«

Der Gärtner nickte wissend und wartete geduldig, dass

sie mit ihrer Erklärung fortfuhr. Er verzog sein Gesicht, das durchfurcht war wie eine Walnuss und zündete sich eine seiner starken Zigaretten an. Es war Penelope ein völliges Rätsel, wie er den ganzen Tag in einem Tempo im Garten arbeiten konnte, das sein Alter Lügen strafte, und das nie ohne eine halb gerauchte Gitanes zwischen den Lippen. Nachdem er nun seit mehreren Monaten für sie tätig war, behandelte er sie teils wie einen verehrten Gast, teils wie eine leicht dämliche Tochter. Es war eine beunruhigende Kombination.

»Es kann schon sehr gut sein, dass ich einige Vorurteile habe, wenn es um Landsleute geht, denen ich im Ausland begegne«, gab Penelope zu. »Sie können so … peinlich sein. Ich will nicht, dass die Menschen hier denken, dass wir alle so sind.«

»Wie zum Beispiel?«

»Arrogant. Davon überzeugt, dass alle Welt sie liebt.«

»Sprechen wir immer noch über diesen Don – oder denken Sie gerade an jemand anderen?«, fragte er vielsagend. »Sie sagten, dass Sie mit Laurent Millais unterwegs waren …«

Penelope hielt inne. Hatte sie an Laurent gedacht? Möglicherweise. »Monsieur Charpet, ich glaube, es ist Zeit, dass Sie diese Pflaumenbäume zurechtstutzen.«

Jetzt fühlte sie sich schuldig, weil sie so schlecht über ihren kranken Landsmann gedacht hatte, sodass sie ins Haus ging und Clémence anrief.

»Ich wollte nur hören, ob du etwas darüber gehört hast, wie es Don Doncaster geht.«

»Ich weiß nur, dass sein Zustand kritisch ist. Er ist nicht bei Bewusstsein und liegt auf der Intensivstation.«

»Hat er denn wirklich etwas verschluckt, oder war es etwas Ernstes wie ein Herzanfall?«

»Rufst du in Wahrheit wegen Laurent an?«

»Wie bitte? Nein!« Wieso nahmen alle an, dass sie die ganze Zeit an Laurent Millais dachte? »Warum fragst du das?«

Pause. »Übrigens habe ich mit Claudine gesprochen«, erklärte die Immobilienmaklerin. »Sie bedauert, dass eure Unterhaltung gestern Abend so abrupt unterbrochen wurde. Sie meinte, dass wir uns nächste Woche auf einen Kaffee im Museum in Roussillon treffen könnten, wenn du magst.«

»Aber liebend gern«, antwortete Penelope.

Wieder etwas versöhnt mit sich kehrte sie nach draußen zu ihrem geschätzten Gärtner zurück, der gerade die Säge mit einer Energie schwang, die jeden Jüngeren vor Neid erblassen lassen würde. Das einfache Landleben mit gutem Essen und viel Wein hatte offensichtlich eine gute Wirkung, obwohl Penelope sich völlig bewusst war, dass Charpet ein Mann war, von denen es nicht viele gab. Noch heute erinnerte sich ganz St Merlot seiner Tapferkeit und Entschlossenheit, mit der er als Bote während des Zweiten Weltkriegs Nachrichten zwischen verschiedenen Gruppen der Résistance überbracht hatte. Es war das Erste, was man ihr über ihn erzählt hatte. Nicht, dass er es selbst jemals erwähnt hätte.

Penelope machte sich an seiner Seite an die Arbeit und genoss es, einige größere Äste für ihn festzuhalten oder mit der Gartenschere Triebe zu schneiden. Sie sammelte die abgeschnittenen Äste und bekam dringend benötigte Bewegung, indem sie mit der Schubkarre zwischen dem Garten und dem neu angelegten Holzlager in einem trockenen Nebengebäude hin- und herlief. Viele Scheite waren perfekt für ihren nagelneuen Holzofen geeignet.

Das Schwimmbecken in dem ummauerten Garten war inzwischen mit einer dicken Plane abgedeckt. Die Wildblumen im Gras waren verblüht, und doch schien die Sonne an den meisten Tagen immer noch kraftvoll vom Himmel. *Das ist der Grund, warum ich hier bin,* dachte sie. Sie kam nicht umhin, das freundliche Licht und die Weite mit dem nasskalten, nebligen Herbst in Südengland zu vergleichen, wo schon am Nachmittag zur Teezeit die Dunkelheit drohte.

Obwohl sie zugeben musste, dass der Wind, wenn er hier wehte, eine eisige Schärfe entwickelte. Während sie arbeiteten, war die Brise aufgefrischt und die Böen merklich kühler geworden.

Monsieur Charpet richtete sich auf und blickte in das Tal hinunter. Wolken rasten über den blauen Himmel. »*Le Mistral*«, verkündete er. »Morgen wird er kommen.«

»Wird es schlimm werden?«

»Zwei oder drei Tage lang.«

Penelope konnte nicht einschätzen, ob diese Vorhersage nun bedeutete, dass es schlimm werden würde oder nicht. Sie hatte den berühmten provenzalischen Wind, der über das Rhônetal ständig an Stärke und Geschwindigkeit gewann, noch nicht miterlebt.

»Er kommt aus Westen, drückt sich in die Lücke zwischen die Hügel bei Avignon«, fuhr Charpet fort. »Er kann so heftig sein, dass Leute verrückt werden. Aber dann hört er mit einem Schlag auf, und der Himmel ist so klar wie am ersten Tag.« Seine Augen leuchteten schelmisch, während er ihre Reaktion beobachtete.

»Ich kann es kaum erwarten.« Penelope gab sich tapfer.

Während Monsieur Charpet zurück ins Dorf fuhr, wo seine Schwester Valentine ihm in seinem Heim ein Drei- oder Vier-Gänge-Menü zubereitete, wärmte sich Penelope etwas Suppe auf und setzte sich an den Küchentisch. Kaum hatte der kalte Wind angefangen zu blasen, bemerkte sie, wie schlecht die meisten Türen schlossen. Aus allen Richtungen pfiff die Luft durch die Ritzen und senkte die Temperatur innerhalb von Sekunden. Hin und wieder schlug eine Tür irgendwo im Inneren des Hauses zu. Sie würde sich darum kümmern müssen, bevor es richtig Winter wurde.

Penelope stellte fest, dass sie sich in Bezug auf ihr Haus immer wieder sehr leicht ablenken ließ. Da hatte sie mit all diesen hochfliegenden Plänen begonnen, und sich dann viel zu schnell an das Leben in diesem eigenwilligen und reparaturbedürftigen Haus gewöhnt. Es lag etwas Tröstliches in dieser Unvollkommenheit. Es waren nämlich eher die neu verputzten Wände, die sie beunruhigten, weil sie jeden Tag glaubte, einen der alten Risse wiederzuentdecken.

Charpet hatte belustigt reagiert, als sie das einmal erwähnte.

»Diese Häuser bewegen sich. Die ganze Zeit. Sie haben kein Fundament, sehen Sie? Wenn die Erde sich bewegt, bewegen sich die alten Steine mit.«

Das war nicht wirklich beruhigend.

Gedankenverloren löffelte Penelope ihre Suppe zu Ende und schob die Schüssel zur Seite. Nach all den Jahren, die sie Hausfrau und Mutter gewesen war, fühlte es sich immer noch unangemessen an, einfach zu essen, was sie wollte und wann sie wollte; ohne Rücksicht darauf, es allen recht zu machen, sie zu überreden oder zu enttäuschen. Ihre Kinder Lena und Justin – ihre Stiefkinder, um genau zu sein, auch wenn sie es nie so empfunden hatte – waren so pingelige Esser gewesen, als sie klein waren. Mit der Zeit hatte sich ihr Leben wieder verändert. Sie war in ihren Beruf zurückgekehrt, und wenn sie hin und wieder zu einem Mittagessen mit den Kollegen in den Pub gegangen war, hatte es sich wie Urlaub angefühlt. Dann folgten die Jahre, in denen sie in London als persönliche Assistentin von Professor Camrose Fletcher arbeitete; einem herausragenden, aber ziemlich eigenwilligen forensischen Rechtsmediziner. Unwillkürlich lächelte sie bei der Vorstellung, wie er in seinem mit Büchern vollgestopften Büro stand, nachdem er den gesamten Morgen Beweise für einen Fall zusammengetragen hatte. Wie er dann seine Brille abnahm und ihr ein unwiderstehliches Grinsen schenkte, das bedeutete, dass sie sich ein Mittagessen in seinem italienischen Lieblingsrestaurant verdient hätten.

Das brachte sie zurück zu Don Doncaster. Sie war von ihm und seinem Verhalten verärgert und fasziniert zugleich. Wenn sie ehrlich war, hatte sie vor allem darauf reagiert, dass er in ihr die unangenehmen Gefühle von früher geweckt hatte. Er hatte sie ein bisschen zu sehr an ihren Ex-Ehemann David erinnert. Nicht im Aussehen, aber im Verhalten. Nachdem er in der städtischen Anwaltskanzlei Partner geworden war, hatte David begonnen, in Gesellschaft anderer eine gehörige Portion zu dick aufzutragen. Penelope hatte das überhaupt nicht gemocht. Das war zwar nicht der Grund für ihre Scheidung gewesen, doch im Nachhinein betrachtet war das der Zeitpunkt, an dem sie begonnen hatten, sich auseinanderzuleben.

Wer war Don Doncaster, abgesehen von all dieser Angeberei? Wo kam er her, und was hatte ihn nach Frankreich geführt? Wenn es nach seinen Werken in der Ausstellung ging, war es ziemlich unwahrscheinlich, dass er ein ausgebildeter Maler war, schon gar keiner, der auf einer Kunstakademie gewesen war. Was also hatte er zuvor gemacht? War es nicht üblich, dass Maler in ihren Werken etwas über ihre Weltsicht ausdrücken wollten? Es sah nicht danach aus, als könnten Dons Schmierereien mehr als die schreckliche Wahrheit ausdrücken, dass er über absolut kein Talent verfügte. Malte er also rein zum Vergnügen, machte er sich auf Kosten der Gutgläubigen einen Spaß, so wie in dem Märchen *Des Kaisers neue Kleider*?

Penelope nahm ihren Laptop und tippte »Roland Galbraith Doncaster« bei Google ein. Sie erhielt Tausende Treffer, darunter viele aus der französischen Presse: Magazine und Zeitungsartikel sowie Kunstblogs. Sie durchstöberte sie irritiert und fasziniert zugleich. Fotos zeigten ihn ganz in seinem Element, immer ein Glas Wein in der Hand. Die Kulissen waren teuer ausgestattete Innenräume oder weite Aussichten auf das Luberon-Tal. Fotos von seiner Kunst gab es so gut wie gar nicht zu sehen.

Erst als sie die Ergebnisse nach Sprache filterte und englische Seiten aufrief, fiel es ihr wie Schuppen von den Augen. Jetzt ergaben auch die polierten Schuhe in Kombination mit diesem überzeugten Auftreten und der lauten Stimme Sinn: Don Doncaster war Anwalt in London gewesen. War das der Grund dafür, dass sie dieses vage Gefühl von Vertrautheit empfunden hatte? Gerichtsverfahren waren ein großer Teil ihrer Arbeit mit Camrose Fletcher gewesen.

Sie las einen zehn Jahre alten Artikel im *Telegraph,* in dem es um eine Auseinandersetzung in Buckinghamshire ging. Dabei hatte er als Wortführer einer erfolgreichen Kampagne agiert, die ein Planungsverfahren zum Bau von viertausend Häusern in einem Naturschutzgebiet nahe eines Dorfes mit historischem Ortskern torpedierte. Die Bilder zeigten ihn mit einer Flasche Moet & Chandon, die er wie ein siegreicher Rennfahrer versprühte. In einem anderen Artikel wurde über eine große Spende berichtet, die er nach einer gesponserten Fahrradtour von Land's End nach Gravesend an ein Kinderkrankenhaus geleistet hatte. Penelope fragte sich zunächst, ob sie hier über den richtigen Mann las, aber der Kerl auf den Fotos war definitiv derselbe Roland Doncaster, den sie getroffen hatte, wenn auch etwas jünger und schlanker. Darüber hinaus wurde er in einer kurzen Zusammenfassung eines Gerichtsverfahrens und einer Verurteilung wegen Erregung öffentlichen Ärgernisses von Fenella Doncaster während einer Studentendemonstration vor zehn Jahren erwähnt. Eine Tochter, eine Nichte, eine Schwester? Das muss für einen Anwalt peinlich gewesen sein, dachte Penelope. Sein künstlerisches Schaffen wurde dagegen mit keiner Silbe thematisiert. Es gab auch keinen Hinweis darauf, für welche Kammern er gearbeitet hatte.

Insgesamt war der Mann also doch beeindruckender, als sie erwartet hatte. Im Geiste sandte sie Genesungswünsche in Richtung Krankenhaus.

Am Nachmittag wurde der Wind immer stärker. Bäume bogen sich unter den Böen wie Segel. Fenster und Läden klapperten. Trockenes Laub wehte über die steinerne Terrasse, und der Garten wurde gründlich durchgepustet. Sogar in der Küche, die trotz ihrer Größe bisher immer ein warmer, kuscheliger Platz gewesen war, wurde es kühler. Penelope ging nach oben und zog sich einen dicken Pullover an.

4

Nach wie vor heulte der Wind garstig, als Penelope einige Tage später zum Ocker-Museum in Roussillon aufbrach. Die gesamte Straße entlang der Hügel hinunter von St Merlot nach Apt tanzten die Bäume und bogen sich, als führe sie durch ein aufgewühltes grünes Meer.

Die Hauptstraße durch das Tal Richtung Roussillon führte nach Westen mitten in den Mistral, und obwohl der Range Rover schwer auf der Straße lag, hatte sie das Gefühl, dass er Mühe hatte, vorwärtszukommen. Nichtsdestotrotz erhob sich schon bald die rostrote Klippe, auf der das Dorf thronte, majestätisch vor ihr.

Die Straße stieg an, und die von Wind und Wetter geformten roten Erdwälle leuchteten inmitten der grünen Kiefern auf, als würde eine Schauspielerin aus den Fünfzigerjahren ihre nackten Schultern unter einem Pelz enthüllen. Bald kam das Dorf in Sicht. Da sie nicht wusste, wo genau sich das Museum befand, fuhr Penelope langsam durch die Hauptstraße und hielt Ausschau nach Schildern. Als sie das letzte Mal im Hochsommer hier gewesen war, war alles von Touristenscharen verstopft, jetzt hing nur der Geruch von Holzfeuer in der Luft.

Ganz am anderen Ende des Dorfes wies ein Schild Besucher einen Weg die Klippe hinunter. Auf halbem Weg fand sie hinter einer Kurve die Einfahrt zum Parkplatz und das Museum. Schon bald darauf wanderte sie einen Pfad unter Kiefern entlang zum Eingang eines niedrigen langgestreckten Gebäudes, das in verschiedenen Rottönen gestrichen war.

Der Wind zerzauste Penelopes sorgfältig frisiertes Haar in alle Richtungen. Ein sanfter, aber stetiger Regen hatte eingesetzt.

»Ah, Penny, wie schön Sie wiederzusehen! An jenem Abend hatten wir kaum die Gelegenheit, miteinander zu sprechen.« Im Empfangsbereich empfing Claudine Versanne sie mit einem warmen Lächeln. Dieses Mal trug sie schwarze Jeans, Stiefel mit hohen Absätzen und einen lockeren Pullover, der sich wie Kaschmir anfühlte, als sie sich einander zuwandten, um Küsse auszutauschen. Ein lässiger Look, der sicherlich erheblichen Aufwand erfordert hatte, um so perfekt zu wirken, vor allem die tadellos passenden Jeans, die ihre schlanken, schmalen Oberschenkel betonten.

»Clémence hat angerufen und Bescheid gegeben, dass sie später kommt«, sagte Claudine. »Aber wenn Sie wollen, gebe ich Ihnen eine kleine Führung durchs Museum. Allerdings ist unser neuestes Projekt leider draußen – ein großes Mühlrad, das wir gerade erst restauriert haben. Wir stehen kurz davor, es wieder in Betrieb zu nehmen.«

»Da könnte der Regen helfen.«

»Es braucht einiges mehr an Regen, um die Kanäle wieder zu füllen. Sie leiten das Wasser von dem See dort oben hierher. Jetzt, da das Rad wieder so gut wie neu ist und erneut an die alte Maschine angeschlossen wurde, können wir den Besuchern zeigen, wie früher das Ocker zu Pulver gemahlen wurde. Das wird eine spannende Ergänzung für unser Museum sein.«

Ist doch seltsam, dachte Penelope, *wie viele Menschen in diesen heutigen Tagen von Raumstationen, Internet und Smartphones sich so stark von alter Technologie faszinieren lassen.* In England gab es beispielsweise einen Haufen Leute, die durch das ganze Land reisten, um in Dampfzügen zu fahren.

Sie gingen an einer Wand mit Glasvitrinen vorbei, in denen anhand von Steinen, antiken Tinkturen und Flaschen mit farbigen Pulvern die Geschichte der Farbenherstellung demonstriert wurde. Einer Informationstafel nach war die moderne Ockerindustrie in Roussillon 1785 gegründet worden, als man ein Verfahren entdeckt hatte, mit dem Ocker von Sand getrennt werden konnte. Ungefähr hundert Jahre später, zu der Zeit, als das Luberon-Tal an das Schienennetz der Eisenbahn angeschlossen wurde, waren Ocker und Färbemittel so wichtig für die regionale Wirtschaft geworden wie die getöpferten Produkte und kandierten Früchte, für die Apt über die Gegend hinaus bekannt war.

Penelope interessierte sich sehr für die Ausstellungsstücke, von denen einige genauso gut in den Regalen einer viktorianischen Apotheke hätten stehen können: alte Flaschen mit blauschwarzer Tinte, ihre Etiketten zerrissen und ausgefranst; verschiedene Lackfarben; verkorkte Glasgefäße mit Kadmium, Mangan und Kalium. Ein gelbgrauer Stein, der wie eine geschlossene Faust geformt war, war mit *Réalgar (sulfure d'arsenic)* etikettiert. Ein Haufen zerbrochener Muscheln trug die Aufschrift *Murex* und lag neben Wolle, die in verschiedenen Purpurschattierungen gefärbt war. Claudine führte sie an einer Wand vorbei, an der feine Baumwollstreifen hingen, die fortlaufend einen leicht unterschiedlichen Farbton aufwiesen, sodass sich ein Regenbogen aus sanften Pflanzenfarben vor ihnen ausbreitete.

Sogar die Bezeichnungen der Farbtöne waren vielsagend: *Oxide de fer naturel violet* – Eisenoxid mit rauchigem Lila – und *Terre ombre chypre naturel* – Erde im Schatten einer Zypresse. Noch nie hatte sie solch romantische Namen gehört. Vielleicht sollte sie es sich noch einmal überlegen und ein paar Experimente mit den Wänden von Le Chant d'Eau wagen, statt mit Weiß auf Nummer sicher zu gehen.

»Das ist großartig!«, rief Penelope. »Ich könnte hier Stunden verbringen.«

»Das freut mich. Es war eine ganze Menge Arbeit, aber es war den Schmerz wert.« Claudine sprach Englisch – sie hatte darauf bestanden – und sie beherrschte die Sprache ziemlich gut, aber hin und wieder machte sie einen Übersetzungsfehler. Penelopes Französisch hatte sich rasant verbessert, und sie freute sich, wenn sie in der Lage war, die linguistischen Feinheiten zu erkennen. »*Ça vaut la peine*« würde man eher sinngemäß übersetzen als: »Es war die Mühe wert.«

»Das alles hier hat Nicolas' Leidenschaft für die antiken Techniken geweckt.«

Exotisch aussehende Flaschen mit lateinischen Beschriftungen standen in den Regalen. In Alkohol eingelegte Gewächse, aus deren Blättern die Farbe entwich – manchmal war es ein völlig anderer Farbton als bei der ursprünglichen Pflanze. In einer fest verschlossenen Glasvitrine waren alte Dosen und Flaschen aus der Zeit von vor dem Zweiten Weltkrieg ausgestellt.

»Diese müssen wir wegschließen. Einige sind ziemlich gefährlich.«

»Gefährlich?«

Claudine deutete auf eine kleine Schale mit Salzkristallen. »Das ist Zinnoberrot. Es wird aus einem Erz gewonnen – Zinnober. Es ist ein wunderschönes Rot, aber es hat seinen Preis.«

»So teuer?«

»Nein. Es kostet einen den Verstand. Zinnober ist ein Quecksilbersulfit. Es ist giftig. Beim Erhitzen wird es noch schlimmer! Dann spaltet es sich zu metallischem Quecksilber. Die Dämpfe können das Gehirn schädigen.«

»Ja, ich hörte über Quecksilbervergiftungen, als ich früher in der Rechtsmedizin gearbeitet habe«, stimmte Penelope zu.

»Rechtsmedizin?«

»Die Abteilung für forensische Rechtsmedizin des Innenministeriums in London. Einmal war ich bei einer Konferenz mit Cam… mit Professor Fletcher, meinem Vorgesetzten. Er hielt einen Vortrag über Gifte.«

»Dann müssten Sie sich damit ziemlich gut auskennen.« Claudine zeigte auf ein gelbes Puder in einer kleinen verkorkten Flasche mit einem Etikett, auf dem die Aufschrift *Giallo di Napoli* zu lesen war. »Neapelgelb enthält Blei und Antimon. Eine sehr alte Farbe. Sie wurde anscheinend schon auf babylonischen Fliesen gefunden. Dann haben wir Indischgelb, gewonnen aus dem getrockneten Urin von Kühen, die nur mit Mangoblättern gefüttert wurden. Und im nächsten Schrank haben wir ein braunes Pigment, das aus dem gemahlenen Fleisch altägyptischer Mumien hergestellt wurde.«

»Ernsthaft?«

»Aber ja, absolut. Der Handel mit den sterblichen Überresten aus Ägypten begann schon in römischer Zeit, erst für medizinische Zwecke, später für Farben.«

»Wie herrlich makaber.« Penelope war von diesen luxuriösen schönen Farben mit ihrer verborgenen Bösartigkeit wirklich zutiefst fasziniert. Während sie sich dem nächsten Regal zuwandte, stach ihr ein besonderer Gegenstand ins Auge. In einer Flasche befand sich ein sehr kräftiges grünes Pigment, das beinahe leuchtete. Claudine folgte ihrem Blick.

»Sie haben ein gutes Auge für Gefahr, Penny! Das ist Scheeles Grün!«

Penelope betrachtete erneut die gelblich-erbsengrüne Farbe.

»Enthält Arsen.«

»Kennen Sie sich damit aus?«

»Im frühen neunzehnten Jahrhundert trugen Frauen Kleider aus Stoff, der mit dieser Verbindung wunderschön grün gefärbt worden war. Oft mit fatalen Folgen. Dazu waren die Häuser der Reichen oft mit üppigen grün gemusterten Tapeten geschmückt, die ebenfalls Arsen enthielten. Damals ahnte niemand, dass die hohe Sterblichkeitsrate in der Bourgeoisie und der Oberschicht auf diese damals so modische Farbe zurückzuführen sein könnte.«

»Alles richtig.« Claudine wirkte beeindruckt.

Penelope lächelte. Manchmal war sie von ihrem guten Gedächtnis sogar selbst überrascht. Gedankenverloren folgte sie Claudine, die bereits weiterging. Beim Anblick dieses grünen Arsens ging ihr etwas im Kopf herum, aber sie konnte es nicht greifen.

Claudine führte sie von der Farbausstellung zu einem Café, in dem naive Malereien in Ocker und Schwarz hingen. Hinter einem Panoramafenster erstreckte sich das Tal, dessen umliegende Hügel in tiefhängende Wolkenschleier gehüllt waren. Es waren nur wenige weitere Museumsgäste anwesend.

Sie hatten sich gerade mit einem Kaffee hingesetzt, als das vertraute Klicken hoher Absätze auf Stein Clémences Ankunft ankündigte.

Nach einem kurzen Gruß kam die Immobilienmaklerin gleich zur Sache. »Laurent hat heute Morgen im Krankenhaus angerufen. Don Doncasters Zustand ist stabil, wobei er jedoch immer noch schwach ist. Das Gute ist, dass sein Herz im Moment kräftig genug schlägt, den Rest muss die Zeit bringen.«

»Gott sei Dank«, sagte Claudine.

»Kennen Sie ihn gut?«

»Gut? Nein, das nicht. Ich weiß eine Menge über ihn und das, was er tut, weil Gilles ihn vertritt.«

»Aber?«

»Ich bin nie davon ausgegangen, dass wir Freunde werden.

Er … ist nach unserer Definition kein Maler. Wobei ich ihm selbstverständlich nichts Schlechtes wünsche.«

Penelope nickte. »Wird er wirklich ernst genommen, oder ist das alles eher ein großer Witz?«

»Ich würde gern sagen, dass er seine Arbeit als Witz meint, aber ich vermute, dafür ist er zu clever. Ich denke, er hat sich entschieden, den allgemeinen Geschmack zu bedienen. Nicolas glaubt, dass er sich über kurz oder lang ausverkauft, aber immerhin verkauft er sich.« Claudine lachte grimmig.

»Wie um alles in der Welt kommt er damit durch?«, fragte Penelope. »Ich würde auf seinen Charme tippen – mit dem wirft er nur so um sich. All diese dummen Frauen haben einander beinahe umgerannt, nur um näher an ihn heranzukommen. Sie hätten miterleben sollen, wie sie mich angesehen haben, als er sich an mich wandte!«

Clémence stimmte zu. »Sie hängen an ihm wie, wie …«

»Kletten«, ergänzte Penelope den Satz.

Claudine und Clémence tauschten einen verständnislosen Blick.

»Coquilles.« Sie wusste, dass es nicht die exakte Übersetzung war, aber es klang merkwürdigerweise passend.

»Gilles de Bourdan mag ihn«, fuhr Claudine fort. »Sie müssen wissen, dass es ihm nicht um die Kunst geht. Gilles ist ein sehr kluger Geschäftsmann, und er hat eine Menge Ahnung von Marketing. Besser, die Leute haben eine Meinung über Kunst, als dass sie sie gar nicht interessiert.«

»Und Don Doncaster ist ein Meister in Selbstvermarktung«, ergänzte Clémence.

»Ich bin sicher, dass er gut ankommt, ganz egal, wie lächerlich seine Werke sind«, stimmte Penelope zu.

»Ist es wirklich so lächerlich, eine Menge Geld zu verdienen?«, fragte Claudine.

»Mit richtig schlechter Kunst?«

»Mit richtig schlechter Kunst«, bestätigte die Museumsdirektorin. »Beide, er und Gilles de Bourdan, profitieren extrem.« Sie gab einen kurzen Seufzer von sich, der einerseits Missbilligung, andererseits auch etwas Neid bedeuten konnte.

Penelope schüttelte den Kopf. »Mit fällt es schwer, das zu glauben. Ich vermute eher, dass der Großteil seines Geldes von seiner früheren Karriere in London stammt.«

»Es ist ja nicht nur die Kunst.« Claudine konnte das Thema nicht fallen lassen. »Don hat das typische Leben eines Künstlers um sich herum erschaffen. Ein ernsthafter Künstler wie Nicolas arbeitet hart und glaubt an seine Werke. Aber jemand wie Don … Er tut so, als wäre er ein Künstler, er schauspielert, und das wird dann Teil seiner Kunst.«

Claudine richtete ihre braunen Augen auf Penelope, ein intensiver Blick, mit dem sie um Verständnis heischte.

»Zu viel Wein, zu viele Frauen, ein bisschen Kontroverse«, führte Clémence weiter aus. »Die Bereitschaft, mit Journalisten zu sprechen. Die Erlaubnis, ihn in seinem wunderschönen, möglichst exzentrischen Künstlerhaus in der malerischen Provence zu besuchen. Artikel in Magazinen, die sein schönes Leben in der warmen Sonne beschreiben. Das alles funktioniert im Rest des Landes sehr gut. Doncaster hat seinen Teil dazu beigetragen, und die Öffentlichkeit trägt den ihren dazu bei.«

»Und du darfst nicht vergessen, dass Gilles ein ausgezeichneter Vermittler ist«, warf Claudine ein. »Er hat das für Nicolas sehr gut gemacht.«

»Und Künstler wie Don bedienen die sensationslüsterne Seite des Ganzen. Sie betreiben das Showgeschäft«, meinte Penelope.

»Ja, das ist eine ziemlich treffende Beschreibung. Gilles

hat ein gutes Gespür dafür, wer welche Werke kaufen möchte. Das ist wie bei diesen seriösen Antikhändlern, die ihre prestigeträchtigsten Stücke an die Privatkundschaft verkaufen. Nicolas' Bilder und ihre Käufer sind ein komplett anderer Markt als der, in dem Don Doncaster verkauft.«

»Denken Sie denn, der Zusammenbruch könnte ein Marketing-Gag gewesen sein?«

»Wer weiß?«, sagte Clémence, »Er versucht ständig …«

Die Tür des Cafés schwang krachend auf. Nicolas, zerzaust und in farbverschmierten Jeans und T-Shirt, verzichtete auf eine Begrüßung.

»Ich habe gerade mit Gilles telefoniert. Don Doncaster ist vor einer halben Stunde verstorben. Die Polizei hat Ermittlungen aufgenommen!«

5

»Du wirst es nicht glauben!«, sagte Penelope zu Frankie, ihrer liebsten, ältesten und – gelegentlich – anstrengendsten Freundin.

Zurück im Le Chant d'Eau hatte sich Penelope nicht beruhigen können. Es war kein Wetter zum Spazierengehen. Vergeblich hatte sie versucht, Cello zu spielen oder sich auf ein Buch zu konzentrieren. Doch immer wieder musste sie an den ausgestreckten Körper denken, der rücklings auf dem Boden der Galerie gelegen hatte, und an die so unpassenden glänzenden britischen Schuhe. Es gab nur eine Lösung: ein Telefonat mit ihrer alten Vertrauten, die sie nicht dafür verurteilen würde, dass sie eine morbide Faszination für diese ganze Angelegenheit empfand.

»Was werde ich nicht glauben? Dass du nun endlich mit Laurent zum Abendessen warst?«, spöttelte Frankie.

»Äh, also … nein. War ich eigentlich nicht.« Penelope erklärte es ihr.

Frankie hörte aufmerksam zu, streute nur gelegentlich mitfühlendes Brummen ein oder Rufe wie »Runter vom Sofa, du dummes Vieh!« und »Wenn du an diesen Teller gehst, fliegst du raus!«. Das konnte nur bedeuten, dass Perky, Frankies dämonisch großer Hund, den niemand außer ihr liebte, gerade wieder dabei war, seine nähere Umgebung zu verwüsten. Einmal legte sie sogar den Hörer zur Seite und kehrte dann schwer atmend und leise fluchend zurück. Am Ende von Penelopes Geschichte pfiff sie durch die Zähne.

»Du kannst auch nirgendwo hingehen, ohne dass jemand in der Nähe unter rätselhaften Umständen den Löffel abgibt.«

Penelope schnappte nach Luft. »Bitte sag doch nicht so etwas.«

»Natürlich ist das alles ein grauenhafter Zufall. Wobei ich wirklich hoffe, dass du jetzt nicht so weitermachst, wie du angefangen hast, als du in Frankreich angekommen bist.«

»Das ist nicht hilfreich, Frankie.«

»Entschuldigung. Aber was ist denn jetzt die Todesursache?«

»Das scheint niemand zu wissen. Die Polizei hat Ermittlungen eingeleitet und sagt nichts.«

»Du weißt doch allen voran genau, dass die Dinge oft nicht so sind, wie sie auf den ersten Blick erscheinen. Und du willst die Wahrheit wissen.«

»So ist es.«

»Aber dieses Mal hat es nichts mit dir zu tun, richtig? Ich denke mal, du kannst dich trotzdem nicht heraushalten. Dabei muss rätselhaft nicht sofort kriminell bedeuten, nur weil die Todesursache noch nicht veröffentlicht wurde. Oder weil die Behörden überprüfen, dass es möglicherweise kein Unglücksfall war, beziehungsweise ein Todesfall in der Öffentlichkeit aufgrund einer natürlichen Ursache.«

Penelope starrte aus dem Küchenfenster. Der Feigenbaum im Garten bog sich unter dem Wind, seine verbliebenen süßen Herbstfrüchte wurden von den obersten Ästen geschüttelt. Der Mistral war immer noch kräftig, doch er schien allmählich nachzulassen. »Ja, natürlich.« Pause. »Ich bin einfach nur zu einer Ausstellung gegangen, um einen Freund von Laurent zu treffen, bevor wir zu Abend essen. Ich hatte mich so auf beides gefreut!«

»Jetzt kommen wir langsam zum Kern des Ganzen.«

»Du hast vollkommen recht, es hat nichts mit mir zu tun – sondern mit Laurents Freunden, Claudine und Nicolas. Du hast sie ebenfalls auf der Dinnerparty in seinem Haus kennengelernt. Nicolas hat das alles ziemlich mitgenommen, obwohl ich nicht sagen würde, dass sie beide für Don sehr viel übrig hatten. Ihnen war bewusst, dass dessen abstoßende Werke nur dazu da waren, um damit Geld zu verdienen, und dass er eine ganz andere Art von Künstler war als Nicolas. Aber sie wurden beide von demselben Galeristen vertreten, und es ist auf einer gemeinsamen Ausstellung für die erfolgreichsten Künstler der Galerie passiert, also quasi vor der eigenen Haustüre. Ich vermute schon, dass ihnen das alles ziemlich nahegeht.«

Frankie schwieg für eine Weile. Normalerweise war sie laut und distanzlos, doch sie wusste immer genau, wann sie Penelope in Ruhe nachdenken lassen musste. Während ihrer Schulzeit in Bromley, Südlondon, hatten sie in derselben Vorstadtgegend gewohnt. Sie waren gemeinsam jeden Morgen zum Bus nach Bromley High gelaufen und hatten sich in den Ferien gemeinsam für die aufregende Jagd nach Jungs verschworen. Sie waren zu einem Paar entsetzlich kichernder Teenager geworden, und es gab Dinge zwischen ihnen, die für immer so bleiben würden.

»Wenn ich an diesen Abend zurückdenke«, grübelte Penelope laut vor sich hin, »gab es zwischen den Künstlern einige Spannungen. Sie sind – waren – alle sehr verschieden, und vielleicht gab es da noch unausgesprochene Differenzen bezüglich der Art und Weise, wie der Galerist sie vermarktet hat. Aber das sind nur Vermutungen meinerseits, die sich auf das beziehen, was Claudine und Clémence zwischen den Zeilen durchblicken ließen.«

Frankie stieß einen spitzen Schrei aus. Ihr Hund kaute offenbar gerade auf den Vorhängen herum. »Das klingt alles ganz danach, als müsste ich dich sehr bald wieder besuchen, Pen.«

Schaudernd erinnerte sich Penelope an die Völlereien und Rosé-Orgien, als ihre Freundin sie das letzte Mal in der Provence besucht hatte. Sie hatte Wochen gebraucht, um sich davon wieder zu erholen.

»Das wäre fantastisch, aber lass uns warten, bis alles geklärt ist. Ich würde mich freuen, wenn du einen Blick auf die Nebengebäude wirfst. Ich würde gern eins in ein *gîte* umbauen.«

Frankie und ihr Mann Johnny führten ein sehr erfolgreiches Bauunternehmen. Nichts lenkte Frankie mehr von einer Sache ab als das Thema Bauen und Renovieren. »Oh, du hast dich also entschieden, ein bisschen zu vermieten. Nicht, dass ich dir jetzt sagen würde, dass ich dir das längst vorgeschlagen hätte, aber …«

»Damit hast du es soeben getan, Frankie!«

Am nächsten Morgen schreckte sie aus einem unangenehm lebendigen Traum auf, in dem sie in der Galerie in Avignon gefangen war. Es gab keinen Ausweg, und sämtliche Wände waren voll von antiken rostigen 2CV und traurig aussehenden Welpen.

Sie stand auf, setzte erst einmal Teewasser auf, betrachtete dann genervt die Früchte und den Joghurt, die sie fürs Frühstück gekauft hatte, und warf die Kühlschranktür zu. In Mantel und Stiefeln machte sie sich den Pfad den Hügel hinauf durch den Wald ins Dorf. Es gab nur eine Möglichkeit, ihre kreisenden Gedanken und fortwährenden Vermutungen über diesen verdächtigen Tod zu durchbrechen.

Die Bäckerei auf dem Marktplatz von St Merlot war überragend. Was ein ziemlich zweifelhafter Segen für eine Frau war, der es schwerfiel, der Verlockung eines traditionellen kontinentalen Frühstücks zu widerstehen. Der Meisterbäcker Jacques Correa machte die besten Croissants, die Penelope jemals gegessen hatte: krosse, flockige Köstlichkeiten aus Butter, die genau die richtige, etwas festere Konsistenz in der Mitte hatten. Vor einigen Wochen hatte sie eine Abmachung mit sich selbst getroffen. Wenn sie eines wollte – und zwar nur eines, wohlgemerkt – musste sie dafür einmal den Hügel hinauf und wieder herunter laufen. Weg mit den Kalorien, bevor neue hinzukamen.

Die *Boulangerie* befand sich in einem schmalen gelbgetünchten Gebäude, vor dem einige Tischgruppen unter einer Pergola mit Weinlaub standen. Im Sommer war sie morgens ein beliebter Treffpunkt für die Einheimischen, mit gutem Kaffee und einem grandiosen Blick über den Luberon. Jetzt standen die Tische verwaist in der hellen, eisigen Luft, die der Mistral hinterlassen hatte.

Penelope öffnete die Tür und tauchte ein in eine warme Welt voller Düfte und Verlockungen. Eine Schlange wand sich durch den gesamten Verkaufsraum. Plaudereien und Lachen schwirrten zwischen den Kunden durch die Luft, und hinter der Theke ging Madame Correa gekonnt auf alles ein. Einige Leute lächelten Penelope zu, und sie nickte zurück. Es war schön, dass manche sie wiedererkannten und wie eine von ihnen behandelten. Jacques trug ein neues Backblech voller Croissants herein, was von der Kundschaft kollektiv mit zufriedenen Seufzern begrüßt wurde.

Penelope verließ die Bäckerei mit einer Tüte, in der sich ihr Frühstück befand, und weil sie ihren inneren Schweinehund in Bezug auf französische Patisserie nicht kontrollieren konnte, je ein Haselnuss- und Pralinentörtchen für später.

»Erwischt«, rief Clémence.

Penelope zuckte zusammen. Laurent tauchte ebenfalls auf, grinste der Pariserin über die schmale Schulter, auf deren Miene amüsierte Missbilligung lag.

»Nur ein Croissant«, gab Penelope widerstrebend zu.

»Wir haben uns schon gedacht, dass wir dich hier finden«, sagte Laurent.

»Das ist unfair.« Penelope war nicht sicher, wie sie das verstehen sollte. »Ich habe eine ganze Ewigkeit widerstanden.«

Sie kannten sie bereits einfach zu gut. Sie war sich nämlich ganz sicher, dass die Bäckerei von St Merlot nicht zu Clémences Tagestour gehörte. Waren sie und Laurent hier gemeinsam aufgetaucht? Falls ja, was hatte das zu dieser frühen Stunde zu bedeuten?

»Habt ihr nach mir gesucht?«

Laurent schenkte ihr ein Lächeln, das sie nicht zu deuten vermochte. »Ich habe heute Morgen schon einiges geschafft und jetzt ziemlichen Appetit auf ein schönes Frühstück im Rathaus. Hast du Lust, dich uns anzuschließen?«

Tauschte er gerade einen bedeutungsvollen Blick mit Clémence, oder bildete Penelope sich das ein? Sie griff in ihren Korb und hielt die Tüte mit dem verdächtigen Croissant hoch. »Ich bringe mein eigenes mit.«

Es war nur ein kurzer Spaziergang bis zur *Mairie*, die in einem niedrigen modernen Gebäude lag, in dem sich außerdem die örtliche Post befand. Die französische Nationalflagge wehte von einem Fahnenmast. In großen verzinkten Pflanzkübeln neigten sich Wandelröschen und Olivenbäumchen der Sonne zu und bewegten sich in der mediterranen Luft.

Auf dem Weg zum Büro des Bürgermeisters wurden sie von Nicole und Marie-Lou gegrüßt. Die beiden führten die Post und hatten stets ein offenes Ohr für die kleinen Gerüchte und Intrigen. Darin unterschieden sie sich nicht von der Kundenschar, die mehr an aller Art von Dorfklatsch interessiert war als daran, Pakete zu versenden oder Briefmarken zu kaufen.

Laurent schloss die Tür hinter ihnen und stellte den Kaffeevollautomaten an. Bald schon saßen sie mit einem starken Espresso um seinen Schreibtisch und diskutierten eifrig den verdächtigen Tod von Don Doncaster.

Wie erwartet aß Clémence nichts. Penelope verzehrte ihr göttliches Croissant mit so viel Zurückhaltung, wie es nur menschenmöglich war. Laurent verdrückte im Handumdrehen ein Croissant, ein Schokocroissant und einen Mandelstriezel. Das machte er doch ganz sicher nicht jeden Morgen, so fit, wie er aussah! Oder gab es einen mysteriösen, aber offensichtlich unfairen Grund, dank dem der Stoffwechsel bei Franzosen anders funktionierte als bei Briten?

»Das ist alles ganz fürchterlich«, stellte Laurent fest.

Penelope schreckte aus ihren Gedanken. Sie nahm an, dass er über Don Doncasters Ableben sprach und nicht über die überaktiven Fettzellen einer Engländerin mittleren Alters.

»Sicher, es gab Hinweise auf ein Trauma, aber niemand hat damit gerechnet, dass er sterben würde. Gestern Morgen sah es so aus, als wäre er auf dem Wege der Besserung.«

»Was ist auf dem Weg ins Krankenhaus passiert? Ist er noch wieder zu sich gekommen?«

»Er begann zu stöhnen, hustete und bekam einen Rückfall. Um ehrlich zu sein, dachte ich, er wäre eingeschlafen und dass er überhaupt nur zusammengebrochen ist, weil er zu viel getrunken hatte.«

»War er denn sehr betrunken?«

»Zumindest war er das häufig.« Clémence rümpfte angewidert die hübsche Nase. »Das war einer der Gründe, warum seine Frau ihn verlassen hat. Und als sie erst einmal weg war, hat er umso mehr getrunken.«

Penelope schüttelte den Kopf.

»Ich fürchte, das ist eine dieser typischen Auswanderergeschichten«, fuhr Clémence fort. »Das lange verheiratete Paar zieht hierher und glaubt, damit seine Probleme lösen zu können. In Wahrheit macht es das alles schlimmer, sobald sich die erste Aufregung gelegt hat. Zu viel Wein, zu viel Zeit, zu wenig Ablenkung. Und aus dem Traum wird ein Alptraum.«

»Na denn Prost. Das werd ich mir merken.«

Laurent lachte.

»Wie lange hat es denn gedauert, bis die Ehe der Doncasters am Ende war?«

»Einige Jahre; vier, vielleicht fünf.«

»Und woher wisst ihr das alles?«

»Ich habe ihnen ihr Haus verkauft, nachdem sie hier angekommen waren. Und ich hoffe, dass ich es bald wieder verkaufen kann.«

»Also gute Kunden!«

Clémence erlaubte sich ein kleines, selbstbewusstes Lächeln.

»Ist sie denn nach Großbritannien zurückgekehrt?« Irgendwie hatte Penelope keine Ehefrau erwartet. Angesichts ihrer eigenen diesbezüglichen Erfahrung war sie mehr an den Umständen der Scheidung dieser Frau interessiert, als sie es hätte sein sollen.

»Nein, sie lebt noch hier.«

Laurent verdrehte die Augen. Entweder hielt er allgemein nicht sehr viel von geschiedenen englischen Ex-Frauen, die in der Provence lebten, oder er kannte Frau Doncaster. Penelope war sich sehr bewusst darüber, dass die Franzosen den

Zugezogenen aus dem Norden samt all ihrer Eskapaden und Exzentrizitäten gegenüber misstrauisch waren. Es gab auch gute Gründe, allen voran die Briten dafür verantwortlich zu machen. Beschämt fiel ihr auf, dass sie sich nicht einmal die Haare gebürstet hatte, bevor sie aus dem Haus gegangen war. Sie versuchte, sie ein wenig mit den Fingerspitzen zu glätten und in Form zu bringen.

»Und?«

»Fenella Doncaster ist ebenfalls Künstlerin. Viele Leute würden sogar sagen, dass sie viel besser gemalt hat als ihr Ex-Mann. Aber wie so viele hat sie keinen kommerziellen Erfolg, zumindest im Vergleich zu ihm«, erklärte Laurent.

»Fenella?« Penelope fiel der Online-Artikel wieder ein, den sie gelesen hatte. Also keine Tochter oder Nichte, sondern seine Frau, die wegen dieser Tumulte verurteilt worden war. »Haben die Doncasters sich einvernehmlich getrennt?«

»Ganz und gar nicht. Die waren sich überhaupt nicht mehr grün.«

»Und was macht sie jetzt, da sie auf sich allein gestellt ist?«

»Sie lebt immer noch in Goult. Sie malt auch noch. Aber sie verdient ihr Geld mit Kunstkursen an verschiedenen malerischen Orten wie dem *Manoir* in Gordes und dem *Château Carmin* in Roussillon. Es heißt, sie sei eine ziemlich gute Lehrerin.«

»Schade, dass Don ihre Kurse nicht besucht hat! Vermutlich lebt sie auch von seinen Unterhaltszahlungen. Sie würde ihn also nicht tot sehen wollen. Aus den Augen und aus dem Sinn vielleicht – aber nicht tot.«

»Ich glaube nicht, dass irgendjemand Fenella Doncaster für eine Mörderin hält«, sagte Laurent.

»Nein, ich auch nicht.«

»Aber sein Tod ist verdächtig«, beharrte Penelope. »Das

würde doch bedeuten, dass es einen Mörder geben muss? Was sagt denn die Polizei dazu?«

Wider Willen fand Penelope das alles ziemlich aufregend. Sie genoss es, hier zu sitzen und erneut Detektivin zu spielen. Außerdem hatte sie das Gefühl, dass Laurent und Clémence Wert auf ihre Meinung legten.

»Sie haben bisher nichts preisgegeben, außer dass es verdächtige Todesumstände sind«, gab Laurent zu.

»Sie wollen dir keinerlei Informationen geben?«

»Nichts.«

Sie schwiegen eine Zeit lang.

Clémence wurde todernst, als sie endlich etwas sagte. »Übrigens hast du da Croissant-Krümel im Haar, Penny.«

6

Wenn Penelope in Frankreich mit dem Auto unterwegs war, hörte sie am liebsten den Radiosender *Nostalgie*. Dort wurde eine fröhliche Mischung von Pophits der Sechziger bis Achtziger gespielt, inklusive all der Songs, die aus heutiger Sicht eher peinlich wirkten. Aber wer konnte schon ununterbrochen klassische Musik hören?

Manchmal dudelten sie auch eines dieser schrecklichen französischen Pop-Liedchen, das Penelope noch aus der Zeit kannte, als sie mit zwölf oder dreizehn Jahren mit der Familie über französische Nationalstraßen unter Platanen hindurch Richtung Süden gefahren war. *Rock 'n' Roll funktioniert einfach nicht auf Französisch,* dachte sie. Und dennoch schafften es diese Songs, ihr Herz zu berühren und gute Erinnerungen an ihre Eltern wachzurufen. Mutter auf dem Beifahrersitz ihres Ford Granada, leise fluchend unter einer riesigen Route-Michelin-Autokarte vergraben, während Vater an einer kalten Pfeife zog, die er aus Rücksicht auf seine Familie im Auto nicht anzündete.

Penelopes Vater, ein Allgemeinmediziner und Polizeiarzt, verbarg seinen wahren Charakter mit einem geradlinigen Äußeren. Während sie aufwuchs, hatte er oft zu viel zu tun, um sich um das Familienleben und sein einziges Kind zu kümmern. Aber im Urlaub in Frankreich gehörte er ganz ihr, gab sich sorglos und entspannt, immer auf der Suche nach Burgen, Stränden oder guten Restaurants. Glückliche Zeiten. Dank eines seiner befreundeten alten Kollegen, eines Rechtsmediziners, hatte sie den ersten Schritt zurück in die Unabhängigkeit gemacht und ihre Anstellung als Sekretärin in der Rechtsmedizin des Innenministeriums gefunden, während sie noch verheiratet gewesen war.

Einen Moment lang schwelgte Penelope in den traurigen Erinnerungen an ihre Eltern, die beide nicht mehr lebten. Sie hatten die Provence geliebt und wären begeistert gewesen vom Le Chant d'Eau. Es war nicht nur ihr Anteil an der Scheidung, sondern auch der Erlös aus dem Verkauf ihres Elternhauses in Südlondon, mit dem sie es sich hatte leisten können, das alte Bauernhaus auf der Stelle zu kaufen und ein finanziell sorgloses Leben zu genießen.

Jetzt, da die ganzen Touristen zurück in den Norden abgereist waren, fühlte es sich immer noch aufregend an, bleiben zu können, statt die Tage zählen, bis es wieder ans Kofferpacken ging, um nach Hause zu reisen. Dies war ihr Zuhause. Was sie doch für ein Glück hatte.

Eigentlich hatte sie vorgehabt, zu der Weinhandlung *V Comme Vin*, die Clémence ihr empfohlen hatte, nach Apt zu fahren, um die Vorräte für ein Mittagessen zu kaufen, das sie für Sonntag geplant hatte. Doch die Unterhaltung bei dem Frühstück in der *Mairie* hatte sie ins Grübeln gebracht. Die Weinhandlung *Château Carmin* in Roussillon hatte ebenfalls einen guten Ruf, vor allem bezüglich des regionalen Rosés, und Penelope fand dies eine gute Gelegenheit, ein wenig mehr über Fenella Doncaster und ihre Kunstkurse herauszufinden. Es wäre sogar gut möglich, dass sie die Ex-Frau gegen Ende ihres Donnerstagmorgenkurses abpassen könnte, denn sie hatte den Kurs auf der Website der Weinhandlung entdeckt.

Penelope vermied es sorgfältig, genauer über ihre Motive nachzudenken. Dann hätte sie nämlich zugeben müssen, dass es nicht nur eine gewisse Neugier in Bezug auf diese faszinierende Person Don Doncaster war, sondern auch das Bedürfnis, Laurent Millais und Clémence Valencourt mit ihren Ermittlungsfähigkeiten zu beeindrucken. Also rechtfertigte sie ihr Tun mit der Aussicht auf das Mittagessen mit Monsieur Charpet und seiner Schwester Valentine sowie Pierre Louchard vom benachbarten Bauernhof und dessen neuer Freundin Mariette. Sie würden eine Menge Wein trinken, und da lag es vollkommen nahe, diesen an einem interessanten Ort zu kaufen.

Dieses Mal musste sie nicht bis in den Ort fahren. *Château Carmin* lag an der östlichen Zufahrt nach Roussillon auf einem Hügel inmitten von beeindruckenden Weinstöcken. Es war die herrlichste Zufahrt zu einer Weinhandlung, die Penelope je gesehen hatte. Zypressen und Olivenbäume säumten die holprige Straße, dazwischen einige Oleanderbüsche. Ein alter Traktor war stilvoll neben einer Steinhütte an der Vorderseite des Hügels abgestellt worden. Der Weinhof, weniger ein *Château,* sondern eher eine Ansammlung verschiedener großer Wirtschaftsgebäude, war in einem satten rauchigen Rot getüncht.

Penelope betrat einen höhlenartigen Raum mit einem ausladenden rustikalen Tresen, auf dem Weinflaschen in metallenen Eiskühlern standen. Eine Armee von Gläsern wartete auf potenzielle Kunden, die den Wein probieren wollten. Einige umgedrehte Weinfässer dienten als Tische. Rechter Hand war ein Verkaufsbereich, in dem Weißer, Rosé und Roter in aller Pracht präsentierten wurden.

»Je peux vous aider, Madame?«

Eine junge Frau mit einem Pferdeschwanz und in hautengen Jeans in Stiefeln kam erwartungsvoll hinter dem Tresen hervor.

»*Je voudrais goûter du vin, s'il vous plaît*«, sagte Penelope.

Bevor ihr erlaubt wurde, den Wein zu probieren, musste sie jeden einzelnen Gang des für Sonntag geplanten Mittagessens offenlegen, inklusive aller Kräuter, die sie beim Kochen zu verwenden gedachte, und des Käses, den sie reichen wollte. Die junge Frau hörte aufmerksam zu und machte dann einige Vorschläge. Penelope probierte winzige Schlucke und stellte schnell fest, dass jeder Wein hervorragend war. Den Wein zu kaufen war der einfache Teil. Nicht betrunken umzufallen der schwierigere.

Sie entschied sich für sechs Flaschen vollmundigen Rotwein, sechsmal fruchtigen Rosé und drei von einem sehr anständigen Weißwein. Währenddessen überlegte Penelope, wie sie am besten unauffällig auf Fenella Doncaster zu sprechen kommen könnte, als ihr ein Stapel Werbeflyer mit der Aufschrift *Einführung in die Malerei* ins Auge fiel. Sie hatte Glück. Die Kursleiterin war Fenella Doncaster, und es standen sogar eine E-Mail und eine Telefonnummer dabei.

Penelope warf einen beiläufigen Blick auf den Flyer. »Ich habe gehört, dass diese Kurse ziemlich gut sein sollen.«

»Sie sind sehr beliebt, das stimmt, Madame.«

»Ich denke darüber nach, auch einen Kurs zu besuchen. Oh, donnerstagmorgens. Läuft gerade einer? Das wäre ja eine gute Gelegenheit, herauszufinden, ob dieser Kurs für mich infrage kommt, bevor ich mich einschreibe. Was denken Sie, wäre das möglich?«

»Ah, *non*. Leider nicht.«

»Oh?«

»Madame Doncaster hat den Kurs für diese Woche abgesagt. Soweit ich weiß, gab es einen Trauerfall in der Familie.«

»Oh, das tut mir sehr leid. Doncaster? Warten Sie, jetzt, da Sie den Namen erwähnen, glaube ich, dass ich Madame

Doncaster schon einmal getroffen habe. Sie ist die Frau von Don Doncaster, dem britischen Maler, der … wo noch mal lebt?«

»Das ist sie, Madame, besser gesagt, sie war es. Sie hat heute Morgen angerufen und war vollkommen außer sich. Sie hat uns mitgeteilt, dass ihr Ehemann verstorben ist, und die Kurse für diese und nächste Woche abgesagt.«

»Wie schrecklich für sie. Was für ein Schock.«

Die Verkäuferin hielt Penelope das Kartenlesegerät hin, damit sie bezahlen konnte. »Ja, das wird hart sein.«

»Das wird es sicherlich.« Penelope fand es merkwürdig, dass die junge Frau von den Doncasters immer noch als Ehepaar sprach, und nicht, als wären sie bereits geschieden. Sie wollte gerade ihre Kreditkarte einstecken, als ihr ein Etikett auf einer schmalen Flasche Rosé auffiel, die bei den Sonderangeboten stand. Der Wein war beinahe durchsichtig, mit nur einem hauchzarten rosa Schimmer in der Flasche.

»Ist die Polizei eingeschaltet?«

»Oh, ja.«

»Glauben Sie, dass jemand ihm etwas antun wollte?« Sie beherrschte sich gerade noch, es expliziter auszudrücken.

»Das wäre möglich, ja.«

»War er denn ein Typ, den andere aus guten Gründen nicht leiden konnten?« Sie gab ihre PIN ein und reichte das Kartenlesegerät zurück.

»Dazu kann ich nichts sagen, Madame.«

Das war eine sehr diplomatische Antwort, und Penelope hielt es für besser, das Thema nicht noch weiter zu vertiefen. Die Verkäuferin gab ihr die Quittung und erklärte ihr, in welchem *cave* sie die Einkäufe abholen konnte.

Und sie war noch nicht fertig. Diese Art von Gerüchten verlangte danach, angemessen diskutiert zu werden. »Aber

Fenella hat gesagt, dass sie ihr Haus durchsucht haben und bei einigen anderen ebenso.«

»Wonach suchen sie denn?«

»Gift, Madame! Monsieur Doncaster wurde vergiftet.«

Penelope war noch dabei, die Neuigkeiten zu verarbeiten, als sie den *cave* erreichte. Pappkartons mit Wein stapelten sich vom Boden bis zu Decke und auf Holzpaletten. Zwei Männer in blauen Arbeiteranzügen standen in einer weiter entfernten Ecke und unterhielten sich lautstark.

Als sie vorbeiging, schnappte sie die Worte *mort* und *artiste* auf. Es war wirklich eine gute Entscheidung gewesen, herzukommen. Don Doncasters Ableben war offenbar das Thema *du jour*. Penelope bemühte sich nach Kräften, der Wortflut in breitem provenzalischen Dialekt zu folgen, in dem *vin* wie *veng* ausgesprochen wurde und *maison* wie *maiseng*. Sie tat so, als würde sie ihren Abholschein studieren und näherte sich.

Zu ihrer Enttäuschung hörte sie nichts, das sie nicht bereits erfahren hatte, im Gegenteil, sie wusste sogar mehr. Die Gerüchteküche hatte schon die Eröffnung der Ausstellung der Galerie in Avignon in ein Atelier in Ménerbes verwandelt, und es hieß, Don Doncaster sei mit blau angelaufenem Gesicht über seiner Staffelei zusammengebrochen aufgefunden worden. Die Männer erwähnten mit keiner Silbe seine Frau beziehungsweise Ex-Frau.

Sie waren so eifrig dabei, sich gegenseitig ihre Theorien zu erklären, dass keiner auf Penelope achtete. Sie bekam mit, wie einer darüber mutmaßte, die russische Mafia wäre von Nizza und Cannes hergekommen, um ihn zu exekutieren. Weswegen allerdings, außer dass er sich an der Kunst selbst vergangen hatte, konnte Penelope sich nicht vorstellen. Sein Gegenüber hielt der Mafia den Ruf des Briten als Säufer und Möchtegern-Schürzenjäger entgegen.

»Er hat in seinem Haus *Partys* gefeiert, wenn du verstehst, was ich meine. Das weiß doch jeder hier in der Gegend.« Das war der mit der Theorie über das Atelier in Ménerbes.

»Das ist immer dasselbe mit diesen reichen Fremden. Zuhause im eigenen Land würden die so was nicht machen«, meinte der andere.

Also bitte, dachte Penelope, *das ist doch jetzt eine zu pauschale Verallgemeinerung.* Aus Respekt vor dem Toten hüstelte sie und winkte mit ihrem Abholschein.

Einer der beiden Männer kam zu ihr, suchte ihre Bestellung zusammen und trug ihr die Kisten zum Auto. Und obwohl er die britischen Autokennzeichen am Range Rover gesehen haben musste, war seine Zuvorkommenheit nicht zu beanstanden.

Auf dem Weg zurück vom *Château* den Hügel hinab versuchte Penelope ihre Gedanken zu ordnen und das neue Wissen einzusortieren. Stimmte das mit dem Gift?

Sie war so konzentriert darauf, sich an den genauen Wortlaut in den Gesprächen zu erinnern, dass sie eine Abbiegung verpasste und sich auf der Straße ins Zentrum von Roussillon wiederfand. Das Dorf glich einem Bienenstock aus engen Gassen und kleinen Restaurants, Kunsthandlungen und Galerien, jedes Gebäude in einem anderen Terracotta-Ton verputzt. Wandmalereien an Hoftüren und Hauswänden verströmten die Atmosphäre von Bohème und Künstlerkolonie.

Langsam fuhr Penelope durch das Dorf, bis ihr bewusst wurde, dass sie sich unfreiwillig wieder auf der Straße befand, die zum Ocker-Museum und danach zur Hauptstraße führte.

Hinter der nächsten Biegung erblickte sie es zwischen den Pinien.

Zwei Polizeiautos standen vor dem ehemaligen Fabrikgebäude. Spontan bremste Penelope scharf und bog auf den Parkplatz ein. Sie parkte so weit wie möglich entfernt vom Museum, stellte den Motor ab und dachte über ihre Optionen nach. Sie konnte sich nicht entscheiden, ob Nicolas und Claudine froh darüber wären, wenn sie hier unverhofft auftauchte, oder ob sie gerade dabei war, eine Grenze zu überschreiten.

»Verdammt noch mal!« Penelope verfluchte ihr eigenes Ungestüm.

Wenige Minuten später stieg sie aus dem Auto und ging über einen baumbestandenen Pfad, der direkt zu den Wasserkanälen führte, die einst das Mühlrad angetrieben hatten. Der rötliche Sandboden war von Kiefern- und Tannenwurzeln überwuchert, die jeden Spalt nutzten, um sich an die Oberfläche zu graben. Der Pfad endete an einem Aussichtspunkt, von dem aus die Hügelflanke hinter der alten Fabrik zu sehen war. Schmale Wassergräben verliefen kreuz und quer von einem See auf der Kuppe des Hügels und führten das Wasser zu mehreren großen Mühlrädern. Die meisten dieser schweren Artefakte waren rostig und mit Moos bewachsen, doch eines ganz in der Nähe des Gebäudes sah aus wie neu. Vermutlich war es das frisch restaurierte, auf das Claudine so stolz war.

Penelope ging hin und versuchte, dabei den Eindruck zu erwecken, als hätte sie sich soeben spontan entschieden, das Rad näher anzusehen. Im hinteren Bereich des Museums war kein Lebenszeichen zu entdecken. Aus der Nähe war das Rad beeindruckend, fast doppelt so hoch wie sie. Die Achsen verschwanden im Inneren des Gebäudes und trieben dort die Mühlräder an. Es war ein gefährliches Teil, und Penelope wäre jede Wette eingegangen, dass es über die Jahre einige Unfälle gegeben hatte.

Eine Bewegung in der Glasfassade des Museums brachte sie dazu, sich hinter das Rad zu ducken, als ihr auffiel, dass so ein Verhalten erst recht verdächtig wirken würde. Das war keine gute Idee gewesen.

Penelope blinzelte zwischen den Speichen des Rades hindurch. Ein Mann stand auf der anderen Seite der Fensterscheibe im Ausstellungsbereich und schaute hinaus – ein Polizist oder ein Museumsmitarbeiter? Hatte er sie gesehen? Sie hielt den Atem an. Ein zweiter Mann in dunkler Kleidung kam mit entschlossenen Schritten auf den ersten zu, gefolgt von einer Frau. Aufgrund der Lichtspiegelungen war Penelope sich nicht sicher, aber sie glaubte, weiter hinten im Raum Claudine zu erkennen, die mit einem weiteren Mann sprach. Sie konnte ihn zwar nur von hinten sehen, doch die gedrungene Statur und das Auftreten wie ein Gockel erinnerte sie an jemanden, dem sie wirklich niemals wieder begegnen wollte.

Sie rührte sich nicht und hoffe, all diese Leute würden sich endlich vom Fenster entfernen. Es wäre einfach zu peinlich, wenn sie dabei erwischt wurde, wie sie hier herumspionierte. Was könnte sie schon als Entschuldigung vorbringen?

Nach fünf endlos langen Minuten verließen die Leute endlich den Ausstellungsraum. Sobald sie hinter der Wand des zum Haupteingang führenden Korridors verschwunden waren, lief sie im Schutz der Bäume zurück über den Pfad und weiter zum Parkplatz.

»Teufel noch eins, das war knapp!«, fluchte Penelope laut, während sie nach Atem rang.

Kaum saß sie im Auto, schloss sie die Augen. Sie hatte das grässliche Gefühl, sich vollkommen lächerlich gemacht zu haben. Jetzt half nur noch Angriff, denn das war die beste Verteidigung. Wenn sie jetzt einfach so verschwand, würde sie das nur noch schlimmer aussehen lassen.

Sie stieg aus und ging Richtung Museumseingang, blieb jedoch hinter einem dicken Baum am Rande des Parkplatzes stehen, als sie die stämmige Gestalt zu dem größeren der beiden blauen Polizeiautos gehen sah. Penelope schluckte beklommen. Der große Polizist erschien, dahinter ein Mann, der keine Uniform trug und mehrere Tüten in der Hand hielt, die nach Beweismaterial aussahen. Sie blieb, wo sie war, bis beide Polizeiautos endlich verschwunden waren.

Penelope näherte sich dem Museum und versuchte sich dabei an einem neutralen Gesichtsausdruck. Sie war noch einige Schritte vom Eingang entfernt, als Claudine herauskam, totenblass im Gesicht. Sie schrak zusammen, als sie Penelope entdeckte, und versuchte dann vergeblich, sich ein wenig zu beruhigen.

»Es ist etwas Schreckliches passiert!«

Penelope wandte sich ihr zu. »Was denn?«

»Es geht um Don«, sagte die Museumsdirektorin.

Sie hat einen leichten Schock, dachte Penelope. »Erzählen Sie es mir.«

»Die Polizei glaubt, dass er vergiftet wurde!«

Im Büro versuchte Claudine mit allen Mitteln, einen beherrschten Eindruck zu vermitteln. Sie schenkte zwei Gläser Badoît ein, anschließend setzten sie sich in skandinavische Ledersessel nahe eines hohen, halbrunden Fensters. Die beeindruckenden Bilder auf den weißen Wänden hatte sicherlich Nicolas gemalt. Puristische Ockerfarben, die von einem mystischen violetten und schwarzen Schleier überlagert waren – es war ganz sein charakteristischer Stil.

Penelope ahnte bereits, was die Polizei mitgenommen

hatte, doch sie übte sich in Geduld, bis die Museumsdirektorin damit herausrückte.

»Ich bin so wütend. Sie haben mich nicht direkt beschuldigt, aber da gab es so eine unterschwellige Andeutung.« Claudine nippte an ihrem Wasser.

Penelope nickte nur, um sie nicht zu unterbrechen.

»Es war alles ganz plötzlich und unerwartet. Die Polizei … Es war, als ob sie meine Reaktion … testen wollten.«

Wieder ein Nicken.

»Die waren den ganzen Morgen hier.«

Schweigen.

»Haben sie denn gefunden, wonach sie gesucht haben?«, fragte Penelope schließlich.

Claudine suchte ihren Blick. »Ja, in der Tat. Sie haben den Raum, den ich Ihnen gezeigt habe, der mit den alten Farben und Lacken, versiegelt und außerdem einige Ausstellungsstücke mitgenommen.«

Penelope ahnte bereits die Antwort auf ihre nächste Frage. »Haben Sie denn sehen können, was genau sie mitgenommen haben?«

»Nein. Das haben sie mir nicht erlaubt. Das ist doch lächerlich! Warum sollte die Polizei mich verdächtigen, ihn zu vergiften? Was hätte ich davon?«

»Es könnte sein, dass sie nicht Sie verdächtigen, sondern vielmehr die alte Farbe. Die toxischen Substanzen, die darin vielleicht noch enthalten sind. Schließlich haben sie Sie nicht festgenommen.«

Kopfschütteln.

»Ich bin sicher, dass sie lediglich sämtliche Möglichkeiten in Betracht ziehen. Sie überprüfen alle, die mit dem Verstorbenen in Verbindung standen und an dem Abend in der Galerie in Avignon waren, als er dort zusammengebrochen ist.«

Kaum hatte Penelope das ausgesprochen, wurde ihr mulmig. Sie war an dem Abend schließlich ebenfalls dort gewesen. Früher oder später würde sie um ein Wiedersehen mit diesem selbstgefälligen Polizisten nicht herumkommen. Nicht gerade eine verlockende Vorstellung.

»Ich gehe jedenfalls nicht davon aus, dass Sie sich Sorgen machen müssen. Das ist ein ganz normales Vorgehen der Polizei, alle offensichtlichen Verbindungen und Zufälle von Beginn an auszuschließen, bevor die wirkliche Detektivarbeit beginnt. Sie konnten die ganzen Gifte hier ja schlecht ignorieren. Aber das heißt noch lange nicht, dass sie davon ausgehen, dass sie auch verwendet wurden.«

Claudine nickte, während sich sie sichtlich zusammenriss. »Sie haben recht. Danke. So etwas musste ich hören.«

»Die Polizei im Haus zu haben, kann sehr einschüchternd sein. Aber letzten Endes machen die nur ihre Arbeit.« Sie verkniff sich die Nachfrage, ob ein ganz bestimmter Polizist besonders unhöflich und bedrohlich aufgetreten war. Dafür war jetzt nicht der richtige Zeitpunkt. »Ich habe mir das restaurierte Wasserrad angesehen.« Sie wollte herausfinden, ob sie dort jemand bemerkt hatte. »Ich muss schon sagen, das ist wirklich beeindruckend.«

»Haben Sie?«, fragte Claudine unsicher.

»Ich bin vorhin ein wenig spazieren gewesen. Dabei habe ich mir auch die Kanäle angesehen.« Besser jetzt: Augen zu und durch.

»Haben Sie? Wenn das Projekt erst einmal vollendet ist, wird das alles ganz wundervoll. Es wird einen realistischen Eindruck davon vermitteln, wie die Fabrik früher gearbeitet hat.«

Das hörte sich nicht so an, als hätte sie jemand entdeckt. »Das wird es. Ich freue mich schon darauf.«

»Wir planen eine Sonderveranstaltung, mit der wir in den ruhigen Wintermonaten weitere Besucher anlocken möchten. Sogar ein regionaler TV-Sender hat sich angekündigt. Sie sollten auch kommen.«

»Das würde ich sehr gern.« Mit etwas Glück war bis dahin auch wieder Normalität eingekehrt.

7

Am Samstagmorgen hatte sich ein dicker Nebel über St Merlot ausgebreitet. Penelope konnte nur wenige Meter weit sehen, als sie vorsichtig den Hügel hinunterfuhr. Nicht dass es andere Autofahrer daran gehindert hätte, sie zu überholen, einmal drohte dabei sogar eine große Frau mit einer Krücke aus dem Wagenfenster. An Markttagen war in Apt immer noch viel los, aber Penelope erwischte einen Parkplatz direkt am Hauptplatz, was in den Sommermonaten unvorstellbar gewesen wäre.

Im gesamten Stadtzentrum boten Marktstände ein Kaleidoskop von Früchten und Gemüse an, alle Arten von Kürbissen, Käseräder und ganze geräucherte Schinken, Salami, sonnengetrocknete Tomaten, Oliven und Olivenöl.

Für das Mittagessen hatte Penelope eine lange Liste geschrieben. Zuerst wanderte sie durch die mittelalterlichen Gassen zum besten Metzger des Ortes. Auf dem Weg entdeckte sie im Schaufenster einer Boutique ein paar schöne Schuhe und drückte sich danach wie ein zehnjähriges Kind die Nase an der Scheibe einer Chocolaterie platt. Schließlich erlag sie an einem Stand mit Gebäck der Versuchung und kaufte Macarons, die farblich sortiert wie ein Regenbogen ausgelegt waren. So ein Markttag bot mehr als nur die Gelegenheit, Vorräte aufzufüllen. Er war eine Liebeserklärung an das Leben in der Provence.

Als Penelope zurück im Le Chant d'Eau ihre Einkäufe auspackte, konnte sie kaum glauben, was sie alles besorgt hatte.

Sie musste dringend etwas tun, und am besten noch vor dem Mittagessen.

Penelope klickte auf *Start*, nahm eine mehr oder weniger gute Haltung ein und begann mit den Hüften zu kreisen. Der pulsierende Samba-Rhythmus fuhr ihr sofort ins Blut, und sie fühlte sich wieder jung und frei. Leider erreichte dieses Gefühl ihre Füße nicht, denn kaum steigerte die Zumba-Lehrerin auf YouTube gehässigerweise Tempo und Komplexität der Bewegungen, stolperte Penelope mitten im Merengue und stürzte mit verknoteten Gliedmaßen auf den Wohnzimmerboden.

Natürlich war das nicht gerade der beste Moment für einen Besucher vorbeizuschauen, noch war es besonders geschmackvoll, ihn mit dem Hintern voran zu begrüßen. Und dann war es auch noch ausgerechnet Laurent Millais. Das war mal wieder typisch.

Er war eindeutig sehr belustigt. »Da draußen liegt mitten im Luberon-Tal ein Dorf im Tiefschlaf. Aber hier ist Karneval! Du hast mein Klopfen überhört, und die Hintertür stand offen.«

»Uff.« Atemlos rappelte Penelope sich auf die Füße und presste dabei die Beine so eng wie möglich zusammen, damit er ihre dicken Oberschenkel in den Leggings nicht sah.

»Ich bewundere deinen …«

Penelope verharrte und fühlte Hitzewellen von ihren Knien aufsteigen. Sie war gespannt, was um alles in der Welt es zu bewundern gab, wenn man mit rotem Gesicht und in unmöglichem Trainingsoutfit dabei erwischt wurde, wie man von einer Schritt-Schwenk-Schritt-Drehung-Folge besiegt worden war.

»… Geist.« Der Bürgermeister grinste immer noch unverschämt.

Penelope stellte den Computer ab.

»Gibt es etwas, das ich für dich tun kann?« Sie kratzte den letzten Rest Würde zusammen. Dann errötete sie umso mehr, weil ihr bewusst wurde, dass er das auch anders verstehen konnte. Warum fühlte sie sich in seiner Gegenwart immer wie ein unbeholfener Teenager? Das sollte einer Frau in ihrem Alter und mit ihrer Erfahrung einfach nicht mehr passieren. Sie bewegte sich hinter das Sofa, um ihre Beine erfolgreich vor seinen Blicken abzuschirmen und winkte ihm, sich zu setzen.

»Es gibt eine Menge Dinge, die du für mich tun könntest, Penny.« Diese Antwort war das Gegenteil von hilfreich. Er blickte sie aus seinen unergründlichen blauen Augen an, bevor er sich auf einen Stuhl niederließ.

»Aber vor allem wollte ich dich nach Don Doncaster fragen. Was hast du gedacht, als du ihm das erste Mal in der Galerie begegnet bist?«

»Warum interessiert dich, was ich denke?«, entfuhr es ihr.

Laurent lächelte. »Ich mag deine Art zu denken. Sie ist anders als die vieler anderer, und manchmal kann das sehr nützlich sein.«

Also nur manchmal. Aber Penelope ging nicht darauf ein.

»Nun gut, Don ... erinnerte mich an einen gewissen Typ von Auswanderern, ziemlich von sich selbst überzeugt ... aber auch nicht unsympathisch ... Tut mir leid, wo sind meine Manieren? Möchtest du einen Kaffee? Ich koche welchen, dauert nur einen Augenblick.«

Sie hatte die Absicht, eine Strickjacke zu holen und sich darin einzuwickeln, doch sehr zu ihrem Entsetzen folgte er ihr in die Küche. Als ihr auffiel, dass sie mit dem Rücken zu ihm stand, um den Wasserkessel aufzusetzen, und sie von hinten in Leggings aussehen musste wie ein Nilpferd, war es bereits zu spät. So konnte sie nur den Bauch so weit wie möglich einziehen.

»Ist alles in Ordnung?«

»Ja, warum?«

»Du hast so nach Luft geschnappt und wirkst plötzlich ganz verkrampft.«

»Wirklich? Mir geht es gut. … Das ist … das passiert Engländern ab und zu, wenn sie lange keinen … keinen guten, starken Tee mehr getrunken haben. Seit zwei Stunden oder so. Du weißt schon. Man gewöhnt sich daran.«

Sie setzten sich einander gegenüber an den Tisch, was Penelope wesentlich angenehmer fand.

»Ich habe Claudine gestern getroffen«, sagte sie. »Mehr oder weniger zufällig. Ich bin dort vorbeigefahren und sah die Polizei vor dem Museum parken.« Sie fand es besser, ehrlich zu ihm zu sein, bevor er es von anderen hörte.

»Ich weiß.«

Zu spät.

»Es sollte besser nicht die Runde machen, dass die Polizei bei den Versannes war.«

»Selbstverständlich nicht.« Jetzt begriff Penelope, was er von ihr wollte. Laurent war seinen Freunden gegenüber unerschütterlich loyal. »Die Polizei will nur den offensichtlichen Spuren nachgehen und sie ausschließen. Und dies ist eine, wenn sie davon ausgehen, dass er vergiftet wurde.«

»Das stimmt schon. Als hätten Claudine und Nicolas nicht schon genug Sorgen.«

»Sie sind wirklich sehr gute Freunde, oder?«

»Und ob.«

»Wie habt ihr euch kennengelernt?«, wollte Penelope wissen.

»Ich kenne Nicolas von der Universität in Paris. Nachdem

wir beide geheiratet hatten, haben meine Ex-Frau Eloise und Claudine sich ebenfalls angefreundet.«

»Also wirklich eine enge Beziehung.«

»Ja. Solche Freundschaften, die während des Studiums entstehen, sind etwas Besonderes. Nach der ganzen Zeit, die wir zusammen verbracht haben, sind wir heutzutage nicht immer derselben Meinung, aber wir können einander alles verzeihen.«

Penelope wusste genau, wovon er sprach. Sie hatte während ihrer Studienzeit in Durham ähnlich enge und wertvolle Freundschaften geknüpft. Die Tatsache, sich in diesen unruhigen Zeiten des Erwachsenwerdens nahegestanden zu haben, schweißte einen untrennbar zusammen, sogar wenn man sich eine Weile nicht gesehen hatte.

Es war schön, mit ihm zusammenzusitzen und über die Ereignisse der letzten Wochen nachzudenken. Ihn zum Lachen zu bringen war, als hätte sie einen Preis gewonnen. Sie war so entspannt, dass sie sogar zunächst vergaß, dass er noch gar nicht gesagt hatte, warum er vorbeigekommen war.

»Du hast ja ganz schön eingekauft, Penny.«

Die Beweise lagen überall auf der Arbeitsplatte neben dem Herd und am Tischende: Gemüse und frische Kräuter, Obst, Mehl und andere Dinge, die nicht in den Kühlschrank mussten; drei halbe Kisten Wein und mehrere Literflaschen Mineralwasser; ein Stapel neuer großzügig bemessener Bratpfannen und Blumen vom Markt.

»Für einen?« Die hochgezogene Augenbraue konnte sowohl Belustigung als auch Verwirrung bedeuten.

Penelope spürte wieder ihre Wangen rot werden. »Für fünf.«

Sie entschied sich, nichts weiter zu erklären. Es konnte nicht schaden, wenn er annahm, dass sie neue Freundschaften jenseits der übersichtlichen Welt von St Merlot geschlossen hatte.

»Wo wir gerade von gemeinsamen Essen sprechen. Wollen wir es noch einmal mit einem Abendessen versuchen? Irgendwann nächste Woche?«

»Klingt gut.«

Nachdem sich verabschiedet hatte, reckte Penelope vor Freude die Faust in die Luft. Treffer! Sie stellte das Zumba-Video wieder an und kam beim Salsa jetzt erst richtig in Schwung.

8

Penelope ging ein ziemlich großes Risiko ein. Sie hatte beschlossen, ein traditionelles englisches Sonntagsessen zu servieren: Rindfleisch und Yorkshire-Pudding, gefolgt von Biskuitpudding mit Zuckerrübensirup und Vanillesoße. Sie war sich sehr wohl bewusst, dass ein *Pudding* in Kombination mit Fleisch eine seltsame Zusammenstellung für ihre französischen Gäste sein würde, doch sie war zuversichtlich, dass sie Teige mit luftig-leichter Konsistenz und knuspriger Hülle hinbekommen würde. Sie hatte lange nach Pastinaken gesucht, bis sie welche gefunden hatte. Nichts war köstlicher als Pastinaken, die geröstet wurden, bis sie auf natürliche Weise karamellisierten! Erbsen und Bohnen, gebackene Zwiebeln und eine dicke, kräftige Soße würden ihnen allen den Geschmack ihrer Heimat näherbringen. Die Idee für das Dessert hatte sich ganz von selbst ergeben, nachdem sie im Supermarkt unerwartet den Goldenen Sirup von Tate & Lyle, traditionellen Zuckerrübensirup, entdeckt hatte.

Aus irgendeinem verrückten Grund hatte sie noch beschlossen, ihre hausgemachte Meerrettichsauce herzustellen. Ihre Augen tränten, als die weiße Wurzel beim Raspeln ihre bissige Schärfe freisetzte. Die Küche sah aus wie ein Schlachtfeld, sämtliche Ablagen waren mit Töpfen und Pfannen sowie einem dünnen weißen Mehlfilm bedeckt. Sie machte weiter, bis alle Vorbereitungen rechtzeitig und zu ihrer Zufriedenheit abgeschlossen waren und die Ordnung in der Küche wieder einigermaßen hergestellt. Jetzt war gerade noch genug Zeit, sich hübsch zu machen. Rasch schloss sie die Küchentür, damit sie nicht noch etwas entdeckte, was getan werden musste, bevor sie nach oben ging, um sich selbst vorzubereiten.

Bald zog das Aroma von gebratenem Rindfleisch durch das ganze Haus. Plötzlich fiel Penelope ein, dass sie eine Vorspeise anbieten müsste, die französischen Gäste würden das erwarten. Es war das erste Mal, dass sie für ihre neuen Freunde und Nachbarn kochte, und da musste alles auf den Punkt perfekt sein.

Dann entschied sie sich, ihnen zu erklären, dass dies exakt das Mahl wäre, das sie für ihre Familie in England kochen würde, und hoffte, dass sie sich darauf einließen. Ein letztes Polieren der Gläser, ein Glattzupfen der weißen Leinentischdecke, und der große Tisch, der entlang der Küchenfenster aufgestellt war, war herrlich anzusehen. Trotz seiner Größe wirkte der Raum mit den Steinwänden gemütlich.

Draußen vor den Fenstern hatte sich der Nebel vom Vortag verzogen, und jenseits des Gartens entfaltete sich der Blick auf die zerklüfteten blauen Berge. Vögel stießen in den klaren Himmel.

Gerade als Penelope einen Rotwein geöffnet hatte, um ihn atmen zu lassen, klopften Monsieur Charpet und seine Schwester Valentine an die Hintertür.

»Bonjour, bonjour!«, rief sie.

Küsse, Blumen und Wein prasselten auf sie nieder, während alle durcheinanderredeten.

Wie erwartet trug Monsieur Charpet einen dunkelgrauen Sonntagsanzug. Valentine hatte ein Blumenkleid gewählt. Beide bewunderten angemessen die Tischdekoration, und Penelope entgingen die verstohlenen Blicke in Richtung Anrichte nicht, mit denen sie nach Hinweisen suchten, welche gastronomischen Leckerbissen sie erwarteten. Ihre Mägen knurrten, und sie versicherten ihr, dass sie hungrig waren. Bei der Einladung zum Mittagessen ins Haus der Charpets hatte Valentine Penelope eine Gourmet-Erfahrung in ganz großem Stil beschert. Entsprechend hoch lag die Messlatte. Penelope hoffte, dass sie ausreichend vorbereitet war.

»Ich habe vor, Ihnen ein ganz typisches britisches Sonntagsessen zu präsentieren«, sagte sie mit mehr Überzeugung, als sie wirklich empfand. Ihr Menü hatte nicht sehr viele Gänge, dafür war es reichhaltig. »Ich möchte nicht behaupten, dass es sehr raffiniert ist, aber, Monsieur Charpet, Valentine, ich will, dass Sie am Ende sogar Mühe haben, auf allen vieren nach Haus zu kriechen!«

»In Sachen Essen braucht es schon einiges, um uns zu schlagen!« Valentine wedelte mit dem Zeigefinger.

Penelope lachte nervös. Die knusprigen Bratkartoffeln und die karamellisierten Pastinaken mussten jetzt für die letzte Runde in den Backofen. Eine zweite Flasche Sirup stand neben dem Herd, und der Biskuit steckte in einem Dampfgarer, der klapperte oder alarmierend rappelte und hin und wieder eine große Dampfwolke ausstieß, als wäre er der Prototyp eines Raketenantriebs aus Robert Stephensons Feder.

Um Punkt ein Uhr klopfte es abermals an der Küchentür. Penelope öffnete und empfing Monsieur Louchard und seine Verlobte Mariette mit einem Lächeln. Wie sehr sich die Dinge in den letzten drei Monaten doch verändert hatten. Als sie eingezogen war, lebte ihr Nachbar, ein Bauer und ehemaliges Mitglied der Fremdenlegion, wie ein Einsiedler und war krank vor Liebeskummer. Inzwischen war sein Auftreten weder verloren noch schüchtern. Verzückt bemerkte Penelope eine große Flasche hausgebrannten Pflaumenschnaps. Sie kannte den schon und war davon überzeugt, dass er magische Eigenschaften besaß.

Sie führte die Gäste ins Wohnzimmer. Sie alle begutachteten interessiert, was sich im Haus bereits alles verändert hatte, und sparten nicht mit guten Ratschlägen. »Das ist Ihre leere Leinwand, Madame«, meinte Monsieur Louchard, »sie wartet darauf, dass Sie sie bemalen.«

Offensichtlich war er in einer seiner philosophischen Stimmungen. Inzwischen hatte Penelope ihn besser kennengelernt und schätzte seine Eigenheiten und seine Art, Freude an den einfachen Dingen und Frieden in der Natur zu finden. Wenn er sich um seine Lavendelfelder oder um seine Herde Brébis, eine ziegenähnliche Schafrasse, kümmerte, spekulierte er über die großen Fragen der Menschheit und erklärte anschließend allen seine Schlussfolgerungen, ganz gleich, ob es jemand hören wollte oder nicht. Es hatte ihm den Spitznamen *Der Denker* – wie der von Rodin – eingebracht, und das war nicht immer nett gemeint. Denn leider entsprachen seine Offenbarungen nicht zwangsläufig dem Niveau seiner Grübeleien. Oder, um es deutlicher auszudrücken: Oft hatten seine Begleiter auf den Feldern keine Ahnung, wovon er sprach.

»Eine leere Leinwand«, erwiderte Penelope. »Hm, die ist mehr oder weniger weiß. Ich sollte mehr Farbe einbringen. Es könnte ziemlich kühl im Winter wirken, sogar mit dem Holzofen. Ich muss mal sehen.«

»Ein Vorhang, der darauf wartet, aufgezogen zu werden.« Mariette grinste breit, als wäre das als Witz gemeint. Da Penelope sich nicht sicher war, ob sie sich damit auf liebevolle Weise über ihren Verlobten lustig machen wollte, verkniff sie sich ein Lachen.

Die vier Gäste setzten sich einander gegenüber auf zwei große Sofas um einen Couchtisch. Penelope servierte Pastis und eisgekühlten Champagner. Wie erwartet tranken die Männer den Anisschnaps.

Mariette sieht jeden Tag besser aus, dachte Penelope, während sie ihr ein Champagnerglas reichte. Ihre frühere schlechte Ehe mit einem Nichtsnutz hatte das Licht in ihren Augen ausgelöscht und sie vorzeitig altern lassen, doch jetzt war sie frei und wieder glücklich. Der brutale Mord an ihrem Mann hatte St Merlot erschüttert und Penelope zu einem Teil der verschworenen Dorfgemeinschaft werden lassen. Nachdem der Schock vorüber war, hatten Mariette und Pierre Louchard ihre Romanze aus Teenagerzeiten wieder aufleben lassen, und es hatte nicht lange gedauert, bis daraus aufrichtige Liebe wurde. Das dunkle Haar hatte sie inzwischen zu einem kurzen Bob schneiden lassen, dazu trug sie einen taillierten Hosenanzug, der ihre Kurven betonte und sie um Jahre jünger aussehen ließ. Nicht zum ersten Mal empfand Penelope, dass sie viel mit Mariette gemeinsam hatte. Sie konnte sich gut vorstellen, dass sie mit der Zeit nicht nur Nachbarinnen, sondern auch Freundinnen würden.

»Ich habe diese Woche gute Neuigkeiten erfahren.« Mariette hob ihr Glas. »Wir bekommen einen neuen Bibliobus!« Sie war eine der Fahrerinnen der mobilen Bibliothek, die durch die Dörfer des Luberon rollte. Sehr zum Leidwesen aller war der alte, lavendelblau lackierte Bus immer anfälliger für Pannen geworden. Wie andere Dorfrelikte war der alte Bibliobus nicht nur ein reiner Treffpunkt, sondern der perfekte Ort, um aktuellen Klatsch und Tratsch auszutauschen. Viele hatten befürchtet, dass das Angebot ganz eingestellt werden könnte. Und einige wenige fürchteten sogar um ihren Nachschub an Lesestoff.

»Santé!«, riefen sie im Chor.

»Das sind wirklich gute Neuigkeiten«, stimmte Penelope zu.

Sie waren sich alle einig, dass es eine Schande gewesen wäre, das lebenswichtige Angebot des Bibliobusses zu verlieren. Und tatsächlich hatte Mariette erst diese Woche einige herausragende neue Informationshäppchen auf ihrer Route aufgeschnappt.

»Habt ihr von dem englischen Maler gehört, der ermordet wurde? Es scheint, dass es drei Frauen in seinem Leben gab, und eine davon muss wirklich geistesgestört sein.« Mariette ließ ihren Zeigefinger über ihre Schläfe kreisen. »Angeblich kam sie nicht damit klar, dass sie nicht seine einzige Geliebte war, und soll ihn erwürgt haben.«

Penelope fand das zwar interessant, dachte aber bei sich, dass es vor allem zeigte, wie falsche Gerüchte sich schneller als Buschfeuer ausbreiteten.

»An welcher Haltestelle gab es diese Nachricht?«

»Moment … am Freitag, also entweder in Goult oder Ménerbes. Dort wartete eine ziemlich große Menschenmenge, die nur darauf aus war, die letzten Neuigkeiten zu erfahren. Ja, es muss in Ménerbes gewesen sein. Unter den Leuten war eine Frau, die gelegentlich für den Maler geputzt hat. Er hatte dort ein Atelier. Sie wurde ziemlich belagert, genau wie der Besitzer der Bar, der die wildesten Vermutungen gehört hatte. Anscheinend könnte Don Doncaster sogar eine vierte Frau gehabt haben.«

»Hat er dort gelebt?« Penelope bemühte sich, nicht allzu interessiert zu klingen.

Valentine nahm sich ein Canapé mit Ziegenkäse, sonnengetrockneter Tomate und einem Basilikumblatt. »In *La Provence* stand, dass der Tote in Goult gelebt hat. Warum sollte er in Ménerbes ein Atelier haben?«

»Also, wenn er vier Frauen unterbringen musste?« Monsieur Charpet zog eine schelmische Grimasse.

»Die meisten sagen, dass es nur drei waren«, widersprach Mariette.

»Bei solchen Leuten ist es immer schwierig, Tatsachen und Fiktion voneinander zu trennen.« Monsieur Louchard reichte eine Schüssel mit schwarzen Thymianoliven herum.

»Köstlich, diese Dinger.« Valentine betonte es sehr deutlich, als wollte sie das Thema dieses unmoralischen Lebens möglichst rasch hinter sich lassen. »Übrigens, die besten Oliven findet man in Goult. Dort gibt es eine *Épicerie*, die bekannt für ein Geheimrezept ist: mit Mandeln gefüllte Oliven in einer speziellen Salzmarinade eingelegt. Diese Spezialität ist zwar in der gesamten Region bekannt, aber ich wüsste nicht, dass sie noch irgendwo anders so gut zubereitet werden.«

Penelope beugte sich auf ihrem Stuhl nach vorne. »Mit Mandeln gefüllt? Ist das so ungewöhnlich?«

»Nein, das nicht, aber diese werden mit einzigartigen Kräutern gewürzt, eine geheime Mischung. Sie sollten sie unbedingt probieren, wenn Sie das nächste Mal in Goult sind.«

Auf jeden Fall, dachte Penelope.

Unauffällig versuchte sie, das Thema wieder auf Don Doncaster und seine amourösen Verstrickungen zu lenken.

»Mariette, was haben Sie noch über Dons Geliebte erfahren? Wer sind sie?«

»Kannten Sie ihn, Penny?«, fragte Monsieur Louchard.

»Nur flüchtig.« Sie warf ihrem Gärtner einen Seitenblick zu. Sie hatte ihm bereits von jenem schicksalhaften Abend in der Galerie erzählt. Sie wollte nicht, dass es so aussah, als hätte sie ein unangemessen großes morbides Interesse an den Todesfällen hier in der Gegend. »Ich bin ihm nur einmal begegnet … Ich war in der Ausstellung, als er zusammenbrach.«

Die anderen warfen einander Blicke zu.

Mariette rettete sie. »Er hatte eine Frau und zwei Geliebte, wenn ich das richtig verstanden habe.«

»Ex-Frau, besser gesagt«, ergänzte Penelope.

»Ich bin ganz sicher, dass die *femme de ménage* gesagt hat, Monsieur Doncaster wäre verheiratet. Aber vielleicht war das falsch.«

»Vielleicht«, sagte Penelope. »Wer waren die beiden Geliebten?«

»Vielleicht hatte er zwei Ehefrauen und eine Geliebte«, warf Monsieur Charpet wenig hilfreich ein.

Penelope war so darauf konzentriert, das Gesagte mit dem, was sie von Clémence wusste, in Einklang zu bringen, dass sie die Rauchfahnen, die sich unter der Küchentür hervorschlängelten, viel zu spät bemerkte. Gefolgt von einem deutlichen Brandgeruch. Heftig fuhr sie auf.

»Oh mein Gott, der Yorkshire!«

Sie ließ ihre vier französischen Gäste, die von diesem merkwürdigen Ausbruch auf Englisch vollkommen verwirrt waren, zurück und stürzte in die Küche. Im Backofen qualmte die Pfanne mit dem Bratenfett. Gerade noch rechtzeitig zog sie sie heraus und warf sie ins Spülbecken, wo sie heftig aufkochte. Eine dichte Rauchwolke erhob sich. Zu ihrem Glück konnte sie sich die Blamage ersparen und das meiste bereits wegwedeln, als Monsieur Charpet mit der Hand über dem Mund in die Küche gelaufen kam und mit einem saftigen Fluch das Fenster weit aufstieß.

»Danke, Monsieur, danke«, murmelte Penelope schwach und dachte: *Das läuft nicht gerade nach Plan.* Aber je klarer die Luft wurde, desto mehr kam sie wieder zu sich. Bis jetzt hatte sie noch nichts verdorben. Sie scheuchte Charpet aus der Küche, indem sie ihm die Flasche Pastis in die Hand drückte, und öffnete das zweite Fenster sowie die Hintertür, um durchzulüften.

Zwanzig Minuten später setzten sie sich zum Essen an den Tisch.

Gespannte Stille und Lächeln, die ein wenig gezwungen wirkten, empfingen Penelope, als sie den Braten auftischte. Essen und Gastfreundschaft waren starke Waffen, wenn es um die Völkerverständigung zwischen diesen beiden stolzen Nationen ging, und Penelope entdeckte Anzeichen von gallischer Skepsis.

»Roastbeef … mit …« Ihr fiel das entsprechende französische Wort nicht ein. »… allem Drum und Dran.«

»Ah! *Le rosbif! Avec une rosbiffe!«* Monsieur Charpet lachte fröhlich, während seine Schwester ihn in die Seite stupste. Mariette und Louchard betrachteten ihre Weingläser und versuchten sich das Lachen zu verbeißen.

»Rosbiffe avec le rosbif!« Monsieur Charpet bekam sich über seinen Witz gar nicht mehr ein.

»Hab's verstanden. Sehr gut.« Penelope gab sich tapfer. *Les Rosbif* war die liebenswürdige, und manchmal gar nicht so liebenswürdig gemeinte umgangssprachliche Bezeichnung der Franzosen für Briten – das, was sie gern aßen. Umgekehrt bezeichneten die Briten Franzosen genauso gern als *Frösche.*

»Roastbeef«, wiederholte sie auf Englisch und betonte jede einzelne Silbe wie ein Nachrichtensprecher der BBC aus den 1950ern. »Und Yorkshire-Pudding.«

Das war zu viel für Pierre Louchard, der in sein Glas prustete. »Rosbif und Pudding? Zusammen? Penny, Sie sind so komisch!«

Es folgte eine kurze geflüsterte Unterhaltung zwischen ihm und Mariette, die breit lächelte und sich unter diesem *Poo-Ding* etwas ganz anderes vorzustellen schien. »Sie machen Witze, um uns auf die Probe zu stellen.«

Penelope verlor nun doch ein wenig die Fassung. »Ich mache keine Witze.« Sie starrte Louchard mit einem stählernen Blick nieder, bis er aufhörte zu lachen. »Yorkshire-Pudding ist der Stolz Großbritanniens, und das ist kein Nachtisch. Pierre, würden Sie bitte Wein nachschenken?«

Sie wandte sich wieder der Anrichte zu. Am Tisch mischte sich in die Heiterkeit eine gewisse Besorgnis. Die Schüsseln mit Bratkartoffeln und Erbsen in der einen Hand, mit der anderen die Bratensoße umrührend, macht Penelope sich bereit. Zu ihrer Erleichterung waren die Yorkshire-Puddinge im Ofen aufgegangen, so wie sie es sollten. Bei diesem kritischen Publikum konnte sie sich beim Essen keinen Fehler leisten.

Fünf Minuten später standen die verschiedenen Speisen auf den Warmhalteplatten, zusammen mit Senf, Meerrettich- und Bratensoße. Zu guter Letzt präsentierte sie das Stück Fleisch, das sie am Tischende in Scheiben zerlegte, und zwar in hauchzarte Scheiben, wie die Franzosen es gern mochten. Dann hob sie die Deckel von den Schüsseln. »Rosbif, Yorkshire-Pudding, Pastinaken, Bratkartoffeln, Gemüse – *servez-vous!*«, erklärte sie schwungvoll.

Die Reaktionen fielen verhaltener aus, als sie gehofft hatte. Das Fleisch fand die Zustimmung der Gäste, erhielt sogar anerkennendes Nicken. Aber das Hauptaugenmerk der Gruppe lag auf dem Yorkshire-Pudding. Wie ein Team von Botanikern, die eine völlig neue Pflanzenart entdeckten, lehnten sie sich auf ihren Stühlen vor und äugten über den Schüsselrand, wobei ihnen die Verständnislosigkeit ins Gesicht geschrieben stand. Penelope übernahm die Führung und legte sich eine der runden (und wunderschön aufgegangenen) Köstlichkeiten auf ihren Teller. Die anderen folgten ihrem Beispiel, mit Ausnahme von Monsieur Charpet, der einen Pudding auf seinen Servierteller legte und versuchte, ihn mit Butter zu bestreichen.

Monsieur Louchard betrachtete alarmiert die beiden fremdartigen Dinger auf seinem Teller. Auf den zweiten Blick bemerkte Penelope, dass doch nicht alle so gut aufgegangen waren wie gehofft. Da war ein fester Kern in der Mitte. Lag es am Mehl? Sie versuchte, zu erklären, dass das Ergebnis nicht so war, wie es sein sollte, doch sie alle bestanden darauf, zu probieren. Es war offensichtlich, dass sie nur höflich sein wollten. Auch die Bratensoße hatte nicht ganz die samtige Konsistenz, die sie haben müsste.

Sie wandten sich dem Essen zu. Penelope wünschte sich sehnlichst, dass jemand ein Gespräch beginnen würde, doch ihre eigenen Versuche wurden vorerst ignoriert. Sie alle waren ernsthaft damit beschäftigt, eine Geschmacksbeurteilung abzugeben.

Endlich holte Monsieur Charpet tief Luft. »Madame Penny, das Fleisch ist delikat. Und das Poo-Ding ist sehr … interessant.«

Rund um den Tisch folgte übereinstimmendes Kopfnicken, und sie nahmen einen Nachschlag. Penelope verbuchte das als Sieg.

Je mehr Wein getrunken wurde, desto flüssiger gerieten auch die Gespräche wieder. So wurden einige faszinierende Details über Laurent Millais' Geschäfte und seine politischen Ambitionen jenseits des Bürgermeisteramtes preisgegeben. Penelope bemühte sich nach Kräften, nicht allzu interessiert nachzufragen. Zum Glück wechselte das Gespräch dann zu Pierres und Mariettes Hochzeit, ein dankbares Thema, das alle Bereiche von Liebe über Essen bis hin zur Frage nach dem besten Veranstaltungsort abdeckte.

Es wurde Zeit für den zweiten Gang der frankobritischen kulinarischen Beziehung, den Kuchen mit Sirup. Auf dem Herd wartete ein Topf mit heißer Vanillesoße. Penelope wehrte alle Hilfsangebote ab, hob den zugegebenermaßen überdimensional großen Kuchen allein aus dem Dampfgarer und stürzte ihn mit einiger Mühe auf eine große Platte. Peinlicherweise klang es wie ein lauter Furz, als er sich aus der Glasschüssel löste und auf die Platte rutschte. Penelope hielt kurz inne, um dem Kuchen seine Würde zurückzugeben, und schöpfte Vanillesoße in eine Kanne.

»Mesdames, Messieurs! Le Sirup-Biskuitpudding, avec Vanillesoße.«

»Und das ist auch ein Poo-Ding, Penny?« Pierre Louchard gab sich alle Mühe, aufgeschlossen zu sein.

»Ja, ist es.« Es klang strenger, als sie beabsichtigt hatte. »Und die Vanillesoße ist im Grunde nur eine *crème anglaise*.«

Die anderen lächelten wieder, sie schienen erleichtert, dass ihnen somit zumindest die Hälfte des Gerichts bekannt war. Penelope schnitt den Biskuit in Stücke und goss Vanillesoße darüber. Der zusätzliche Sirup floss wie ein kleiner goldener Lavastrom an den Seiten hinab. Wie könnte ihnen so etwas nicht schmecken? Sie drückte sich die Daumen.

Tapfer senkten alle ihre Löffel in den Biskuit. In dieser schlichten wuchtigen Pracht – er sah auf der Servierplatte aus wie eine halbe Kanonenkugel – war es nicht nur ein Anblick, den ein französischer Koch niemals zugelassen hätte, auch der Geschmack schien ihnen fremd zu sein.

»Lasst Platz für den Käse!«, rief Penelope fröhlich und gab ihnen die Möglichkeit, die Gesichter zu wahren, ohne aufessen zu müssen. Aber alles war gut. Eine zufriedene Stille senkte sich über den Tisch, die Teller wurden leer gegessen, und die erwartungsvollen Gesichter ermutigten Penelope sogar dazu, einen Nachschlag anzubieten.

»Unbedingt!«, rief Valentine Charpet. Das war in der Tat ein Ritterschlag. Monsieur Louchard nickte in Richtung des Pflaumenschnapses auf der Küchenanrichte und meinte, der würde gut dazu passen. »Als Digestif?«

Sie alle stimmten aus vollem Herzen begeistert zu. Die Gesellschaft hatte sich definitiv von ihrem holprigen Beginn erholt.

»Ich wette, er passt auch sehr gut zum Käse.« Penelope machten die Erwartung und zugleich ihre Erleichterung unvorsichtig.

»Allerdings hätten wir den Käse vor dem Nachtisch essen müssen.« Valentine runzelte missbilligend die Stirn.

»Nein, nicht in England«, widersprach Penelope. »Immer danach.«

Das wäre eine ziemlich seltsame Praxis, stimmten die anderen überein.

»Mein Haus, meine Regeln!« Penelope lachte. Und die anderen prosteten ihr zu und stimmten ein.

Als der Käse auf dem Tisch stand und dazu Kaffee gekocht worden war, versank draußen die Sonne hinter den Hügeln und warf ein letztes strahlendes Licht aufs Haus, so freundlich und warm wie die Stimmung am Tisch.

Um sechs Uhr verabschiedeten sich die Gäste, stöhnten dabei theatralisch und hielten sich die Bäuche, als hätten sie Schmerzen. Penelope hoffte inständig, dass sie wirklich nur so taten.

Sie ließ sich aufs Sofa sinken und erlaubte sich endlich, ein wenig zu entspannen. Das Mittagessen war gut gelaufen. Sie würde den Abwasch später erledigen – ihr fiel ein, dass sie sich eine Geschirrspülmaschine kaufen sollte, und wenn sie die nächsten Monate und Jahre genießen wollte, war das sogar eine absolute Notwendigkeit. Müde, aber glücklich genoss sie den Schwips von *Château Carmins* süffigen Weinen.

Sie ließ den Kopf aufs Sofakissen sinken und betrachtete die gewölbte Decke, fühlte die Schwere in ihren Gliedern, ließ ihren Gedanken freien Lauf. Gesprächsfetzen hallten in ihrem Kopf wider, vor allem das Lob für ihre Kochkünste und die Zusammenstellung der Zutaten. Sie lächelte, als sie an die Reaktionen der Gäste zum Yorkshire-Pudding dachte, und zweifelte daran, dass sie sie jemals restlos davon würde überzeugen können. Die Franzosen bevorzugten beim Essen die einfachen Freuden, diese dann aber versiert und präzise. Das perfekte Stück Fleisch für das Rezept. Die ideale Kartoffel für das Gericht. Die besten Oliven. Penelope seufzte zufrieden.

In ihrer Erinnerung formte sich das Bild von Don Doncaster, wie er in die Schüssel mit mandelgefüllten Oliven griff und dabei schwor, es wären die besten in der Gegend. Wie er darauf beharrte, sie solle eine probieren.

Penelope stand schneller auf, als für ihren Kreislauf gut war und bereute es umgehend. Benommen schleppte sie sich nach oben ins Schlafzimmer und griff nach der Handtasche, die sie in der Galerie in Avignon dabei gehabt hatte. Sie tastete darin herum, bis sie gefunden hatte, wonach sie suchte. Sie zog die Hand heraus und hielt eine blassgrüne Olive zwischen den Fingern.

9

Am nächsten Morgen leuchtete der Himmel so blau wie Hyazinthen, und das Licht ließ die Umrisse der Hügel und jede Geländefalte gestochen scharf hervorstechen. Penelope zog ihre Sonnenbrille hervor. Es fühlte sich mondän an, sie im November aufzusetzen.

Sie parkte den Range Rover in der Nähe des Hauptplatzes von St Merlot und wartete. Einige Minuten später verließ Laurent die *Mairie* und stieg neben ihr auf der Beifahrerseite ein.

»Tausendmal danke, dass du das für mich tust«, sagte Penelope.

Die Olive hatte sie in eine Zwickmühle gebracht. Sie wusste, dass bei einer Ermittlung auch den kleinsten Hinweisen nachgegangen werden musste. Könnte diese Olive in Zusammenhang mit der Vergiftung der einen Person stehen, die alle anderen gegessen hatte? Statistisch wahrscheinlich war eine positive Antwort sicher nicht. Aber es gab eine kleine Chance, dass dem doch so sein mochte. War es das alles wert, sie zur Polizei zu bringen?

Am Ende hatte sie Laurent angerufen. In seiner Funktion als Bürgermeister von St Merlot hatte er eine Entscheidung getroffen. Und deshalb waren sie jetzt auf dem Weg zur Hauptwache der Polizei in Avignon.

Ein weißer Lieferwagen schoss ihnen um die nächste Kurve entgegen und jagte mitten über die Straße, ohne auch nur im Mindesten abzubremsen. Penelope krampfte ihre

Hände um das Lenkrad, bis ihre Knöchel weiß hervortraten. Sie spannte jeden einzelnen Muskel an, während der Range Rover von den Windverwirbelungen des Autos hin- und hergeworfen wurde.

»Ah, Gérard – wie ein Rennfahrer. Er hält sich für Sebastian Vettel. Gerüchten zufolge hat er einmal einen Bus überholt, indem er mitten über eine Tankstelle gefahren ist. Hast du die Aufregung in seinem Gesicht gesehen?«

»Laurent, ich habe für einen Moment die Augen so fest zugekniffen, dass ich überhaupt nichts gesehen habe.«

»In der nächsten Kurve solltest du sie offen lassen. Ich weiß schon, wer uns als Nächstes entgegenkommt.«

Sekunden später raste ihnen wie aus dem Nichts eine uralte Rostlaube entgegen. Für eine Sekunde sah es so aus, als würde niemand auf der Fahrerseite sitzen. Dann glommen unterhalb des Lenkrads die unbarmherzigen Augen einer Frau auf, die nicht weniger alt als das Auto war. Penelope musste ausweichen und wäre beinahe von der Fahrbahn abgekommen.

»Hell's Bells.«

»Madame Etienne. Sie ist über neunzig und macht immer noch ganz großartigen Ziegenkäse. Jenseits des Dorfes im Weiler Les Beaux Jours.«

»Wie erstaunlich.« Es war ein Wunder, dass diese Frau so alt geworden war, wenn sie immer wie eine Wahnsinnige mit dieser Geschwindigkeit um diese nicht einsehbaren Kurven fuhr.

Sie krochen den Rest der kurvenreichen Straße hinab nach Apt. Penelope entspannte sich erst wieder, als sie die Hauptstraße erreichten.

»Ist diese Straße angenehm gerade für dich?«, fragte Laurent. »Hier führte schon die alte Römerstraße Via Domitia entlang.«

Sie fuhren Richtung Westen nach Avignon. Ganz egal, wie

oft sie hier noch entlangkommen würde, Penelope würde niemals müde werden, diese abwechslungsreichen Ansichten der Dörfer auf den Hügeln zu genießen. Bonnieux mit seiner Kirchturmspitze, das schlichte Schloss von Lacoste, die zerklüfteten Bergkämme, die sich zu beiden Seiten dieses breiten fruchtbaren Tals erhoben.

»Zur Zeit des Römischen Reiches war dies die Hauptverbindung zwischen Turin und Avignon«, sagte Laurent. »Stell dir vor, wie das war, als die ganzen Legionen hier entlangmarschierten, den römischen Adler gen Himmel gereckt, mit glänzenden Schwertern, hungrig nach Eroberung und Zerstörung, während sie die neuen Provinzen erweiterten.«

»Ist das der Grund, warum es Provence heißt?«

»Ganz genau.«

»Und heutzutage sind die Eindringlinge, die auf Zerstörung aus sind, niederländische Wohnwagen und verrückte belgische Autofahrer.«

»Oh, die Briten stehen denen in nichts nach. Sie sind bekannt dafür, auf der falschen Straßenseite zu fahren, wenn sie beim Mittagessen etwas zu viel Wein getrunken haben.«

»Touché.«

Laurent lotste sie durch die malerische kleine Stadt L'Islesur-la-Sorgue. Sie lag an einem Labyrinth von kleinen Bächen und Kanälen, die Straßen voller Antiquitätenhändler und Trödelläden.

Penelope hatte Mühe, sich auf die Straße zu konzentrieren, weil sie an allerlei fantastischen Dingen vorbeifuhren: Steinurnen mit Ornamenten, verzinkten Laternen, viktorianischen Ziergittern und ausgestopften Vögeln in Käfigen, die sie an Madame Bovary erinnerten, Statuen, märchenhaften Stühlen und Betthäuptern. Penelope schwor sich, zurückzukehren und auf Jagd zu gehen.

Viel zu schnell erreichten sie Avignon. Jetzt wurde sie doch wieder nervös, da sie wusste, dass sie diesen Weg vielleicht umsonst machte. Aber sie konnte das blassgrüne Souvenir aus der Galerie nicht einfach so ignorieren.

Der Place de l'Horloge wäre ein schöner Flecken, um sich in einem Straßencafé zu entspannen. Platanen, die im Sommer Schatten spendeten, warfen ihr Herbstlaub ab. Ein elegantes Theater erhob sich jenseits der Straße. In den gotischen Bögen des Uhrenturms auf dem Dach des Hôtel de Ville, des Rathauses, begannen lebensgroße Figuren mit Hämmern die Stunde zu schlagen. Penelope zählte elf Glockenschläge, während sie auf das Gebäude zuhielten.

Vor dem Hôtel de Ville stand ein goldverziertes altertümliches Karussell. Auf einmal kam eine Hochzeitsgesellschaft die Treppen des Rathauses herab. Das Brautpaar führte die Gruppe an, hielt geradewegs auf das Karussell zu. Sie bestiegen zwei tänzelnde weiße Pferde, während sich der Rest der Familie und Freunde auf die übrigen Tiere verteilte oder sich in rotbemalte Kutschen setzte. Das Karussell setzte sich in Fahrt, und die Übrigen, die keinen Platz gefunden hatte, jubelten und winkten bei jeder Umdrehung.

Penelope winkte ebenfalls.

»Okay?«, fragte Laurent, als sie sich unangenehmeren Angelegenheiten zuwandten und ihre Blicke das beeindruckende Hôtel de Ville hinaufwandern ließen. Mit seinen steinernen Giebeln, korinthischen Säulen und eingemeißelten Ornamenten strahlte das Gebäude die Macht der französischen Republik aus. Auf beiden Seiten des Eingangs war in großen Buchstaben *Liberté, Fraternité, Egalité* in den Stein graviert. Die Polizei musste hier mindestens eine so große Wache haben wie in Apt.

Sie nickte.

Ein letzter Anflug von Unruhe erfasste sie, als sie an die kleine, von sich selbst überzeugte Person dachte, die sie im Ocker-Museum gesehen hatte. Doch sie versicherte sich, dass er schließlich in Apt arbeitete, nicht in Avignon.

»Komm, wir setzen uns dorthin.« Unerwartet zeigte Laurent auf einen leeren Tisch im nächsten Café. »Lass uns einen Kaffee trinken.«

Penelope kam nicht in den Sinn, zu widersprechen.

Der Duft von herbstlichen Menüs wehte aus dem Inneren zu ihnen. Auf einer Tafel wurde den Einheimischen ein Drei-Gänge-Menü zu einem Preis angeboten, für den man im August gerade mal eine Vorspeise bekommen hätte. Ihr lief das Wasser im Munde zusammen, und sie bedauerte, dass jetzt keine Gelegenheit für ein ausgiebiges Mittagessen war. Wäre sie nur unter anderen Umständen mit Laurent Millais hier.

Der Kellner hatte sich gerade abgewandt, nachdem er ihre Bestellung aufgenommen hatte, als Laurent seine Schultern straffte und sich erhob. Penelope folgte seinem Blick.

Im ersten Augenblick glaubte sie, sie hätte sich verguckt, dass sie sich einfach gerade das Worst-Case-Szenario vorstellte. Aber nein. Er war es leibhaftig. Der wohl mit Abstand am wenigsten willkommene Gast erschien zur Party und war auf dem Weg, ihnen Gesellschaft zu leisten.

»Madame Keet. So sehen wir uns wieder«, begrüßte Georges Reyssens, *le Chef de Police* aus Apt sie. Es klang nicht gerade freundlich. Er warf sich in die Brust, während sie vom Tisch aufstand. Sein auffällig dunkles Haar, das ihm so in die Stirn fiel, dass es an Napoleon erinnerte, war aus seiner üblichen Form gerutscht und hatte sich in einen merkwürdig schiefen Winkel gelegt. Penelope hatte den starken Verdacht, dass es sich um eine Perücke handelte.

Förmlich schüttelten sie einander die Hand. Reyssens kniff die Augen zusammen und gab unmissverständlich zu verstehen, dass ihr Auftauchen ihn nicht nur verwirrte, sondern ihm auch höchst unerwünscht war. Ihr Verhältnis zueinander war seit ihrer ersten Begegnung angespannt, seit Penelope unfreiwillig in die Mordermittlung zu Mariettes Ehemann hineingezogen worden war. Obwohl ihre detektivische Arbeit am Ende den Fall gelöst hatte, war Reyssens nicht gerade dankbar gewesen.

Laurent wandte sich zu ihr. »Ich dachte, es wäre besser, wenn wir diese ganze Sache weniger … bürokratisch angehen. Letzten Endes ist es nur ein sehr kleines Beweisstück, aus dem sich eventuell weitere Ermittlungsansätze ergeben. Und nur weil *Monsieur le Chef de Police* dich sozusagen bereits in Aktion erlebt hat, hat er eingewilligt, sich das einmal anzusehen.«

»Wie überaus großzügig von ihm«, brach es aus Penelope heraus.

»Penny, vielleicht wusstest du noch nicht, dass unser *Chef de Police* nach der erfolgreichen Aufklärung der Morde in St Merlot befördert worden ist? Er ist jetzt für einen viel größeren Bezirk zuständig und hier in Avignon stationiert.«

Grundgütiger, er hätte mich warnen können! Dieser Polizist hatte dafür gesorgt, dass ihre ersten Wochen im Luberon sehr unangenehm verlaufen waren, und sie ging nicht davon aus, dass es bei diesem Zusammentreffen viel besser gehen würde.

»Soweit ich das verstanden habe, könnten Sie ein mögliches Beweisstück im Fall Doncaster liefern, Madame Keet«, begann Reyssens mit einem gezwungenen Lächeln und kaltem Blick. »Warum, nur, Madame, bin ich von Ihrer Beteiligung nicht im Geringsten überrascht?«

Penelope entschloss sich, diese kaum verhohlene Geringschätzung zu ignorieren. »Ich habe etwas, das ein möglicher Beweis sein könnte.«

»Um was genau handelt es sich, Madame?«

Sie hielt ihm eine verschlossene Plastiktüte hin. Reyssens Gesichtsausdruck war unbezahlbar.

Er betrachtete sie mit Abscheu. »Eine Olive?«

»Ja«, sagte Penelope. »Eine Olive, die mir Monsieur Doncaster angeboten hat. Aus der Schale, aus der er während der Ausstellung die ganze Zeit gegessen hat. Soweit ich weiß, könnte er vergiftet worden sein.«

»Aber warum haben Sie diese Olive noch? Ist es eines Ihrer Hobbys, Canapés zu sammeln?«

»Natürlich nicht. Ich wollte sie nicht essen, nachdem er sich mir aufgedrängt hatte. Ich mag grüne Oliven nicht, und außerdem fand ich diese spezielle Farbe abstoßend.«

Reyssens betrachtete die Olive näher. »Sie ist zweifelsohne grün.«

Es ist ein sehr spezielles Grün, dachte Penelope. Es sah nämlich ganz nach dem arsenhaltigen Scheeles Grün aus. Aber sie wusste es besser, als das laut auszusprechen, bevor die Laboruntersuchungen den Beweis erbracht hatten. Sofern die Polizei die Probe aus dem Ocker-Museum mitgenommen hatte, würde sie es bald mit Bestimmtheit herausfinden.

Inspektor Reyssens stand auf und hielt die verschlossene Plastiktüte angeekelt mit spitzen Fingern. »Darf ich Sie um etwas bitten?«

»Selbstverständlich.«

»Bitte machen Sie es sich zur Aufgabe, Madame Keet, sich nicht tiefer in diesen Fall einzumischen, weder mit jemandem darüber zu sprechen, noch mir jemals weitere Essensreste zu bringen.«

Laurent lachte noch immer, dass ihm die Tränen in den

Augen standen, als Reyssens bereits über den Platz verschwunden war. »Komm, lass uns eine nette Ecke suchen und zu Mittag essen.«

Penelope nahm ihm das ziemlich übel. »Du hättest es mir sagen sollen! Ehrlich, dieser unmögliche Kerl. Du weißt, dass er mich immer wie die letzte Idiotin behandelt. Das war nicht fair, Laurent!«

Dazu wurde sie das Gefühl nicht los, dass er sich sogar auf ihre Kosten einen Spaß erlaubt hatte. Dieser Gedanke war niederschmetternd.

Der Bürgermeister zeigte wenig Einsicht. »Es war das Beste so. Ehrlich, Penny, willst du, dass es den offiziellen Weg geht? Mit einer Olive? Und sag jetzt nichts. Ich weiß, dass du über umfangreiche Erfahrungen in diesen rechtsmedizinischen Dingen verfügst und dass du nicht einfach darüber hinweggehen kannst, wenn du einen Verdacht hegst. Es war richtig, erst mich und nicht die Polizei zu verständigen. Kannst du dir vorstellen, was dieser lächerliche Typ daraus alles hätte machen können, wenn du damit offiziell auf der Hauptwache erschienen wärst?«

Penelope beruhigte sich etwas. Sie hatte vergessen, dass Laurent Millais für den ehemaligen *Chef de Police* von Apt wenig Respekt übrig hatte.

»Du weißt, dass es richtig war«, fügte er hinzu.

»Ich denke eher, dass die Ermittler früher oder später von selbst draufkommen würden«, gab sie zu. »Sie werden fragen, was er während der Eröffnung alles gegessen hat. Allerdings hat er alle Oliven aufgegessen, daher haben sie vielleicht keine mehr, um sie auf das Gift zu untersuchen. Ich wollte sichergehen, dass sie alle Hinweise haben, die sie finden können.«

»Und Reyssens wird seinen Ermittlern mit Freuden ein neues und unter Umständen wichtiges Beweisstück unter die

Nase halten. Einen Beweis, den er, brillant wie er ist, ganz allein gefunden hat. Du hast das Richtige getan. Und ich auch, denke ich.«

»Aber …«

»Wenn du gewusst hättest, dass du hier Georges Reyssens begegnest, hättest du die Fahrt nach Avignon noch genießen können?«

Er hatte recht.

»Was hattest du vorhin über ein Mittagessen gesagt?« Penelope entschied sich, einfach das Beste aus der Situation zu machen.

Das massiv gebaute Palais des Papes erhob sich wuchtig über dem Kopfsteinpflaster des Platzes in den Himmel. Laurent führte Penelope zu einem Restaurant, das er gut kannte, und sie verspürte ein aufgeregtes Kribbeln, welches durch die Erhabenheit dieser mittelalterlichen Gotik noch verstärkt wurde. Laurent zeigte ihr ein Fries am Hôtel des Monnaies, wo Girlanden aus reifem Obst und Gemüse die Wappen schmückten. Dies sei einst das Haus der berüchtigten Familie Borgia gewesen, erklärte er dazu.

In den Steinen der prunkvollsten Gebäude war eine Liebeserklärung an die simple Lebensfreude im Sonnenschein in Verbindung mit dem Reichtum der Natur verewigt. Gemeißelte Weintrauben und Birnen, sogar Zucchini neben Eicheln und Kürbissen, die die Jahreszeit des Nebels und der fruchtbaren Ernte symbolisierten.

Vor dem Restaurant ganz am Ende des Platzes standen immer noch Tische unter den Bäumen, von denen einige bereits mit Gästen besetzt waren. Dank der Heizstrahler war es noch warm genug, um draußen zu sitzen.

»Was hältst du davon?«, fragte Laurent.

»Perfekt.«

Es erstaunte Penelope immer wieder, wie sehr die Menschen in Frankreich den freundlichen Service, das überragende Essen und die malerische Umgebung als selbstverständlich erachteten. Sie schienen die Körbe mit frischem Brot kaum wahrzunehmen, die aromatischen Kräuter, die sorgfältig auf Knoblauchgarnelen oder brutzelnde Fleischscheiben gestreut wurden, die göttlich knusprigen Pommes Frites, die überwältigende Auswahl an Käsespezialitäten, die verführerisch erlesenen Dessertkreationen. Sie nahmen all das einfach als selbstverständlich. Für sie würde ein Mittagessen in der Provence niemals etwas anderes sein als eine köstliche Freude – mit etwas Schuldbewusstsein.

In stiller Verzückung schaute sie sich um. Auf dem Wehrgang über dem Platz gingen ein paar Leute, die nur als kleine Punkte zu sehen waren. Eine Gruppe später Touristen folgte einem Fremdenführer mit einem Schild. Von ihrem Standpunkt aus, zu Füßen des Palastes, den weiten Platz vor sich, war die berühmte zerstörte Brücke über der Rhône nicht zu sehen, aber auch nicht weit weg.

Am Tisch vertiefte sich Laurent in die Speisekarte. Sein weißes Hemd und die Sonnenbrille betonten seine Bräune, die seit dem Sommer kaum verblasst war. Sein fein geschnittenes Gesicht zeigte kaum Altersspuren, obwohl er nur wenige Jahre jünger war als sie. Er lächelte versonnen, vielleicht weil er sein Lieblingsessen entdeckt hatte. Seine vollen Lippen und die Art, wie er die Mundwinkel verzog, hatten etwas sehr Verführerisches an sich.

Er schaute auf. »Hast du etwas entdeckt, das dich anspricht?«

Klang da ein amüsierter Unterton mit?

»Ähm, ja – nein, ich habe mich noch nicht entschieden.«

Hastig verbarg Penelope ihr Gesicht hinter der Speisekarte und betete darum, nicht rot geworden zu sein.

Zum Glück lenkten die vielen verlockenden Gerichte sie schnell von dieser peinlichen Situation ab, und sie bestellten.

Penelope fühlte sich seltsam wohl, als sie darüber plauderten, wie Laurent nach seiner Scheidung Paris verlassen und ein neues Leben in St Merlot, in der Nähe seines Elternhauses in Saignon, begonnen hatte. Er erzählte davon, wie sehr er es schätzte, in der Nähe seines alten Freundes Nicolas zu leben, und wie sehr er dessen Talent und Entschlossenheit bewunderte. Sie konnte einen Nachtisch in Betracht ziehen, genau wie die Möglichkeit, die diskrete Frage nach Clémence zu stellen, um zu klären, ob die beiden ihre langjährige On-Off-Beziehung wieder aufgenommen hatten.

Während sie die Speisekarte zum zweiten Mal durchsah, fiel ein Schatten über den Tisch. Sie schaute auf, erkannte jedoch im Gegenlicht nur die Umrisse eines großen Mannes, der hinter dem Bürgermeister stand. Laurent drehte sich zu ihm.

»Monsieur de Bourdan, was für eine Überraschung.«

»Gilles, bitte, Herr Bürgermeister. Und das ist …?«

»Madame Penelope Kite«, stellte Laurent sie vor.

Der Galerist schenkte ihr ein bezauberndes Lächeln. In Jeans und Jackett sah er wesentlich entspannter aus als in seiner Galerie an dem Abend der schicksalhaften Ausstellung. Er musste etwa Mitte fünfzig sein und war gut in Form. Penelope, bereits von der Gesellschaft eines attraktiven Mannes durcheinandergebracht, streckte die Hand nach dem nächsten aus. »*Bonjour*, Monsieur.«

»Nennen Sie mich Gilles. Die Freude ist ganz auf meiner Seite. Ich hatte mich bereits darauf gefreut, Sie noch einmal unter besseren Umständen wiederzutreffen. Nicolas und Claudine haben mir so viel von Ihnen erzählt, und ich bin wirklich beeindruckt!« Er schaute zu Laurent. »Spricht etwas dagegen, wenn ich mich auf einen Kaffee zu Ihnen setze?«

Laurent deutete auf den freien Stuhl neben Penelope.

Gilles wandte sich ihr zu. »Also, Madame, was führt Sie nach Avignon?«

Penelope bemerkte, dass Laurent eine Augenbraue erhoben hatte, und entschied sich, nichts über ihre wahren Gründe zu erzählen. »Ein gutes Mittagessen! Und die Möglichkeit, die Sehenswürdigkeiten ohne die Touristenmassen zu besichtigen«, fügte sie rasch hinzu. »Wir sprachen gerade über den armen Don.«

Schlagartig änderte sich Gilles' Auftreten. Er seufzte beinahe unhörbar. »Ah, *mon ami, le pauvre* Don. Er wurde vollkommen falsch eingeschätzt, wissen Sie das?«

»Haben Sie ihn vor seinem Tod noch gesprochen?«, fragte Laurent.

»Leider nicht. Nicht, nachdem wir mit ihm ins Krankenhaus gefahren sind. Am folgenden Morgen hat das Personal mir noch versichert, dass sein Zustand stabil wäre, und ich musste in meine Galerie nach Nizza, um einen wichtigen Kunden zu treffen. Darüber wollte ich übrigens auch mit Ihnen sprechen. Sind Sie noch einmal im Krankenhaus gewesen, bevor er gestorben ist?«

»Nein. Ich hatte mich bei einem Arzt, den ich dort kenne, nach seinem Zustand erkundigt.«

»Wissen Sie, ob irgendjemand ihn besucht hat?«, fragte Gilles.

»Er lag auf der Intensivstation. Ich glaube nicht, dass sie überhaupt jemanden zu ihm gelassen hätten. Warum fragen Sie?«

»Ach, vermutlich ist es nichts. Ich habe nur ein komisches Gefühl bei der Sache, das ist alles.«

Sie schauten ihn erwartungsvoll an.

»Wie ich sagte, vermutlich steckt nichts dahinter. Ich will niemanden falsch verdächtigen. Aber Laurent, falls Sie irgendetwas über Ihr inoffizielles Netzwerk hören, wäre ich Ihnen äußerst dankbar, wenn Sie mir Bescheid geben könnten. Was für eine Tragödie.«

Laurent nickte. »Wussten Sie, dass er vermutlich vergiftet wurde?«

»Wie zu erwarten war, hat die Polizei mich verhört. Aber das habe ich aus der Zeitung erfahren müssen.«

Penelope fühlte sich in seinem Namen gekränkt, vor allem weil Reyssens beteiligt war.

»Ja, es ist immer schrecklich, mitzuerleben, wenn ein Mensch in der Blüte seiner Jahre abtreten muss.« Gilles' Augen wurden feucht. Er schüttelte den Kopf.

»Ich bin sicher, dass der Gerechtigkeit Genüge getan wird.« Penelope sagte das mit mehr Überzeugung, als sie wirklich empfand.

»Und warten Sie ab«, fuhr Gilles fort, »es wird eine Menge Verdächtige geben. Angefangen von der Künstlergemeinschaft, die ihm den Erfolg geneidet hat. Von seinen Verehrerinnen abgesehen war der gute Don nicht sehr beliebt.«

»Bei den anderen Künstlern?«, fragte Penelope.

»Ja, das ist kompliziert. Aber das ist es immer, oder nicht? Rivalitäten, Neid … Vor allem Scarpio mochte ihn ganz und gar nicht.«

»Ist das der Künstler mit den schwarzen Bildern?«

Der Kunsthändler warf die Hände in die Höhe, als wollte er widersprechen, besann sich jedoch eines Besseren und bestätigte es.

»Wir alle wissen, dass Scarpio ziemlich unangenehm sein kann«, warf Laurent ein. »Mein Freund Benoît drüben in

Reillanne hat ein wachsames Auge auf ihn geworfen. Er ist … nicht ganz dicht.«

Gilles widersprach nicht. Stattdessen lehnte er sich verschwörerisch näher. »Ich hatte den Eindruck, dass Don und Nina sich aus dem Weg gehen. Und dann wäre da noch Nicolas.«

»Ich kann mir beim besten Willen nicht vorstellen, dass Nicolas etwas mit dieser Sache zu tun hat. Das ist einfach lächerlich.« Laurent stürzte den letzten Schluck Wein hinunter.

Gilles zuckte mit den Schultern. »Ich stimme zu, dass es nicht sehr wahrscheinlich ist. Unter allen Künstlern, mit denen ich bisher gearbeitet habe, hat Nicolas das größte Talent. Und das ist es. Don war neidisch auf sein Talent. Ständig hatte er an Nicolas' Arbeiten etwas herumzumeckern, manchmal offen vor seinen Ohren. Er war sehr herablassend. Ab und zu musste ich mich angesichts seiner schrecklichen englischen Arroganz selbst unter Kontrolle halten. Nichts für ungut, Madame, aber wir Franzosen tun uns oft sehr schwer mit dieser gönnerhaften Art mancher Briten.«

»Wie lustig, dass wir ganz genau dasselbe über die Franzosen sagen«, sagte Penelope fröhlich.

»Und wenn wir wirklich eine Vergiftung annehmen, dann hat Nicolas natürlich Zugriff auf alle dafür erforderlichen Substanzen in dem Museum, das seine Frau führt.«

Laurent setzte an, ihn zu unterbrechen, aber inzwischen war Gilles in Fahrt gekommen.

»Als Kunsthistoriker von Ruf ist Nicolas auf die Geschichte antiker Pigmente spezialisiert. Er hat sogar ein Buch über die besonders skurrilen und gefährlichen geschrieben. Es wird kaum etwas über die Farbe des Giftes geben, das er nicht weiß!«

Laurent lehnte sich zurück, verschränkte die Arme und

brummte ein paar Worte auf Französisch vor sich hin, die Penelope nicht kannte. Einen langen Augenblick starrten die Männer sich gegenseitig kalt an.

»Was ist mit Fenella, Dons Frau oder Ex-Frau oder was immer sie nun ist?«, warf Penelope ein.

»Eine verrückte Frau«, meinte Gilles. »In ihrem Fall könnte ich jedoch nicht verstehen, warum sie die Quelle ihres Reichtums versiegen lassen wollte.«

»Ich dachte, sie gibt Kunstkurse?«, fragte Penelope.

»Ja, sie hält einige Kurse, aber damit hätte sie niemals den Standard halten können, den sie gewohnt war. Dafür brauchte sie Dons Geld.«

Nach allem, was er sagte, gab es also eine ansehnliche Liste möglicher Verdächtiger. Die drei beendeten ihr Gespräch und tranken den Kaffee aus. Penelope sehnte sich danach, nach Hause zu kommen und in Ruhe über alles nachzudenken. Ohne dass diese beiden Männer sie ablenkten, die ihr mit ihrem verstörenden Zauber so unangenehm nahekamen.

Gilles stand auf und nickte Laurent flüchtig zu. Danach nahm er Penelopes Hand und hauchte ihr einen warmen Kuss auf den Handrücken. Die Wärme, die sie daraufhin durchströmte, hatte nichts mit den Temperaturen der Umgebung zu tun, und sie versuchte verzweifelt, sich daran zu hindern, zu breit zu lächeln.

»Ich muss zurück in die Galerie. Ich freue mich darauf, Sie wiederzusehen. *Au revoir.*«

Er kehrte ihnen den Rücken zu und schritt zielstrebig über den Platz.

10

Monsieur Louchards Lavendelfelder schimmerten vor herbstlichem Morgentau. Im Laufe des Vormittags strahlte die Novembersonne hell, jedoch nicht kräftig genug, um ihn zu trocknen. Die Luft war so klar, dass es Penelope den Atem raubte, während sie ausschritt.

Der Ausflug nach Avignon tags zuvor ging ihr weiterhin im Kopf herum. Sie hatte immer stärker das Gefühl, dass sie sich wieder einmal lächerlich gemacht hatte. Diese verfluchte Olive! Sie sollte sich wirklich auf wichtigere Angelegenheiten konzentrieren, wie zum Beispiel, den Monteuren für das Badezimmer hinterherzurennen, weil sie sich nicht wie versprochen gemeldet hatten. Es war so viel Unerwartetes passiert, dass sie sich völlig von der Renovierung des Hauses hatte ablenken lassen.

Zurück im Le Chant d'Eau versuchte sie bei einer starken Tasse Tee die Firma zu erreichen, für deren Angebot sie sich entschieden hatte, konnte jedoch nur eine Nachricht hinterlassen. Sie erstellte eine Liste für die Renovierungsarbeiten in der Reihenfolge der Wichtigkeit und ging dann online, um nach Kelim-Teppichen zu suchen. Während sie herumsurfte, kam ihr in den Sinn, dass sie gern wüsste, wie die allgemeine Meinung zu schwarzen Lederhosen für über Fünfzigjährige wäre. »Zu eng« war das häufigste Urteil.

Die Suche nach »Scheeles Grün« brachte keine neuen Erkenntnisse. Als Nächstes tippte sie »Realgar« und machte es sich bequem, um die Ergebnisse zu lesen.

Die natürliche Farbe des Realgars in Kristallform ist orangerot, und als solches war er einst als Rubinschwefel oder rotes Arsen bekannt. Seine Verwendung als rotes Farbpigment in der Malerei ist auf alten Kunstwerken aus China, Indien, Zentralasien und Ägypten zu sehen. In Europa wurde es während der Renaissance in der Feinmalerei verwendet. Es wurde auch häufig zum Färben von Tüchern benutzt.

Mit der Zeit wechselte die Farbe der roten Kristalle zu gelb. Das würde erklären, warum die Lappen in der Vitrine des Museums zitronengelb war. Es war zweifelsohne ein sehr altes Stück. Sie las weiter und fragte sich, ob es wohl immer noch giftig war.

Penelope lehnte sich zurück. Was war mit den anderen Mineralien und Pigmenten – wie viele von denen waren ebenfalls giftig?

Er nahm nach dem zweiten Klingeln ab, ein sicheres Zeichen dafür, dass sie die Zeit perfekt abgepasst hatte und er an seinem Schreibtisch in dem mit Büchern vollgestopften Büro am Manchester Square saß.

»Hallo Cam.«

»Penny! Wie geht es dir, meine Liebe?«

Penelope war ergriffen, weil er sie sofort wiedererkannt hatte. Sie stellte sich seinen Kopf mit dem weißen Haarschopf vor, die verschmitzten kornblumenblauen Augen hinter der schwarzumrandeten Brille und das klassische Profil seines wettergegerbten Gesichts. »Mir geht es gut, und dir?«

»Sehr gut. Was verschafft mir die Ehre deines Anrufs?«

Es tat so gut, seine schöne, gut akzentuierte Sprechweise mit dieser warmen Note des North Country in den Vokalen zu hören.

»Neugier.« Penelope lächelte.

»Jetzt sag nicht, du hast dich wieder der dunklen Seite zugewandt?«

»Also … nein, nicht so richtig. Ich war zwar an dem Abend dabei, als es passiert ist, aber nicht im Geringsten beteiligt – trotzdem denke ich die ganze Zeit darüber nach. Wenn du verstehst, was ich meine.«

»Besser, du erzählst mir die ganze Geschichte.«

Und das tat Penelope.

»Schwere mineralische Pigmente verlieren im Allgemeinen mit der Zeit nicht an Sättigung, sodass ich spekulieren würde, dass sie in der Tat immer noch giftig sind«, sagte Professor Camrose Fletcher. »Ich weiß von einigen sehr faszinierenden Fällen, in denen ein roter Farbstoff aus Zinnober, einem Sulfid auf Quecksilberbasis, bei älteren Männern, die sich in ihrer Jugend tätowieren ließen, plötzlich zu Schwellungen und Blasenbildung führte. Ich würde mich ohne Labortests nicht mit Gewissheit festlegen, aber es scheint, als würden selbst kleinste Mengen, wie sie in dieser roten Tätowiertinte enthalten sind, noch Jahrzehnte später Probleme verursachen können. Dabei solltest du bedenken, dass in der Zeit, über die ich spreche, Rot selten mehr als eine Akzentfarbe war, die vielleicht für ein kleines Herz verwendet wurde. Tätowierungen waren Matrosen und harten Männern vorbehalten und keine Modeerscheinung so wie heute.«

»Also weiterhin aktiv.«

»Instabil, aber immer noch potent.«

Jeder andere Mann hätte vielleicht einen dummen Witz über die Doppeldeutigkeit dieser Phrase gerissen, aber das war nicht Camrose Fletchers Art. Er war auf eine ruhige Weise überaus selbstbewusst und neigte nicht zu falscher Bescheidenheit, sondern vertraute felsenfest auf sein Fachwissen und seine Erfahrung. Mit den Jahren, die Penelope zunehmend enger mit ihm zusammengearbeitet hatte, wurde er zu *dem* Mann in ihrem Leben, wobei sie hoffte, dass er das nie herausgefunden hatte. Sorgfältig bewahrte sie die Erinnerung an eine Konferenz in Stockholm, als sie für ein Wochenende zu einem Liebespaar wurden. Zurück in London kehrten sie beide zu ihren Freunden und Kollegen zurück, ohne jemals wieder ein Wort darüber zu verlieren. Und sie waren auch nie verlegen deswegen gewesen.

»An dieser ganzen Sache ist etwas seltsam«, sagte Penelope. »Erst gehen sie von einem Herzinfarkt aus und glauben, dass das Opfer durchkommen wird. Und dann stirbt er völlig unerwartet im Krankenhaus. Als Nächstes erfahren wir von der Polizei, dass er vergiftet wurde, und sie plündern ein Museum, aus dem sie haufenweise Farben und Kristalle aus dem neunzehnten Jahrhundert heraustragen, die unter Verschluss in den Vitrinen ausgestellt waren.«

»Als du das Museum besucht hast, warst du doch von dem Arsen fasziniert. Das wird sicherlich auch anderen so ergangen sein.«

»Das könnte gut sein.«

»Er ist ja allgemein bekannt, dass Arsen ein sehr effektives und unangenehmes Gift ist. Es wurde auch als *Erbpulver* bezeichnet, weil es unter ungeduldigen Erben ziemlich beliebt war, wenn es darum ging, den Familienbesitz vorzeitig in die Finger zu bekommen. Weißes Arsen, die Verbindung Arsentrioxid, sieht in jeglicher Hinsicht aus wie Mehl oder Puderzucker. Es ist geschmacklos und daher in kleinen Dosen im Essen oder in Getränken für das Opfer unmöglich zu bemerken. Besonders angesagt war die Arsenvergiftung …«

»Was für eine gruselige Formulierung …«

»Aber ja. Besonders angesagt war die Arsenvergiftung in der Mitte des Jahrhunderts. Sie versetzte die sensibleren Gemüter des Viktorianischen Zeitalters in Angst und Schrecken. Das kleinste Kribbeln in den Händen oder Erbrechen könnte von bösartigen Bekannten oder Unbekannten verursacht sein … Dabei konnten die Krankheitsanzeichen einer Arsen-Vergiftung – Durchfall und Erbrechen – sehr leicht mit denen von Ruhr oder Cholera verwechselt werden, insbesondere, wenn das Gift über einen längeren Zeitraum in kleinen Dosen verabreicht wurde. Das führt dann zu einem erhöhten Risiko für Herz-Kreislauf-Erkrankungen.«

Penelope erschauderte.

»Ein Myokardinfarkt kann beispielsweise durch niedrige bis mittlere Arsenkonzentrationen ausgelöst werden.«

Sie schrak zurück. »Dons Herzinfarkt!«

»Gut möglich.«

»Wie lange dauert es, bis … es zu diesem Ergebnis käme?«

»Art und Verlauf des Leidens des Opfers hängen zum Teil von dessen genetischer Veranlagung und dem allgemeinen Gesundheitszustand ab. Opfer von sehr niedrig dosierten Vergiftungen können monatelang überleben. Sie bemerken lediglich, dass es ihnen gesundheitlich insgesamt nicht sehr gut geht und sie Symptome wie Übelkeit oder Magenprobleme haben.«

»Es kann also sein, dass ihn jemand monatelang vergiftet hat …«

»Noch mal ja – das ist gut möglich.«

»Und wie passt es ins Gesamtbild, dass sich sein Zustand im Krankenhaus zu stabilisieren scheint, und dann verstirbt er ganz plötzlich?«

Pause. Vor ihrem geistigen Auge sah Penelope, wie sein Blick hinüber zu den Bücherregalen schweifte, während er zugleich im Kopf sein eigenes umfangreiches Wissen durchforschte.

»Auch das ist möglich.«

»Aber du willst dich ohne konkrete rechtsmedizinische Analysen nicht darauf festlegen – das verstehe ich vollkommen. Ich denke ja nur laut. Außerdem gibt es eine Menge anderer Möglichkeiten, sich Arsen zu beschaffen, nicht nur alte Mineralien und Farben. Zum Beispiel weiß doch jeder über Unkrautvernichtungsmittel Bescheid.«

»Genau. Tatsächlich ist weltweit gesehen Trinkwasser die häufigste Ursache für Arsenvergiftungen – zum Beispiel Lebensmittel aus Getreide, das in mit Arsen verseuchtem Boden angebaut oder mit kontaminiertem Wasser bewässert worden ist. Tabak kann Arsen enthalten.«

»Don hat Zigarren geraucht«, sagte Penelope. »Ich habe es an ihm gerochen.«

»Es wurde auch in industriell verarbeiteten Produkten wie Gerbstoffen nachgewiesen. Arsen ist viel weiter verbreitet, als die meisten Leute annehmen.«

Penelope machte sich einige Notizen. Es war wohltuend, denn es erinnerte sie an die Tage, in denen sie so harmonisch zusammengearbeitet hatten.

»Eine Sache noch«, sagte sie. »Bist du in all deinen Jahren als Sachverständiger einem Anwalt namens Doncaster über den Weg gelaufen?«

Pause.

»Ist er es etwa? Du meine Güte. Jetzt, da du den Namen erwähnst, erinnere ich mich dunkel an ihn. War das ein Staatsanwalt? Ich werde mich mal beim Crown Prosecution Service umhören. Dort habe ich ohnehin noch ein wenig zu tun.«

Penelope lächelte. Die englische Strafverfolgungsbehörde sah offenbar genauso wenig ein, dass Camrose inzwischen pensioniert war, wie er selbst.

»Was macht denn die Hausrenovierung?«, fragte Camrose.

»Ganz gut. Ich warte noch darauf, dass die neuen Bäder gemacht werden, aber es ist alles prima bewohnbar.«

»Und die Musik? Du hattest gesagt, dass du wieder angefangen hast zu spielen.«

»Das läuft ebenfalls ganz gut. Wobei ich immer noch weit von meiner alten Form entfernt bin. Es gibt hier eine Gruppe, mit der ich vielleicht zusammenspielen könnte. Ich treffe sie morgen, also drück mir die Daumen.«

»Viel Glück, Penny. Wobei ich weiß, dass du kein Glück nötig hast. Das sind schöne Neuigkeiten. Wer weiß, vielleicht komme ich auch bald nach Südfrankreich.«

»Ich diesem Fall wäre es wundervoll, wenn wir uns treffen könnten, Cam.«

Penelope hatte den Eindruck, dass er das sagte, um ihre Reaktion zu testen. »Sag mir einfach Bescheid, wann du kommst. Und natürlich bist du auch herzlich eingeladen, hier zu übernachten.«

Sie konnte nicht noch deutlicher werden, ohne dass es völlig verzweifelt klang.

»Ich gebe dir auf jeden Fall Bescheid, wenn es so weit ist«, sagte Camrose.

»Mach das.«

Sie legte den Hörer auf und vollführte ein paar spontane Zumba-Schritte.

11

Die Sonne ging bereits über dem Tal unter, als Penelope in Viens parkte. Sie ging durch die gewundenen mittelalterlichen Gassen bis zu einem gewölbten Durchgang mit steinernen Verzierungen. Die Residenz der Valencourts war ein *grande bâtisse*. Hinter einem schmiedeeisernen Tor parkte der knallrote Mini Cooper vor einer Steintreppe, die zum Haus hinaufführte. Sie drückte die Klingel einer modernen Gegensprechanlage und nannte ihren Namen. Die Verbindung brach ab. Eine Minute lang wartete sie und tänzelte von einem Fuß auf den anderen. Nach einer gefühlten Ewigkeit öffnete sich das Tor.

An der prächtigen Eingangstür wurde sie von einer zierlichen älteren Frau in einem schwarzen Kleid empfangen, der nicht anzumerken war, ob sie Penelope wiedererkannte. Sie winkte sie in den hohen Flur. Eine stilvolle Konsole und ein verzierter Spiegel waren die einzigen Möbel. Von dort wurde sie durch eine offen stehende Doppeltür geführt.

»Komm rein, komm rein!«, rief Clémence unbefangen. Wie immer war von Monsieur Valencourt keine Spur zu sehen. Die Haushälterin brachte ein Glas Weißwein auf einem Silbertablett an den Tisch und reichte es Penelope.

»Wie aufmerksam, vielen Dank. Ich freue mich sehr auf diesen Abend.«

»Das Konzert beginnt erst in einer Stunde. Wir können es uns noch etwas gemütlich machen.«

»Du ahnst nicht, wen ich gestern getroffen habe.«

»Gilles de Bourdan?«

Für einen Moment war Penelope zutiefst verunsichert. Warum wusste diese Frau einfach immer alles, was vor sich ging? Manchmal schien es sogar, als wüsste sie bereits über Dinge Bescheid, bevor die überhaupt passiert waren. Sie setzte gerade an, um etwas in der Art zu sagen, aber Clémence kam ihr zuvor.

»Ich habe Laurent heute Morgen getroffen. Er hat mir von eurem Ausflug nach Avignon erzählt. Ich hatte nicht den Eindruck, dass er sehr begeistert davon war, dass Gilles während eures gemütlichen Mittagessens unerwartet aufgetaucht ist.« In Clémences Blick lag etwas, das Penelope nicht recht zu deuten wusste, und wieder einmal wurde sie rot.

»Ja, zwischen den beiden ist eine gewisse Spannung. Gibt es da eine Geschichte, von der ich wissen sollte, Clémence?«

»Ich glaube nicht, obwohl sie sich schon ziemlich lange kennen. Ich vermute eher, dass Laurent der Meinung ist, Gilles würde seinen Freund Nicolas nicht sehr gut behandeln.«

»Ja, das kann ich bestätigen.«

»Vermutlich hat es mit Geld zu tun – es hat immer mit Geld zu tun, *n'est-ce pas*?«

»Könnte sein. Allerdings hat Gilles gestern sehr betont, dass Nicolas Zugriff auf die alten giftigen Farben und Färbemittel im Ocker-Museum hat und er deshalb keinesfalls über jeglichen Verdacht erhaben wäre.«

»Aber das ist ja ungeheuerlich!«

»Ja, das hat Laurent auch so gesehen.«

»Das hat er mir gar nicht erzählt«, murmelte Clémence.

»Vielleicht wollte er nicht, dass du dich darüber aufregst. Außerdem hat Gilles einige Leute genannt, die Don gehasst hätten. Wobei es nach meiner Erfahrung nicht immer der Hass ist, der tötet. Es kann manchmal auch die Liebe sein.«

»Eifersucht?«

»Sicherlich.«

»Ein Verbrechen aus Leidenschaft!«

»Oder: Was ist mit denen, die geliebte Menschen töten, um ihr Leiden zu beenden? Wobei im Falle von Don und seiner Kunst wohl eher wir anderen gelitten haben, tut mir leid.«

Clémence lachte. »Soweit wir wissen, war Don nicht todkrank.«

»Gift wird oft als die Waffe der Frau bezeichnet«, sagte Penelope. »Es lässt das Opfer leiden, doch der Mörder muss das nicht zwangsläufig mit ansehen. Und wir sollten darüber nachdenken, woher das Gift stammt. Es könnte auch etwas Einfaches wie Unkrautvernichtungsmittel sein. Das kann sich jeder bei Monsieur Bricolage kaufen. Es könnte auch ein Arzneimittel oder eine natürliche Substanz sein. Etwas, das nur ganz bestimmte Leute tötet.«

»Was meinst du denn damit?«

»Wenn das Opfer zum Beispiel eine Allergie hat, löst das Mittel eine potenziell tödliche Reaktion aus, während es andere Beteiligte gar nicht beeinträchtigt.«

»Nüsse!«

»Exakt. Nussallergien können sogar ziemlich übel sein, doch die meisten Menschen stecken sie sich in den Mund und knuspern sie weg, ohne einen Gedanken daran zu verschwenden. Die Frage ist also, ob Don eine Allergie hatte, von der nur wenige Leute wussten – unter ihnen jedoch unglücklicherweise auch der Mörder.«

»Seine Frau – Ex-Frau – würde es wissen«, meinte Clémence.

»In der Tat.«

Sie starrten einander an.

»Wie ist sie denn so?« Penelope sah eine dieser typischen

Engländerinnen der Mittelschicht vor sich. Sie kannte diese Sorte nur allzu gut, doch dann fiel ihr die Verurteilung wegen des Vorfalls auf der Demonstration ein.

»Sie ist nicht so, wie du sie dir vorstellst. Kleidet sich wie eine Studentin. Empört – sehr empört. Aber sie malt sehr gut und ist eine ausgezeichnete Gärtnerin. Eine Frau voller Widersprüche, würde ich sagen.«

»Sie wollten sich scheiden lassen. Es gab keinen Grund für sie, ihn zu vergiften. Sie hätte nur das Haus verkaufen und ihre Sachen packen müssen und dann: *Adios!*«

»Vielleicht war es ein Abschiedsgeschenk. Sie wollte ihn bestrafen.«

Sie tauschten einen Blick, in dem möglicherweise heimliche Belustigung lag. Es war schon bemerkenswert, dass diese Geschichten von Frauen, die ihren unredlichen Ehemännern die Stirn boten, Clémence immer bis kurz vor den Moment zu bringen schienen, in dem sie von ihren eigenen Erfahrungen sprechen wollte. Aber jedes Mal überlegte sie es sich anders.

»Wie ist denn jetzt Fenellas Beziehungsstatus? Frau oder Ex-Frau?«

»Soweit ich weiß, läuft die Scheidung gerade. Sie waren dabei, das Haus in Goult zu verkaufen, und stritten darüber, wie sie das meiste herausholen könnten. Sofern sie noch nicht geschieden sind, wird Fenella vermutlich den Hausanteil ihres Mannes erben.« Die Immobilienmaklerin hob ihr Glas und prostete spöttisch.

Penelope hob eine Augenbraue. »Ich sollte diese Fenella einmal kennenlernen. Als Britin kann ich vielleicht etwas aufschnappen, das zwischen den Zeilen geschrieben steht.«

Clémence schüttelte den Kopf. »Das ist keine gute Idee. Sie wäre dir kaum dankbar. Fenella Doncaster ist ein … ist ziemlich … Sie hat sich radikalisiert. Eine sehr moderne Feministin.« Sie zog eine Grimasse. »Als wir uns das letzte Mal begegnet sind, hat sie mir vorgeworfen, ich wäre sexistisch gegenüber meinem eigenen Geschlecht! Sie nimmt kein Blatt vor den Mund. Irre!« Sie ließ den Finger über ihre Schläfe kreisen.

»Oh. Dann gehe ich vermutlich besser in Latzhose und dicken Schuhen.«

Penelope genoss das sichtbare Schaudern, das ihre Beschreibung hervorrief. Eilig versicherte sie der Französin, dass sie so etwas nicht einmal besaß. »Aber ich würde sie trotzdem gern treffen.«

Clémence beließ es bei einem tiefen Einatmen und einem Schulterzucken, um ihr dabei Glück zu wünschen.

»Was ist denn mit Dons anderen Frauen? Vielleicht sollten wir mit denen sprechen und sehen, wo uns das hinführt.«

Penelope hätte gern bei einem weiteren Glas Wein noch mehr Gerüchte ausgetauscht. Während der ersten schaurigen Wochen im Le Chant d'Eau hatte Clémence sich als hervorragende Mit-Detektivin gezeigt, und auch im aktuellen Fall zeigte sie Ambitionen. Aber sie hatten einen Konzertbesuch vor sich.

Sie rasten im Mini Cooper aus dem Dorf und die Hügel hinab Richtung Oppedette. Clémence ließ die Gangschaltung krachen und trat kräftig aufs Gaspedal, um in beängstigender Geschwindigkeit durch die Kurven zu fahren. Penelope umklammerte wie erstarrt ihren Sicherheitsgurt.

Bei der Chapelle St Ferréol handelt es sich um ein kleines Steingebäude, das hübsch neben einem Lavendelfeld im Tal gelegen ist – das ist ja immer noch so. Sie war lange Zeit verfallen, bis die Ruine von einem reichen Kunstliebhaber aus der Gegend gerettet worden war. Jetzt war es ein Ort für kulturelle Veranstaltungen, teilte Clémence ihr mit, während sie scharf bremsten. Die Konzertbesucher sammelten sich vor der schlichten Front der Kapelle, die von einem Bogen gekrönt wurde, in dem eine Glocke hing. Das Dach war mit Terrakottaziegeln gedeckt. Ein stattlicher Baum wuchs an der Mauer nahe dem Eingang. Penelope nahm sich vor, den Ort im Sommer zu besuchen, wenn der Duft des blühenden Lavendels am Abend ein Musikerlebnis noch sinnlicher machen würde.

Im Inneren der Kapelle waren die steinernen Wände so sorgfältig restauriert, dass sie beinahe weiß erschienen. Das Deckengewölbe mit einem modernen Wandgemälde ließ Penelopes Herz dann höher schlagen: Ein mit schwarzen Umrissen nur angedeuteter kompakter Vogelschwarm kreiste vor einem blauen und doch stürmisch bewölkten Himmel mit einem Hauch Abendrot. Waren es Vögel? Penelope sah genauer hin und stellte fest, dass es sich um schwimmende Menschen handelte.

»Das ist absolut überwältigend«, flüsterte sie Clémence zu. Darin waren die Franzosen wirklich gut. Es war modern und dennoch irgendwie vollkommen passend. »Wer hat das gemalt? Das ist nicht von Chagall, oder? Das kann ja nicht sein … aber dennoch.«

»Ein Künstler aus der Gegend, glaube ich. Nicolas kennt ihn.«

Clémence unterbrach ihr Gespräch mit einem vornehm aussehenden Paar. Der Bürgermeister von Viens und seine Frau schüttelten allen und jedem enthusiastisch die Hand, als hingen ihre Leben davon ab.

Glücklich in sich selbst versunken stand Penelope unter den kreisenden Schwimmern und ließ ihre Gedanken mit ihnen treiben, bis es an der Zeit war, die Plätze einzunehmen.

Jenseits einer geöffneten Tür versammelten sich die Musikerinnen. Vor dem Steinaltar warteten bereits ihre Stühle und Notenständer. Die Gespräche verstummten, und erwartungsvolles Schweigen folgte, als die fünf Frauen mit zwei Geigen, zwei Bratschen und einem Cello nacheinander eintraten.

Das Konzert war ergreifend. Es war eine Reise durch die französische Kammermusik, angefangen bei frühen Kompositionen aus dem sechzehnten Jahrhundert bis zu mitreißenden Liedern von Gabriel Fauré. Es endete mit dem Streichquartett von Claude Debussy, ein Stück, das Penelope ebenfalls an der Universität gespielt hatte. Kaum schwebten die letzten Akkorde hinauf unters Dach, erhob sie sich und klatschte gemeinsam mit dem Rest des Publikums, das die Musik zweifelsohne genauso genossen hatte wie sie. Jetzt freute sie sich umso mehr darauf, diese Musikerinnen kennenzulernen.

Der Applaus wurde von dem allgemeinen Stimmengewirr abgelöst, mit dem die Gäste den Raum verließen und sich aufmachten, etwas trinken zu gehen. Clémence zog Penelope am Arm in die entgegengesetzte Richtung zu einer Seitenkammer. Sie fand sich inmitten der Musikerinnen wieder.

»*Mes amies*, darf ich euch Madame Kite vorstellen? Penelope ist die Engländerin, die ihren Lebensabend in St Merlot genießt.«

Bitte weniger Lebensabend, dachte Penelope. Ihr Lächeln fiel etwas gezwungen aus, als sie allen aus der Gruppe nacheinander die Hände schüttelte, während Clémence nach einer Kellnerin winkte und zwei Gläser Weißwein von einem Tablett angelte.

»In ihrer Jugend hat Madame Kite an der Royal Academy of Music in London studiert.« Wie es sich für ihren Berufsstand gehörte, neigte Clémence zu einer gewissen Übertreibung. Aber die anderen nickten und musterten Penelope mit einiger Achtung.

»Dann sind Sie Profimusikerin?«, fragte eine der Geigerinnen, eine ältere Frau mit grauem Haar und weit auseinanderstehenden Augen hinter einer Brille.

»Leider nicht«, sagte Penelope. »Ich … es hat sich anders ergeben. Ich war selber der Meinung, dass ich nicht gut genug war.« Clémence hatte sich ein wenig zu schmeichelhaft an das Vorspielen vor der Royal Academy erinnert, von dem sie ihr erzählt hatte.

Clémence ließ sich nicht beirren. »Ich weiß, dass ihr immer auf der Suche nach neuen Gesichtern seid. Und ich weiß, wovon ich rede, denn ich habe Penelope spielen gehört. Ihr solltet sie schnellstmöglich aufnehmen, bevor eine andere Gruppe von ihrem Talent erfährt.«

Sie ist wirklich ein Verkaufstalent, grübelte Penelope und entschied, es etwas vorsichtiger angehen zu lassen. Sie wollte niemandem auf die Künstler-Füße treten.

»Das ist ein wunderschönes Instrument«, wandte sie sich an die Cellistin, eine Frau ungefähr in ihrem Alter, die ihre dunklen von grau gesprenkelten Haare mit einer Spange auf dem Kopf getürmt hatte. »Und Sie haben fabelhaft gespielt. Besonders die mittlere Passage von Debussy war künstlerisch ausgezeichnet.«

Die Frau strahlte vor Stolz. »Vielen Dank, das ist sehr freundlich. Orla.« Sie reichte ihr erneut die Hand.

»Enchantée.« Penelope ergriff sie und entschloss sich, direkt auf den Punkt zu kommen. »Wie wäre das denn, eine zweite Cellistin in der Gruppe zu haben?«

»Ich könnte mir nichts Besseres wünschen. Ich will und kann gar nicht bei jedem Konzert spielen. Ich musiziere einfach gern. Wenn wir eine zweite Cellistin hätten, würde das die ganze Sache sehr vereinfachen. Und wenn wir beide ab und an zusammen spielen wollten, umso besser.«

»Klingt gut!« Penelope wurde von der zweiten Geigerin an der Hand gepackt und schüttelte sie mit großem Eifer. Sie war Anfang fünfzig, ungeschminkt und trug das braune Haar sehr kurz, dazu bequeme Schuhe. Lachfältchen umrahmten ihre dunklen Augen. Sie strahlte die unbekümmerte Art eines Models in einem Sportmagazin der 1930er-Jahre aus. »Ich bin Monique, die Dienstälteste und immer auf der Suche nach neuen Musikerinnen. Madame, Clémence hat mir erzählt, dass sie gehört hat, wie Sie Rachmaninow gespielt haben. Sie müssen wirklich gut sein!«

Penelope grinste breit. »Na ja, irgendwie kann ich mich so durchwurschteln.«

»Niemand *wurschtelt* sich einfach durch Rachmaninow, Madame!« Ein jüngerer Mann trat lächelnd an sie heran. »Sylvain. Ich bin der Dirigent bei größeren Konzerten und nicht einmal ich kann mich durch Rachmaninow *durchwurschteln*. Ich werde mich bald für das kommende Konzert durch Mozart *wurschteln* und würde mich freuen, wenn Sie mit dabei wären.«

Gegen elf Uhr ließ Penelope sich mit einem zufriedenen Seufzer zu Hause auf ihr Sofa sinken. Sie hatte das Konzert wirklich genossen, und die Musikerinnen hatten sie herzlich willkommen geheißen. Sie hatten bereits einen Termin für das Vorspielen ausgemacht, rechtzeitig vor dem nächsten Konzert in Roussillon in einem Monat.

Sie wollte gerade zu Bett gehen, als das Telefon klingelte. Um diese Zeit beunruhigten Anrufe sie, aber sie nahm ab.

»Mama, endlich! Wo warst du? Ich habe den ganzen Abend versucht, dich zu erreichen.«

»Hallo Lena, Liebes, wie schön, von dir zu hören. Ich war auf einem Konzert in einem Nachbarort. Es war …«

»Mama, ich habe eine tolle Überraschung. Ich komme dich besuchen.«

Penelope schloss die Augen. Das hatte ja früher oder später so kommen müssen. Es war allerdings früher, als sie erwartet hatte. »Ich würde dich wirklich sehr gern wiedersehen, aber im Moment ist es etwas ungünstig, Herzchen. Das Haus ist für mich gerade so bewohnbar. Ich habe kürzlich erst begonnen, das zweite Schlafzimmer zu streichen.«

»Das macht nichts. Wir brauchen nur ein Bett. Wir werden auch nicht stören. Du wirst kaum merken, dass wir überhaupt da sind.«

Das war ziemlich ungewöhnlich. Penelope befiel das schreckliche Gefühl, dass ihre Gutmütigkeit wieder einmal ausgenutzt werden sollte, wie es in dieser Familie üblich war.

»Es ist sehr schwer für mich, seitdem du weg bist«, sagte Lena.

»Ich bin sicher, du kommst zurecht. Du hast immer mehr geschafft, als du dir selbst zugetraut hast.« Vielleicht brauchte sie einfach etwas guten Zuspruch.

Insgeheim fand Penelope, dass Lena sich mit ihrer nachlässigen Einstellung in Bezug auf ein Mindestmaß an Disziplin selbst ein Bein gestellt hatte. Zack und Xerxes, drei, beziehungsweise vier Jahre alt, waren kleine Tyrannen. Hieß das jetzt, dass sie völlig außer Kontrolle geraten waren, da ihnen die Grenzen fehlten, die Penelope den Jungs wenigstens dreimal pro Woche gesetzt hatte?

»Zack ist nach Hause geschickt worden. Was für eine Schule schickt einen Vierjährigen nach Hause?«, jammerte Lena.

»Nun …«

»Sie behaupten, er hätte gebissen und um sich getreten.«

Penelope hatte Zacks Pferdetritte zu oft selbst zu spüren bekommen. Oh Gott, es war einfach zu verführerisch, jetzt zu antworten, dass sie es immer schon gesagt hatte. Doch Penelope schwieg. In gewohnter Beharrlichkeit fuhr unterdes Lena fort. Sie hatte stets gewusst, wie sie Penelope mürbe machte.

»Wenn er mit Xerxes rangelt, ist es die Hölle. Ehrlich, an manchen Tagen kommt es mir vor wie auf einer dieser Zeichnungen von Beano, nur fliegende Füße und Fäuste. Es ist so anstrengend. Und jetzt ist James für drei Wochen auf dem Weg nach Thailand!«

James war gerade dabei, eine Agentur für Abenteuerreisen aufzubauen. Trotzdem klangen drei Wochen ziemlich übertrieben, um nicht zu sagen, egoistisch. Penelope bekam Mitleid mit Lena, die mit ihren beiden anstrengenden Jungen und einem dritten Kind unterwegs alleingelassen wurde. Jetzt musste ihr rasch etwas einfallen. Trotz allem war es absolut undenkbar, dass Lena für drei Wochen in die Provence kam.

Ohne eine vollkommen verbindliche Zusage ließ Penelope sich dazu überreden, Lena mit Xerxes und Zack in zehn Tagen kommen zu lassen. Den Besuch damit auf eine Woche heruntergehandelt zu haben fühlte sich an wie ein Triumph.

12

Direkt nachdem Penelope am nächsten Morgen aufgewacht war, verspürte sie Ärger. Sie fühlte sich nicht nur von ihrer Tochter überfahren, sondern war auch besorgt, ob das Haus ausreichend sicher und komfortabel für die Kinder war. Allein das war schon Grund genug, um zur Bäckerei zu laufen, doch sie zwang sich zu mehr Selbstbeherrschung. Kaum hatte sie ihr Frühstück, bestehend aus Joghurt mit Früchten, gegessen und mit ihren täglichen Musikübungen begonnen, als das Telefon erneut klingelte.

»Hallo Mama.«

»Justin! Wie geht es dir?«

Er hatte bereits von Lenas geplanter Reise erfahren.

»Hannah und ich können es kaum noch erwarten, dich zu besuchen«, sagte er mit leichtem Vorwurf in der Stimme.

»Echt jetzt?« Penelope war misstrauisch. Es war vermutlich eher so, dass sie nichts verpassen wollten.

»Du weißt doch, wie schrecklich das für mich war. Nicht genau zu wissen, wo du bist, dich bei all diesen furchtbaren Ereignissen nicht unterstützen zu können, nachdem du eingezogen warst.«

Penelope konnte sich nicht daran erinnern, dass Justin ihr jemals seine Unterstützung zugesichert hatte, als sie nach der Scheidung noch in Surrey gelebt hatte, daher fragte sie sich, wo das jetzt wohl hinführen mochte. Sie wartete, bis er mit jemandem im Hintergrund in seinem Büro ein paar kurze Worte ausgetauscht hatte.

»Dir ist schon klar, dass ich noch meilenweit davon entfernt bin, Besuch unterbringen zu können, oder?«

»Aber wir könnten kommen und … keine Ahnung, wir könnten ja irgendwo mit anpacken. Wir werden dir nicht im Weg sein. Du wirst nicht einmal bemerken, dass wir da sind, außer abends. Wir könnten alle zusammen zu Abend essen.«

»Sag mal, hast du gelernt, wie man Badezimmer fliest und kocht, seitdem ich weg bin?«

»Nein, aber wenn es sein muss, können wir auch auswärts essen. Hannah ist ziemlich fertig. Sie braucht echt eine Pause.«

»Ich kann auch nicht mehr als ein besseres Indoor-Camping anbieten. In meinem dritten Schlafzimmer steht nicht einmal ein Bett. Für die Kinder würden es aufblasbare Betten sein müssen, und das Gästebad besteht zurzeit nur aus nackten Wänden.«

Er ließ sich nicht abbringen.

Nach dem Telefonat setzte Penelope ihre Musikübung fort. Doch sie konnte sich nicht länger auf die himmlische Musik Bachs konzentrieren, da ihr eine Aufgabe nach der anderen in den Kopf kam. Schließlich gab sie auf und versuchte wieder, die Badezimmermonteure anzurufen. Dann kam ihr eine andere Idee.

Zehn Minuten später saß sie im Auto und fuhr Richtung Saignon, dem Nachbardorf. Sie wollte den Vorteil nutzen, dass sie sich für örtliche Handwerker entschieden hatte. Wenn sie dort persönlich aufkreuzte, konnte sie viel mehr Druck machen. Und der war dringend nötig.

Das Dorf Saignon thronte wie eine Festung auf einem Felsvorsprung oberhalb von Apt und beherbergte genau die richtige bezaubernde Mischung aus verwitterten Häusern, Bistros, eigenwilligen Pensionen und Kunsthandwerkerlädchen. Das Ende der Hauptstraße wurde von einem kleinen Hotel dominiert, das mit leuchtend rotem wilden Wein bewachsen war. Davor stand ein Springbrunnen mit einer Statue von Ceres.

Vor der mit Flechten bewachsenen Statue, aus der Wasser in ein vermoostes Becken tropfte, hielt Penelope an, um auf ihrem Smartphone noch einmal die Adresse der Klempner nachzusehen.

»*Bonjour,* Penny!«

Penelope erkannte die Stimme sofort. Sie fuhr herum.

»*Bonjour!*« Ihr fiel nicht ein, was sie sagen sollte. »Gilles! Wie schön, Sie wiederzusehen.«

Der Galerist war lässig in Jeans und eine braune Wildlederjacke gekleidet, darunter trug er ein dunkelblaues Hemd mit kleinen weißen Vögeln. »Was für ein ausgezeichneter Zufall.« Er streckte die Hand aus, überlegte es sich anders und beugte sich zu ihr, um ihr die obligatorischen drei Küsse zu geben. »Ich wollte Sie schon anrufen, aber Laurent Millais hat mir Ihre Nummer bisher nicht verraten. Versucht er, Sie ganz für sich zu beanspruchen?«

»Das bezweifle ich. Warum wollten Sie mich denn sprechen? Entschuldigung, das klang jetzt unhöflich. Ich wollte nicht …«

»Seit unserem Gespräch in Avignon gibt es … eine Sache, über die ich mit Ihnen sprechen möchte.«

»Ich verstehe«, sagte Penelope, obwohl das Gegenteil der Fall war.

»Darf ich Sie auf einen Kaffee einladen?«

»Ich kann leider nicht, ich muss dringend eine Krise im Badezimmer lösen. Ich meine, bei mir zu Hause, mit mir selbst ist alles in Ordnung«, brach es aus ihr heraus. »Ich muss dringend mit den Klempnern in der Rue de Jas sprechen, bevor ich einen Haufen Besuch bekomme.«

Er wirkte enttäuscht.

»Worüber wollten Sie denn mit mir sprechen?«, fragte sie abermals.

»Ich gehe dort drüben in das Café an der Ecke und werde auf Sie warten, bis Sie zu mir kommen und wir einen Kaffee trinken können«, sagte Gilles. Das klang gar nicht so dumm.

»Ich komme, so schnell ich kann.«

Sie hielt Wort und kehrte innerhalb von zwanzig Minuten zurück zu dem Café, vor dem Gilles an einem Tisch unter einem Heizstrahler auf sie wartete. Er schenkte ihr sofort seine volle Aufmerksamkeit.

»Sie sehen heute Morgen ganz reizend aus.«

Es gelang Penelope gerade noch, sich angesichts dieser Charmeoffensive gelassen zu geben.

Sie setzte sich, und Gilles schnippte mit den Fingern nach einem mürrischen Kellner, der am Eingang wartete.

»Deux kir royals, s'il vous plaît!«, forderte Gilles. Der Kellner nickte mit versteinerter Miene.

»Ich gehe davon aus, dass Sie Kir mögen?«

»Ja, aber …« Was lief in diesem Frankreich falsch, dass es jedes Mal, wenn sie einen Fuß vor die Tür setzte, mit Alkohol endete? Sie entschied sich, standhaft zu bleiben. »Danke, ich möchte lieber einen Kaffee.«

»Natürlich, Penny, und nennen Sie mich Gilles.« Er lächelte breit. »Und der Kir?«

»Oh, also dann. Ich kann allem widerstehen – außer der Versuchung.«

Er lachte. »Das ist sehr gut! Das mag ich.«

»Es ist nicht sehr originell.«

Pause.

»Wie lief es mit dem Klempner?«

Penelope verdrehte die Augen. »Er war nicht da, aber ich habe mit der Frau gesprochen, die das Büro betreut. Sie meinte, ein Auftrag wäre aus dem Ruder gelaufen, und danach sind sie die nächsten vier Wochen komplett ausgebucht. Realistisch betrachtet können sie meine Badezimmer für Dezember einplanen, und das ist viel zu spät. Ich weiß gar nicht, was ich jetzt machen soll.«

»Ich könnte Ihnen helfen.«

»Was denn, sagen Sie mir jetzt, dass Klempnerarbeit Ihr Hobby ist?«

»Würden Sie es denn glauben?«

Er lächelte auf eine Weise, die wohl besagen sollte, dass er ein Mann mit vielen Talenten wäre. Oder machte er sich über sie lustig? Jetzt, da Laurent nicht in der Nähe war, flirtete er doch ziemlich ungeniert. Er blickte sie unverwandt mit seinen braunen Augen an, wobei er beständig amüsiert zu sein schien, so als würde er das Leben als Ganzes nicht allzu ernst nehmen.

»Nein, würde ich nicht.«

»Na gut, Sie haben recht. Aber ich kenne eine Menge Leute. Überlassen Sie das mir, und ich werde mich umhören. Es gibt noch andere Firmen in Avignon, die für Sie infrage kommen.«

»Das wäre wirklich freundlich, vielen Dank.«

Ihr Kaffee und die Kirs wurden serviert. Penelope entschied sich, erst den Kir zu trinken. Warum auch nicht? Es war himmlisch, mit einem attraktiven Mann draußen im Sonnenschein zu sitzen. Was würde sie jetzt machen, wenn sie in Esher wäre? Das Aufregendste dort war, sich mit ein paar Freundinnen zu treffen und im Café Rouge zu Mittag zu essen. Wie sehr sich ihr Leben verändert hatte!

Gilles nahm einen Schluck und lehnte sich vor. »Sie fragen sich sicher, was ich von Ihnen wissen möchte, Penny.«

»Ach ja.« Das hatte sie über den Ärger mit den Badezimmern und die Ablenkung, hier in dieser wunderschönen Umgebung etwas zu trinken, völlig vergessen.

»Ich würde Ihnen gern einen Antrag machen.«

Meine Güte, das hatte sie nicht kommen sehen. Sie kannten einander kaum. »Wie bitte?«

»Mein Antrag an Sie wäre, dass Sie etwas für mich erledigen.«

Penelope fühlte, wie ihre Wangen heiß wurden. Es war nicht das erste Mal, dass sie auf falsche Freunde hereinfiel, wenn sie ein Wort aus dem Französischen ins Englische übersetzte.

»Was denn?«, krächzte sie.

»Ich habe mich umgehört und erfahren, wie Sie die Morde in St Merlot gelöst haben. Das hat mich ziemlich beeindruckt.«

Sie fragte sich, was als Nächstes kam.

»Madame Kite – Penny. Ich würde gern Ihre Dienste in Anspruch nehmen, um die Umstände des Todes von Don Doncaster aufzuklären.«

Penelope hustete, weil sie einen Schluck in den falschen Hals bekommen hatte.

»Entschuldigung. Ich soll was tun? Die Arbeit der Polizei machen?«

»Machen die denn was …?«

»Wirklich, Gilles, was ich meine … Ich finde es tatsächlich sehr schmeichelhaft, dass Sie annehmen, ich könnte in dieser Sache eine Hilfe sein, aber – nein. Sie können das nicht mit damals vergleichen. Da bin ich aktiv geworden, weil es mich unmittelbar betroffen hat, es ist ja direkt vor meiner Haustür passiert. Aber dieses Verbrechen wird von den entsprechenden Behörden untersucht.«

»Trotzdem.«

Während des Schweigens sickerte die Erkenntnis allmählich durch.

»Aber Reyssens …«

Gilles neigte den Kopf und hob die Hände. »Eben.«

Eine weitere Pause.

»Außer mir würde niemand von Ihrer Beteiligung erfahren. Aber überlassen Sie das Urteil darüber, wie wertvoll Ihre … Meinung wäre, bitte mir, Penny. Betrachten Sie das Ganze einmal aus meiner Perspektive. Ich bin einer der erfolgreichsten Kunsthändler und Agenten in ganz Südfrankreich. Ich habe eine Menge Künstlerinnen und Künstler unter Vertrag, nicht nur die vier, die Sie in Avignon gesehen haben. Für einige Künstler organisiere ich sogar Ausstellungen in Übersee. Es ist ein kostspieliges Geschäft.«

Penelope nickte.

»Was mit Don geschehen ist, ist zutiefst erschütternd. Er mag kein Talent gehabt haben – oh, glauben Sie nicht, dass ich blind für seine Fehler war, Penny –, aber er hatte viele andere gute Eigenschaften. Es war Don, der einen Großteil des Geldes verdiente, mit denen ich anderen, weitaus besseren Künstler Farbe und Miete finanzieren kann. Wir können darüber streiten, warum gerade er solche Aufmerksamkeit erregt hat, aber es hat funktioniert, es hat Leute in meine Galerien gebracht und unsere Namen in die Medien.«

»Haben die anderen Künstler das denn zu schätzen gewusst?«

»Manche taten es. Andere waren nicht so … pragmatisch.«

»Und Sie sind nichts außer pragmatisch?«

»So ist es.«

Penelope hatte den köstlichen Kir ausgetrunken. Eine Welle von Leichtsinn durchströmte sie. Sie fühlte sich leicht und unbeschwert, als wäre alles möglich.

Hastig riss sie sich zusammen. »Ich werde nicht für Sie arbeiten, Gilles.«

Er lehnte sich zurück und seufzte.

»Was nicht heißen soll, dass ich nicht ziemlich neugierig bin und gern herausfinden möchte, wer oder was Don getötet hat. Zufällig habe ich mir bereits selbst einige Fragen gestellt … Ich wäre mehr als erfreut, wenn ich alles, was ich noch erfahre, mit Ihnen besprechen könnte, wenn Sie im Gegenzug alle Informationen mit mir teilen.«

Nach und nach malte sich ein breites Lächeln auf Gilles' Züge.

»Das ist ein absolut akzeptables Angebot.«

Am Ende aßen sie gemeinsam zu Mittag. Natürlich taten sie das. Dies war Frankreich.

Im Laufe des Fünfzehn-Euro-Menüs, bestehend aus *oeufs cocotte* mit geraspelten Trüffeln, *daube de boeuf*, einem Zitronenschaum als Rachenputzer sowie einem Glas Wein, diskutierten sie fröhlich die Einzelheiten von Dons letztem Abend in der Galerie und den folgenden Tag im Krankenhaus, Auch sein Leben als Bohème und seine Frauengeschichten kamen zur Sprache.

»Haben Sie das letztens ernst gemeint, als Sie sagten, dass die anderen Künstler ihn hassen?«, fragte Penelope irgendwann.

Gilles atmete theatralisch aus. »Das ist ein ständiger Wettkampf, und es ist viel Neid im Spiel. Aber Don haben sie am meisten gehasst, abgesehen von Nina Chiroubles, versteht sich.«

»Warum das?«

»Sie wussten nichts davon? Don und Nina waren … Wie nennen Sie das …? Eine Einheit. Zumindest eine Zeit lang.«

»Ernsthaft?«

»Ja. Sie war einige Jahre lang seine Geliebte.«

»Noch während er mit Fenella verheiratet war?«

»Ganz sicher. Aber dann hat Nina ihn mit einer anderen erwischt. Danach wurde aus ihrer Liebe Verachtung, und ich nehme an, dass sie ihn deswegen noch mehr gehasst hat als alle anderen.«

»Aber Sie gehen nicht wirklich davon aus, dass Nicolas Versanne etwas mit der ganzen Sache zu tun hat, oder? Laurent war deswegen ziemlich sauer.«

Kaum waren die Worte ausgesprochen, hätte sie sich selbst dafür treten können, dass sie nicht wenigstens etwas feinfühliger vorgegangen war. Doch Gilles nickte verständnisvoll. »Ich habe von ihm nichts anderes erwartet. Ich hätte dasselbe getan, wenn es um einen meiner Freunde gegangen wäre.«

»Warum um alles in der Welt sollte Nicolas Don hassen? Er könnte sich über ihn ärgern oder darüber, mit ihm in Verbindung gebracht zu werden, aber er kann unmöglich neidisch auf ein nicht existierendes Talent sein.«

Gilles wischte sich den Mund mit seiner Serviette ab. »Don hat keine Gelegenheit ausgelassen, damit anzugeben, wie viel Geld er verdient. Als wäre die Menge an Käufern ein Gradmesser dafür, wer ein wahrer Künstler ist! Aber es hat Nicolas aufgebracht.«

»Nicolas verdient doch sicher auch nicht schlecht?«

»Ja, das tut er. Aber seine Frau ist auch verdammt gut darin, es auszugeben. Sie streiten sich ständig ums Geld. Der Museumsbetrieb kostet eine Menge. Manchmal kommt er mir eher wie eine Wohltätigkeitsorganisation für bedürftige Künstler vor. Claudine zahlt Nina viel mehr, als die Arbeit, die sie macht, wert ist.«

»Wie bitte?« Penelope schreckte auf. »Nina arbeitet im Museum?«

»Hin und wieder.«

»Interessant. Ich dachte, ihre Werke wären so teuer.«

»Sind sie. Aber sie verkauft so gut wie nichts davon.«

»Aber warum …?« Penelope schwirrte vor lauter möglicher Schlussfolgerungen der Kopf.

»Wenn wir sie günstiger anbieten würden, würde sie noch weniger verkaufen«, erklärte Gilles. »Diese Installationskunst ist ein sehr merkwürdiger Markt. Es geht mehr um Geld als um alles andere.«

Zu gern hätte Penelope noch mehr über die Streitereien der Versannes ums Geld erfahren. Vielleicht hatte Laurent das gemeint, als er sagte, sie hätten schon genug Sorgen.

Der Kellner brachte die Rechnung. Ganz selbstverständlich griff Gilles nach seinem Portemonnaie und bestand darauf, zu bezahlen. Während er dem mürrischen Kellner seine Kreditkarte gab, schenkte er Penelope ein umwerfendes Lächeln. »Besuchen Sie mich in meiner Galerie in Nizza! Dort können wir diese Unterhaltung fortführen und währenddessen ein erstklassiges Abendessen genießen.«

Penelope verspürte kurz Aufregung, der sofortige Enttäuschung folgte. »Ich kann im Moment leider nicht, meine Familie hat sich angekündigt.«

»Sie haben Familie?«

»Nun, Stiefsohn und -tochter samt ihren Kindern.«

»Aber keinen Monsieur Kite?«

»Seit Langem getrennt, inzwischen geschieden.«

Der Franzose zwinkerte ihr übertrieben deutlich zu. Seine

braunen Augen wurden weicher und schauten sie unverwandt an. »Nun, dann also, nachdem sie wieder abgereist sind. Sie werden sehen, die Fahrt nach Nizza ist wunderschön, durch die Basse Alpes und dann die Route Napoleon hinunter.«

Penelope nickte. *Es ist unmöglich, diesem Mann zu widersprechen,* dachte sie. Sein Charme war ziemlich überzeugend.

Die Aussicht auf einen Ausflug nach Nizza mit Gilles war allein schon eine Annehmlichkeit für sich und könnte sich darüber hinaus als interessant erweisen. Schließlich kontrollierte er mit seinen Galerien in Avignon und Nizza den größten Teil der provenzalischen Kunstwelt.

Später, als Penelope Clémence erzählte, dass sie bei Gilles de Bourdan ein wenig Eindruck hinterlassen hatte, runzelte diese leicht ungläubig die ansonsten makellos glatte Stirn. Penelope erkannte diesen Ausdruck sofort. So erstaunt blickten Frauen, die sich ihrer Attraktivität bewusst waren, wenn eine weniger liebreizende Geschlechtsgenossin es geschafft hatte, einen Mann von sich zu überzeugen, der sich die Frauen normalerweise aussuchen konnte.

»Er könnte mir gefallen.« Penelope fühlte ihre Wangen heiß werden.

»Du wirst schon sehen, ob er dir gefällt, wenn du erst einmal sein Haus betreten hast.«

»Ich werde sein Haus nicht betreten! Ich werde ihn in der Galerie besuchen. Dann werde ich mich für eine Nacht oder zwei im Château Eza einbuchen und ihn zum Abendessen treffen. Bei Gott, wenn die Kinder erst einmal wieder abgereist sind, werde ich mir das mehr als verdient haben!«

Pause.

»Wie ist … eigentlich … sein Beziehungsstatus?« Penelope hatte Gilles mit Absicht nicht gefragt.

Clémence riss die Augen auf. »Soweit ich weiß, ist er Single. Seine Frau ist vor einigen Jahren gestorben, glaube ich.«

Penelope beließ es dabei.

Es war durchaus unterhaltsam, die Reaktionen ihrer Freunde zu erleben, sobald sie nebenbei anmerkte, dass Gilles sie für ein Wochenende nach Nizza eingeladen und sie die Einladung angenommen hatte.

Sogar Laurent wirkte eher verärgert.

13

Gilles hielt Wort. Am nächsten Tag erhielt Penelope einen Anruf von einem Bad-Installationsbetrieb in Avignon, inklusive eines akzeptablen Angebots und der erfreulichen Informationen, dass ein Auftrag storniert worden war und sie daher am Montag beginnen könnten. Das war ein straffer Zeitplan, doch die Klempnerarbeiten wären rechtzeitig für die Ankunft der Familie fertiggestellt.

Sie rief Gilles an, um ihm zu danken und seine Einladung zum Abendessen im Château Eza anzunehmen. Bis dahin hatte Penelope Zeit für sich.

Als Erstes wollte sie, Clémences Warnung zum Trotz, Fenella treffen.

Normalerweise fuhr Penelope auf der Hauptstraße nach Avignon immer am Abzweig nach Goult vorbei, doch nun stellte sie fest, was für ein verstecktes Juwel dieses Dorf war. Auf hübschen baumbestandenen Plätzen konnte sie einfach parken und das Auto stehen lassen und musste nicht, wie in Großbritannien, erst genervt nach Kleingeld für einen Parkautomaten suchen, der dann nicht auf Anhieb funktionierte.

Die Häuser waren massiv mit schlichten Fronten und in verschiedenen Farben gestrichen, darunter auch kräftige Rot- und Blautöne. Noch ansprechender sahen allerdings die aus, bei denen der Putz bereits abbröckelte und sogar Stellen geschwärzt waren.

Ein wunderschönes Schild wies in geschwungener Handschrift auf ein Geschäft mit handwerklich hergestellten Lebensmitteln hin: *La Ruche* – der Bienenstock.

Als Penelope die Tür öffnete, wurde sie von den ganzen Sinneseindrücken geradezu überwältigt. Mitten im Laden stand ein großer Mühlstein. Er wies sogar noch Mehlreste auf, die vermutlich jeden Morgen sorgfältig und mit Liebe zum Detail erneuert wurden. Überhaupt wirkte der gesamte Ort wie ein Freilichtmuseum, das alle wesentlichen Genüsse der gesamten Provence auf einen Ort konzentriert ausstellte. Lavendel konkurrierte mit Knoblauchzöpfen, marmorierte Salami lag neben Käseecken, und die Düfte unzähliger Kerzen und Seifen wetteiferten mit dem Aroma von Gewürzen in Jutesäckchen: gelber Kurkuma, tiefrote Paprika, Zimt, gemahlener Ingwer, Kreuzkümmel und alle Arten von getrockneten Kräutern. Dahinter stapelten sich Dosen mit hausgemachten Pasteten und verschiedenen Innereien heimischer Wildtiere in den Regalen. Ganze Schinken hingen so tief an Haken von Dachbalken, dass man Gefahr lief, sie anzustoßen, wenn man durch den Laden ging.

An einem Tresen im hinteren Bereich des Ladens, der gar kein Ende zu nehmen schien, standen einige Bottiche, die bis zum Rand mit Oliven in jeglicher Farbe und Größe gefüllt waren. Die mit Mandeln gespickten grünen Oliven wurden in ganzer Hinsicht als besondere Spezialität angepriesen: Sie standen genau in der Mitte der Delikatessen, dazu die üppige Dekoration um die Schale mit der Auslage und ein astronomischer Preis. An der Wand dahinter hing ein Gemälde. Mit einem bösen Verdacht trat Penelope näher, und richtig: Es war ein besonders schreckliches Bild des verstorbenen Monsieur Doncaster, ein dümmlich lächelndes Kind in einem blutroten Lavendelfeld.

»*Bonjour,* Madame.« Eine sympathische junge Frau kam auf sie zu. »Was kann ich für Sie tun?«

»*Bonjour.* Was für ein hübsches Geschäft! Ich bin wegen Ihrer mandelgefüllten Oliven hier, die es nur hier geben soll.«

»*Merci,* Madame. Natürlich ist alles Bio-Ware, und das meiste stammt aus einem Umkreis von fünfzig Kilometern um dieses Dorf. Dies hier müssen die Oliven sein, die Sie suchen.«

Die Verkäuferin schöpfte mit einem langstieligen Löffel eine Olive heraus und bot sie Penelope an. Sie schien einen Hauch weniger grünlich zu sein als die Olive, die Don ihr angeboten hatte.

»Ich habe sie auf Partys probiert. Sie sind hervorragend«, sagte sie eilig, um sie nicht essen zu müssen. »Ich nehme hundert Gramm, bitte.«

»Sie werden ein Jahr lang in Kräutersalzlake nach einem Geheimrezept mariniert und mit Zitronenschale gewürzt. Die Süßmandeln stammen von einer nach Süden ausgerichteten Plantage aus Bäumen, zwischen denen Wildblumen wachsen.«

»Die Nachfrage ist bestimmt riesig.«

Die Frau nickte heiter. »Unsere Kundschaft kommt aus den gesamten umliegenden Regionen. Die unternehmen dafür ganz schön weite Reisen.«

»Ein Engländer hat mir davon vorgeschwärmt.« Das war schließlich die Wahrheit. Sie betrachtete vielsagend Dons scheußliches Gemälde.

»Wir haben einen internationalen Ruf.«

Penelope ließ ihren Blick auf dem Bild ruhen. »Der Künstler sagte mir, er wäre Stammkunde.«

»Er liebte diese Oliven«, sagte die Frau.

»Kam er häufiger, um sie zu kaufen?«

»Gelegentlich, meistens war es aber eine seiner Frauen. Er

hat es sehr gut mit uns gemeint – er hat das Geschäft namentlich in einem dieser Provence-Lifestyle-Interviews erwähnt, die er der Presse gab, und das brachte eine Menge mehr Kundschaft. Natürlich hat er von uns dafür Gratisgaben bekommen. Er kaufte sie immer zu besonderen Anlässen. Er meinte, die Oliven wären für ihn wie Champagner – feierlich.«

»Hat Madame Doncaster die Oliven für seine letzte Party gekauft?«

»Daran erinnere ich mich leider nicht mehr.«

Penelope kaufte die Oliven, dazu etwas Ziegenkäse mit getrockneten roten Johannisbeeren und Thymian sowie *Brandade de morue* aus gesalzenem Kabeljau und Kartoffeln.

»Ich möchte Fenella mein Beileid aussprechen«, sagte sie. »Das Haus ist … wo noch gleich?«

»Fahren Sie den Hügel hinab und biegen Sie links ab. Sie können die lachsfarbene Villa gar nicht verfehlen.«

»Fenella ist nicht hier, sie unterrichtet«, erklärte eine junge Frau Penelope. »Ich bin Anya, ihre Assistentin.«

Sie war eine hübsche Frau in den Zwanzigern mit schimmerndem hennaroten Haar, das ihr bis zur Mitte über den Rücken fiel. Enge Jeans betonten die Kurven ihrer schlanken Beine. Dazu trug sie eine farbverschmierte Schürze über einem schwarzen Pullover.

Von der Eingangstür aus konnte Penelope einen Flur entlang durch ein Zimmer bis in den Garten hinausblicken, der eine Aussicht über das Tal bot. »Wissen Sie, wie lange sie noch unterwegs ist?«

Die Frau schaute auf ihre Uhr. »Vermutlich nicht mehr lange.« Sie hatte einen osteuropäischen Akzent.

»Könnte ich in diesem Fall dann vielleicht hereinkommen und auf sie warten?«

Die Wände im Haus hingen voller Gemälde, von denen Penelope manche recht gut gefielen. Alle waren mit *Fenella S.* signiert; keine Spur vom doncasterianischen *Oeuvre.* Einige halb fertiggestellte Teppiche, die Teile der weiblichen Anatomie darstellten, lagen in Webstühlen. Die Bücherregale quollen über von verschiedensten Taschenbüchern und ledergebundenen Historienschinken. Besondere Gins und Wodkas standen auf einem gut gefüllten Tablett.

Anya führte sie in einen Wintergarten, von dem aus man in den Garten blicken konnte. Neben Zitronenbäumen in Töpfen und kultivierten Orchideen blühte noch immer ein kräftiger Jasmin. Zweifellos das Verdienst eines fähigen Gärtners.

»Ich bin vor drei Jahren aus Prag nach Frankreich gekommen«, erzählte die Frau, nachdem Penelope sich freundlich nach ihr erkundigt hatte. »Zu Hause habe ich keine Arbeit gefunden. Ein Jahr lang habe ich bei einer Familie als Au-pair gearbeitet, dann habe ich Don und Fenella getroffen.«

»Wie haben Sie sich kennengelernt?«

»Im Sommer vor zwei Jahren habe ich in einem Restaurant in Bonnieux gearbeitet, das sie oft besuchten. Sie waren sehr freundlich zu mir. Zuerst habe ich nur einige Stunden pro Woche für sie gearbeitet, dann wurde es immer mehr. Jetzt halte ich das Haus sauber, nehme Buchungen für die Kurse entgegen und bereite die Staffeleien und Materialien vor. Manchmal fahre ich das Auto zum Unterricht oder mache den Einkauf.«

»Dann waren die beiden also noch zusammen, als Sie angefangen haben, für sie zu arbeiten?«

Anya hob und senkte die Hand. »*Comme ci, comme ça.*«

»War das hier in diesem Haus?«

»Ja.«

Also musste es dieses Gebäude sein, das Clémence verkaufen

würde. Penelope betrachtete den großzügigen Raum mit dem fantastischen hellen Licht und dem Ausblick über den gesamten Grand Luberon und dachte bei sich, dass es nicht lange dauern würde, bis ein eifriger Käufer zugreifen würde. Falls Fenella es überhaupt noch verkaufen musste, jetzt, da Don tot war.

»Ich habe Don nur ein einziges Mal getroffen, aber ich war sehr schockiert, als ich hörte, dass er verstorben ist«, sagte Penelope.

Anya wich ihrem Blick aus. »Ich habe mit ihm geschlafen«, erklärte sie dann. »Fenella hat das überhaupt nichts ausgemacht. Ich glaube sogar, ihr war es lieber, dass ich es war, als irgendeine Unbekannte.«

Penelope starrte sie an, während sie versuchte, den Sinn dieser verstörenden Aussage zu begreifen. Eine so unerwartete Enthüllung hatte sie im Traum nicht erwartet.

»In letzter Zeit nicht mehr sehr häufig. Don war abgekühlt. Er war nicht mehr so gut drauf und stattdessen immer müde. Er war sichtlich gealtert und hatte kein Interesse mehr an Sex. Bis dahin haben wir viel gelacht und miteinander ausprobiert. Er war ein toller Liebhaber.«

Sie unterbrach sich. »Jetzt schauen Sie mich so an, offensichtlich haben Sie ihn nicht gekannt. Er war ein Gentleman, und ich war außer mir vor Freude, dass er mich zu einer seiner Geliebten gemacht hat. Zumindest am Anfang. Dann schien er meiner überdrüssig zu geworden zu sein.«

»Vielleicht war er einfach erschöpft – bei so vielen Frauen, mit denen er eine … gute Zeit verbracht hat«, vermutete Penelope.

»Mir war immer klar, dass ich mich nicht an ihn klammern sollte«, sagte Anya traurig.

Penelope lächelte mitfühlend.

»Ich wollte ihm keine Szene machen, nicht eine von diesen Frauen sein, die nicht kapieren können, wenn es vorbei ist. Das hat er immer gehasst.«

»Passierte das oft?«, fragte Penelope, immer noch fassungslos. Don hatte eindeutig etwas an sich gehabt.

»Ständig. Es ist verlockend, einem solchen Talent nahe zu sein. Manche Frauen wollten das nicht aufgeben.«

Penelope wusste nicht, was sie davon halten sollte. »Er hatte also immer viele verschiedene Frauen um sich herum und machte ständig Seitensprünge?«

»Seitensprünge?«

»Romantische Liaisons. Affären.«

»Ja, stimmt.«

»Und jede dieser Frauen akzeptierte, dass er sie früher oder später fallen lassen und zur nächsten Affäre weiterziehen würde?«

Anya zuckte mit den dünnen Schultern. »Die meisten. Aber einige konnten sich nicht damit abfinden.«

»Kannten Sie eine, die nicht einfach stillschweigend ging, die es nicht beenden wollte?«

»Es gab eine.«

»Wirklich?«

»Ich habe oft Streitereien zwischen Fenella und Don mitangehört. Damals hat Fenella sich, wie gesagt, nicht viel aus seinen Geliebten gemacht. Mit Ausnahme dieser Frau, die ihn weiterhin anrief und hier im Atelier auftauchte, wenn er eigentlich arbeiten sollte.«

»Wer war das?«

»Warum fragen Sie das?«

»Ich bin … einfach neugierig. Don war ein überaus interessanter Mann.«

»Sind Sie Journalistin?« Erschrocken riss Anya die Augen auf, als ihr bewusst wurde, dass sie möglicherweise eine

Grenze überschritten und einer freundlichen Fremden zu viel verraten hatte, das sie morgen in der Zeitung würde lesen können. Das Bedürfnis, über den Mann zu sprechen, der ihr so viel bedeutet hatte, hatte sie überwältigt.

»Nein, bin ich nicht«, versicherte Penelope rasch. »Ich bin nur … eine Landsmännin aus England. Ich dachte, dass Fenella sich vielleicht freuen würde, wenn sie sich mit jemandem in ihrer eigenen Sprache unterhalten kann. Ich war an dem Abend in der Galerie, als es Don … nicht gut ging.«

Kurz hielt sie den Atem an, aber sie hatte zweifelsohne die richtigen Worte gefunden.

Anya nickte und rieb sich mit dem Handrücken über ihre feuchten Augen.

»Es ist sicher für Sie beide nicht einfach.«

Kopfschütteln.

»Es ging ihm schon wochenlang, bevor er … gegangen ist, nicht mehr gut. Er war nicht so energiegeladen wie sonst. Er jammerte ständig herum, er wäre müde und wollte nur noch schlafen. Er sprach von Bauchschmerzen.«

»Hat er mehr als sonst getrunken?«, fragte Penelope.

»Kann sein. Wie gesagt, er war besorgt. Aber er hat immer schon viel getrunken. Wenn er glücklich war, wenn er traurig war, wenn er gemalt hat, wenn er nicht gemalt hat. Aber bis dahin schien es ihm nichts ausgemacht zu haben.«

»Hat sich sein Aussehen verändert?«

Sie zog ein Putztuch aus der hinteren Hosentasche und begann, es mit den Händen zu wringen. »Ich würde schon sagen. Er hat abgenommen, und sein Gesicht war ganz rot geworden. Am Anfang fand ich ihn gar nicht so attraktiv«, fuhr Anya fort. »Gar nicht. Das war erst, nachdem ich ihn näher kennengelernt habe. Ich stehe nicht auf ältere Männer, aber Don war anders. So … selbstbewusst, so sicher. Und er war sehr freundlich. Er hat mir dabei geholfen, einiges … zu verstehen.« Sie schaute zur Seite und wurde rot.

Sie ist jung und weiß es nicht besser, dachte Penelope bei sich. Mit zwanzig war das Leben noch einfach, und zu leicht verwechselte man Verliebtsein mit der Wirklichkeit. Sie kannte das nur zu gut.

»Wie lange dauerte Ihre Affäre mit Don?«

»Ein paar Monate, vielleicht … vier.«

»Und diese Frau, die immer wieder herkam und ihn belästigte, war das davor oder danach?«

»Das war vor seinem Auszug aus diesem Haus. Er ist kurz danach gegangen.«

»Fenella und Don haben sich wegen ihr getrennt?«

»Ja, ich glaube schon.«

»Warum, was war denn in diesem Fall anders als sonst?«

Anya schüttelte den Kopf.

»Haben Sie Don nie danach gefragt?«

»Nein! Er hasste derartige Unannehmlichkeiten und überhaupt Fragen nach seinen anderen Beziehungen. Er sagte immer, das wäre alles unnötig. Wir alle sollten den Moment genießen und die Dinge nicht mit solchen lästigen Gefühlen wie Eifersucht und Groll verderben.«

Klar, dachte Penelope, das klingt ganz nach der typischen Sorte Mann, der auf allen Hochzeiten tanzen will. Sie schwieg vielsagend.

»Diese andere Frau war Fenellas Freundin Nina, deswegen.«

Penelope wurde angespannt. Je länger sie auf Fenella warteten, desto unangenehmer würde ihre Begegnung werden. »Wissen Sie was, Anya, ich komme später noch einmal wieder. Können Sie mir sagen, wann Fenella nicht unterrichtet, damit ich sie dann auch erwische?«

14

Zurück am Le Chant d'Eau wühlte Penelope in ihrer Handtasche nach dem Schlüssel und stieß auf ein gefaltetes Papier. Darauf standen der Name Monique und eine Nummer. Sie brauchte einen Augenblick, bis ihr wieder einfiel, dass Monique die Geigerin auf dem Konzert in Viens war. Penelope entschied sich, sie sofort anzurufen. Sie war immer noch fasziniert von der Aussicht, wieder spielen zu können, und die für das Konzert in Roussillon vorgeschlagenen Stücke begeisterten sie. Eines war sogar ein altes Lieblingsstück. Sie wollte es unbedingt mit den anderen Frauen spielen.

»Wenn Sie wollen, können Sie direkt heute Nachmittag kommen«, schlug Monique fünf Minuten später vor. »Nicht so schüchtern.«

Monique und Orla, die andere Cellistin, begrüßten sie herzlich in der Kapelle neben dem Lavendelfeld und stellten ihr einen weiteren Bratsche-Spieler vor, einen Mann in den Siebzigern namens Philippe. Er sah aus wie ein Lehrer, und genau das war er auch gewesen, wie sich herausstellte: ein pensionierter Geschichtslehrer. Sylvain, der Dirigent, saß am Klavier.

Sie nahmen sich erst ein Schubert-Quintett vor, danach eines von Beethoven für zwei Geigen, zwei Cellos und eine Bratsche. Es war lange her, dass Penelope mit anderen zusammen gespielt hatte, doch sie schlug sich tapfer und machte keine Fehler.

Als sie eine Kaffeepause einlegten – Monique hatte zwei große Thermoskannen mitgebracht – nutzte Penelope noch einmal die Gelegenheit, das Innere der Kapelle zu bewundern. Es war mit seiner Mischung aus klaren Linien und mittelalterlichem Mauerwerk sowie der markanten Malerei an der Gewölbedecke ebenso schlicht wie ansprechend.

»Wie hat das hier vor der Renovierung ausgesehen?«, fragte sie.

»Das war nur noch eine Ruine«, sagte Monique. »Die Holzkonstruktion war verrottet – feucht und wurmzerfressen. Die Holzbänke brachen allein beim Anblick zusammen.«

»Und es stank nach Mäusen, und wie! Ein fürchterlicher Gestank nach Mäusedreck«, ergänzte Annette, die zweite Geigerin.

»Ein paar Teile haben überdauert. Einige hübsche Vertäfelungen. Und nicht alle Bänke waren rettungslos verloren. Dennoch wurde entschieden, dass alles raus sollte. Andernfalls hätten sie die Sachen restaurieren müssen, und das wäre viel zu teuer geworden. Statt also all das alte Holz aufzuarbeiten, haben wir jetzt moderne Stühle, was für die Konzerte sowieso viel besser ist.«

»Vor allem bequemer«, meinte Penelope. »Trotzdem eine Schande. Was haben sie mit den Vertäfelungen und den Bänken gemacht, die in nicht ganz so schlechtem Zustand waren?« Sie versuchte, nüchtern zu klingen, doch es war ihr in den Sinn gekommen, dass ein paar Kirchenbänke sich ganz hervorragend an den langen Seiten des Kieferntisches in der Küche machen würden. Sie wollte aber keinesfalls raffgierig erscheinen.

»Sie wurden in der Scheune von Monsieur Bérenger gelagert, nicht wahr?« Monique wandte sich an Annette.

»Reihenweise. Ja, reihenweise!«

»Bérenger ist der Dorfschreiner. Ein Teil der Sachen wurde verkauft, um die Arbeiten zu finanzieren. Aber nach einer Weile, als alle Interessierten sich umgesehen und gekauft hatten, was sie wollten – was offen gestanden kaum der Rede wert war – wurde ihm alles übergeben, was übrig geblieben war. Es ist wahrscheinlich immer noch da. Warum, sind Sie interessiert?«

Penelope wünschte sich wirklich, ihre Gedanken stünden ihr nicht immer sofort ins Gesicht geschrieben.

»Nun, ich bin gerade dabei, mein Haus zu renovieren. Und ich liebe den Gedanken, ein Stück Geschichte einzubeziehen. Wenn es die Möglichkeit gäbe, würde ich sehr gern einen Blick auf das werfen, was übrig geblieben ist.«

»Ich kann ihn fragen, wenn Sie möchten«, bot Philippe an.

»Das würde mich sehr freuen, vielen Dank.«

»Es ist auch nicht weit, Sie können jederzeit vorbeikommen«, sagte Monique. »Wie gehen Ihre Renovierungsarbeiten denn voran?«

»Ganz gut. Es gibt einige Probleme, aber ich komme vorwärts. Hoffe ich.«

Monique warf die Hände in die Luft. »Es gibt immer Probleme. Aber im gleichen Maße gibt es auch immer Lösungen.«

»Das stimmt«, gab Penelope sich optimistisch.

Sanft und ungekünstelt, zweifelsohne liebte Monique Musik. Ihr Anschlag auf der Geige war einfühlsam und wunderschön. Sie trug ähnlich häusliche Kleidung, wie Penelope sie zu Hause in Surrey bevorzugt hatte, bevor sie der schicken Clémence und ihrem kritischen Blick begegnet war.

»Ich bin so froh, dass Clémence mich Ihnen vorgestellt hat«, sagte sie. »Wenn das hier klappt, dann ist das genau der Ansporn, den ich brauche, um mehr zu spielen.«

»Woher kennen Sie Clémence Valencourt?« Nach französischen Maßstäben war Orla eine Frau, die sich ebenfalls gehen ließ. Dieses Mal trug sie ihre dunklen Haare mit den grauen Sprenkeln offen über die Schultern.

»Sie hat mir mein Haus verkauft«, erklärte Penelope.

Die Frauen schienen überrascht. »Madame Valencourt bleibt selten mit ihren zufriedenen Kunden befreundet, die über die Agence Hublot eine Immobilie kaufen. Vor allem nicht mit den ausländischen Käufern«, sagte Orla.

Penelope wusste nicht, was sie sagen sollte. Sie wollte die genaueren Umstände ihrer ungewöhnlichen Freundschaft, die Morde und das ganze Chaos nicht erklären. Daher lenkte sie das Gespräch zurück auf die Immobilien. »Das Haus der Valencourts im Dorf ist großartig, nicht wahr?«

»Es ist schon seit langer Zeit im Familienbesitz«, erwiderte Annette. »Eine wirklich sehr lange Zeit.«

Penelope konnte ihrer Neugier nicht widerstehen. »Wie ist ihr Mann?«

Die Frauen tauschen Blicke untereinander. Penelope tat so, als prüfte sie ihren Bogen, während sie gegen den wachsenden Drang, mehr zu erfahren, ankämpfte.

»Er ist … eine altmodische Art von Ehemann.«

Was bedeutete das? Er wirkte nicht sehr altmodisch in Bezug auf seine Frau. Zunächst einmal schien er nie zu Hause zu sein.

Aber die anderen Frauen sahen sie an, als wäre sie auf eine tickende Zeitbombe gestoßen. Einige wandten sich unauffällig ab.

»Er ist ein bemerkenswerter Mann«, meinte Monique, als wäre die Sache damit erledigt. Was rein gar nichts erklärte.

Die anderen nickten. Penelope bemerkte die Zurückhaltung.

Als sie sich setzten, um weitere Stücke zu spielen, hatte sie nichts erfahren, das Monsieur Valencourt weniger mysteriös machte.

Warum es aufschieben und noch einmal wiederkommen?, dachte Penelope, während sie winkend vom Parkplatz der Kapelle fuhr.

Genau wie Monique es beschrieben hatte, fand sie die Scheune des Schreiners am Rande des Dorfs, wo die Straße aus Viens abzweigte. Es roch nach frischen Kiefersägespänen, als sie ausstieg. Bis zum Dach war alles mit neuem und altem Holz, antiken Türen und ramponierten alten Schränken vollgestopft.

Monsieur Bérenger war ein winziger Mann mit weißen Haaren. Er schüttelte traurig den Kopf. »Ich bedauere, aber von der ehemaligen Ausstattung der Kapelle ist nichts mehr übrig.«

»Nichts?«

»Nein, gar nichts. Nicht ein Brett.«

»Sind Sie sicher?«

»Natürlich bin ich sicher.« Der Schreiner wurde ungeduldig. »Vor ein paar Monaten kam so ein alter Hippie und hat alles gekauft und mitgenommen.«

»Na gut, macht ja nichts«, sagte Penelope. »War nur eine Idee.«

Dennoch war sie ein wenig enttäuscht. Im Geiste hatte sie bereits die abgeschmirgelten, polierten Kirchenbänke zu beiden Seiten des Küchentischs gesehen, sogar schon mit dicken Kissen aus provenzalischen Stoffen, damit die Gäste bequemer sitzen konnten.

Zu Hause blinkte der Anrufbeantworter des Festnetzes.

Sie rief Camrose sofort zurück, noch bevor sie den Mantel ausgezogen hatte.

»Doncaster«, sagte er. »Crumhorn Chambers. Kompetent, solange er nicht abgelenkt wird, und ein ziemlicher Weiberheld, das wäre die Zusammenfassung.«

»Das ist er!«

»Auch bekannt als Bonker Doncaster. Oder einfach Bonkaster. Gut aussehend. Ziemlich anmaßend. Ich habe festgestellt, dass ich vor vielen Jahren sogar mit ihm zusammen einen Fall bearbeitet habe. Den Fall Earnshaw. Die Katze und die verschwundene Milch.«

»Natürlich!« Schlagartig fiel Penelope alles wieder ein. »Eine ältere Frau, die einfach sterbend von Einbrechern zurückgelassen worden war.«

Damals hatte sie erst kurz zuvor bei Camrose angefangen, und es war das erste Mal, dass sie das gesamte Drama eines Gerichtsprozesses in Old Bailey miterlebte. Also hatte sie Don wirklich wiedererkannt, zumindest teilweise. Als Staatsanwalt hatte er während der Verhandlung natürlich eine Perücke getragen.

»Don Doncaster hat die Verteidigung pulverisiert«, erinnerte sich Camrose. »Es stand auf des Messers Schneide, ob die rechtsmedizinischen Ergebnisse für eine Verurteilung reichen würden, doch mit seinem Plädoyer hat er an dem Tag gewonnen. Das muss mindestens – wie viele Jahre her sein, zehn?«

»Sogar noch länger.«

»Der arme alte Doncaster.«

»Ich werde mein Bestes für ihn tun.« Penelope gab sich Mühe, überzeugter zu klingen, als sie in Wirklichkeit war.

15

»Fenella Doncaster ist eine Kreischkatze!«, rief Clémence. »Soeben hat sie mir mitgeteilt, dass sie das Haus nicht mehr verkaufen will. Und das nach all ihren unmöglichen Forderungen. Gezieltes Marketing in Frauenorganisationen. Die Texte für die Werbung vollständig geschlechtsneutral. Aufdringliche Unterstellungen über mein Privatleben.«

Die Empörung der Immobilienmaklerin klang deutlich hörbar durch das Telefon.

»Was hast du heute vor? Könnten wir uns treffen?«, fragte Penelope. »Es gibt eine Menge zu erzählen.«

»Ich habe heute Morgen einen Termin in Lacoste, dann eine Besichtigung in Céreste. Danach könnten wir uns treffen, wenn du möchtest.«

»Das passt doch perfekt. Ich habe hier noch einiges zu tun, aber dann treffen wir uns in Céreste.«

Sie vereinbarten Ort und Zeit und legten auf.

Penelope schaute zur Decke. Eine elektrische Bohrmaschine lag im Wettstreit mit Schlägen und Rufen. Die Herausforderung, die Badezimmer rechtzeitig vor dem Eintreffen der Familie fertigzustellen, hatte begonnen. Penelope hatte immer schon eine Schwäche für Reality-Doku-Serien gehabt, in denen es um Häuserrenovierungen ging. Der Wettlauf gegen die Zeit, und die Frage, ob alles fertig wurde, bevor die ersten Gäste eintrafen oder die Hochzeit anstand, bedeuteten ständiges unnötiges Drama. Das führte dann dazu, dass Ecken rund geschnitten wurden oder das Ergebnis nicht ganz so ausgearbeitet wie geplant ausfiel. Und nun erlebte sie es leider am eigenen Leib.

Im ersten Stock war das Le Chant d'Eau eine Baustelle. Die Wände der Gästezimmer hatte Penelope selbst gestrichen, und es waren neue Betten geliefert worden. Sie musste jetzt einen Hindernisparcours absolvieren, bevor sie sich die Zähne putzen oder waschen konnte. Gut war, dass die Badezimmermonteure ein fröhliches Duo junger Männer waren, das um Punkt acht Uhr auf der Matte gestanden hatte und auch nicht ewig lange Mittagspause machte. Negativ schlug dagegen zu Buche, dass die Fliesen, die Penelope sich ausgesucht hatte, plötzlich ausverkauft waren und nicht nachgeliefert werden konnten. Außerdem musste ein Zimmermann einige verrottete Bodenbalken im zweiten Badezimmer ersetzen.

Gilles versuchte sie damit zu beruhigen, dass diese Monteure dafür bekannt wären, auf den letzten Metern noch einen Zahn zuzulegen. Darauf musste sie vertrauen. Nur noch fünf Tage, bis Lena und die beiden Jungs anreisten. Es wurde knapp.

Kurz nach Mittag traf Penelope Clémence auf dem Marktplatz von Céreste. Sogar im Summer lag Céreste eher abseits der großen Touristenzentren. Jetzt, da der Winter bevorstand, war es noch ruhiger.

Sich einmal nicht mit jemandem zu treffen, der mitten am Tag ein großes Essen haben wollte, war eine ziemliche Erleichterung. Bei Pfefferminztee an einer Café-Bar brachte Penelope Clémence auf den neuesten Stand darüber, was sie über Don erfahren hatte, und sie stimmten überein, dass Fenella Doncaster den größten finanziellen Vorteil durch Dons Tod hatte.

»Es könnte also Fenella aus einem rein finanziellen Motiv

gewesen sein. Du meintest, dass sie ihn am Ende der Ehe gehasst hat«, sagte Penelope.

»Ich bin trotzdem nicht überzeugt. Ich kenne sie seit Jahren, und es passt nicht zu ihr. Es kann keine Eifersucht gegenüber anderen Frauen gewesen sein, denn das war nicht anders als zuvor auch.«

»Mit Ausnahme von Nina Chiroubles, wie es scheint«, erinnerte sich Penelope an das, was Anya ihr gesagt hatte. »Wusstest du, dass sie mal gute Freundinnen waren?«

»Nina und Fenella?«

»Ja. Ich glaube, Ninas Affäre mit Don hat sie sehr verletzt. Fenella hat wohl Loyalität erwartet.«

»Vielleicht gibt es eine besondere Verbindung unter Künstlern«, meinte Clémence.

Penelope blieb skeptisch.

»Dann meinetwegen unter Gilles' Künstlern.«

»Der Typ in Schwarz, Scarpio, hat sich gegenüber Don in der Ausstellung ziemlich unfreundlich verhalten«, sagte Penelope. »Zwischen den beiden gab es nicht sehr viel Liebe.«

Clémence trommelte mit ihren rot lackierten Fingernägeln auf den Tisch, als dächte sie über etwas nach. »Vielleicht sollten wir ihn besuchen. Ich weiß, wo er wohnt – das ist nicht weit weg von hier. Benoît behält ihn im Auge und sorgt dafür, dass er nicht in allzu große Schwierigkeiten gerät.«

Benoît war ein Freund von Laurent, der als Priester irgendeiner Internetgemeinde vorstand und ein renommiertes Kunstzentrum in einem ehemaligen Kloster in Reillanne führte. Er war außerdem besser bekannt als der ehemalige französische Filmstar Benoît Berger, der in der Provence ein einfacheres Leben gesucht und gefunden hatte.

»Davon habe ich gehört. War für Schwierigkeiten?«, fragte Penelope.

»Sex and drugs and rock'n'roll«, bestätigte Clémence Penelopes Vorurteile. »Und zu viele Prügeleien.«

»Wenn du mich fragst, sieht er nicht gerade aus wie ein Schläger.«

»Er kann auch gar nicht kämpfen – genau deshalb behält Benoît ihn im Auge. Letztes Mal wäre er fast umgebracht worden. Es ist eine ziemlich dumme Idee, Geschäfte mit Schlägertypen machen zu wollen, und eine noch dümmere, sie auch noch zuerst anzugreifen, weil dir deren Angebot nicht gefällt.«

Penelope schüttelte den Kopf. Genau in solchen Augenblicken wurde ihr wieder einmal bewusst, was für ein behütetes Leben sie in Surrey gelebt hatte.

»Er lebt außerhalb von Reillanne. Ist gar nicht weit.«

Warum nicht? Das ist doch besser als hier herumzusitzen und weiter zu spekulieren, dachte Penelope.

Sie nahmen den Range Rover, und das war gegenüber dem Mini Cooper bei der rauen Piste zu einer alten Mühle eindeutig die bessere Wahl. Sie fuhren auf einer abschüssigen Straße Richtung Forcalquier über Platanenalleen, die im Sommer dunkel überschattet sein würden, und ließen das glitzernde Ende des Luberon hinter sich. Das Land war landwirtschaftlich geprägt, die Dörfer weniger gut gepflegt. Es war, als würden sie Jahrzehnte zurück in die Zeit reisen, in der das Tal noch nicht als angesagtes Reiseziel gedient hatte.

Sie fuhren bergauf und durch Reillanne, wo noch Reste von Wimpeln eines Sommerfestes in Fetzen von den Bäumen und Laternenpfählen hingen. Nur einmal hielten sie an und hupten, weil ein Hund glückselig mitten auf der Straße lag, der nichts davon ahnte, dass er soeben nur mit dem Leben davon gekommen war, weil Penelope fuhr, und nicht Clémence.

Hinter dem Dorf eröffnete sich eine Hochebene, auf der sich lediglich eine Sternwarte befand, da die saubere Luft, weit weg von den Lichtern der Städte, Wissenschaftler und Hobbyastronomen anzog. Auf den ersten Blick schien die Hochebene flach und unbewohnt, doch bei näherem Hinsehen waren einige tiefe Rinnen zu erkennen, die das Wasser in den Kalkstein gefressen und so die Landschaft zerklüftet hatte. In einigen von ihnen gab es alte Häuser, die in die Steilhänge der Schluchten gebaut worden waren, um ihre Bewohner von den schlimmsten Auswirkungen des Mistral und des Schnees im Winter zu schützen.

Unvermittelt fiel die Straße erschreckend steil ab und auf ein Steingebäude zu, an dessen Seite sich ein großes Mühlrad befand. Penelope erkannte, dass die Hälfte des Hauses in den Fels geschlagen worden war. Um sie herum wurde die klare Kälte plötzlich von einer unangenehm feuchten Dämmerung abgelöst. Die Blätter hingen leblos an den Bäumen, von den Ästen tropfte der Morgentau. Während sie weiter abwärts fuhren, schien der Wald alle Geräusche zu verschlucken, und die nackten Felsen rückten immer näher.

»Hier ist es.« Clémence zeigte auf die an einem Bach gelegene Mühle.

Die beiden Frauen gingen über eine kleine Steinbrücke zum Haus. Es sah düster und feucht aus. Die oberen Stockwerke waren baufällig, einige der kleinen Fenster hatten keine Scheiben.

»Es ist beschaulich, aber nicht im Sinne von charmant. Ein Projekt«, erklärte Clémence in ihrer Maklerinnensprache.

Penelope schauderte. *Für die meisten normalen Menschen wohl eher nicht,* dachte sie. Der Himmel wölbte sich hoch über der Schlucht. Von dem Wasser, das von den Bäumen tropfte, und einem leisen Murmeln des Baches abgesehen war alles still.

Clémence klopfte an die Haustür und bekam einige dumpfe Schläge aus dem Inneren zur Antwort. Schließlich öffnete sich die Tür. Der spindeldürre Scarpio blickte sie missmutig an. *»Oui?«*

Clémence übernahm das Kommando und stellte Penelope als Kunstsammlerin vor. Scarpio wirkte nicht gerade wie das blühende Leben, aber er war offensichtlich nicht bereit, sich einen möglichen Verkauf entgehen zu lassen.

Sie fanden sich in einem großen Raum wieder, der mit Staffeleien, Farbpaletten, kleinen Papierzeichnungen und vor allem halb leeren Tuben schwarzer Acrylfarbe überfüllt war.

Penelope wurde von dem intensiven Geruch nach Cannabis beinahe umgeworfen und fühlte sich rasch ziemlich benommen. »Woran arbeiten Sie zurzeit?«, fragte sie mit schwacher Stimme.

Scarpio deutete wortlos auf eine große quadratische Leinwand, auf die ein schwarzes Komma auf einem Hintergrund aus dunkelstem Grau gezeichnet worden war. Außerdem lagen dort sechs identische Holztafeln, die mit schwarzen Klecksen beschmiert waren.

»Schwarz ist sicherlich Ihre Signaturfarbe«, sagte Penelope. »Was an sich natürlich faszinierend ist …«

Scarpio ließ sich auf einen Stuhl plumpsen. »Für Sie, Mesdames, ist es schwarz, aber für mich sind es alle Farben des Regenbogens!«

Möglicherweise die Auswirkungen der Drogen, dachte Penelope. Seine dunklen Augen glitzerten wie schwarze Oliven in Öl, und sein Haar war strähnig.

»Woher nehmen Sie Ihre Inspiration, Monsieur? Ich interessiere mich immer für die Motivation des Künstlers.«

Sein spanischer Akzent war kaum zu hören, als er erklärte: »Madame, meine Motivation kommt von hier.« Er schlug sich die Hand theatralisch vor die Brust. »Und von hier!« Er schwang einen unangezündeten Joint in ihre Richtung. »Mein Geist fliegt, wie … wie … wie…«

»Ein Vogel?«, bot Penelope an.

»Genau, Madame, wie ein kleiner schwarzer Vogel.«

Natürlich.

»Arbeiten Sie auch an anderen Werken?«

Die Frage schien ihn aufzuregen. Er sprang vom Stuhl auf und ging zu einem Tisch. Die plötzliche Anstrengung forderte ihren Tribut, und er krümmte sich einen Moment lang, als hätte er Schmerzen.

»Ich werde größer!«

Verwirrt musterte sie seinen ausmergelten Körper.

»Voilà!« Er reichte ihr zwei große Fotodrucke. Der erste zeigte den Mont Ventoux. Der zweite zeigte einen Mont Ventoux, der mit Photoshop bearbeitet und in schwarzes Plastik gehüllt worden war.

»Die Welt schaut auf den steinigen Gipfel des Mont Ventoux und denkt an Schnee, an weißen Schnee. Doch nicht mehr lange!«

»Sehr … interessant.«

Scarpio wurde lebhafter, wirkte aber immer noch leicht geistesabwesend. »Ich brauche das gesamte schwarze Plastik der Provence.«

Penelope wagte es nicht, Clémence anzublicken. »Um den echten Berg zu verhüllen?«

»Was das für eine Botschaft aussendet!«, krähte Scarpio.

Völlig durchgeknallt, dachte Penelope.

»Was halten denn Ihre Kollegen in der Galerie davon?« Clémence konnte sich das Lachen kaum verkneifen.

»Die verstehen mich nicht! Niemand versteht mich! Genau deshalb weiß ich, dass ich zu Großem bestimmt bin.«

»Verstehen Sie denn deren Kunstwerke?«

Er begann wie wild zu gestikulieren. »Kunstwerke? Das ist keine Kunst! Diese idiotische Frau mit ihren Flaschenketten und großen Worten – Kunst? Pah! Oder Nicolas mit seinen alten Farben? Und der Schlimmste von allen ... der Schlimmste von allen? Das ist dieser Don mit seinen ekelerregenden Lavendelfeldern und den kleinen Kindern mit den großen Augen. So ein Quatsch! Gott allein weiß, warum Gilles so viele Arbeiten von ihm verkauft hat.«

»Wenn es um die Werke von Don geht, kann ich Ihnen kaum widersprechen«, sagte Penelope. »Dennoch waren sie in der Ausstellung sehr gefragt.«

»Gefragt! Vielleicht bei der breiten Öffentlichkeit, die keine Ahnung hat. Er ist kein Künstler. Wir haben uns einmal geprügelt.«

»Eine Prügelei? Ja, warum?«

»Darüber will ich nicht reden. Aber er war stärker, als ich erwartet habe, und das Nächste, an das ich mich erinnere, ist, dass ich mit einer gebrochenen Nase am Boden liege. Der Kerl war ein Monster!« Scarpio hielt inne, um eine selbst gedrehte Zigarette anzuzünden. Er hatte sie aus einem Aschenbecher auf dem Tisch genommen, aus dem die nikotinbefleckten Filter nur so herausquollen. »Mir geht es nicht in den Kopf, warum Gilles de Bourdan ihn genommen hat.«

»Das heißt also, Sie mochten Don nicht besonders?«, fragte Clémence.

»Ich konnte ihn nicht ertragen, diese englische Stimme – verzeihen Sie, Madame Keet –, diese Stimme, diese Arroganz ... Dieser Mann hätte es verdient, ausgepeitscht zu werden. Aber hey, da er ein Mann der Oberschicht war, hätte ihm das vielleicht sogar gefallen!«

Penelopes vernichtender Blick hielt ihn davon ab, das weiter auszuführen, stattdessen zog er heftig an seiner Zigarette.

»Wussten Sie, dass er ein Verhältnis mit Nina hatte?«

Penelope nickte.

Er hustete heftig. »Sie hat so darunter gelitten, als er sie verlassen hat, dass diese Schlampe mir beinahe leidgetan hat.«

Menschenfreundlichkeit ist nicht gerade sein herausragendster Charakterzug, dachte Penelope. »Dann mochten Sie sie ebenfalls nicht?«

»Pah! Nur Geschwalle und keine Kunst. Was sollen zwanzig Flaschen, aus denen Tomatenketchup tropft, darstellen? Das ist doch keine künstlerische Aussage. Das ist ... das ist ... McDonald's!«, redete er sich weiter in Rage.

»Warum fragen Sie überhaupt nach denen? Sind Sie von der Polizei?« Scarpios Gesicht lief so dunkel an wie eines seiner Gemälde, gefolgt von einem weiteren Hustenanfall.

Penelope war zwar keine Expertin, aber dieser rabiate Husten hörte sich gar nicht gut an. »Nein, mich interessiert Ihre Arbeit. Glauben Sie, die Dunkelheit in dieser Mühle hat zu Ihrer monochromen Vorliebe beigetragen?«

Er führte aus, dass er ein ausgebildeter Schreiner wäre und die Mühle ganz allmählich renoviere und dabei auch mehr Fenster einplane.

»Gegenwärtig behandle ich die Balken gegen Insekten.« Er hielt eine Dose mit einer bösartig aussehenden schwarzen Flüssigkeit hoch. »Das ist nicht nett, aber es funktioniert! Bald wird es in diesen Mauern außer mir kein anderes Lebewesen mehr geben.«

»Dann hoffe ich, dass das Ergebnis schon sehr bald so ansprechend sein wird wie Ihre Kunst.« Clémence lächelte gekünstelt. »Ich kann es kaum erwarten, es zu sehen, wenn es fertig ist.«

Scarpio lächelte die beiden abwesend an. »Darauf freue ich mich auch schon, Señoras. Und jetzt muss ich zurück an die Arbeit. *Adios.*«

Er wandte sich ab, schwankte jedoch und schlug gegen die Dose mit dem Insektizid, die am Rand des Tisches stand. Dann krümmte er sich abermals, und die Dose flog durch die Luft und traf seinen Fuß.

»Ver-fickte 'ölle!«, schrie er in unverkennbar harter Londoner Betonung.

Mit einem erschrockenen Seitenblick zu Penelope trat Clémence beherrscht einen Schritt zurück.

Penelope gab ihm Halt, während er seinen Zeh rieb. Das musste ordentlich wehgetan haben.

»Sind Sie sicher, dass mit Ihnen alles in Ordnung ist?«, fragte sie auf Englisch. »Sie sehen nämlich gar nicht gut aus.«

Seine Antwort bestand aus dem nächsten Hustenanfall. Er krümmte sich und fiel zu Boden. Penelope schaffte es, ihn aus der schwarzen Farbpfütze herauszuziehen, während Clémence die Dose aufhob.

»Ganz ruhig, alles in Ordnung, wie können Ihnen helfen«, sagte sie.

Der Künstler schaute mit blutunterlaufenen Augen zu ihr auf.

»Ich möchte Ihnen helfen«, wiederholte Penelope. »Hier, geben Sie mir Ihre Hand. Wir helfen Ihnen, sich aufzusetzen.«

Er gab nach und ließ sich zu einem dreckigen Sofa führen, das mit so viel schwarzer Farbe beschmiert war, dass es schien, als würde sie ihn in die Obhut eines überdimensionalen Zebras geben. Sein Atem ging mühsam. Clémence nahm eine kleine Flasche Evian aus ihrer Handtasche und reichte sie ihm. Er nahm sie dankbar an.

»Aus welchem Londoner Stadtteil sind Sie?«

Dieses Mal war es ein nervöses Husten.

Einige Sekunden verstrichen, bis er antwortete. »'ackney.«

Penelope musterte ihn streng. »Ich nehme an, dass Scarpio nicht Ihr echter Name ist?«

Statt zu antworten begann der Künstler, sich zu erbrechen. Er rollte mit dem Gesicht nach vorn vom Sofa und zuckte unkontrolliert, als hätte er einen Anfall.

»Ich rufe einen Notarzt«, rief Clémence. »Penny, kannst du Erste Hilfe?«

»Ich habe im Innenministerium mal einen Kurs belegt …«

»Gut, dann musst du ihm helfen.«

»Was!« Penelope gefiel es gar nicht, wie sich das Ganze entwickelte.

»Du weißt schon, kontrolliere seinen Atem, mach Mund-zu-Mund-Beatmung.« Ohne eine Antwort abzuwarten, rannte Clémence nach draußen, um eine Stelle zu finden, wo sie Empfang hatte.

Penelope betrachtete die vor ihr liegende Gestalt und erschauderte. Genau in diesem Moment floss ein dicker Tropfen Speichel aus seinem Mund und das Kinn hinab. *Hoffen wir, dass es nicht so weit kommt,* betete sie. Nachdem sie ihn in die stabile Seitenlage gelegt hatte, legte sie ein Ohr an seine Brust und atmete erleichtert auf, als sie einen schwachen Herzschlag und rhythmische Lungengeräusche hörte.

Clémence kehrte zurück.

»Der Krankenwagen ist auf dem Weg. Atmet er noch?«

Penelope erhob sich und wischte sich den Dreck von der Hose, wobei sich kleine Staubwolken erhoben, die in der Luft verweilten. Die Staubkörner funkelten im Licht, das durch die geöffnete Tür hereinfiel.

»Aber ja, und ich bin unendlich erleichtert darüber, Clémence.«

»Ich habe außerdem Benoît angerufen. Er wirkte nicht sonderlich überrascht. Er sprach davon, dass Scarpio in der Vergangenheit schon *Episoden* durchgemacht habe. Einige der psychowirksamen Drogen, mit denen er in den Neunzigern herumexperimentierte, zeitigen bis heute Nachwirkungen.«

Es schien ein Jahrhundert zu dauern, bis endlich ein Martinshorn den eintreffenden Krankenwagen ankündigte. Einige Minuten später rannten zwei rotgesichtige Sanitäter mit einer Trage ins Haus.

»Wie lautet Ihr echter Name?«, fragte Penelope den Patienten eindringlich.

Stille.

»Im Krankenhaus müssen sie es wissen.« Sie blieb beharrlich. »Sie müssen Ihre Krankenakten kontrollieren und vergleichen.«

Seine Augen blieben geschlossen. Er murmelte etwas.

»Was?«

»Barry Finch.«

Kurz darauf rumpelte ein alter Jeep heran und hielt vor dem Haus. Es war Benoît de Reillanne, der gut aussehende Silberfuchs, dieses Mal ohne seinen obligatorischen Ferrari.

Er kam gerade rechtzeitig, um dem Künstler zu versichern, dass er in guten Händen sei und er sich in der Zwischenzeit um die Mühle und die Gemälde kümmern würde.

Der Krankenwagen fuhr so schnell davon, wie es die Strecke erlaubte. Die beiden Frauen erzählten Benoît abwechselnd genau, was passiert war. Clémence beschrieb die Krämpfe, die den kranken Künstler überkommen waren.

»Ich frage mich, ob das nur eine seiner Episoden war oder etwas anderes«, sagte Penelope. »Wie lange ist er schon krank?«

»Es geht ihm bereits eine Weile nicht wirklich gut«, räumte Benoît ein. »Aber ich habe das bisher darauf zurückgeführt, dass er nicht richtig isst und überhaupt nicht auf Hygiene achtet.«

»Mir fielen die Teller und Tassen auf, die überall herumliegen«, sagte sie. »Einige dieser Teller könnte man unter Naturschutz stellen! Aber Appetitlosigkeit, Krampfanfälle, Husten, dieser schreckliche Atem … das sind scheußliche Symptome. Was wissen Sie über Arsen, Benoît?«

Der Priester fixierte sie mit stählernen Clint-Eastwood-Augen. Sein wie aus Stein gemeißeltes Filmcowboy-Gesicht wirkte bei dieser Frage nicht so schockiert, wie es hätte sein sollen. Vielmehr grinste er amüsiert.

»Madame Penny, wieder als Detektivin auf Spurensuche, ich verstehe. Wie bei der vergifteten Olive!«

»Sie wissen davon?«

»Laurent hat es mir erzählt.«

Natürlich wusste er davon.

Benoît zog einen Stuhl heran und setzte sich mit gespreizten Beinen hin. »Sie glauben also, dass Scarpio vergiftet wurde?«

»Es wäre eine Möglichkeit. Die Symptome sind ein zu großer Zufall, um sie zu ignorieren.«

Benoît seufzte.

»Leider gibt es so viel Böses in der Welt. Zumindest können sie das im Krankenhaus alles überprüfen.«

Das hat Don ja auch wirklich viel genutzt, dachte Penelope. »Übrigens, wussten Sie, dass er Brite ist, und nicht Spanier?«

»Spielt das eine Rolle?«

»Vielleicht.«

Der Priester lächelte abweisend. »Es kommen so viele Leute hierher, um ein neues Leben zu beginnen, Penny.«

Sie beschloss, nicht zu erwähnen, was sie sonst noch bei Scarpio inmitten des ganzen Durcheinanders gesehen hatte.

16

Zu Hause öffnete Penelope ihr Notizbuch und schrieb auf die letzte Seite eine Namensliste, angefangen bei Scarpio (alias Barry Finch). Als Nächstes notierte sie Fenella Doncasters Namen. Sie verband die beiden mit einem Pfeil und schloss die Augen, um sich daran zu erinnern, was auf einer Karte gestanden hatte, die sie auf Scarpios Kommode entdeckt hatte. Sie annoncierte einen weiteren Kunstkurs, den Fenella freitagmorgens in Fontaine-de-Vaucluse gab. Darauf hatte jemand etwas notiert: *Anya* und eine Handynummer. Dazu *Don*, gefolgt von etwas Unleserlichem. *Fungus* oder *Fungal?* Sie schrieb alles auf.

Dann fügte sie Nina Chiroubles hinzu, die Letzte in Gilles' Künstlerkreis. Einen Moment lang ließ Penelope ihre Gedanken zur Ruhe kommen, dann traf sie eine Entscheidung.

Sie würde sich beeilen müssen, bevor die Familie eintraf. Aber sie könnte diesen Ermittlungsansatz mit einem Ausflug zu den Möbel- und Haushaltswarengeschäften am Stadtrand von Avignon verbinden.

Dem Katalog aus Bourdans Galerie nach hatte Nina Chiroubles einen französischen Vater und eine amerikanische Mutter: *Sie lebt für die Erde und den Wind*, hieß es schwärmerisch in der Biografie. Penelope rief Gilles für ein Gespräch und ein Update über Scarpio an. Dem Künstler ging es gut, er stand unter Beobachtung im Krankenhaus von Forcalquier. Dann führte Gilles aus, dass Nina von der Hand in den Mund lebte und sich und oft nur mithilfe verschiedener Gelegenheitsjobs über Wasser zu halten vermochte.

»Wie der im Ocker-Museum«, meinte Penelope.

»Ganz genau. Ab und zu bekommt sie Geld von der Familie, aber das gibt sie sehr schnell aus.«

»Geld von der Familie?«

»Ich glaube schon. Sie stammt aus einer wohlhabenden Familie«, sagte Gilles.

Ninas türkisfarbene Kakadu-Frisur, das Kleid vom verrückteren Ende der Kleidungsstapel, die gewöhnlich an provenzalischen Marktständen auslagen, die langen schmutzigen mit schwarzem Nagellack bemalten Finger – das waren also alles nur Kleinigkeiten, die ihre Zugehörigkeit zur mittellosen Bohème unterstreichen sollten.

»Übrigens gehe ich davon aus, dass Sie wussten, dass Scarpio aus Ost-London stammt und Barry Finch heißt«, sagte Penelope.

»Selbstverständlich. Aber Menschen verdienen eine zweite oder sogar dritte Chance, oder nicht?«

»Mir war nicht bekannt, dass es ein Verbrechen ist, aus Hackney zu kommen. Wie meinen Sie das?«

»Er hatte in der Vergangenheit einige Probleme. Vielleicht hat er sogar einige Zeit im Gefängnis gesessen, darüber weiß ich aber keine Details. Wahrscheinlich Drogen. Ich habe nicht allzu tief gegraben. Er ist mir mit seinen handwerklichen Fähigkeiten eine große Hilfe. Einrahmungen, Schreinerarbeiten … Sie wissen schon.«

Penelope schwieg und hoffte, er würde einfach noch mehr ausplaudern.

»Nina lebt derzeit in einem bemalten Planwagen in einer feministischen Kommune zwischen Avignon und Le Thor«, sagte Gilles.

Im Eiltempo überfiel Penelope den Haushaltswaren-Supermarkt in Montfavet und gab ein Vermögen für ein Kingsize-Doppelbett, hochwertige weiße Baumwolllaken und Kissenbezüge, Vorhänge, Handtücher, Kissen und Bettdecken sowie Bettbezüge aus. *Eile mit Weile,* ermahnte sie sich selbst, weil sie ohne Seifenschalen, Klobürsten und Zahnbürstenhalter davonfuhr. Es würde einige Zeit dauern, bis sie ihren eigenen Ansprüchen an eine perfekte Gastgeberin gerecht würde. Eine, die in der Lage wäre, Gäste scheinbar mühelos in ihrem charmanten und eleganten Heim zu empfangen.

Was für ein Pech. Gerade lautete ihre Priorität, Nina ausfindig zu machen. Sie hatte sich einen Zettel ans Armaturenbrett geklemmt, auf dem sie die Wegbeschreibung von Gilles notiert hatte, und dieser folgte sie jetzt. Nachdem sie die Hauptstraße verlassen hatte, wurde der unbefestigte Weg immer steiniger. Sie konzentrierte sich darauf, wenigstens den größten Schlaglöchern auszuweichen, und lenkte den Range Rover von einer Seite auf die andere.

Die ersten Anzeichen, dass sie sich dem feministischen Lager näherte, war eine Mauer mit einigen Darstellungen weiblicher Geschlechtsorgane. Auf dem Gelände standen ungefähr ein Dutzend Zelte und Wohnwagen, die in einem Kreis angeordnet waren, als erwarteten die Bewohnerinnen einen Überfall amerikanischer Ureinwohner aus dem neunzehnten Jahrhundert. Aus Penelopes Perspektive war es ein deprimierendes Stück Buschland. Man hätte doch sicherlich ein landschaftlich ansprechenderes Fleckchen finden können?

Penelope parkte umsichtig innerhalb der Mauer am Straßenrand und ging über den staubigen, von Unkraut überwucherten Platz. Nina – sie stach sofort mit ihrem türkisfarbenen Haar hervor – stand gerade an einem Kessel, der vor einem fröhlich bemalten Planwagen über einem Holzfeuer hing. In ihrem Blick, als sie zu Penelope aufblickte, lagen sowohl Neugierde als auch etwas Verachtung.

»Hallo«, sagte Penelope.

»Und wer bist du?«

Penelope nannte ihren Namen in einem Ton, von dem sie hoffte, dass er zwar freundlich klang, zugleich aber auch klarmachte, dass sie sich nicht für dumm verkaufen ließ. »Ich habe Ihre Arbeit in der Galerie Bourdan gesehen und wollte mehr darüber erfahren.« Sie wurde allmählich immer besser darin, sparsam mit der Wahrheit umzugehen. Ob sie sich damit auch zu einer dieser unerfreulich lästigen Personen entwickelte, die überall herumschnüffelten, war eine andere Sache. Sie hoffte nicht. Sie tat das alles nur im Sinne der guten Sache.

»Dann bist du diese Engländerin?« Nina zog sich ihren Ledergürtel hoch wie ein Revolverheld im Film. Sie trug einen kleinen Rubin als Nasenpiercing.

»Welche Engländerin?« Penelope versuchte, sich nicht verunsichern zu lassen.

Nina schürte ihr Lagerfeuer. »Diejenige, die in meine Ausstellung kam und sich sofort an Don herangeschmissen hat.«

»Wie bitte?« Penelope glaubte, nicht richtig gehört zu haben, dann zwang sie sich um der Höflichkeit willen zur Ruhe. »So war es nicht, das kann ich Ihnen versichern.«

»Das sah für mich ganz anders aus.«

Sie starrten einander an.

»Warum sagen Sie *Ihre* Ausstellung, wenn sie für alle vier Künstler war?«

»Du willst mir nicht ernsthaft erzählen, dass die Leute einen der anderen sehen wollten, oder? Die Bohnenstange in Schwarz, Scarpio. Ich habe Verkehrsschilder gesehen, die interessanter sind als seine Sinfonien im Dunkeln! Und Nicolas, mit diesem: Vermächtnis hier, Antikes da …«

Penelope beherrschte sich. »Ich mag Nicolas' Arbeiten.«

»Natürlich tust du das.«

Das läuft nicht sehr gut, dachte Penelope und merkte zudem, dass sie mit ihrer Geduld allmählich am Ende war. Bis auf die freundliche junge Anya verfügten die Damen in Dons Umfeld über ziemlich spitze Stacheln.

Nina rümpfte die Nase und schniefte. Die Haut um das Piercing sah etwas entzündet aus. »Dons Gemälde … waren …«

Was wollte Nina sagen? Jetzt würde sich zeigen, ob diese Frau einen Anspruch darauf erheben konnte, etwas von Kunst zu verstehen.

»… ein echter Scheiß! Aber er war ein guter Mann. Und jetzt ist er nicht mehr da! Niemand von uns kann ihn haben. Du nicht, ich nicht, Fenella nicht. Niemand!«

Penelope nahm eine Wasserflasche aus ihrer Handtasche und reichte sie Nina. Sie nahm sie an und nahm einen Schluck.

»Wie haben Sie beide sich kennengelernt?«, fragte Penelope mitfühlend.

Schweigen.

»Es tut gut, sich jemandem anzuvertrauen.« Innerlich jaulte Penelope auf.

Nina hatte ein abgehärmtes Gesicht mit unreiner Haut. Sie hätte hübsch aussehen können, wenn ihr Teint nicht so trocken und fleckig gewesen wäre.

»Ich war mit Fenella befreundet«, sagte sie kraftlos. »Eine Zeit lang haben wir uns ein großes Atelier in Ménerbes geteilt. Eines Tages kam er vorbei, und zwischen uns ist der Funke sofort übergesprungen. Das nächste Mal bin ich ihm auf einer Party begegnet, und es war genauso, es ist wieder passiert. Wir haben es geschafft, es eine ganz Weile geheim zu halten, aber wie das so ist, irgendwann kommen solche Dinge immer heraus. Fenella ist fuchsteufelswild geworden. Als ich das nächste Mal zum Atelier kam, lagen alle meine Sachen auf einem Müllhaufen. Fenella hat seitdem nie wieder mit mir gesprochen. Ich glaube, das war der Tropfen, der das Fass zum Überlaufen brachte. Ein paar Wochen später hat sie Don aus dem Haus in Goult geworfen. Ich will jetzt nicht behaupten, dass zwischen Don und mir auch nur eitel Sonnenschein geherrscht hat. Es war eine On-Off-Beziehung. Wir haben uns gestritten und wieder versöhnt. Aber dieser Funke, der war immer da.«

Es war nicht leicht, sich die beiden zusammen vorzustellen. Penelope verdrängte ein paar verstörende Bilder aus ihrem Kopf. »Haben Sie zusammen gewohnt?«

»Nicht so richtig. Er ist in das Atelier in Ménerbes eingezogen, nachdem er Gout verlassen hat, dort habe ich hin und wieder übernachtet. Aber wir brauchten beide unseren Freiraum. Wir sind sehr verschieden.«

Das kannst du wohl laut sagen, dachte Penelope.

»Ich musste die starke Frau in mir wiederfinden. Ich bin für einen Schamlippen-Mal-Nachmittag hierhergekommen.«

Penelope entschied sich, nicht genauer nachzufragen, was damit gemeint sein könnte. »Und wie lange leben Sie hier schon?«

»Mehr als zwei Monate. Ich brauchte eine bedeutende Veränderung in meiner Dynamik.«

Penelope schaute sich um. Zwei Frauen waren aus einem Zelt gekommen und taten so, als würden sie Wäscheleinen spannen und Teppiche ausklopfen. Eine weitere sehr schlanke junge Frau in einer Haremshose, mit einem Nasenring und schreiend lila gefärbtem Haar kauerte wachsam in der Nähe.

»Wo bauen Sie Ihre Installationen? Doch nicht hier.«

»Ich kann ein Atelier in Avignon benutzen, in der Nähe von Gilles und der Galerie. Es liegt außerdem in Reichweite der Universität. Ich nehme an einem Abendkurs über postfeministischen Marxismus teil. Wir müssen alle lernen, wie wir die Dominanz der Männlichkeit überwinden können.«

»Sch-sch-timmt«, sagte Penelope und verstand rein gar nichts.

»Du musst der politischen Vernunft das Geschlecht entgegensetzen.«

»Ich werde das versuchen.«

Eine Träne rollte über Ninas Wange. »Warum musste er so sterben? Es ging ihm doch besser. All die Schwestern und Ärzte haben behauptet, es ginge ihm besser.«

»Waren Sie bei ihm, als er gestorben ist?«

Sie nickte. »Es war immer noch bewusstlos und hing am Tropf, aber er atmete normal. Er wirke ganz zufrieden. Und dann am nächsten Tag, er ...« Die Trauer überwältigte sie, und sie konnte gar nicht mehr aufhören zu weinen.

Penelope bot ihre Unterstützung in Form eines weiteren Kleenex an.

Nina schnäuzte hinein und blinzelte. »Dabei hatten wir gerade erst geheiratet.«

»Geheiratet?« Für Penelope wurde dieses Gespräch zunehmend unwirklicher. »Aber ich dachte, er und Fenella wären nur getrennt, nicht geschieden.«

»Geschieden! Der Bescheid kam im Juli, und wir haben zwei Wochen darauf geheiratet. Ein ganz kleiner Gottesdienst, nur wir beide an einem einsamen Strand in Phuket.« Nina vergrub das Gesicht in ihren Händen. »Wir hätten das geregelt bekommen. Wir hatten uns beide große Veränderungen vorgenommen.«

Schweigend saßen sie zusammen. Aus der Ferne klang eine Polizeisirene, die auf der Hauptstraße durch das Tal unterwegs war.

Penelope schaute zu den Frauen, die um sie herum alle so taten, als würden sie nicht auf sie beiden achten.

»Unsere Bande waren stark. Wir hatten wieder begonnen uns zu treffen, aber dieses Mal unter anderen Vorzeichen.«

»Verzeihung?«

»Wir hatten uns beide große Veränderungen vorgenommen. Und jetzt ist es zu spät. Oh Don! Wer hat dir das angetan?«

Der Sirenenlärm aus der Ferne wurde lauter.

Nina wischte sich über die Augen. Dick aufgetragene Wimperntusche hinterließ schwarze Rinnsale auf ihren Wangen.

»Ich bin sicher, dass diese Frauenkommune Ihnen guttun wird«, rief Penelope gegen das Sirenengeheul an. Es schien nicht mehr weit weg zu sein und sogar noch näher zu kommen.

Sie war immer noch dabei, Nina zu trösten, als zwei Polizeiwagen mit Blaulicht mitten ins Lager rasten. Türen wurden geöffnet, und mit einem unguten Gefühl beobachtete Penelope, wie eine vertraute stämmige Gestalt ausstieg. Schlimmer noch, er schien direkt auf den Wohnwagen zuzuhalten, vor dem sie und Nina saßen.

Inspector Reyssens blieb vor ihnen stehen und lächelte dünn.

»Madame Keet. Es scheint, dass wir gar nicht genug davon bekommen, uns wiederzusehen.«

»Monsieur, die Freude ist ganz auf meiner Seite.« Penelope wusste, dass es ihn aus der Fassung brachte, wenn sie so tat, als würde sie seinen Sarkasmus nicht bemerken.

»Leider sind es dieses Mal nicht Sie, wegen der ich hier bin, so angenehm das zweifellos wäre. Ich bin wegen Mademoiselle Chiroubles hier.«

Er wandte sich der Künstlerin zu, deren Augen aussahen wie die eines Pandas.

Es herrschte fassungsloses Schweigen, als ein Polizist ihr Handschellen umlegte.

»Ist das denn wirklich nötig?«, fragte Penelope.

»Madame Keet«, knurrte Reyssens, »mischen Sie sich nicht in polizeiliche Angelegenheiten!«

Er bemerkte die große schwarzgekleidete Frau in einem voluminösen Kaftan nicht, die sich extrem leise auf ihren Birkenstocksandalen näherte. Sie zog ihn herum und zwang ihn, zu ihrem Mondgesicht mit der orangefarbenen Afrofrisur aufzuschauen.

»Typisch männlicher Tyrann! Es ist immer die Schuld einer Frau!«

Penelope hielt den Atem an. Diese Frau könnte Reyssens umbringen, indem sie sich einfach nur auf ihn setzte.

»Warum schiebst du dich hier einfach auf unseren Platz?«, rief eine andere Frau und duckte sich sofort wieder hinter ihre Zeltplane.

Reyssens beachtete sie gar nicht. »Nina Chiroubles, ich verhafte Sie wegen Beteiligung am Mord an Ronald Doncaster.«

17

Endlich einmal war Penelope eine Nasenlänge voraus, als sie Clémence sofort am nächsten Morgen anrief.

»Nina Chiroubles! Wer hätte das gedacht? Hat Reyssens sonst noch etwas gesagt? Mit welcher Anschuldigung wurde sie verhaftet?«

Penelope erzählte ihr alles, an das sie sich erinnerte. »Clémence, ich wünschte, wir könnten länger reden, aber ich stecke bis zum Hals im Saubermachen und Organisieren.«

»Wenn du möchtest, könnte ich Gabrielle aus Viens zu dir schicken, damit sie dir hilft.«

»Danke für das Angebot, aber ich bin fast fertig«, erwiderte Penelope so unbeschwert, wie sie konnte. Das fehlte noch, dass die Valencourtsche Haushälterin mitbekam, wie das Haus aussah.

»Während du deine Familie bespaßt, werde ich selbst ein paar Nachforschungen anstellen und dir Bericht erstatten. *A tout à l'heure.*«

Während sie mit dem Baustellendreck kämpfte, um das Haus für zwei ausgewachsene Kinder, eine Partnerin und drei kleine Jungs fertig zu bekommen, grübelte Penelope über diese neueste Wendung nach, und darüber, wie sie mehr herausfinden könnte. Am späten Nachmittag glänzten die neuen Badezimmer – wenn auch noch ohne Wasser –, und die Schlafzimmer waren sauber und hübsch. Es würde eng werden, wenn alle auf einmal kamen, aber sie würden es schon hinbekommen. Aber was die andere Sache betraf, so sah sie keine unmittelbare Möglichkeit, eine Lösung zu finden.

Die ersten Gäste am Flughafen von Marseille waren Lena, Zack und Xerxes.

Lena sah erschöpft aus. Sie hatte ihre langen kastanienbraunen Haare zu einem Pferdeschwanz zusammengebunden, und statt ihrer üblichen Kontaktlinsen trug sie eine Brille. Ihr Babybauch wölbte sich deutlich sichtbar über ihre Jeans.

Sie ließ eine große Tasche fallen und stürzte regelrecht in Penelopes offene Arme. Die beiden kleinen Jungs, Zack blond wie sein Vater, Xerxes mit Lenas dunklerem Haar, zerrten an ihren Beinen und dem Rock und bettelten um Aufmerksamkeit.

»Wir haben es geschafft!«, stöhnte Lena. »Ich habe dich so sehr vermisst.«

»Ich habe euch auch vermisst. Es ist schön, dass ich euch bei mir habe«, sagte Penelope.

Sie packte den Griff des riesigen Rollkoffers und nahm Zack bei der Hand, während sie zum Parkplatz gingen.

Zwei teuer gemietete Kindersitze mit Sicherheitsgurten wurden kommentarlos hingenommen, und sie fuhren auf die Schnellstraße. Das Geschreie und die Kämpfe vom Rücksitz waren noch lauter, als sie sie in Erinnerung hatte. Lena tat nichts, um ihre Söhne zu beruhigen. Penelope begann zu fürchten, dass dies eine lange Woche werden würde.

Le Chant d'Eau gab sein Bestes, um zu bezaubern. Der Stein des Bauernhauses fing die letzten Sonnenstrahlen ein. Die Nebengebäude schimmerten und sahen gar nicht so baufällig aus. Die Kiefern winkten einen freundlichen Willkommensgruß. Die Jungs wurden in den Garten geschickt, damit sie sich austoben konnten, Lena ließ sich auf ein Sofa im

Wohnzimmer plumpsen und blickte sich von dort aus im Haus um.

Für den Rest des Nachmittags und Abends sorgte Penelope für vollen Hotelservice, kochte und servierte das Abendessen, brachte die Jungs ins Bett und lieh Lena ein teilnahmsvolles Ohr. Mit jeder weiteren Demütigung und Verwicklung – die Schulen, die Nachbarn, die ihren Keller zu einem Heimkino und Fitnessraum umbauten, die unzuverlässigen Züge, die Parkplatzprobleme, die überteuerten Supermärkte – hatte Penelope mehr das Gefühl, mit dem Umzug aus dem übervölkerten Südosten Englands und speziell dem Stress in London genau das Richtige getan zu haben.

Verträumt stand Lena am Fenster, ihr Babybauch schon fast zu viel für die schlanke Figur. Sie sah zutiefst erschöpft aus. »Es ist vollkommen dunkel und still hier draußen. Und die Sterne leuchten so hell.«

»Bald kannst du die Milchstraße sehen, die sich über den Nachthimmel zieht.«

»Es ist fantastisch. Ich könnte eine Woche lang schlafen.«

So sehr Penelope es ihrer Tochter auch gönnte, sich etwas ausruhen und entspannen zu können, hoffe sie inständig, dass sie das nicht tun würde.

Zack und Xerxes begannen um halb sieben zu schreien und herumzulaufen. Penelope stand auf, um ihnen für Viertel vor sieben Frühstück zuzubereiten, damit Lena die Möglichkeit hatte, noch liegen zu bleiben.

»Es ist total kalt«, befand Lena in einem vorwurfsvollen Ton, als sie um neun Uhr herunterkam.

»Das tut mir sehr leid. Das nächste Mal werde ich dem Wetter Bescheid sagen, dass du kommst. Wie wäre denn die optimale Wohlfühltemperatur?«

»Es gibt keinen Grund, so garstig zu sein. Ich habe es doch nur so gesagt. Wir haben unsere Schwimmsachen mitgebracht. Du hast gesagt, dass du noch schwimmen würdest.«

»Das war letzten Monat. Und da war es bereits ziemlich kalt, aber umso belebender.«

»Ich habe einfach nur gedacht, dass es in Südfrankreich das ganze Jahr warm ist, das ist alles.« Lena war schon immer uneinsichtig gewesen. Sie schob ihre Brille mit dem dicken Rand den Nasenrücken hinauf und dachte nicht daran, das Thema fallen zu lassen. »Da du gesagt hast, dass du noch schwimmen gehst, und die Fotos von diesem sonnigen blauen Himmel geschickt hast, ist es doch nur logisch, wenn ich annehme, dass wir auch noch ins Wasser können. Die Kinder werden sehr enttäuscht sein. Ich habe ihnen versprochen, dass wir schwimmen gehen. Ich habe ihre Schwimmsachen eingepackt.«

Ein empörtes Wutgeheul des dreijährigen Xerxes fuhr Penelope bis ins Mark. »Will schwimmen, will schwiiiiimmen.« Er glotzte sie herausfordernd an.

Sie seufzte. Natürlich war das ihre Schuld, das war ihr erschreckend vertraut. Das war einer dieser wirklich guten Gründe gewesen, warum sie in die Provence gezogen war.

»Wie wäre es mit einer Expedition?« Sie begegnete Zack und Xerxes mit unerschütterlichem Enthusiasmus. »Wer von euch beiden ist mutig genug?«

»Ich! Ja!« Sie sprangen auf und ab.

»Sollen wir auf Bärenjagd gehen?« Penelope boxte mit der Faust in die Luft.

»Juchhu!«

»Dann geht ihr nur«, meinte Lena. »Ich bleibe lieber hier und ruhe mich aus.«

Ach, richtig, dachte Penelope. Eigentlich hatte sie vorschlagen wollen, dass sie zum Colorado-Abenteuer-Wanderweg fuhren, der in derselben Ockerlandschaft wie Roussillon lag. Dort hätten die Jungs ihre überschüssige Energie loswerden können, indem sie sich vorstellten, sie würden eine Wüste durchqueren und sich dabei durch den roten Staub wühlen. Aber wenn sie mit den beiden allein ging, ließ sie das besser bleiben. Dann mussten sie eben auf dem Weg ins Dorf auf ein paar Bäume klettern und sich auf ein paar Naschereien in der Bäckerei freuen.

Sie packte die Jungs in ihre Mäntel ein und starrte sie herausfordernd an. Penelope war in Sachen Erziehungsmethoden noch nie zimperlich gewesen. »Ich liebe euch wirklich sehr, Jungs. Und ich will, dass wir eine tolle Zeit haben. Aber. Ich. Werde. Keinen. Unsinn. Erlauben. Habt ihr verstanden? Andernfalls drehen wir sofort um und gehen wieder nach Hause.«

Zwei Paar todernste Augen. Zwei nickende Köpfe.

»Gut. Gehen wir. Lasst die Expedition beginnen!«

Zack lächelte sie wie ein kleiner Engel an. »Lasst die Expedition beginnen! Om-Ma! Lasst die Expedition beginnen!«, schrie er.

Penelope lächelte. Dann beugte Zack sich ganz gelassen nach vorne, drehte sich zu seinem jüngeren Bruder und stach ihm ins Auge.

Xerxes kreischte erschrocken auf und begann hemmungslos zu heulen. Penelopes Nackenhaare stellten sich auf, sie musste andere Saiten aufziehen.

»Ruhe, ihr zwei! Jetzt. Sofort.«

Sie gehorchten.

Fünf Minuten später liefen sie glücklich durch den Wald, sammelten Stöcke und suchten nach Bärenspuren zwischen den Lederrosen und auf dem steinigen Pfad hinauf zum Dorf.

Der Duft von frisch gebackenem Brot, Vanille und karamellisiertem Zucker strömte über den Marktplatz von St Merlot. In der Bäckerei lagen die verschiedenen Brotsorten hinter dem Tresen: das bewährte Baguette, das traditionelle Brot, dazu die luftigen, die rustikalen, die ganz dünnen Baguettes und schließlich Fladenbrote. Vergeblich versuchte Penelope, ihren Blick von den Süßigkeiten hinter dem Vitrinenglas abzuwenden. Besonders Jacques Correas unvergleichliche Haselnusspralinentörtchen hatten ihre Standhaftigkeit in letzter Zeit ins Wanken gebracht.

Auf dem Tresen waren in Körben verschiedene Backwaren ausgestellt, die ihr das Wasser im Munde zusammenlaufen ließen: Croissants mit Mandeln oder Schokolade sowie *pattes d'ours.* »Die werdet ihr mögen«, wandte Penelope sich an die Jungs. »*Pattes d'ours* sind Bärentatzen. Schaut mal, sie sehen so aus wie dicke Pfoten.«

Sie starrten, nickten lebhaft, ihre Augen groß wie Untertassen.

»Die will ich«, sagte Zack.

»Nein«, antwortete Penelope. »Die willst du, *bitte.*«

Die Bäckersfrau nickte zustimmend. Sie gab sich immer besondere Mühe, Penelope die Feinheiten der *patisserie* näherzubringen, indem sie besonders langsam sprach und nur in französischen Brocken statt in ganzen Sätzen. »Knuspriges Baguette … das beste in der Gegend … knusprig und in der Mitte weich … sehen Sie … riechen Sie mal … der Duft des Geists der Hefe … bewährt nach alter Tradition … die Heiligen … sehen Sie … der feine Puderzucker, wie leichter Schnee …«

Penelope nickte eifrig und merkte sich die Phrasen. Besonders in Bezug auf Hausrenovierung und *boulangerie* sprach sie inzwischen recht flüssig. *Aber was soll's, es gibt schlechtere Fachgebiete,* dachte sie.

Jacques kam hinter einem Vorhang aus Plastikstreifen hervor, Mehlspuren auf seinem Gesicht. Beim Anblick seiner Stammkundin öffnete er seine mächtigen Arme. »Madame Keet, *toujours un plaisir!*«

Penelope gab sich alle Mühe, ihre Enkel formell vorzustellen. Sie gaben so artig die Hand, dass sie für einen Moment von Stolz überwältigt wurde. Dann verdarben sie es, indem sie einen Korb mit Croissants herunterrissen, sodass einige zu Boden fielen und sie sie kaufen musste.

Da es nicht warm genug war, um draußen sitzen zu bleiben, trugen die Jungs große Papiertüten voller Backwaren zurück nach Hause, wo sie sich umgehend darüber hermachten. Lena ruhte sich immer noch aus. Penelope fühlte sich nicht im Geringsten schuldig, als sie deren Croissant aufaß.

Der Rest des Tages verlief mit einem Ausflug nach Saignon einigermaßen erfreulich. Sie bummelten umher, nahmen einige Lebensmittel aus dem kleinen Laden für das Abendessen mit, tranken einen Kaffee und ließen die Jungs am Springbrunnen und dem ehemaligen Waschplatz spielen – wo sie natürlich mit Wasser umherspritzten.

Tags darauf fuhr Penelope zum Bahnhof nach Avignon, um Justin, Hannah und ihren Sohn Rory abzuholen. Das Tal lag bräunlich unter einem trüben grauen Himmel. Sogar auf der Hauptstraße waren nur wenige Autos unterwegs, sodass sie die inzwischen vertraute Strecke damit verbrachte, über ihre Begegnungen mit den Künstlern nachzudenken. Von allen schien ihr Nina die am wenigsten Verdächtige zu sein. Was hatte die Polizei also gegen sie in der Hand?

Ganz in Gedanken erreichte Penelope die Stadtmauer. Plötzlich fand sie sich auf einer Allee aus ehrwürdigen Zedern wieder. Mächtige Wurzeln waren durch den Straßenbelag gebrochen. Der Range Rover schaukelte und wankte darüber hinweg, und es gab keine Möglichkeit, auf eine andere Spur auszuweichen.

Sie zwang sich zur Konzentration und fand die richtige Auffahrt. Der Bahnhof, eine Konstruktion aus Stahl und Glas, kauerte wie ein wachsames Gürteltier über den Parkplätzen. Im Inneren huschten die Passagiere samt Gepäck vom Café zu den Rolltreppen hinauf zu den Bahnsteigen. Der Zug aus Paris fuhr gerade ein. Eine unverkennbar englische Familie mit zwei großen Koffern tauchte in der Menge auf.

Da sie ihn einige Monate nicht gesehen hatte, fand Penelope es verstörend, wie sehr Justin ihrem Ex-Mann glich, als der noch jünger war. Er war genauso groß wie sein Vater, hatte dessen dichtes dunkles Haar und die gute Figur. Dazu einen sehr ähnlichen Gesichtsausdruck, sobald er sich über die kleinste Unannehmlichkeit ärgerte. Seine Freundin – Partnerin, Verlobte, wie immer man das heutzutage bezeichnete – Hannah war eine schlanke hübsche Engländerin mit schulterlangem hellbraunem Haar. Jahr um Jahr verwandelte sie sich mehr in eine typische Banker-Ehefrau in dezenter teurer Kleidung mit gepflegter Ausstrahlung. Besonders begeistert wirkte sie dabei nicht.

Rory war ein niedlicher Junge, der seinem Cousin Xerxes ziemlich ähnlich sah, allerdings ohne dessen Benehmen. Er rannte auf Penelope zu, und sie umarmte ihn stürmisch.

»Schön dich zu sehen, Mama.« Justin küsste sie auf beide Wangen.

»Finde ich auch.«

Auch Hannah begrüßte sie herzlich. Die Reise war problemlos verlaufen, und Rory hatte sogar im Zug geschlafen.

Vor dem Bahnhof überraschte Justin Penelope damit, dass

er in Richtung Autovermietung davonschritt. »Ich dachte, ich würde euch abholen«, sagte sie.

»Ich dachte, du wärst gekommen, um uns den Weg zu zeigen«, erwiderte Justin.

»Oh! Du brauchst jetzt keinen Mietwagen zu besorgen. Hier steht eure Chauffeurin.«

Aber er beharrte darauf, dass es eine gute Idee wäre, um unabhängiger zu sein, falls nötig, und Penelope erkannte, dass er recht hatte. Es wäre zwar machbar, aber doch ziemlich unkomfortabel mit allen sieben und der schwangeren Lena im Range Rover geworden. Sie fuhren in Kolonne zurück.

Justin und Hannah waren von dem Haus und dem großzügigen Garten zweifellos beeindruckt. Penelope fühlte eine tiefe Zufriedenheit, während die beiden ganz versunken den weiten Ausblick genossen. Es war ihr wichtig, dass ihre Kinder den Zauber verstanden, den dieser Platz auf sie gewirkt hatte. Dass sie begriffen, weshalb sie sich dazu entschieden hatte, sich von ihren Wurzeln zu trennen und hier ein neues Leben zu beginnen.

An diesem Abend kochte sie ein ganz besonderes Abendessen, von dem sie wusste, dass alle es mögen würden: würzige Butternusskürbissuppe, Truthahn und Kastanien in Sahnesauce, gefolgt von einer Zitronentorte mit Schokoladeneis – Justins Lieblingssorte – als Beilage. »Für die Kinder«, sagte sie und zwinkerte ihm dabei zu.

Als sie bei Kerzenlicht am Tisch in der großen, rustikalen Küche aßen, hatte sie das Gefühl, dass alles genauso war, wie es sein sollte. Lena sah weniger müde aus. Zack und Xerxes zeigten sich ausnahmsweise einmal von ihrer besten Seite. Rory war in ein Spiel auf dem iPad versunken, und Penelope beschloss, sich nicht einzumischen.

Justin und Hannah stürzten den roten Château Carmin in atemberaubendem Tempo hinunter. Penelope fiel auf, wie schnell der Pegel in ihren Gläsern jedes Mal sank und dachte, dass dies typisch für gestresste Stadtmenschen war, die plötzlich feststellten, dass sie Urlaub hatten. Nachdem sie so viel Zeit mit Clémence verbracht hatte, nippte sie inzwischen wie eine Pariserin.

Die Unterhaltung plätscherte unbeschwert dahin. Sie wurde angemessen auf den neuesten Stand gebracht, was die Kämpfe auf der Arbeit anbelangte, die Probleme mit anderen Müttern, die Pläne für den Hausanbau und ihr Fernweh. Im Gegenzug unterhielt Penelope sie mit der Geschichte über die Morde, die sie gelöst hatte, die Menschen, die sie kennengelernt, und die Plätze, die sie gesehen hatte, wobei sie die meisten schlimmen Momente beschönigte.

Justin fixierte sie mit einem traurigen und zugleich ernsten Blick. »Also, Mama, wie lange willst du dich denn hier jetzt noch verstecken?«

Penelope tat, als hätte sie nicht verstanden. »Bitte?«

»Ich meine damit, so zu tun, als wärest du jemand anderes. Das hier«, er machte eine ausladende Handbewegung. »Dieses Fantasie-Leben, dieses Detektivspiel, mit einem Hut auf dem Kopf umgeben von einer Wolke Parfum. So zu tun, als würdest du hier leben, während du ein perfektes schönes Haus und Freunde in Esher hast.«

Sein Gesicht war ganz rot geworden. Wieder wurde sie an David erinnert, als er noch jung gewesen war, und es gab ihr einen unerwarteten Stich.

»Ich täusche nichts vor«, erklärte sie ruhig, fest entschlossen, sich nicht in eine Diskussion verwickeln zu lassen, die nur den Abend versauen würde. »Ich finde es einfach schön hier.«

»Ja, aber … Das ist ja ein nettes Ferienhaus und alles«, beharrte er. »Ich bin sicher, dass es für uns alle im Sommer ganz großartig sein wird, vor allem solange die Jungs noch klein sind und wir ein weiteres Paar Hände gut gebrauchen können, um sie im Auge zu behalten …«

Penelope runzelte die Stirn.

»Okay, ich habe ein paar Phrasen durcheinandergeworfen. Du verstehst schon, was ich meine.«

»Es sind weniger die Worte, die mich beunruhigen«, murmelte Penelope. Sie erhob sich, um den Tisch abzuräumen.

Justin beugte sich nach vorne und leerte den letzten Rest Wein in sein Glas, dann lehnte er sich auf seinem Stuhl zurück, der bedrohlich knarrte. »Es ist einfach nicht sehr praktisch, dass du hier lebst, oder?«

»Nicht?«

»Nein, natürlich nicht.«

»Sondern, was dann?«

»Was machst du zum Beispiel den ganzen Tag? Du arbeitest nicht. Du wirst dich im Handumdrehen langweilen.«

»Und dann was? Anfangen zu trinken?« Er ignorierte den scharfen Tonfall. Sie bemerkte, dass Hannah ihm einen warnenden Blick zuwarf, als wollte sie, dass er den Mund hielt.

Aber er hatte sich schon zu weit vorgewagt. »Eine Frau in deinem Alter, die sich damit lächerlich macht, mit all den Männern herumzuziehen, von denen du uns erzählt hast. Du kennst die doch gar nicht. Die sind sicher nur hinter deinem Geld her, ist dir das klar? Unser …«

»Ich glaube, das reicht, Justin«, fuhr Penelope ihn an. Sie wusste genau, wohin das führen würde, und sie hatte nicht die geringste Lust darauf.

Ein unangenehmes Schweigen breitete sich aus.

»Wir brauchen dich, Mama«, flüsterte Lena und brach in Tränen aus. »Wir vermissen dich!«

Justin entschuldigte sich und half ihr, die Küche aufzuräumen, während Hannah und Lena die Jungs ins Bett brachten. Es war ihm anzusehen, dass er sich für seinen Ausbruch schämte. Penelope schob es auf den Druck bei der Arbeit; genau damit hatte sie auch die ständige Gereiztheit seines Vaters entschuldigt. Sie hoffte, dass er in den kommenden Tagen etwas zur Ruhe kommen konnte.

Was für eine Frechheit! Er hatte wirklich andeuten wollen, sie müsse sich den Rest ihres Lebens im guten alten Esher langweilen, um sein Erbe nicht zu gefährden! Die glaubten wirklich, sie dürfe vom Leben nichts mehr erwarten, nur weil sie jenseits der Fünfzig war – sie hatten doch keine Ahnung, wie jung sie sich immer noch fühlte.

Und sie hatte einen Mord aufzuklären. Aber das würde sie denen bestimmt nicht erzählen.

18

Penelope bemühte sich nach Kräften, der nach wie vor schwelenden Enttäuschung über das fehlende Schwimmwetter entgegenzuwirken, indem sie für ein volles Veranstaltungsprogramm sorgte. Sie besuchten die Abbaye de Sénanque bei Gordes, die Windmühle in Goult und die Burgruine von Lacoste. Allerdings keine *brocantes*, Trödelläden. Hannah hätte zu gern einen besucht, aber das Schadenpotenzial, sobald sich die Jungs in der Nähe aufhielten, war einfach zu groß.

Mittags aßen sie meistens auswärts und vielleicht sogar ein wenig zu oft. Penelope merkte, dass ihre Hüften erneut Speck ansetzten. In ihrem Alter brauchte es nicht viele Rettungsringe, um ganz schnell wieder wie das Michelin-Männchen auszusehen. Aber die Ausflüge hielten die Jungs auf Trab, was bedeutete, dass sie abends müde waren. Zack und Xerxes hatten einen ziemlich üblen Einfluss auf Rory, der sich mit jedem Tag schlechter benahm.

Am Freitagmorgen schlug sie einen Ausflug nach Fontaine-de-Vaucluse vor. Die Jungs konnten den Flusspfad bis zu dem alten Teich entlanglaufen, aus dem der Fluss Sorgue zwischen den Felsen entsprang. Und Penelope könnte sich nach der mittelalterlichen Papiermühle umsehen, in der der Karte nach, die sie in Scarpios Mühle entdeckt hatte, Fenella Doncaster in einer Werkstatt einen Kurs abhalten würde.

Fontaine-de-Vaucluse war genauso pittoresk, wie es alle Reiseführer versprachen. Im hellen Sonnenlicht schien der smaragdgrüne Fluss wie mit Diamanten gesprenkelt. Fröhlich wanderte die Familie Restaurants und Geschäfte entlang, die den provenzalischen Traum verkauften, der vor allem aus Tischdecken und getöpferten Knoblauchreiben bestand. Die Papiermühle war ein lang gestrecktes, altes Industriegebäude an der Flusspromenade. Es diente nun als lebendiges Museum, an dessen Seite sich ein riesiges, von nassem Tang überwuchertes Rad schwerfällig drehte, das ein riesiges hölzernes Stampfwerk antrieb, mit dem Holzspäne und Lumpen zu Papierbrei zerstoßen wurden.

Penelope fragte sich gerade, wo sich der Eingang zu den Werkstätten befand, als sie auf dem Weg vor dem Museum Tumult bemerkten.

Einige Frauen standen vor Staffeleien, auf denen Gemälde in verschiedenen Stadien der Fertigstellung standen. Keines von ihnen zeigte auch nur annähernd die reale Umgebung. Es schien mehr als wahrscheinlich, dass es sich hier um Fenella Doncasters Kunstkurs nur für Frauen handelte. Ein Streit mit einem Mann, der immer wieder auf ein Geschäft hinter ihnen zeigte, war in vollem Gange.

Penelope hob ihre Sonnenbrille. Der Logik nach war die Lehrerin diejenige, die mit dem Finger herumwedelte und den Mann anschrie, der seinerseits nicht nachgab, sondern darauf beharrte, der Kurs solle sich woanders hinbegeben. Die Frau trug ihre veilchenrosafarbenen Haare an den Seiten rasiert und den Rest oben auf dem Kopf mit grünen Plastikkämmen hochgesteckt. *Mutige Wahl,* dachte Penelope. Weitere Frauen mischten sich in die Diskussion ein, einige von ihnen wirkten ausgesprochen männlich.

»Mami, guck mal, die Frau da hat Haare auf den Beinen und einen Schnurrbart, genau wie meine Lehrerin!«, schrie Zack.

»Wie gut, dass sie uns nicht verstehen«, sagte Lena hinter vorgehaltener Hand.

»Manche verstehen das sehr wohl, wie ihr feststellen werdet«, zischte die Frau mit dem rosa Haar.

Penelope stotterte eine leere Entschuldigung und wollte weitergehen. Das war nicht die Form von Vorstellung, die sie gewählt hätte.

Doch die wütende Frau war noch nicht fertig. Die grünen Augen in dem sonnengebräunten Gesicht sprühten zornige Funken. Sie hatte eine Schönheit an sich, über die nicht einmal das pinke Haar und der locker fallende Arbeiteroverall hinwegtäuschen konnten. »Echt unhöflich, Bürschchen. Komm zurück und entschuldige dich!«

Penelope versuchte zu vermitteln. »Es tut mir wirklich leid. Er ist erst vier Jahre. Manchmal sagen kleine Kinder solche dummen Dinge.«

»Ein kleiner Mann, der viel zu früh lernt, auf uns herabzuschauen! Das führt genau zu Situationen wie dieser hier.«

Der Ladenbesitzer, der sich darüber beklagte, dass der Kurs sich mitten auf den Bürgersteig vor seine Tischdecken und sein Geschirr gestellt hatte, beschwerte sich nun auch über eine obszöne Szene auf einer der Staffeleien und schürte damit weitere entrüstete Proteste.

»Ich glaube nicht, dass mein Enkel das gemeint hat.« Penelope musste die empörten Gemüter irgendwie beruhigen, wenn sie noch etwas erreichen wollte. »Zack, komm her und entschuldige dich.«

Er gehorchte ihr für seine Verhältnisse sogar höflich.

»Dann hoffe ich mal, dass es dir wirklich leidtut«, sagte die Frau. »Worte können so viel anrichten.«

Die Zeiten, in denen diese Frau über den Dingen steht, sind wohl vorbei, dachte Penelope. Sie klang eher nach der Kategorie der Dauer-Empörten. »Sie sind nicht zufällig Fenella Doncaster, oder?«, frage sie.

»Diesen Nachnamen benutze ich nicht mehr.« Der Tonfall der Frau war schneidend. »Aber ja.«

»Ich habe ihre Werbeflyer letztens im Château Carmin gesehen und gehofft, Sie einmal zu treffen.«

»Sie interessieren sich fürs Malen?«

»Ja, ganz genau.«

Fenella musterte sie aus zusammengekniffenen Augen, als müsste sie abschätzen, ob Penelope in die Klasse passen würde. »Wir malen unseren Zyklus.«

Penelope schüttelte sich innerlich. Das war wahrscheinlich kein guter Zeitpunkt, um Don zu erwähnen. Sie würde einige Umwege in Kauf nehmen müssen. »Haben Sie aktuell denn in einem Kurs Plätze frei?«

»Es könnte sein, dass ich keine Kurse mehr geben werde. Das ist noch nicht entschieden.«

»Wie könnte ich Sie denn erreichen?«

»Sprechen Sie mir meiner Assistentin Anya, sie kümmert sich um alle organisatorischen Aufgaben.«

»Vielen Dank, alles klar. Wir gehen dann mal.« Penelope scheuchte Zack und Lena vor sich her.

Justin, Hannah und die anderen beiden Jungs waren bereits weitergegangen. Am Museum für den Widerstandskampf holten sie die anderen ein.

»Du bist mit deinen Gedanken ganz woanders«, stellte Lena fest.

Nachdem sie den Fluss bis zur Quelle entlangspaziert waren und die Mühle besichtigt hatten – die Jungs waren vor allem von den Stampfern beeindruckt gewesen, die den Papierbrei zerkleinerten – hatten sie sich anschließend auf die Terrasse einer Pizzeria in der Nähe des Flusses mit seinem wirbelnden grünen Wasser gesetzt.

Penelope dachte die ganze Zeit an Fenella und Anya. Hatte Anya bereits erwähnt, dass eine Engländerin in ihrem Zuhause gewesen war und eine Menge Fragen über Don gestellt hatte? Warum hatte Scarpio sich über genau diesen Kurs von Fenella Notizen gemacht? War Scarpios Krankheit möglicherweise doch nicht selbst verschuldet? Gab es einen Zusammenhang zu Dons Tod? Was, wenn Scarpio ebenfalls vergiftet worden war und nur aufgrund seiner besseren Konstitution überlebte? War die gesamte Künstlergruppe bedroht – und falls ja, warum? Don Doncaster war Anwalt gewesen. Scarpio hatte im Gefängnis gesessen. Was, wenn sie sich bereits begegnet waren? Lag das im Bereich des Möglichen?

»Du bist so still«, meinte Justin. »Worüber denkst du nach?«

»Oh, nichts Bestimmtes«, antwortete sie fröhlich.

Einige Pizzas und Eisportionen später spazierten sie die kleine Straße zurück zum Auto. Für den Sport, den Fontaine sonst noch zu bieten hatte, war es zu kalt: ein Kanu-Trip den Fluss hinab nach L'Isle-sur-la-Sorgue. Aber Lena bestand darauf, auf dem Rückweg am Lavendelmuseum zu halten, sehr zum Unmut aller männlichen Beteiligten. Unter Justins nachdrücklichem Protest quetschten sie sich alle in das Auto.

In der Hoffnung, die Stimmung ein wenig aufzuhellen, schaltete Penelope *Radio Nostalgie* ein.

»Was für ein blöder Scheiß … scheußlicher Quatsch ist das?« Er war in dieser Phase, in der er sich sehr, aber völlig erfolglos, bemühte, seine Sprache vor den Kindern ein wenig zu mäßigen. Die lauerten nur darauf, seine erlesenen Phrasen selber nachzusprechen. »Die Franzosen können keine Popmusik. Es hört sich alles so an, als wäre das aus den 1970ern.«

»Da kann ich dir nicht widersprechen«, sagte Penelope. »Aber das ist Teil des französischen Erlebnisses, ich finde, gerade so etwas macht den Charme aus, oder nicht?«

»Ganz sicher nicht. Trottel, die versuchen, den schlimmsten kommerziellen Einheitsbrei aus Großbritannien oder Amerika nachzuahmen, bis mir die Ohren bluten, sind so ziemlich das Gegenteil von dem, was ich unter charmant verstehe.«

Penelope seufzte und ließ den Sender des Anstoßes mit Absicht laufen. Gerade hatte eine Sendung über Claude François aus den Siebzigern begonnen. Sollten sie leiden.

»Was für ein blöder Scheiß ist das?«, schrie Zack von hinten. Die übrige Fahrt wurde von Zack und Xerxes begleitet, die sich abwechselten: »Was für ein blöder Scheiß, was für ein blöder Scheiß, was für ein blöder Scheiß ist das?«

Am Lavendelmuseum in Coustellet überredete Penelope die anderen, schon hineinzugehen, während sie angab, noch kurz telefonieren zu müssen.

Sie setzte sich auf eine Bank in der Nähe einer alten Destilliermaschine und wählte die Nummer, die sie in früheren Zeiten sehr oft angerufen hatte.

»Büro List«, erklang eine Stimme, die sie sofort in die Vergangenheit entführte.

»Hallo, Jim. Hier ist Penelope Kite.«

»Penny! Das ist aber lange her. Wie geht es dir, meine Liebe?«

»Mit geht es gut, danke. Und dir?«

»Ganz gut. So wie immer hier an diesem guten alten Ort.«

Sie stellte sich Jim Perkins vor, in seinem Sitzungssaal am London Central Criminal Court, auch bekannt als Old Bailey: seine aufmerksame Miene und die dunklen, adretten Anzüge. Es war bizarr, mit ihm zu sprechen, während sie in einem Garten voller Lavendel und Olivenbäume saß.

»Was kann ich denn für dich tun?«

Kurz und knapp, wie sie das früher bei solchen beruflichen Angelegenheiten auch getan hatte, kam sie direkt zum Punkt. »Anwalt Roland Doncaster. Kürzlich verstorben.«

»Das tut mir leid zu hören, wirklich, Penny.«

»Kanntest du ihn gut?«

»Nicht im Privaten, aber er gehörte zu den Guten. Er hatte ein Auge auf die Frauenwelt geworfen, hat aber nie irgendeine schlecht behandelt. Eher im Gegenteil, wenn man so sagen darf.«

»Das passt zu dem, was ich über ihn gehört habe.« Wenn Jim ihn gemocht hatte, war das ein gutes Zeichen. »Hättest du die Möglichkeit, seine Fallakten einzusehen, um zu prüfen ob er mal etwas mit einem Barry Finch aus Hackney zu tun hatte?«

»Das würde ich normalerweise nicht tun, aber für dich mache ich eine Ausnahme – und für den armen alten Doncaster … Was ist mit ihm passiert?«

Penelope erzählte es ihm, und die Bestürzung am anderen Ende der Leitung wuchs.

»Du meine Güte. Das hat er nicht verdient. Überlass das mir. Ich werde dir alles, was ich finde, per E-Mail schicken«, versprach Jim.

Er musste lange im Büro geblieben sein, effektiv wie immer. Als Penelope ihre E-Mails prüfte, kurz bevor sie ins Bett ging, hatte sie bereits eine Antwort.

Für den Samstagmorgen hatte Penelope als letztes Ausflugsziel den Markt in Apt geplant. In der schmalen Hauptstraße empfingen sie das Aroma gerösteter Kastanien und der Duft von Holzfeuern. Sogar den Kindern schienen die großartigen symmetrischen Muster zu gefallen, in denen die Früchte und das Gemüse an den Marktständen ausgelegt waren, und die auf einen Haufen gestapelten Kürbisse sowie die Brathühner am Spieß. Penelope ignorierte Justins erfolglose Versuche, mit einem französischen Händler wegen einiger Trüffel zu feilschen, indem sie vorgab, die Zahlen auf Französisch nicht zu verstehen.

Der alte Mann schaute zu Justin, zuckte mit den Achseln, und bestand auf seinem Preis von fünfzig Euro pro Portion.

Penelope wand sich innerlich. Es war immer so peinlich, wenn die eigenen Landsleute sich wie Trottel benahmen, aber schlimmer noch, wenn sie zur Familie gehörten.

»Wisst ihr was?«, sagte sie zu Lena und Hannah. »Ich setze mich auf einen Kaffee dahinten in das Café an der Ecke.« Sie konnte es nicht mehr länger erwarten, Clémence all die Neuigkeiten zu erzählen, die sie von Jim Perkins erfahren hatte. »Amüsiert euch, und wir treffen uns hier in einer Stunde wieder.«

Sie hatte sich gerade umgedreht, als ihr Handy klingelte. Es war Clémence.

»Du kannst hellsehen! Ich war gerade dabei …«

»Penny, wir müssen reden. So schnell wie möglich.«

»Um was geht es?«

»Scarpio. Er wurde vergiftet.«

Hab ich's doch gewusst, dachte Penelope.

»Und Nina Chiroubles … Sie wurde von der Polizei entlassen. Wie es aussieht, hatten sie gar nichts gegen sie in der Hand, als sie sie verhafteten. Dieser Reyssens ist einfach nur lächerlich!«

»Mit wem sprichst du da?«, unterbrach Justin sie.

»Mit niemandem … nur eine Freundin«, sagte Penelope.

»Was?«, fragte Clémence. »Reyssens hat sie verhaftet – du warst dabei! Sie ist nicht mit einer Freundin weggegangen.«

»Ich weiß, dass sie verhaftet wurde.« Penelope wandte sich

in Richtung Café, um eine ruhigere Ecke zu finden, aber Justin folgte ihr.

»Verhaftet!«, wiederholte er. »Wer wurde verhaftet?«

»Einen Moment, Clémence. Justin, lässt du mich bitte allein?«

Er trat ein paar Schritte zur Seite, belauschte sie jedoch mit besorgter Miene.

»Wir sollten uns treffen«, sagte Penelope ins Telefon. »Ich habe ebenfalls einige äußerst interessante neue Informationen.«

»Ich habe heute Nachmittag in Gordes einige Besichtigungen und werde dort zu Mittag essen. Willst du uns dabei Gesellschaft leisten?«

Mit der Familie im Schlepptau würde das mit dem Mittagessen eine Herausforderung, aber sie wollte jetzt nicht aufgeben. »Sag mir wo, und ich werde da sein«, sagte sie.

»Worum ging es gerade?«, fragte Justin.

»Nichts, was dich etwas anginge«, erklärte sie resolut.

»Was geht uns nichts an?« Lena wollte ebenfalls nichts verpassen.

In letzter Sekunde rettete Penelope ein Ausbruch purer Gewalt zwischen Zack und Rory, in dem Blut und eine antike Gabel von einem Marktstand in der Nähe eine Rolle spielten, vor der Antwort. Es folgte ein Gerangel, und während die beiden Kampfhähne voneinander getrennt wurden, entschied sich Penelope, zuerst ihren eigenen Angelegenheiten nachzugehen.

»Ich wurde gerade zum Mittagessen eingeladen.«

»Von wem?«, verlangte Justin zu erfahren.

»Von meiner Immobilienmaklerin, wenn du es unbedingt wissen willst. Dabei freut es dich sicher zu hören, dass es eine Frau ist.«

Justin wirkte nicht überzeugt.

»Wie wäre es, wenn ich den Mietwagen nehme und ihr mit dem Range Rover zurück nach St Merlot fahrt?« Dann hatte sie noch eine Idee. »Ich weiß noch etwas Besseres, ihr könntet nach Les Baux fahren, dort gibt es eine Kunst- und Lichtshow.«

Sie erzählte ihnen, dass es eine aufregende Sache wäre. Die Kinder wären von dem Erlebnis überwältigt, und die Erwachsenen könnten sich von den gigantischen Bildern berühmter Kunstwerke verzaubern lassen, die mit musikalischer Untermalung an die hallenartigen Wände der alten Bauxitmine projiziert wurden. Aber das Schönste war, dass es weit zu fahren war. So würde sie mindestens fünf oder sechs Stunden für sich selbst zur Verfügung haben.

19

Jede einzelne Säulenzypresse in Gordes war perfekt gewachsen und die Häuser alle prächtig in Schuss. Penelope lenkte den Mietwagen an Terrassen und makellosen Gärten vorbei.

Problemlos fand sie einen Parkplatz mitten im Zentrum in der Nähe des *Châteaus*. Sie war gerade im Begriff, die Tür zu öffnen, als sich wie aus dem Nichts der rote Mini Cooper neben ihr materialisierte.

»Wer kommt noch zum Mittagessen?«, fragte Penelope, während sie beide ausstiegen. »Du sagtest ›wir‹ …«

»Dir entgeht aber auch nichts.«

»Es ist nicht Monsieur Valencourt, oder?«

»Gott bewahre, er ist schwer beschäftigt, in Paris. Aber der hier ist fast genauso gut.« Lächelnd winkte sie einer Gestalt zu, die vor dem Restaurant jenseits des Platzes wartete. Laurent sah in seinem schwarzen Ledermantel umwerfend aus. Er hob seine Hand.

Die drei bekamen einen Tisch direkt am Fenster zugewiesen, von dem aus sie einen überwältigenden Blick auf einen renovierten Bauernhof auf einer Hügelkuppe hatten, dazu der Petit Luberon im Hintergrund. Es sah aus wie ein prächtiges Landschaftsgemälde.

Zuerst kümmerten sie sich um die kulinarischen Bedürfnisse, indem sie lange und schweigend die Speisekarte studierten.

Laurent beugte sich mit einem schelmischen Glitzern in

den Augen nach vorne. »Wie heißt es so schön: ›Ein Krug Wein, ein Kanten Brot.‹«

»›Und dazu du‹«, ergänzte Penelope, ohne darüber nachzudenken. Dann wurde ihr bewusst, was sie da gerade gesagt hatte, und schämte sich über die ungewollte Schäkerei. Sie ignorierte das angedeutete Lächeln in Laurents Gesicht und gab sich große Mühe, schnell das Thema zu wechseln. »Aus *Die Rubaiyats* von Omar Khayyam.«

Clémence nahm den nächsten Faden auf. »Was hältst du von den neuesten Entwicklungen, Laurent?«

»Entwicklungen in welchem Sinne?« Er schaffte es, ganz schön verführerisch zu klingen.

Penelope befahl sich, sich zusammenzureißen. Sie hatte gerade mal eine Woche auf engstem Raum mit ihrer Familie verbracht und benahm sich jetzt so, als hätte sie den ersten Tag Freigang.

»Sacrpio – vergiftet. Wer könnte das getan haben?«, fragte Clémence nachdrücklich. »Nina – verhaftet und wieder auf freiem Fuß. Wurde sie aus Mangel an Beweisen freigelassen?«

Sie warteten mit weiteren Spekulationen über die Vergiftung, bis sie das Essen und den Wein bestellt hatten. Umgehend erschien eine Flasche Vacqueyras und wurde geöffnet. Der Bürgermeister ließ einen Schluck des kräftigen Rotweins in seinem Glas kreisen und hielt ihn ins Licht. »Du kannst das Alter eines Weines immer an seiner Farbe erkennen. Je älter, umso tiefer ist sein Rot.«

Das trifft auch auf Engländerinnen mittleren Alters zu, dachte Penelope und hoffte sehr, dass ihr Gesicht gerade jetzt nicht zu einem ähnlichen Farbton wie der Vacqueyras tendierte. Laurent gab dem Kellner ein Zeichen, ihnen einzuschenken.

»Wusstest du, dass ich dabei war, als sie verhaftet wurde?«, wandte Penelope sich an Laurent. »Reyssens war über meine Anwesenheit alles andere als erfreut.«

Er grinste ihr zu.

Auch Clémence wollte ihre Neuigkeiten loswerden. »Ich habe Gerüchte über Nina Chiroubles gehört. Es ist so unglaublich. Wusstet ihr, dass sie und Don ...«

»... heimlich geheiratet haben«, vollendete Penelope den Satz mit einiger Zufriedenheit. »Don und Fenella wurden im Juli geschieden. Nina hat mir das erzählt.«

Die anderen beiden waren beeindruckt, denn dieses Mal hatte sie Clémence wirklich die Show gestohlen.

»Phuket«, sagte Penelope.

»Wie bitte?«

»Phuket, Laurent. Dort haben sie geheiratet.«

»Das heißt, Don und Nina waren verheiratet, sind jedoch nicht zusammengezogen«, sagte Clémence. »Während Don allein in seinem Atelier in Ménerbes lebte, wohnte sie in dem Planwagen in der Kommune. Aber warum?«

Ratlose Gesichter.

»Don wartete darauf, dass das Haus in Goult endlich verkauft wurde«, fuhr Clémence fort. »Aber mal unter uns: Fenella Doncaster hat den Verkauf nicht gerade unterstützt. Sie hat nicht das Geringste unternommen, damit es für mögliche Kundschaft attraktiv wird.«

»Das lag ja auch nicht in ihrem Interesse«, gab Penelope zu bedenken. »Je länger es dauerte, bis es verkauft wurde, umso länger hatte sie einen hübschen Platz zum Leben. Außerdem dürft ihr nicht vergessen, dass sie ihr Atelier dort hat. Daraus folgt, dass genau das Fenellas Motiv wäre, Don tot sehen zu wollen. Jetzt muss sie das Haus weder verkaufen noch ihn auszahlen.«

»Aber Dons Heirat mit Nina bedeutet doch, dass Fenella jetzt in jedem Fall verkaufen muss«, wandte Clémence ein.

»Wusste Fenella denn überhaupt, dass Don und Nina geheiratet hatten?«, fragte Laurent. »Vielleicht wollte Don nicht, dass Fenella davon erfährt, zumindest nicht sofort.«

»Das könnte ich verstehen. Diese Frau willst du nicht gegen dich aufbringen«, meinte Clémence. »Das würde bedeuten, dass Don und Nina sich heimlich in Ménerbes getroffen haben.«

»Genau«, bestätigte Penelope. »Schließlich konnte er Nina schlecht in diesem Nur-für-Frauen-Lager besuchen!«

Das Essen wurde serviert: *terrine de foie gras de canard au melon de pays* für alle.

Penelope ergriff die Gelegenheit. Es kribbelte sie in allen Gliedern, endlich davon zu erzählen, was Jim Perkins ausgegraben hatte. »Ich habe außerdem etwas sehr Interessantes über Don und Scarpio herausgefunden.«

Sie wartete, bis sie der vollen Aufmerksamkeit der beiden anderen gewiss war.

»Wir wissen, dass Scarpios echter Name Barry Finch ist und er eine Zeit lang im Gefängnis gesessen hat. Wir wissen ebenfalls, dass Don Doncaster Staatsanwalt war. Daher fand ich es logisch, einmal nachzuforschen, ob zwischen den beiden eine Verbindung besteht. Und jetzt ... hört zu: Im Jahr 1998 wurden während eines Raubüberfalls auf ein gesichertes Lagerhaus außerhalb von London mehr als zehn Millionen Pfund gestohlen. Der Fahrer eines Geldtransporters und ein Wachmann wurden getötet. Danach heuerte die Verbrecherbande einige Kleinkriminelle an, um ihre Spuren zu verwischen und das Geld zu waschen. Einer von denen war Barry Finch.«

Clémence schob den Brotkorb zur Seite und beugte sich vor. Laurent ließ Messer und Gabel sinken.

»Als die Polizei der Bande immer näher kam, floh Barry nach Fuengirola in Südspanien und lebte dort bis 2003 unter falschem Namen. Dann haben die Behörden ihn geschnappt. Er wurde angeklagt und vor Gericht gestellt. Während des Prozesses 2004 wurde Barry Finch zum Kronzeugen und sagte gegen seine ehemaligen Partner aus, um eine geringere Strafe zu erhalten. Der Staatsanwalt, der in diesem Prozess die Anklage führte, war Don Doncaster.«

»Was?«, riefen die anderen beiden im Chor.

Penelope nickte. »Das ist wirklich wahr. Es gibt keinen Grund, daran zu zweifeln. Ich habe es von einem alten Freund, der am Central Criminal Court in London arbeitet. Don Doncaster überzeugte den Richter davon, das Verfahren wieder aufzunehmen, und ließ Barry Finch erneut befragen. Dank Don sorgte Scarpios Geständnis dafür, dass die Verbrecherbande lange ins Gefängnis musste. Finch wanderte ebenfalls in den Knast, erhielt jedoch Haftverkürzung. Er wurde 2010 entlassen.«

»Unglaublich!« Clémence hob das Glas zu einem Prost.

Penelope grinste. »Was jetzt kommt, sind eher Vermutungen. Nachdem er aus dem Gefängnis entlassen worden war, wusste Finch, dass er in Großbritannien seines Lebens nicht mehr sicher wäre. Also zog er in die Provence und nahm seine spanische Identität an. Irgendwann muss er Don wieder begegnet sein. Gilles hat ihm Aufträge für Schreinerarbeiten und Einrahmungen gegeben. Die Frage ist nur: Geschah das aus Zufall, oder hat er Don kontaktiert und ihn um Hilfe gebeten? Vielleicht fand er, dass Don ihm etwas schuldete. Wie also konnte es damit enden, dass beide Künstler von derselben Galerie vertreten werden?«

»Hätte er einen Grund gehabt, Don zu töten?«, fragte Laurent.

»Wer weiß?« Penelope zuckte mit den Schultern.

Sie hatten eine Menge nachzudenken. Schweigend wandten sie sich ihren Vorspeisen zu.

»Für mich sieht es so aus, dass die Polizei immer noch überzeugt davon ist, dass Nina die Mörderin ist«, meinte Clémence nach einigen Minuten.

»Wenn das stimmt, glauben die denn, dass Nina auch etwas mit der Vergiftung von Scarpio zu tun hat?« Nach den neuen Informationen über Scarpio erschien alles in einem anderen Licht und eröffnete eine Unzahl verwirrender Möglichkeiten. »Benoît hat uns erzählt, dass kein Mensch Scarpios Haus besucht hat. Wir waren seit Monaten die Ersten. Mit der Restaurierung und diesem übel riechenden Insektizid, das er da überall auf die Eichenbalken geschmiert hat, war es auch kaum präsentabel.«

Laurent reagierte als Erster. »Insektizid? Ich wette, dass es auch ein Mittel ist, das Arsen enthält.«

»Du hast recht. Wir müssen also herausfinden, wo das Arsen herkommt, mit dem Don umgebracht wurde, damit wir das berücksichtigen können«, sagte Penelope. »Allerdings hat Nina im Museum gearbeitet«, ergänzte sie nachdenklich.

»Wir sollten Claudine fragen, ob sie an die Mittel herankommen konnte«, meinte Laurent.

Penelope lehnte sich zurück und trank einen Schluck Wein. »Es ist schon erstaunlich, wo man überall Arsen findet, wenn man erst einmal darauf achtet. Unkrautvernichtungsmittel scheint offensichtlich, genau wie verschiedene Arten von Rattengift. Dann die Gerbstoffe. Gibt es hier in der Gegend Handwerker, die welche benutzen? Die Rechtsmedizin müsste anhand von Rückständen in der Lage sein, uns eine Richtung aufzuweisen.«

»Die Polizei verrät keine Details über Dons Obduktionsergebnisse«, sagte Clémence. »Nicht einmal einer meiner Kontakte, der Beziehungen nach ganz oben hat, erfährt etwas. Ich bin mir nicht sicher, ob sie die Einzelheiten über das Geheimnis des Giftes für sich behalten, weil es der Ermittlung dient, oder ob etwas anderes dahintersteckt.«

Zerstreut nahm Penelope noch ein Stück Brot. »Glaubt ihr, dass unsere Freundin Nina berechnender ist, als sie vorgibt zu sein? All diese verrückte Kunst und diese Frauenkommune bei Avignon. Nicht mit Don zusammenzuleben. Glaubte sie wirklich, Don würde sich ändern? Vielleicht war das alles nur Theater?«

»Männer ändern sich nicht«, erklärte Clémence nachdrücklich. »Es gibt Frauen, die glauben, sie würden es tun, sobald sich die Umstände ändern. Aber normalerweise funktioniert das so nicht.«

»Was meinst du mit Theater?«, fragte Laurent ein wenig peinlich berührt.

»Das weiß ich nicht genau«, erwiderte Penelope. »Ist nur so ein Gefühl. Die Sache scheint mir … irgendwie konstruiert.«

Clémence seufzte. »Genau wie Dons Künstlerleben in diesen Hochglanzmagazinen.«

»Vielleicht hat sie ein oder zwei Tricks von ihm abgeguckt.« Penelope fühlte sich ein wenig vernebelt, obwohl sie nur an einem Glas Wein genippt hatte. Ein ausgezeichneter Hauptgang wurde aufgetragen: *dos de cabillaud rôti à l'huile d'olive, ragoût de petit pois, févettes, coquillages et menthe poivré, beurre blanc émulsionné*. Es sah nicht nur so aus, es schmeckte auch wirklich so gut, wie die blumige Umschreibung auf der Speisekarte es versprach.

Während sie aßen, vermieden sie erst einmal alle Themen rund um den Mord. Penelope unterhielt sie mit ein paar ausgewählten Geschichten rund um den Familienbesuch und brachte sie gleichermaßen zum Lachen oder dazu, mit gespieltem Entsetzen zurückzuschrecken.

Danach nahmen Laurent und Penelope eine vorzügliche *verrine crème mascarpone aux pêches, fruits rouges et crème glacée au lait d'amande douce* in Angriff, während Clémence sich an einen Tee aus Zitronenblättern hielt.

Von dem makabren Thema ihrer Unterhaltung abgesehen stellte das ganze Treffen eine sehr angenehme Abwechslung dar.

20

Der Familienausflug zur Kunst- und Lichtshow in Les Baux war nur zum Teil von Erfolg gekrönt gewesen.

Zuerst war alles gut gelaufen, doch dann hatte Zack die Möglichkeit entdeckt, sich in den durch die Höhle schwirrenden Projektionen der Gemälde von Gauguin und van Gogh zu verstecken. Sie suchten über eine Stunde nach ihm. Am Ende war er verängstigt in die dunkelsten Ausläufer der alten Mine gelaufen, Justin hatte die Veranstalter alarmiert, und das Licht wurde eingeschaltet. Beinahe wäre unter den wütenden Besuchern ein Tumult ausgebrochen. Die strengeren französischen Eltern konnten nicht nachvollziehen, wieso diese dämlichen Fremden ihrem Kind so ein Benehmen durchgehen und es einfach davonlaufen ließen.

Sie wurden gebeten, die Veranstaltung zu verlassen, und nicht einmal Justins leidenschaftliches Franglais vermochte die Veranstalter umzustimmen.

Beinahe hatte Penelope wegen ihres amüsanten Nachmittages in Gordes ein schlechtes Gewissen. Um es wiedergutzumachen, hatte sie einen Zitronenkuchen gebacken. Nachdem er ausreichend ausgekühlt war, um angeschnitten zu werden, und Hannah eine Kanne Tee ins Wohnzimmer gebracht hatte, erklang ein donnerndes Klopfen an der Haustür.

Es war Georges Reyssens in Begleitung eines jungen uniformierten Polizisten.

Oh, Gott, dachte Penelope, weil sie sich bewusst wurde, dass sie während der Fahrt mit dem Mietwagen möglicherweise gar nicht versichert gewesen war. Wer konnte schon sagen, was für erfundene Anschuldigungen Reyssens ihr mit Freuden unter die Nase reiben würde?

Reyssens streckte sich zu seiner vollen Größe von einem Meter fünfundsechzig, reckte die Brust raus und betrat den Flur.

»Madame Keet. Ich würde gern mit Ihnen sprechen.«

Er stolzierte in die Küche.

»Tee? Kuchen?«, bot Penelope ihm an und versuchte, es so klingen zu lassen, als hätte sie ihn schon lange erwartet. Doch der brüchige Tonfall verriet sie.

Justin stand auf und musterte den Neuankömmling. Lena wirkte schockiert, und Hannah zog Rory näher zu sich.

Reyssens wedelte mit der Hand, als wolle er jeglichen Verdacht zerstreuen, es handele sich hier um einen privaten Besuch.

»Ich glaube, du lässt uns besser allein«, wandte Penelope sich an Justin.

»Da bin ich mir nicht so sicher«, antwortete er. »Hat das etwas mit dem Telefongespräch über die Person zu tun, die verhaftet worden ist?«

Penelope wusste nicht, ob er sich mehr über sie oder ihren mysteriösen Besucher ärgerte. »Justin, bitte.«

Mit einem verächtlichen Blick zog er sich ins Wohnzimmer zurück, von wo aus er jedes Wort mithören konnte, wie Penelope sehr wohl wusste. Reyssens lehnte es ab, sich zu setzen. Er zog ein Foto aus der Innentasche seines Jacketts hervor und reichte es ihr. »Kennen Sie diese Frau?«

Penelope ließ sich Zeit. »Ich denke schon«, sagte sie endlich.

»Wissen Sie, wer das ist?«

»Sie heißt Anya. Sie arbeitet als Assistentin für Fenella Doncaster.«

»Sind Sie ganz sicher?«

»Lassen Sie mich noch einmal sehen.«

Le Chef de Police verlagerte sein Gewicht nervös von einem Bein auf das andere.

Penelope unterdrückte ein heimliches Lächeln. Er war so leicht auf die Palme zu bringen. »Ich glaube, das ist ein Foto von Anya«, sagte sie, nachdem sie die Pause so lang gezogen hatte, wie sie es wagte. Sie hatte so viele Fragen, doch ihr war klar, dass sie mit großer Vorsicht vorgehen musste; nicht nur für ihr eigenes Wohl, sondern auch für Anyas. »Ist ihr etwas passiert?«

Jetzt war Reyssens am Zug. Er wanderte zu einer Kommode, auf der ein Haufen Bücher lag, inklusive der Werke *Mit der Menopause umgehen* und *Vitamintherapie für Fünfzig+*. Er schnaubte abfällig.

Penelope wartete und wurde nervös.

»Anya geht es gut.«

»Dem Himmel sei Dank.«

»Kennen Sie sie gut?«

»Keineswegs. Ich bin ihr nur ein einziges Mal begegnet.«

»Trotzdem sind Sie besorgt um sie.«

»Ich wäre um jeden besorgt, wenn die Polizei kommt, um schlechte Nachrichten zu bringen.«

Er hielt inne und schaute ihr direkt in die Augen. »Wo haben Sie sie getroffen?«

»Im Haus von Fenella Doncaster.«

»Wann?«

»Vor ungefähr zwei Wochen.«

»Wie oft waren Sie bei Fenella Doncaster zu Hause?«

»Nur dieses eine Mal.«

Reyssens schniefte und rümpfte auf eine unangenehme Weise die Nase. »Arbeitet sie auch für Nina Chiroubles?«

»Ich habe nicht die geringste Ahnung.«

»Warum sind auf Don Doncasters Telefon unzählige Anrufe und Nachrichten von ihr und an sie?«

»Von wem?«

»Von Anya«, schnarrte Reyssens.

»Das müssen Sie sie selbst fragen. Ich bin ihr nur einmal begegnet.«

»Ihre Begegnung war lange genug, um sie auf dem Foto wiederzuerkennen.«

Das gab Penelope zu.

»Hat sie irgendetwas über ihre Beziehung zu Don erzählt?«

»Ein wenig, ja.«

»Madame Keet, wären Sie so freundlich, das bitte näher auszuführen?« Seine Stimme troff nur so von falscher Höflichkeit. »Ich wäre Ihnen überaus verbunden, wenn Sie mich an ihrem überlegenen Wissen teilhaben ließen.«

Sie entschied, dass sie es nicht auf die Spitze treiben sollte. »Anya hat mir gegenüber zugegeben, dass sie und Don über einige Monate eine ... Liebesaffäre hatten. Ich hatte den Eindruck, dass sie wirklich in ihn verliebt war, jedoch akzeptiert hatte, dass er ein Mann war, der sich schnell von einer Liaison in die nächste stürzte.«

»Und?«

»Das ist alles.«

»Warum war Anya in Nina Chiroubles' Atelier?«

»Noch einmal: Ich habe nicht die geringste Idee.« Penelope fragte sich, was das alles mit ihr zu tun hatte. »Warum fragen Sie mich das?«

Reyssens trat auf sie zu. »Wo kommt sie her?«

»Keine Ahnung. Ich glaube, aus Osteuropa. Sie erwähnte Prag.«

Er stand ganz nahe vor ihr, so nahe, dass es vielleicht sogar ganz bewusst einschüchternd wirken sollte. Dann nickte er dem jungen Polizisten zu und entließ sie: *»C'est tout.«*

Nachdem Penelope die beiden herausgeführt hatte, erwartete sie bei ihrer Rückkehr rund um den Küchentisch die nächste Befragungsrunde.

Justin preschte vor. »Was zur Hölle ist da gerade vor sich gegangen?«

»Woher kennt der dich, und was meinte er damit, dass du mehr über den Fall weißt als irgendwer sonst?« Lena streichelte über ihren Bauch. Sie und Hannah wirkten entsetzt.

Ausnahmsweise waren die drei Jungs die zurückhaltenden Menschen im Haus. Was daran liegen konnte, wie Penelope später herausfand, dass sie den Brennholzstapel neben dem Ofen abgetragen und versucht hatten, damit einen Unterschlupf auf dem cremefarbenen Sofa zu bauen.

»Georges Reyssens war der Polizeichef der lokalen Behörde, als es bei meinem Einzug diese … Schwierigkeiten gab.« Penelope setzte sich. »Kann ich jetzt bitte eine Tasse Tee haben?«

»Er war ziemlich passiv-aggressiv«, stellte Justin fest.

»Er ist nicht besonders erfreut«, gab Penelope zu. Insgeheim war sie hingegen über diesen ganzen Haufen neuer Informationen, die sie durch seine Fragen erhalten hatte, überaus erfreut.

Justin presste die Lippen zu einem schmalen Strich zusammen. »Er war verdammt unhöflich zu dir.«

»Er mag mich nicht besonders.« Und das, obwohl Penelope ihm in ihren ersten Wochen geholfen hatte, die beiden Morde in St Merlot aufzuklären. *Nein,* korrigierte sie sich, *er kann mich nicht ausstehen, weil ich des Rätsels Lösung vor ihm gefunden habe.*

»Aber warum?« Justin gab nicht auf.

»Weil ich beim letzten Mal recht hatte und er nicht«, sagte sie geradeheraus.

»Diese Sache mit der rechtsmedizinischen Untersuchung.« Offensichtlich hatte Lena aufgepasst, was den Anteil ihrer Stiefmutter an den vorangegangenen Ereignissen anbelangte. »Die sollten froh sein, dass jemand mit deiner Erfahrung hier in der Nähe ist! Kannst du ihnen auch dieses Mal helfen?«

Penelope lächelte dankbar. »Das werde ich nicht herausfinden, bis ich es versuche.«

Justin schüttelte den Kopf. »Bitte, Mama, halt dich da raus.« Er schien wirklich besorgt. Aber dann versaute er es. »Du steckst deine Nase immer in Angelegenheiten, die dich überhaupt nichts angehen. Mach dich nicht wieder zum Narren.«

Das schlug dem Fass den Boden aus. Sie würde das Rätsel um den Giftmörder vom Luberon lösen, und wenn es das Letzte war, das sie tat.

21

Da niemand sie hören konnte, sang Penelope bei einer George-Michael-Retrospektive auf *Radio Nostalgie* laut mit, während sie die Nebenroute nach Nizza entlangfuhr. *Perfekt*, dachte sie.

Sie stimmte fröhlich in den Refrain von *Wake me up before you go-go* ein und schien dabei die Bergstraße hinab ins Tal zu schweben. Nizza lag im Südosten. An so einem freundlichen Morgen war die landschaftlich schönere Route statt der Autobahn definitiv die bessere Wahl.

Die Kinder und Enkel waren sicher auf dem Weg zurück nach England, und das Benehmen der kleinen Jungs hatte sich deutlich verbessert. Lena sah weniger erschöpft aus, und Justin und Hannah wirkten wesentlich entspannter. Am letzten Abend hatte es nach dem Essen noch einmal eine intensive Aussprache gegeben. Justin hatte sich für seine Pöbelei entschuldigt und beteuert, er würde sich einfach nur Sorgen um sie machen.

»Das weiß ich.« Penelope hatte ihre Hand auf seine gelegt. »Aber das hier ist jetzt mein Leben. Ich kann zum ersten Mal seit einer Ewigkeit tun und lassen, was ich möchte, ganz ohne Verantwortung. Ich bin sicher, dass ich auch Fehler machen werde, aber ich will es versuchen.«

Das Tal wurde schmaler, und die zerklüfteten Berghänge zeigten sich immer stärker bewaldet, als sie in Richtung der Südalpen und nach Digne-les-Bains abbog. Von dort aus würde sie der berühmten Route Napoléon folgen, dem Weg, den der Ex-Kaiser auf seiner kurzen Comeback-Tour durch Frankreich genommen hatte, bis das Unterfangen in Waterloo endete. Penelope genoss die gewundene Straße, begleitet von einem schwungvollen Saxofon und Georges melodiösem Geständnis, dass er es besser hätte wissen müssen, als einen Freund zu betrügen. Zu dem Zeitpunkt, als Penelope in Digne eintraf, war er in seine reifere Schaffensphase eingetreten.

Sie hielt vor der Kathedrale. Es war wirklich eine Freude, so einfach einen Parkplatz zu finden. Nach einem kurzen Spaziergang entdeckte sie ein vielversprechendes kleines Café mit den üblichen Kreidetafeln. Innen wurde ihr ein rundes Tischchen am Fenster zugewiesen, wo sie Perrier bestellte.

Einer ihrer Vorgänger hatte die Lokalausgabe von *La Provence* auf dem Nachbartisch liegen gelassen. Müßig nahm Penelope sie und überflog die Seiten. Die meisten Nachrichten in dieser bäuerlichen Gegend betrafen die Nahrungsmittelproduktion, obskure Getreidepest-Arten und andere Pflanzenkrankheiten. Trüffel war der Geschmack des Monats und wurde ausgiebig präsentiert, einschließlich Vermarktungsratschlägen wie neuen Rezepten für Restaurants und eines Skandals über gefälschte Trüffel, die aus China eingeführt worden waren. Dann gab es noch einen Bericht über eine Diebstahlwelle in ländlichen Kirchen. Der Grund schien zu sein, dass Holzvertäfelungen, am besten mittelalterliche, sehr gefragt waren. Ein anonymer Kirchenbesucher behauptete, dass die Vertäfelungen im Namen eines reichen Parisers gestohlen worden waren, der damit seinen Zweitwohnsitz verschönern wollte. Das war nichts Neues: Pariser und Marseiller wurden für die meisten schrecklichen Vorkommnisse in der Provence verantwortlich gemacht. Penelope fiel ihre Unterhaltung mit Monsieur Bérenger in Viens wieder ein.

Nach einem ansehnlichen Menü, dessen Krönung das *mousse au chocolat* war (wie schafften die es nur, es so fluffig und zugleich so fest hinzubekommen?), trank Penelope ihren Espresso und bummelte zurück zur Kathedrale. Sie schaute den großen Glocken- und Uhrenturm hinauf. Die schwarzweiß gestreifte Fassade aus grob behauenem Stein erinnerte sie an die Kathedrale von Siena. Über dem Westeingang befand sich ein wundervolles Rosettenfenster. Sie ging kurz in die Kirche und bewunderte das elegante Gewölbe und die hübschen gestreiften Steinsäulen mit den Blumenornamenten.

Die Stille und die andächtige Atmosphäre brachten sie ins Grübeln. War es vernünftig, einfach aufzubrechen und Gilles zu treffen? War das wichtig, ob es vernünftig war? Der Familienbesuch hatte sie wieder daran erinnert, wie glücklich sie mit sich selbst, einem guten Buch und einem Glas Wein sein konnte. Gilles' Interesse schmeichelte ihr. Aber wäre das nicht zu schön, um wahr zu sein? Bei der Erinnerung an das Mittagessen in Saignon schrillten plötzlich Alarmglocken, als sie an seinen Vorschlag dachte, sie solle doch unauffällig Dons Tod untersuchen. Wäre es möglich, dass er einfach nur den Überblick darüber behalten wollte, wie viel sie wusste, beziehungsweise was sie von Clémence und Laurent erfuhr? Sie musste unbedingt ihre fünf Sinne beisammenhalten.

Die Route Napoléon wand sich über die Seealpen nach Grasse. Auf der Passhöhe eines steilen Hügels blickte Penelope plötzlich auf die Küste und das tiefblaue Meer, das rötliche Esterel-Gebirge auf der einen Seite und die größeren Städte der Côte d'Azur auf der anderen.

Penelope kannte diese Gegend gut. Sie reiste hierher, seit sich erwachsen geworden war, und bei jedem Besuch waren auf den bewaldeten Hügelflanken ein paar neue Villen entstanden. Sie dachte an die Villa ihres Großonkels in Pré du Lac. Zu seiner Zeit waren die einzigen anderen Engländer Dirk Bogarde und sein Freund. Die drei trafen sich immer wieder in der örtlichen *Boulangerie* und sprachen über Cricket. In jenen Tagen lag zwischen den Städten noch hektarweise mediterraner Wald. Jetzt sah das hier aus wie ein einziges wucherndes Weybridge. Als sie den Hügel in Richtung Grasse hinunterfuhr, konnte sie nicht umhin, selbstzufrieden festzustellen, wie unberührt die Ecke der Provence, die sie für sich ausgesucht hatte, im Vergleich zu dem hier noch war.

Der Verkehr wurde dichter, lauter und hektischer, als sie sich vorsichtig auf die zweispurige Schnellstraße einfädelte, vorbei an Grasse mit seinen Parfum-Manufakturen. Schon bald kam sie nur noch langsam in einer hupenden Autoschlange voran. Obwohl es Herbst war, erreichte die Temperatur an der Riviera immer noch angenehme fünfzehn Grad.

Gegen vier Uhr fuhr sie endlich am Flughafen von Nizza vorbei und erreichte die Promenade des Anglais. Der Karte nach lag Gilles' Galerie einige Straßen vom Hafen von Vieux entfernt. Penelope umrundete die Landzunge in das Gebiet um den alten Hafen der Stadt, wo breite Boulevards und die herrschaftliche Architektur von den traditionelleren engen und gewundenen Straßen abgelöst wurden. Hier leuchteten die Häuser wie in Italien in verschiedenen Pastelltönen von Orange, Rosa und Gelb. Im Hafen zwischen den beiden Hügeln drängten sich die Masten von Yachten. Sie parkte und schlenderte zufrieden den Kai entlang, vorbei an Restaurants und Werbeplakaten, die Küstenfahrten anpriesen. Von dort überquerte sie einen Platz, wo verstreute Blätter und Blüten noch von dem Pflanzenmarkt zeugten, der am Morgen stattgefunden hatte. Endlich bog sie in eine gepflasterte Gasse ein und stand vor der beeindruckenden Fassade der Galerie Gilles de Bourdan. Im Fenster war ein Gemälde von Nicolas Versanne ausgestellt.

Sie trat ein und traf Gilles am Tresen an, in ein Gespräch mit einem gut angezogenen Mann vertieft. Penelope schnappte genug auf, um zu verstehen, dass es sich hier um einen ernsthaft interessierten Käufer handelte. Überall hingen Gemälde, die Penelope wirklich schön fand: Abstrakte Bilder, die aus den 1920ern oder 30ern sein mochten. An den vielen roten Aufklebern erkannte sie, dass sie gut verkauft wurden.

»*Bonjour*, Madame.«

Der junge Mann, der ihr bereits in der Galerie in Avignon aufgefallen war – der, der bei Dons Zusammenbruch den Defibrillator geholt hatte –, hatte seinen Tweedanzug gegen einen ebenso eleganten Vintageanzug aus schwarzem Flanell eingetauscht. Sein breites Gesicht war glatt rasiert, die braunen Haare passend im Retro-Look geschnitten. »Alexis«, stellte er sich vor und streckte die Hand aus. »Gilles' Assistent. Ich führe Sie gern ein wenig herum, bis er fertig ist.«

Im rückwärtigen Bereich des Raumes befanden sich in einer dunklen Ecke versteckt ein paar unverkennbare Doncasters. Ein Stillleben mit einem schwarzen Würfel, signiert von Scarpio, war gar nicht einmal so schlecht. *Es gibt noch Gerechtigkeit in dieser Welt,* dachte sie, als sie weitere von Nicolas Werken entdeckte, von denen zwei mit roten Aufklebern versehen waren.

»Ah, Penny – es tut mir leid! Wie schön, dass Sie da sind!« Gilles stürzte auf sie zu und gab ihr überschwänglich die drei obligatorischen Küsse.

»Vielen Dank für die Einladung. Noch eine schöne Galerie!«

Er hob die Hand und wiegelte bescheiden ab, so gut das mit einem ekelerregenden Doncaster im Hintergrund ging, auf dem ein Kind mit Insektenaugen und Baskenmütze ein Baguette hielt.

Gilles folgte ihrem Blick. »Ich wünschte, das würde so schnell wie möglich jemand kaufen. Ich bekomme jedes Mal Kopfschmerzen, wenn ich es sehe.«

Penelope kicherte. »Wenn Sie es nicht verkauft bekommen, wer dann?«

»Manche Künstler werden besser, je älter sie werden, und manche …«

»Ist es nur das Alter? Das heißt also, die Preise sind seit seinem Tod nicht gestiegen?«

»Ich kann mit Sicherheit sagen, dass im Louvre keine Retrospektive geplant ist.«

»Warum behalten Sie ihn dann im Programm?«

Gilles lächelte. »Ich werde meine Künstler immer unterstützen, Penny. Kommen Sie doch mit hinauf – ich werde Ihnen einen Tee machen. Oder Alexis, kannst du ihn brühen, bitte? Nimm die englische Teekanne.«

Er führte sie in ein geschmackvoll eingerichtetes Büro im ersten Stock. Ein antiker Schreibtisch und Stühle standen in einem schrägen Winkel zu den hohen Fenstern. Um einen Couchtisch waren ein Sofa und Sessel gruppiert. Die Gemälde auf den dunkelblau-rauchgrauen Wänden schienen beinahe zu glühen. In einer Vitrine waren zart bemalte Fächer ausgestellt, zudem einige Silberstücke, eine Brosche in Form eines Skorpions und ein Satz seltsamer makabrer Glaskugeln, die in verblasster Tinte mit »Nachtigallenzungen« und »Straußenhirn« beschriftet waren. Über dem Kaminsims befand sich ein Fries, das ein Stieropfer darstellte. In einer Nische hielten römische Götterstatuen die steinernen Hände beruhigend in die Höhe.

»Venus, die Göttin der Liebe«, erklärte Gilles, als er bemerkte, dass eine der Statuen Penelopes Interesse weckte. »Und dort zur Rechten Merkur; der Gott, der Ihnen hilft, im Leben voranzukommen und erfolgreiche Geschäfte abzuschließen. Machen Sie es sich bequem, ich bin sofort zurück.«

Der Tee hatte genau richtig gezogen und war überraschend gut. Gilles nahm seinen mit Zitrone und hatte für sie Milch bereitstehen.

»Das ist der beste Tee, den ich außerhalb meines eigenen Hauses getrunken habe, seitdem ich hergezogen bin«, sagte Penelope. »Er ist wunderbar.«

»Es freut mich, das zu hören.«

Sie unterhielten sich über dieses und jenes. Darüber, wie lange er diese Galerie bereits führte (zweiundzwanzig Jahre), die letzte Renovierung (im Laufe derer Scarpio meisterhafte Schreinerarbeiten abgeliefert hatte, die seine künstlerischen Fähigkeiten bei Weitem übertrafen) und über die Unterschiede in der Kundschaft zwischen der Riviera und der im Landesinneren gelegenen Provence. Nach Nizza kamen die interessierten internationalen Reichen, die Topqualität erwarteten. Händler wie Kunden trieb dabei die Hoffnung, einen noch unbekannten neuen Cézanne oder Matisse zu entdecken. Wenigstens aber versuchten die Galeristen, für Künstlerinnen und Künstler aus der zweiten Reihe eine Nachfrage zu schaffen, damit aus ihnen einmal große Namen wurden.

»In diesem Raum hier mache ich die besten Geschäfte«, erzählte Gilles. »Meistens geht es um Werke, die gar nicht erst auf den Wänden der Galerie zu sehen waren. Auf einer bestimmten Ebene funktioniert der Markt eher unter der Hand.«

»Faszinierend.«

»Es ist vor allem eine Frage der Sicherheit. Für beide Seiten. Wir sprechen hier von extrem wertvoller Kunst.«

Penelope schaute sich in dem gemütlich-eleganten Raum um. Er sah keineswegs aus wie eine Festung.

»Ich lebe hier in den oberen Stockwerken. Ich brauche zwanzig Minuten, bis ich abends alle Alarme aktiviert habe«, sagte Gilles, als habe er ihre Gedanken gelesen.

»Dann haben Sie auch verstärkte Türen.«

»Mehr als genug. Ich habe sogar kürzlich einen neuen Tresorraum einbauen lassen.«

»Aber das ist ein Luxusproblem«, sagte Penelope. »Denn das heißt ja nur, dass Sie sehr erfolgreich sind.«

Gilles nickte. Sein einnehmendes Lächeln brachte seine Augen zum Funkeln. *Er ist ganz leidenschaftlich bei der Sache,* dachte sie. So was fand sie immer attraktiv.

»Kommen Sie!« Er sprang auf. »Ich möchte Ihnen etwas zeigen.«

Penelope folgte ihm über den Treppenabsatz in ein kleines Hinterzimmer, dessen Fensterläden fest geschlossen waren. Als er einen Schalter betätigte, gingen lediglich einzelne Lichter über den Gemälden an der Wand an. Heilige, Engel und die Jungfrau Maria mit Kind, alle mit glänzenden goldenen Heiligenscheinen, blickten sie von allen Seiten des Raumes an. Die Atmosphäre war düster und sakral wie in einer alten Kirche.

»Das ist ja wunderschön!«, rief Penelope.

Nachdem sich ihre Augen an die Dunkelheit gewöhnt hatten, entdeckte sie, dass weitere Ikonen auf dem Boden gegen die Wand gestapelt standen. »Das sind ja Dutzende!«

»Diese müssen noch repariert oder restauriert werden. Die Arbeit sollte nur von Experten durchgeführt werden, wenn die Ikonen angemessene Preise erzielen sollen. Ich bin Spezialist für antike russische Ikonen, was nicht ganz zufällig damit zusammenhängt, dass es eine Vielzahl sehr reicher Russen gibt, die hier viel Zeit verbringen – und dabei noch mehr Geld hinterlassen.«

»Sehr klug. Woher bekommen Sie die Ikonen?«

»Gewöhnlich aus alten Scheunen außerhalb von Moskau«, lachte Gilles. »Sie wären überrascht, was die alten Bauern während der Sowjetzeit alles versteckt haben. Ich habe dort Kontakte und reise mindestens dreimal jährlich dorthin, um über echte antike Stücke zu verhandeln. Die restauriere ich dann. Ursprünglich war es ein Hobby, das sich jedoch als immer lukrativer erwies.«

»Wenn Sie sagen, Sie restaurieren sie, meinen Sie damit, dass Sie professionelle Restauratoren beschäftigen?«

»Erst nicht. Ich bin eigentlich selbst ausgebildeter Künstler, habe es aber nie geschafft, davon zu leben. Ich gebe diese Arbeiten inzwischen in Auftrag und habe sie doch immer sehr gern auch selbst gemacht. Wenn sich die Gelegenheit ergibt, restauriere ich auch heute noch.«

»Ist es sehr schwierig, Kunst aus Russland herauszubekommen?«, fragte Penelope.

»Manchmal schon. Aber es gibt Wege.«

Penelope ahnte, dass wahrscheinlich noch etwas mehr dahintersteckte.

»Ich würde vorschlagen, dass Sie jetzt zu Ihrem Hotel fahren und einchecken. Wollen wir um sieben Uhr auf der Terrasse einen Aperitif trinken?«

Penelope nahm die schmale gepflasterte Straße zurück zum Parkplatz am Kai. Die Sonne neigte sich den Hügeln zu, und es war etwas kälter geworden. Sie folgte den Schildern nach Monaco und zur Grand Corniche mitten in die Hügel hinein. Die Straße wand sich hinauf zu einem Fleckchen namens Èze. Zu ihrer Rechten schimmerte das dunkelblaue Mittelmeer.

22

Èze thronte gefährlich auf einem Felsvorsprung über Cap Ferrat und war das perfekte Beispiel für ein befestigtes Dorf des Mittelalters. Die Steinhäuser hingen gewagt auf steilen Klippen über einem hunderte Meter tiefen Abgrund.

Als sie noch verheiratet gewesen war, hatte Penelope das Dorf einige Male besucht und wusste daher, was sie zu tun hatte. Sie parkte am Fuß des Hügels gegenüber dem Parfumgeschäft *Fragonard*, trat dann an einen uniformierten Portier heran, grüßte und drückte ihm die Autoschlüssel in die Hand. Das Gepäck ließ sie im Wagen und ging zu Fuß die Kopfsteinpflasterstraße hinauf zum Gipfel. Der Weg zum Hotel glich einer langen und gewundenen Treppe.

Das Château Eza war eher eine Ansammlung restaurierter Steinhäuser als ein einzelnes Gebäude. Penelope checkte ein und wurde über eine Außentreppe hinaufgeführt.

»Sie haben Glück, Madame«, sagte ein gut aussehender, junger Mann in Schwarz. »Es ist Nebensaison, daher haben wir Ihnen ein Upgrade gegeben und Sie in die Suite eingebucht.«

Er öffnete die Tür und präsentierte einen Marmorboden und ein wahrhaft riesiges Bett, in das sich die gekrönten Häupter Europas gerne zur Ruhe begeben würden. In einer Nische befand sich eine frei stehende Badewanne. Eine zweite im Badezimmer wies ein Bedienfeld für Whirlpool-Funktionen auf, das der Mission Control der NASA würdig gewesen wäre. Das alles war rundum jeden einzelnen Penny wert, den sie zu verschwenden gedachte.

Ein separater Duschraum bot eine Aussicht auf die Meeresküste bis nach Nizza. Gerade verschwand die Sonne hinter den Hügeln, und unten am Cap Ferrat gingen die Lichter an. Auf dem Meer leuchteten Kreuzfahrtschiffe auf, die gemächlich auf ihr nächstes Ziel zusteuerten. Sie sahen aus wie Hochhäuser, die auf der Seite lagen. Weiter entfernt auf offener See zeigten kleine Lichtpunkte die Position von Yachten oder von Fischerbooten an, die zum Nachtfang hinausfuhren. Es war ganz genauso zauberhaft, wie sie es in Erinnerung behalten hatte.

Seit Penelope nach Frankreich gezogen war, hatte sie sich sehr darum bemüht, immer nach vorne zu schauen, nie zurück. Aber hier war es schwer, nicht an die Vergangenheit zu denken.

Sie war noch in den Zwanzigern gewesen, als sie einen zweiwöchigen Urlaub gemacht hatten. Die Kinder waren bei seinen Eltern geblieben. David hatte gerade seinen ersten Firmenwagen bekommen, ein Golf Cabrio. Mit der quadratischen Karosserie und dem Faltdach sah er aus wie ein überdimensionaler silberner Kinderwagen. Damit waren sie in den Süden nach Frankreich gefahren, Dach offen, Kassettenrekorder (war das wirklich so lange her?) mit den Hymnen der Achtziger auf volle Lautstärke. Sie bekamen schrecklichen Sonnenbrand und sahen aus wie zwei Hummer, aber das machte nichts. Sie wählten die besten Hotels, die in gehobenen Reiseführern empfohlen wurden, aßen *Haute Cuisine* und schliefen in samtweichen Betten; von den Campingurlauben ihrer Jugend war das meilenweit entfernt. Ihr Ziel war das Château Eza: Mit zwei Tagen in atemberaubend teurem Luxus wollten sie Davids Bonus feiern. Sie erinnerte sich noch gut daran, wie sie den Portier, der sie begrüßte, erst davon überzeugen mussten, dass sie wirklich Gäste waren, so überhitzt, genervt und zerzaust waren sie angekommen. Wie sie dann auf den Balkon gingen, um zu Abend zu essen und angesichts des Panoramas sprachlos waren. Ihr Tisch stand direkt an einem Steilhang hinab zum Meer. Dann das luxuriöse Zimmer, das weichste aller Kissen, die traute Zweisamkeit, der unbeschwerte Schlaf.

Wie viel sich doch seitdem verändert hat, dachte sie, aber die glückliche Erinnerung brachte sie zum Lächeln. Seit der Scheidung verstanden sie sich insgesamt ganz gut, auf jeden Fall besser als in den letzten Jahren ihres Zusammenlebens. David war vor ungefähr einem Jahr mit einer jüngeren Frau aus der Stadt zusammengezogen, und genau wie Penelope erwartet hatte, war der Reiz des Neuen schnell verflogen. Er hatte sich bei ihr ausgeheult, als die beiden sich wieder trennten.

Sie war Single geblieben, und in Wahrheit genoss sie das Alleinsein sehr. Allerdings hatte das Leben in der Provence völlig neue Perspektiven ins Spiel gebracht.

Um sieben Uhr ging sie in ihrem Lieblingskleid aus brombeerfarbener Seide die Steinstufen hinab zum Hotel. Mit den hohen Absätzen war das gar kein so ungefährlicher Abstieg. Einmal musste sie sogar nach dem Geländer greifen, wobei sie inständig hoffte, dass niemand sah, wie sie schwankte, und daraus falsche Schlüsse zog.

Auf der Terrasse standen keine Tische mehr, aber sie trotzte der Kälte, um noch einmal die großartige Aussicht auf die Côte d'Azur zu genießen, vom hübschen Beaulieu-sur-Mer zu den Ausläufern des Esterel-Gebirges in der nebligen Ferne. Sie konnte sich nur schwer aus ihrer Versunkenheit reißen, aber schließlich betrat sie die Bar.

Gilles erwartete sie bereits.

»Guten Abend, Penny, Sie sehen umwerfend aus. Cocktails? Oder Champagner?«

»Das eine wie das andere wäre wundervoll.«

Er bestellte eine Flasche Cristal.

»Haben Sie etwas zu feiern?«

»Heute Abend, Penny, werde ich das beste Essen, den besten Champagner und die anregendsten Unterhaltungen mit einer wundervollen Frau erleben. Wer würde das nicht feiern?«

Penelope lächelte breit. Sie würde sich ebenfalls amüsieren.

»Ich mache keine halben Sachen.«

Penelope war sicher, dass sie sich gut verstehen würden. Wobei ihre eigenen Hintergedanken und seine unbestreitbare Attraktivität es zu einer verstörenden Erfahrung machen könnten.

Das Essen war so gut wie erwartet. Sie saßen an einem großen Fenster und konnten auf das schwarze Mittelmeer hinabblicken, dessen Küste nur anhand der Lichter zu erahnen war. Penelope genoss jeden einzelnen vorzüglichen Bissen der Jakobsmuscheln und der Seebrasse, während Gilles ihr von seiner Kindheit im nicht weit entfernten Menton erzählte.

Bei einem Glas überragenden Meursaults berichtete Penelope Gilles davon, dass sie zur Musik zurückgefunden hatte, und von den bizarren Umständen ihrer ersten Monate in der Provence.

»Du bist eine wirklich tapfere Frau, Penny. Und dieses Verbrechen aufzuklären ... Du hast einen scharfen Verstand!«

Er übertreibt es etwas, dachte Penelope, *aber was macht das schon?* Wein und Essen wirkten ihre Magie. Es wurde Zeit, ein wenig voranzukommen.

»Und es scheint, dass ich dazu verdammt bin, das Ganze

noch einmal zu wiederholen. Leider hatte ich neulich Besuch von Georges Reyssens. Er hat mir Fragen zu Fenella Doncasters Assistentin Anya gestellt – kennst du sie?«

»Ja, ich kenne sie.«

»Reyssens wollte wissen, ob sie auch für Nina Chiroubles arbeitet.«

»Was hast du gesagt?«

»Dass ich keine Ahnung habe.«

Gilles runzelte die Stirn. »Es gibt keinen Grund, warum sie Nina nicht kennen sollte.«

»Ich bin sicher, dass sie sich kannten. Wusstest du, dass Don und Nina seit Kurzem verheiratet waren?«

»Ich … nein, das wusste ich nicht. Ich bin davon ausgegangen, dass sie sich nach einem Streit aus dem Weg gegangen sind.«

»Ich glaube, sie wollten es geheim halten.«

»Armer Don. Von Fenella zu Nina.«

»Sieht ganz so aus, als mochte er temperamentvolle Frauen«, meinte Penelope. »Das ist auch gut so.« Das sagte sie im Namen ihrer Geschlechtsgenossinnen.

»Wann hat diese Hochzeit stattgefunden?«

»Vor ein paar Monaten, glaube ich.«

Gilles zögerte. Er schaute aus dem großen Fenster hinaus auf die Yachten, die in der Ferne auf dem Meer dümpelten. »Ich kannte Don ziemlich gut. Mir war aufgefallen, dass es ihm im Laufe des Sommers gesundheitlich immer schlechter ging. Er hatte dieses rot angelaufene Gesicht und merkwürdig langsame Reaktionen. Er war unsicher auf den Beinen, und da waren diese Wutausbrüche, die ich von ihm gar nicht kannte. Über Brustschmerzen und Kurzatmigkeit klagte er auch. Mir war die Verzweiflung, mit der er versuchte, sein Leben mit dem üblichen Elan zu meistern, durchaus bewusst.

Und jetzt erzählst du mir, dass er seit genau derselben Zeit mit Nina verheiratet war?«

Penelope dachte an ihre eigene Begegnung mit Don in der Galerie, an die befremdliche Art, mit der er sich zu sehr um sie bemüht hatte. »Das ist alles nicht ganz logisch«, erklärte sie ruhig. »Die Polizei hat sie freigelassen, weil sie nichts gegen sie in der Hand hatte. Und warum sollte sie Don umbringen?«

»Nina braucht ständig Geld. Und jetzt ist sie die Nutznießerin.«

»Vorausgesetzt, diese Ehe am Strand von Phuket ist legal. Denk nur mal an die Heirat von Mick Jagger und Jerry Hall auf Bali.«

»Bitte?« Gilles fehlte eindeutig ihre bedauerliche Neigung, sich den Klatschspalten der *Daily Mail* hinzugeben.

»Es galt nicht. Jerry hat kein Geld bekommen, als sie wieder geschieden wurden – oder besser gesagt, sich getrennt haben.«

Gilles wirkte bedrückt.

»Du mochtest Don wirklich sehr.«

»Das stimmt, ich mochte ihn. Vergiss mal die schrecklichen Bilder, er war ein guter Kamerad. Je mehr Zeit man mit ihm verbrachte, desto sympathischer wurde er.«

»Das hat mir schon einmal jemand gesagt.«

Schweigen.

»Immerhin erholt Scarpio sich«, meinte Penelope. Das hatte Clémence ihr kurz vor ihrem Aufbruch in St Merlot berichtet. »Es scheint eine Reaktion auf das Insektizid zu sein, das er ohne Atemschutzmaske überall auf die Balken in seiner Mühle verteilt hat.«

»Ja, er hat uns alle ganz schön erschreckt. Aber er wurde bereits aus dem Krankenhaus entlassen. Er soll für mich noch einige Renovierungsarbeiten in Avignon erledigen. Ich werde ihm einen Vorschuss auszahlen.«

»Das ist sehr nett von dir. Aber dadurch wird seine Mühle nicht schneller fertig, oder?«

Gilles schüttelte den Kopf. »Aber es erscheint mir richtig, und so kann er etwas Geld verdienen. Er ist als Künstler ziemlich eingefahren, und ich fürchte, die Kunstwelt ist mit dem Schwarzmarkt im Moment abgesättigt.« Er schob sein Weinglas über den Tisch. »Du hast also sonst nichts über Dons Tod herausgefunden?«

»Nicht wirklich, nein.« Sie zögerte. »Es ist nicht dasselbe wie beim letzten Mal, als ich persönlich involviert war und sich alles vor meiner Haustür abspielte. Ich konnte gar nicht vermeiden, in die Ermittlungen verwickelt zu werden. Aber das …«

Sie schwiegen, während köstliche Zitronenmousse und eine Parfait-Komposition mit weißen Schokoladensplittern serviert wurden. Penelope stellte fest, dass sie in dieser traumhaften Umgebung bei Kerzenschein am Tisch mit einem gut aussehenden Mann gar nicht über mörderische Angelegenheiten sprechen wollte. Was vor allem daran lag, dass sie sich nicht sicher war, ob das, was sie herausgefunden hatte, irgendwo hinführte.

Beim Kaffee fragte sie Gilles nach seinem Werdegang, und er erzählte von einer Erkenntnis im Alter von zwanzig Jahren, die sein Leben veränderte. Er hatte herausgefunden, dass man Kunst genauso ernsthaft wie Geschichte oder Mathematik studieren konnte, und hatte dann den Studiengang für bildende Kunst in Paris besucht und anschließend einen Master in Aix-en-Provence gemacht. Penelope hielt mit ihrer Liebe zur Musik dagegen und all den Jahren, die sie als Jugendliche gespielt hatte. Sie hatten wirklich einige Gemeinsamkeiten.

Penelope hatte sich unbewusst nach vorne gelehnt, als sie über den Moment sprach, in dem sie nach vielen Jahren zum ersten Mal wieder den Bogen über die Saiten ihres Cellos strich. Ihre Knie streiften sich kurz, und sie stellte fest, dass es ihr gefiel. *Vielleicht,* dachte sie, *vielleicht.*

Aber jetzt noch nicht.

Das Gespräch kam zu einem ganz natürlichen Ende.

»Gilles, es war ein wunderschöner Abend. Ich danke dir vielmals.«

»Penny, das Vergnügen ist ganz auf meiner Seite. Du bist die perfekte Begleiterin …«

Sie erhoben sich, und sie küsste seine Wange.

Gilles lächelte. »Ah, die Engländer! Immer so zurückhaltend. Eines Tages, Penny, wirst du merken, dass die französische Art viel mehr Spaß macht.« Er blickte ihr auf eine Art in die Augen, bei der sie dahinschmolz. Für eine Sekunde glaubte sie, er würde sie auf die Lippen küssen, aber nach einer angenehm verheißungsvollen Pause drückte er liebevoll ihre Schultern und trat zurück. »Ich hoffe, dass wir das im Luberon wiederholen können.«

»Das wäre schön.«

»Dann machen wir das.«

Am nächsten Morgen gönnte sich Penelope den Luxus, lange auszuschlafen und anschließend im Bett zu frühstücken.

Mit einem Kissenstapel im Rücken blickte sie auf den blauen Himmel und das dunklere blaue Meer darunter. So musste das Leben sein.

Sie verbrachte einen faulen Tag, an dem sie in Nizza nach Kleidung schaute, dabei die Straße, in der sich Gilles' Galerie befand, aber sorgfältig mied – es wäre nicht gut, allzu forsch zu erscheinen. Es war unmöglich, die Promenade des Anglais an der Küste entlangzuschlendern und nicht an diesen Abend mit ihm zu denken. Konnte mehr daraus werden als zwei neue Freunde, die gemeinsam zu Abend aßen?

Glaubte sie überhaupt noch an die Liebe – dieses romantische Gefühl? War sie jetzt nicht alt und weise genug, um das alles als einen Hormonrausch abzutun? *Nein,* sagte sie sich fest, ich *muss daran glauben, dass es möglich ist.* Alles andere kam gar nicht infrage.

Sie ließ das Mittagessen aus und ging stattdessen auf eine Tasse Tee und eine köstliche *pâtisserie* ins Hotel Negresco. Es war himmlisch, dass sie es niemandem außer sich selbst recht machen musste. Auch, dass sie nicht an Mord denken musste.

Zurück im Château Eza meisterte sie die Anweisungen und schaffte es, den Whirlpool zum Sprudeln zu bringen. Sie wollte gerade einsteigen, als das blubbernde Wasser sie auf eine Idee brachte. Sie ging zur Minibar hinüber, holte einen Piccolo Champagner heraus und ließ den Korken knallen.

Sie prostete der glücklichen Frau im Spiegel zu.

Für die Rückfahrt am nächsten Tag nahm Penelope die Autobahn. Es war die schnellere und weniger ansprechende Route, auf der sie die tentakelartig verworrenen Umfahrungen bei Aix-en-Provence überwinden musste. Aber die Aussicht auf den Mont Sainte-Victoire war es wert.

Zurück im Le Chant d'Eau stieß sie einen langen Erleichterungsseufzer aus. Keine Besucher in Sicht.

Im Gegensatz zur blendend hellen Küste zeigte sich die Landschaft hier wie mit einer Palette aus grau-nebeligen Blau- und Goldbrauntönen gemalt. An den Bäumen wirkten die Blätter wie abgenutztes Leder in verschiedenen Abstufungen, und der Boden fügte milchiges Schwarz und Kastanienbraun hinzu. Die Dächer glänzten im Licht der tief stehenden

Sonne silbern, was entweder dem Tau oder dem geschmolzenen Nachtfrost geschuldet war.

Die Stille war allumfassend. Noch nie hatte Penelope so eine tiefe, volle Ruhe erlebt; das gesamte Land schien sich nach innen zu wenden und sich auf den Winter vorzubereiten. Der Sommerduft von Thymian, Rosmarin und Lavendel wurde vom Geruch nach Erde und feuchtem Stein abgelöst. Als sie zufällig vor die Haustür trat, stand ein Hirsch auf dem Weg. Sie rührte sich nicht und wagte kaum, zu atmen, während sie ihn beobachtete.

Im Haus hatten die Enkelkinder in den überraschendsten Winkeln ihre Zerstörungspuren hinterlassen, aber es blieb herrlich ruhig, während sie sich in die Küche setzte und dem hypnotischen Prasseln des Feuers im Holzofen folgte.

Als nächstes Ereignis stand das Konzert in Roussillon bevor. Die Proben fanden im Laufe der kommenden Woche in Viens statt, die letzte würden sie im Konzertsaal am Tag der Veranstaltung absolvieren. Sie freute sich schon darauf, wobei sie durchaus etwas nervös war, nach all den Jahren vor Publikum spielen zu müssen. Sie kannte das geplante Stück von Robert Schumann; es war nicht allzu schwierig, aber es brauchte Gefühl und Tiefe, um es angemessen vorzutragen. Sie verehrte Schumann und wollte sowohl für sich selbst als auch für ihn eine würdige Vorstellung abliefern.

All ihre Freunde hatten zugesagt, zu kommen. Sie wollte sie unbedingt beeindrucken, vor allem Laurent und Clémence. Um offen und ehrlich zu sein, ganz besonders Laurent. Vielleicht sollte sie Gilles noch einladen?

Sie übte den gesamten Nachmittag und Abend, völlig selbstvergessen und ohne zu bemerken, wie die Zeit verstrich, so lange bis die Noten wie frisch komponiert in der Luft schwebten.

23

Der Tag des Konzerts kam viel zu schnell.

Seit ihrer Rückkehr aus Nizza hatte Penelope nicht viel anderes getan, als zu üben und zu den Konzertproben zu fahren. Sie hatte sogar eine Sechs-Tage-Blitzdiät durchgehalten, wobei es geholfen hatte, dass sie außer Monsieur Charpet niemanden zu sehen bekam. Clémence hatte zwischendurch angerufen; es gab keinerlei Neuigkeiten. Doch Nicolas und Claudine hatten ihr das Gästezimmer in ihrem Haus in der Nähe des Museums angeboten, um sich vor dem Konzert auszuruhen und umzuziehen, statt nach St Merlot hin- und herzufahren. Penelope hatte das dankbar angenommen.

Sie brauchte den ganzen Morgen, um ein passendes schwarzes Kleid aus ihrer Sammlung auszuwählen. Reihenweise landeten Kleider, Strumpfhosen und weitere Kleidungsstücke auf dem Bett, nachdem sie sie mit wachsender Verzweiflung anprobiert und dann für nicht gut genug befunden hatte. *Was ist so schwer daran, etwas Schwarzes auszuwählen?*, fragte sie sich, wütend über sich selbst. Nach einigen Stunden war der Kleiderschrank geleert, und das Bett glich einem Scheiterhaufen, kurz bevor er entzündet werden würde.

Am Ende wählte sie das schwarze Kleid, das sie in Nizza gekauft hatte, während sie an Gilles dachte. Er hatte leider mit Bedauern absagen müssen und würde bei ihrem ersten Auftritt nicht dabei sein. Der Stoff lag eng genug an, um ihre Kurven zu betonen, und war gleichzeitig nicht zu eng, sodass sie noch gut darin spielen konnte. Cellistinnen mussten immer einen Kompromiss zwischen Eleganz und Praktikabilität finden.

Mit einigen Schmetterlingen im Bauch und dem Cello im Kofferraum machte sich sie am frühen Nachmittag auf. Die Generalprobe im Bürgersaal verlief gut, und Penelope war um einiges entspannter, als sie vor dem Haus gegenüber des Ocker-Museums anhielt.

Claudine öffnete ihr die Tür. »*Bonjour*, Penny.«

Ihre Begrüßung fiel ziemlich schroff aus, und sie hatte Flecken im Gesicht.

»Geht es Ihnen gut?«, fragte Penelope.

Claudine versteifte sich. »Ja, selbstverständlich. Kaffee? Etwas Stärkeres?«

»Ich bleibe bei Kaffee, vielen Dank.«

Sie gingen in eine großzügige Küche mit glänzend roten Schränken und einem prächtigen amerikanischen Kühlschrank. Penelope konnte sich kaum vorstellen, dass die selbstdisziplinierten Versannes ihn jemals füllen würden.

»War die Polizei noch einmal bei Ihnen?«

»Ja, tatsächlich. Warum fragen Sie?«

»Weil ich letzte Woche ebenfalls Besuch von diesem widerlichen Reyssens hatte, und das war ganz und gar nicht angenehm.«

»Es tut mir leid, das zu hören«, sagte Claudine.

Penelope wartete, aber Claudine fragte nicht, was Reyssens gewollt hatte. Sie war offensichtlich besorgt.

Penelope entschied sich, sie nicht zu einer Erklärung zu drängen und plapperte stattdessen fröhlich weiter. »Ich war in Gilles' Galerie in Nizza. Mehrere von Nicolas' Bildern sah ich als *verkauft* markiert.«

»Das ist gut.«

»*Sehr* gut, würde ich sagen.«

Abermals zeigte Claudine keinerlei Interesse daran, was Penelope in Nizza gemacht hatte. Sie reichte ihr eine kleine Tasse schwarzen Kaffee aus einer Espressomaschine.

»Danke. Ich fand die Bilder dort sogar noch besser als die, die ich in Avignon gesehen habe.«

»Er arbeitet viel.«

»Ist er gerade in seinem Atelier?«

»Davon gehe ich aus. Er hat mir versprochen, dass er rechtzeitig wieder zurück ist, um sich für das Konzert umzuziehen.« Claudine riss sich sichtlich zusammen. »Kommen Sie, ich zeige Ihnen das Gästezimmer. Sie können sich etwas ausruhen, bevor Sie sich bereit machen müssen.«

Es war ein geräumiges Gästezimmer mit eigenem Bad. Penelope legte sich aufs Bett, schloss für eine Weile die Augen und nahm dann eine erfrischende Dusche. Sie war gerade dabei, ihr schwarzes Kleid anzuziehen, als sie hörte, wie Nicolas nach Hause kam. Stimmen wurden laut, waren undeutlich, es klang jedoch nach einem handfesten Streit. Er brüllte herum, Claudine schrie zurück. Das ging ungefähr zehn Minuten lang so, bis eine Tür zugeknallt wurde.

Penelope setzte sich vor den Schminkspiegel und trug sorgfältig ihr Make-up auf, wobei sie sich ganz diplomatisch viel Zeit ließ. Vielleicht war das eine dieser Streitereien ums Geld. Sie wartete eine gute halbe Stunde, bis sie hinunterging.

»Oh Penny, Sie sehen wunderbar aus«, gurrte Claudine. »Das Kleid steht Ihnen ausgezeichnet.«

»Vielen Dank – auch dafür, dass ich mich hier umziehen durfte. Ich weiß das wirklich zu schätzen. Ich denke, ich sollte mich jetzt in den Saal begeben – dann sehe ich Sie und Nicolas dort?«

Claudines Miene verschloss sich. »Es tut mir so leid, Penny. Ich bin nicht sicher, ob er es schaffen wird.«

»Oh?« Penelope formulierte es bewusst vage.

»Er wird versuchen, nach der Pause dazuzustoßen«, versicherte Claudine.

Es folgte keine weitere Erklärung.

Penelope fuhr den kurzen Weg mit dem Auto und parkte auf dem Dorfplatz. In der Zwischenzeit war es dunkel geworden, und der Schein der alten Lampen drang nur spärlich durch den leichten Nebel. Sie war froh, dass sie das Cello schon auf der Bühne gelassen hatte und es jetzt nicht durch die Straßen schleppen musste.

Im Inneren des Saales war es dagegen angenehm. Zwei ältere Damen saßen an einem Tisch und sortierten Wechselgeld zu kleinen Haufen. Eine andere legte Programme auf die Holzstühle. Nach und nach trafen die Musikerinnen ein.

Monique winkte ihr zu. Ihr kurzes braunes Haar glänzte im schwachen Licht, und ihre Augen funkelten. »Bist du bereit, Penny? Das wird ein guter Auftritt, ich habe es im Gefühl.«

»Ich hoffe es!«

Sie war gerade dabei, ihren Notenständer aufzustellen, als sie ein vertrautes Klackern auf dem Steinboden hörte. Elegant wie immer und auf unmöglich hohen Absätzen kam Clémence heran.

»*Bonsoir*, Penny. Bereit für dein Entrée in die Musikwelt des Luberon?«

Penelope räusperte sich und nickte. »Ich bin etwas nervös, aber ich freue mich.«

»Du wirst großartig spielen.«

»Danke, das hoffe ich. Wirklich.«

Clémence lächelte. »Und … mit Gilles lief es gut?«

»Es war sehr schön in Nizza.«

»Und …?«

Penelope setzte gerade an, mehr zu erzählen, da entdeckte sie, dass Laurent in Clémences Rücken auf sie zusteuerte. Er sah in seinem blauen Anzug und einem kragenlosen weißen Hemd unverschämt gut aus. Kurz gaben ihre Knie nach.

»Viel Glück, Penny. Ich freue mich schon sehr. Ich hörte, dass du sehr gefühlvoll bist.«

Penelope spürte, wie ihr die Hitze in die Wangen stieg. Sie entschied sich für einen schnellen Rückzug. »Ich muss los, Last-Minute-Checks. Das Einstimmen … ihr wisst schon. Bis dann!« Sie wandte sich geschmeidig ab und eilte hinter ihren Notenständer in Sicherheit, um sich wieder zu sammeln. Gerade ihn wollte sie beeindrucken, und schon wurde sie umso nervöser.

Allmählich füllten sich die Reihen. Erfreut erblickte sie Monsieur Charpet mit seiner Schwester Valentine, Pierre Louchard und Mariette, die pflichtbewusst aus St Merlot gekommen waren, außerdem den Bäcker und seine Frau sowie einige Spieler der *Pétanque*-Mannschaft. Ein plötzlicher Anfall von Rührung drohte sie zu überwältigen.

Claudine traf allein ein, setzte sich ganz nach hinten und hielt einen Platz neben sich frei. Was war nur mit Nicolas los? Vielleicht würde sie später von Clémence etwas erfahren, aber erst einmal musste sie diese Gedanken aus dem Kopf bekommen. Sie stimmte sich mit den übrigen Musikerinnen ein, und gemeinsam erwarteten sie den Dirigenten.

Unter leisem Applaus bestieg Sylvain sein Pult. Er trug einen Smoking, der einige Nummern zu groß für ihn war, ihm aber die Möglichkeit gab, seinen Taktstock mit dramatischen Gesten zu bewegen. Er schlug ihn mehrmals gegen sein Pult, und das Publikum wurde still. Penelope war bereit, sich in diesen diffusen Zustand von Konzentration und Gedankenfreiheit zu stürzen, den ein gutes Spiel erforderte.

Das erste Stück war ein Kammerstück von Mozart, das sie ziemlich gut kannte. Sie liebte und hasste Mozart gleichermaßen; die wundervolle Musik hatte das Potenzial für eine Katastrophe, denn jeder kleinste Fehler in dieser Art von Stücken war sofort hörbar. Aber alles ging gut, und sie blickte in anerkennend lächelnde Gesichter.

Am Ende empfingen sie enthusiastischer Applaus und vor allem lautes Klatschen der *Pétanque*-Spieler aus St Merlot, die sich, ihren roten Gesichtern nach zu urteilen, in der örtlichen Bar schon mal auf den kulturellen Höhepunkt vorbereitet hatten.

In der Pause schlüpfte Penelope aus einer Seitentür auf die Straße. Inzwischen war eine schöne, klare, kalte Nacht unter Sternen am schwarzen Himmel angebrochen. Goldenes Licht strömte aus dem Saal, und sie konnte die dumpfen Geräusche des Publikums hören, das sich auf dem Weg zu einem Glas Wein an der provisorischen Bar unterhielt. Sie atmete tief durch, rollte mit den Schultern und betete, dass das nächste Stück ebenso gut gelang.

Nachdem sie die Stille kurz genossen hatte, ging sie wieder hinein und machte sich verstohlen auf den Weg zu ihren Freunden. Monsieur Charpet eilte heran und schmatzte drei Küsse auf ihre Wangen.

»Madame.« Seine Stimme zitterte voller unterdrückter Emotionen. »Madame, Sie spielen Mozart ganz herausragend. Das ist eines meiner Lieblingsstücke, aber heute Abend hatte ich das Gefühl, dass ich es zum ersten Mal höre.«

Penelope staunte einmal mehr über den verborgenen Charakter dieses Mannes. Während die anderen herankamen, um sie zu beglückwünschen, fand sie sich unvermittelt Laurent gegenüber und schaute in seine verstörend blauen Augen. In ihnen lag ein seltsamer, beinahe wehmütiger Ausdruck.

»Penny, meine Liebe. Du bist immer wieder eine Überraschung. Was kommt als Nächstes? Du hast mich verzaubert.«

Sie bemühte sich nach Kräften, sich nicht anmerken zu lassen, wie sehr sie das freute. »Danke dir. Ich hoffe, dass die zweite Hälfte auch so gut läuft, dann spiele ich mein Solo.«

Seit Penelope zum ersten Mal eine Aufnahme von Schumanns Cellokonzert, gespielt von Jacqueline du Pré, gehört hatte, war sie fest entschlossen gewesen, es zu meistern. Sie fand, es war eines dieser Werke, das die Seele eines Instruments offenbarte. Die gefühlvollen und schwärmerischen Höhen, zu denen die Musik sich aufschwang, hatten sie jedes Mal zutiefst berührt, und obwohl sie es schon bei vielen Auftritten gespielt hatte, hatte sie das Publikum noch nie so sehr beeindrucken wollen wie heute Abend.

»Ich bin sicher, dass du großartig sein wirst.« Mit diesen Worten verschwand Laurent in der Menge und wurde sofort von Leuten umringt, die mit ihm sprechen wollten. Ihr blieb immer noch der Atem weg, und sie fragte sich, wann das versprochene *dîner à deux* jemals stattfinden würde. Oder ob überhaupt.

Viel zu schnell begaben sich alle wieder auf ihre Plätze. Eine Stille wie in einer Kirche trat ein. Die ersten sanften Akkorde schwebten zur Decke, und Penelope griff nach ihrem Bogen. Ihr Instrument begann die klagende Melodie. Sie spürte diese seltsame Losgelöstheit, die sich beim Musizieren einstellte; zugleich erfüllte sie die Musik, rauschte über sie hinweg, und ihre Finger verwandelten ganz von selbst die schwarzen Noten auf ihrem Blatt in hinreißenden Klang.

Sie ging so in ihrem Spiel auf, dass sie kaum bemerkte, wie

die Zeit verging. Die Musik steigerte sich zu ihrem Höhepunkt und dann der Auflösung. Penelope war so von Freude und Erleichterung erfüllt, dass sie erst gar nicht bemerkte, was für ein Lärm unter den Zuschauern ausbrach. Erst als sie wieder zu sich kam, sah sie, dass das gesamte Publikum stand. Überwältigt erhob auch sie sich und vollführte eine Verbeugung. Sylvain sprang von seinem Pult und umarmte sie herzlich. Sie erwiderte die Umarmung und verbeugte sich. Er löste sich von ihr und präsentierte sie erneut dem jubelnden Publikum.

Schließlich ließ der Applaus nach.

»Madame Keet«, stellte Sylvain fest. »Ich glaube, wir haben heute Abend etwas ganz Besonderes erlebt. Ich gratuliere Ihnen von Herzen und hoffe inständig, dass Sie weiter mit uns spielen werden.«

Es fühlte sich an, als wäre ein Bedürfnis in ihrem Leben, das sie so lange unterdrückt hatte, wie ein Puzzleteil endlich an den richtigen Platz gefallen.

»Ich kann Ihnen gar nicht beschreiben, wie gut mir das gefallen hat.« Penelope konnte nicht aufhören zu lächeln. »Ich fühle mich geehrt, mit Ihnen spielen zu dürfen, und es wäre mir eine Freude.«

Er gab ihr einen theatralischen Handkuss und überließ sie den vielen Leuten, die alle darauf warteten, sie beglückwünschen zu dürfen. Clémence war die Erste.

»Penny, das war hinreißend. Ich wusste, dass du gut bist, aber das, das war … unglaublich. Herzlichen Glückwunsch!«

»Danke, Clémence, das weiß ich wirklich zu schätzen. Vor allem auch, weil du mich der Gruppe vorgestellt hast. Ich hoffe, Laurent hat es auch gefallen.«

»Oh, das tut mir leid, Penny, hatte ich dir das nicht gesagt?«

»Was gesagt?«

»Er musste noch in der Pause wegen irgendetwas Geschäftlichem gehen.«

Ihre gute Laune verflog schlagartig. Sie murmelte leise »Mistkerl« vor sich hin und versuchte, es mit einem Husten zu überspielen. Clémence wirkte verlegen.

Doch die Enttäuschung hielt nicht lange an. Es war so gut gelaufen, wen kümmerte es, wenn er ihren Moment des Ruhms nicht miterlebt hatte? *Nun, mich kümmert es,* gab sie sich selbst die Antwort. Allerdings nicht genug, um sich jetzt den Abend ruinieren zu lassen. Ihr Lächeln kehrte zurück, und mit ihm dieses wohlige Gefühl von Zufriedenheit.

Sie ließ sich von ihrer zierlichen französischen Freundin herumführen, wurde der Prominenz des Luberon-Tals vorgestellt und nahm deren Lob entgegen. Es gelang ihr sogar, ein Glas Rosé zu ergattern, als sie die Bar passierten. Der Wein hatte nie besser geschmeckt.

Erst als Claudine sie daran erinnerte, dass am folgenden Tag die feierliche Inbetriebnahme des Wasserrads bevorstand, wurde Penelope bewusst, dass Nicolas es gar nicht zum Konzert geschafft hatte.

24

Als Penelope zur Zeremonie für das Wasserrad eintraf, war sie immer noch vom Triumphgefühl des vorangegangenen Abends erfüllt.

Die allgemeine Stimmung im Museum war dagegen angespannt. Claudine schien extrem nervös, sogar noch mehr als tags zuvor.

Das war ziemlich beunruhigend; Penelope hatte sie immer als eine Person empfunden, die nie die Kontrolle verlor. Clémence und Laurent waren bereits da und gaben ihr Unterstützung. Penelope wollte Laurent fragen, warum er die zweite Hälfte des Konzerts verpasst hatte, bekam aber keine Gelegenheit dazu. Kaum hatte er sie begrüßt, machte er sich mit Claudine davon, um noch letzte Personalangelegenheiten zu klären.

»Was ist passiert, Clémence?«, fragte Penelope, sobald sie allein waren.

»Es geht um Nicolas. Er ist gestern Abend nicht nach Hause gekommen.«

Penelope war bestürzt. »Keine Nachricht? Ihr habt alle Telefone überprüft?«

»Nein. Und ja.«

»Kein einziges Lebenszeichen? War er letzte Nacht im Atelier?«

»Nichts. Ich war an seinem Atelier. Das ist hinterm Haus, im Garten. Da war alles ganz normal abgeschlossen.«

»Ich glaube, sie haben sich vor dem Konzert gestritten.«

»Was sagst du da?«

»Ich habe es mitbekommen. Ich war oben und dabei, mich umzuziehen. Claudine und Nicolas haben ziemlich herumgebrüllt.«

Clémence schnaubte nur.

»Hat Claudine dir nichts davon erzählt?«

»Nicht viel.«

Verständlicherweise war Clémence nicht bereit, über den Ehekrach ihrer Freundin zu sprechen.

»Hat sich aus ihrem weiteren Gespräch mit Reyssens etwas ergeben?«, fragte Penelope.

»Soweit ich weiß, nicht.«

Die Unterhaltung war merkwürdig. Penelope versuchte es mit einigen anderen Themen, aber nichts schien angemessen.

Als Claudine zurückkehrte, saßen ihre Frisur und ihr Make-up makellos wie immer, doch sie wirkte sogar noch verkniffener. »Wo ist er?«, fragte sie ausschließlich an Clémence gerichtet und ignorierte zugleich Penelopes Anwesenheit vollkommen. Sie klang, als wäre sie den Tränen nahe.

»Keine Panik jetzt. Ich bin sicher, dass es eine vernünftige Erklärung gibt.« Clémence schaute auf, als Laurent zu ihnen kam.

»Vielleicht will er dich an diesem ganz besonderen Tag überraschen«, meinte er.

Penelope fand diese mögliche Erklärung ziemlich schwach, aber niemand vermochte eine bessere zu liefern.

»Sind die Fernsehleute schon angekommen?«, fragte Claudine.

Clémence schüttelte verneinend den Kopf.

»Hoffentlich kommen sie bald. Ich habe noch so viel zu tun!«

Penelope entschied sich, praktisch zu denken. »Wie kann ich helfen?«

Die Museumsdirektorin schien all ihre inneren Kräfte zu mobilisieren und schaffte es, sich ein wenig zusammenzureißen. »Das ist wirklich lieb. Wenn es Ihnen tatsächlich nichts ausmacht, könnten Sie vor dem Museum noch die Blätter zusammenkehren, damit es etwas ordentlicher aussieht. Der Hausmeister hat sich ausgerechnet diese Woche ausgesucht, um krankzufeiern, und ich habe niemand anderen. Der Eingang soll später im Fernsehen doch gut aussehen. Der erste Eindruck ist so wichtig. Da drüben wäre ein Besen.«

Clémence bekam die Anweisung, Kaffee zu kochen, und die beiden verschwanden miteinander redend nach drinnen. Laurent ging in Richtung Parkplatz, um zu telefonieren.

Penelope schnappte sich den Besen und machte sich an die Arbeit, wobei sie entschied, sich nicht darüber aufzuregen, dass ihre schwarze Hose dreckig wurde.

Das ergab doch keinen Sinn. Warum um alles in der Welt sollte Nicolas ausgerechnet in dieser und keiner anderen Nacht verschwinden, da er doch genau wusste, dass dies Claudines großer Tag war?

Sie hatte gerade mal den Vorplatz geschafft, als ein großer Lieferwagen mit einer beeindruckenden Satellitenschüssel auf dem Dach auf den Parkplatz einbog. Das Fernsehteam war da. Hastig lief Penelope nach drinnen und klopfte an Claudines Büro. Als sie keine Antwort hörte, öffnete sie vorsichtig die Tür und stellte den Besen dahinter ab, falls ihn noch jemand benötigte.

»Claudine!«, rief sie.

Vor dem Museum baute bereits ein vierköpfiges Team Stative und Kameras auf und überlegte, welche Aufnahmewinkel und Perspektiven sich am besten für Interviews eigneten.

Claudine kam aus dem Café gerannt. Ihre Miene war wie

versteinert, doch Penelope spürte, dass darunter eine Panik brodelte, die jeden Moment hervorbrechen konnte.

»Haben Sie etwas gehört?« Penelope fürchtete sich vor der Antwort.

»Nein.«

»Das Fernsehteam ist da. Sie sollten sie besser jetzt begrüßen.«

Wie betäubt nickte Claudine.

Penelope war nicht sicher, ob das angemessen war, da sie sich ja noch nicht sehr lange kannten, doch sie reckte sich und klopfte der Museumsdirektorin unbeholfen auf die Schulter. »Machen Sie sich nicht zu viele Sorgen. Ich bin sicher, dass er bald zurückkommt. Wenn Sie die Fernsehaufnahmen hinter sich haben, können Sie ihn sich dann vorknöpfen.«

Claudine versuchte sich an einem Lächeln. »Wenn er jetzt auftaucht, werde ich ihn mit bloßen Händen erwürgen! Ich habe nicht halb so viel geschafft, wie nötig gewesen wäre. Und dass dann noch der Hausmeister nicht da ist … Ich hoffe wirklich, dass alles so gut wie gestern läuft.«

Durch das Fenster beobachtete Penelope, wie die Französin ihren Rücken durchdrückte, noch einmal ganz kurz innehielt und dann nach draußen zum Fernsehteam ging. Es folgte eine Unterhaltung mit einem Mann in Anorak und Jeans und einer jungen Frau, die ein Klemmbrett hielt. Penelope ging an der offenen Tür vorbei, um Clémence zu suchen.

Die Immobilienmaklerin stand im Café an der Kaffeemaschine und telefonierte mit ihrem Handy. Sie beendete das Gespräch und wandte um.

»Macht Nicolas so was häufiger?« Penelope hielt sich noch gerade so davor zurück, es schärfer zu formulieren.

Clémence zog die Schultern hoch. »Er hat so seine Phasen.«

Darauf fiel Penelope keine Antwort ein.

»Wenn er nicht in der nächsten halben Stunde kommt, wird er es nicht mehr rechtzeitig schaffen«, fuhr Clémence fort. »Er sollte dem Fernsehteam ein Interview geben.«

Claudine kehrte in Begleitung des Mannes in Jeans zurück, der die Verantwortung zu tragen schien, sowie eines Kameramannes mit Kamera.

»Immer noch nichts?«, fragte Clémence.

»Nein. Wir machen die Aufnahmen ohne ihn. *Salaud!*«

Sie entschieden, das Interview im Museumsshop aufzunehmen, wo die gefärbten Stoffstreifen neben den Farbproben hingen. Immerhin schien Claudines Geschäftssinn noch zu funktionieren.

Clémence und Penelope fühlten sich überflüssig und setzten sich ins Café.

»Vielleicht könntest du Nicolas' Telefon noch einmal anrufen«, schlug Penelope vor.

»Das habe ich schon. Es geht sofort die Mailbox an.«

»Was meintest du damit, als du vorhin sagtest, Nicolas hätte so seine Phasen?«

Clémence zögerte.

»Das ist okay, du musst es mir nicht erzählen. Ich hätte gar nicht fragen sollen.« Penelope hatte Verständnis dafür, dass Clémence zu ihren Freunden hielt.

»Nein. Es ist nur …«

Ein dünner junger Mann mit Bart und in einer schwarzen Lederjacke klopfte an die Tür und trat ein.

»Ich wollte nur nachfragen, ob Monsieur Versanne inzwischen eingetroffen ist?«

»Es tut mir leid, aber Monsieur Versanne wird sich ganz sicher verspäten«, sagte Clémence mühelos.

»Alles klar, danke. Wir sind jetzt draußen unterwegs und

filmen den Verlauf des Kanals. Es wäre echt schön, wenn er ein paar Worte sagen würde. Könnten Sie ihm sagen, dass er sofort nach draußen kommen soll, falls er es noch rechtzeitig schafft?«

»Selbstverständlich«, sagte Clémence.

»Was macht denn Laurent?«, wollte Penelope wissen.

»Kommt da vorne.«

Mit einer Tasse Kaffee in der Hand kam der Bürgermeister zu ihnen an den Tisch und setzte sich.

»Und?«, fragte Clémence.

»Ich habe wirklich jeden angerufen. Niemand hat etwas von ihm gehört.«

Penelope rutschte unruhig auf ihrem Stuhl herum. »Ich habe sie vor dem Konzert streiten hören«, platzte sie heraus, weil sie darüber sprechen wollte.

Im folgenden Schweigen war die Anspannung greifbar, bis Laurent fragte: »Na und?«

»Worüber sie gestritten haben?«, fragte Penelope. »Es könnte etwas wirklich Ernstes gewesen sein. Möglicherweise hatte es damit zu tun, dass die Polizei häufiger hier war, mit den ganzen Gerüchten über das Arsen in den alten Farben. Stand vielleicht einer von beiden wirklich unter Verdacht?«

Die Mienen der anderen beiden zeigten ihr, dass sie zu weit gegangen war. Sie hätte diese Spekulationen niemals laut aussprechen dürfen.

Lauren erhob sich. »Ich gehe mal draußen nachsehen, was da los ist.«

»Ich komme mit«, meinte Clémence.

Penelope folgte ihnen und fühlte sich schrecklich. Ihre Zunge war mal wieder schneller als ihr Verstand gewesen.

Das restaurierte Wasserrad hinter dem Museum leuchtete wie ein offenes Auge. Im Schatten unter den Kiefern war der

Weg noch vereist. Penelope zitterte. Sie hoffte, dass die Vorstellung vorbei sein würde, bevor sie oder das Wasser zu Eis gefroren waren.

Sie gingen bergauf, den Kanal entlang, der sich erst mit Wasser füllen würde, wenn es von weiter oben eingeleitet wurde, um das Mühlrad in Gang zu setzen.

Eine Gruppe Schulkinder im Alter von etwa zehn Jahren versammelte sich mit zwei Lehrern vor einem kleinen ockerverputzten Pumpenhaus. Einer der Erwachsenen erklärte, wozu der große eiserne Hebel diente. Er würde rechtzeitig für den großen Moment bewegt und bis dahin vom technischen Direktor bewacht werden, einem stämmigen Mann mit Glatze, der dafür über einen umso voluminöseren Schnauzer und Bart verfügte.

Während Penelope mit Laurent und Clémence wartete, konnten sie beobachten, wie immer mehr Menschen aus Richtung Parkplatz kamen, um dem Spektakel beizuwohnen und möglicherweise in den Lokalnachrichten zu erscheinen.

Das Fernsehteam war bereit. Der Aufnahmeleiter bat um Ruhe, und die kleine Menschenmenge wurde still. Sie begannen mit den Aufnahmen. Ein gut aussehender Moderator stellte Claudine einige Fragen, die sie selbstsicher beantwortete und dann erklärte, wie das Rad funktionierte. Schließlich nickte sie ihrem technischen Direktor zu, der den Hebel mit beiden Händen griff und daran zog. Ein Kreischen ertönte, als Metall gegen Metall rieb, und von weiter hangaufwärts drang zugleich ein Dröhnen herüber, als die Schleuse geöffnet wurde.

»Normalerweise dauert es etwa eine Minute, bis das Wasser das Rad erreicht«, sagte Claudine zum Moderator und zeigte auf die Schleuse. »Wie Sie sehen, ist sie jetzt geöffnet.«

Sie starrten alle erwartungsvoll. Es war eine furchtbar lange Minute.

Gott, ist das kalt, dachte Penelope, *warum dauert das so lange? Die Minute muss doch sicherlich vorbei sein.*

Die Menge wurde unruhig, und die Kinder begannen, untereinander zu flüstern.

Der Verzweiflung nahe hielt Claudine ein starres Lächeln, aufrecht, während die Sekunden verstrichen. »Es ist jeden Augenblick so weit!«, wiederholte sie.

Aber es tat sich immer noch nichts. Der technische Direktor machte sich auf den Weg, vermutlich, um nachzuforschen, was da los war. Der Wasserkanal wurde offensichtlich von irgendetwas blockiert.

»Bitte bleiben Sie hier. Ich bin gleich zurück.« Claudine hatte sich entschieden, ihm zu folgen.

Clémence nickte Laurent zu, und beide schlichen hinterher, während die Lehrer versuchten, die Kinder zu beruhigen, und die übrigen Leute sich mit dem Fernsehteam unterhalten wollten. Penelope bummelte den beiden hinterher.

Sie folgten dem Weg neben dem trockenen, mit Beton ausgekleideten Wasserlauf nach oben und holten Claudine rasch ein. Niemand sagte etwas.

Der technische Direktor hatte weiter oben am Weg angehalten. Penelope konnte sehen, dass Wasser über den Rand des Kanals strömte, die Kiefernnadeln durchtränkte und die rostrote Erde braun verfärbte. Offensichtlich blockierte ein Hindernis die Rinne.

Claudine ging nach vorne und blickte in den Kanal. Dann schien sie zu erstarren. Ihre Hand ging zum Mund. Sie gab keinen Laut von sich.

Clémence sah erst Laurent und dann Penelope an. Etwas stimmte da ganz und gar nicht.

Das Kamerateam lief hastig und über seine Ausrüstung stolpernd heran. Sie kamen gerade rechtzeitig, um Claudine reglos zu Boden gleiten zu sehen.

Laurent und Clémence stürzten zu Claudine. Penelope blieb zurück, sie wollte die arme Frau nicht auch noch bedrängen. Aber von ihrem Standpunkt aus konnte sie sehen, was die Ursache für die Verstopfung des Wasserkanals war.

Der schwarze Anzug war zerknittert, das Haar verfilzt. Ein lebloser Körper lag in der Rinne wie ein Korken in einer Flasche verkeilt, das Gesicht weiß. Es war der Künstler, der einst als Barry Finch bekannt gewesen war.

25

Und wieder füllte sich der Vorplatz des Museums mit Polizeiautos und einem Transporter der Spurensicherung, die den Fundort untersuchen würde. Das Fernsehteam lief mit einem Puschelmikrofon herum, filmte, stellte Fragen und stand auch sonst überall im Weg.

Hilflos beobachtete Penelope, wie Claudine, unterstützt von Laurent und Clémence, versuchte, mit der gesamten Situation fertig zu werden. Die Polizei hatte das Gebiet abgeriegelt und bestand auf sofortigen Zeugenaussagen. Mit Ausnahme der Schulkinder, die aufgebracht dagegen protestierten, weggeführt zu werden, blieben die Zuschauer, die für die Veranstaltung gekommen waren. Sie waren fest entschlossen, dem Drama beizuwohnen, standen in Gruppen zusammen und sprachen miteinander, schockiert und begeistert zugleich. Das einzig Gute war, dass Georges Reyssens noch nicht in Sicht war. Aber auch Nicholas war immer noch nicht zurückgekehrt.

Über Scarpios Leiche wurde ein Zelt errichtet. Zugleich erschien ein Anwalt und warf sich vor der Fernsehkamera in Positur. Dann verschwand der Mann für zehn Minuten mit Claudine und Clémence im Büro, bevor er erlaubte, dass die Museumsdirektorin von der Polizei weiter vernommen wurde.

»Wie kommt sie zurecht?«, fragte Penelope, als Clémence zutiefst erschüttert wieder auftauchte.

Die Immobilienmaklerin zündete sich mit zittrigen Fingern eine Zigarette an, ließ den Blick in die Ferne schweifen und atmete aus. »Sie tut, was sie tun muss. Sie steht unter

Schock. Sie kann sich nicht entscheiden, ob sie auf Nicolas wütend sein oder sich um ihn Sorgen machen soll. Sieht ganz so aus, als wäre er schon seit Tagen in merkwürdiger Stimmung. Sie sagt, er sitzt nur im Atelier herum und starrt auf seine Leinwände, ohne einen Finger zu rühren. Einfach nur stundenlanges Starren. Er spricht nicht mit ihr. Er will ihr nicht sagen, was los ist.«

»Eine kreative Krise?«, fragte Penelope. »Das passiert. Solche Leute bekommen innerlich eine Blockade und können wochen- und monatelang an nichts anderes denken.«

»Ist nicht auszuschließen. Aber sie meint, dass es das nicht ist.«

»Es kann doch nicht daran gelegen haben, dass die Polizei bei ihm war, oder?«

Clémence runzelte die Stirn. »Aber du glaubst doch nicht … Sie können doch nicht denken … dass er etwas mit den Vergiftungen zu tun hat, oder?«

»Ich glaube gar nichts. Ich beobachte nur.«

Clémence nahm einen tiefen Zug.

Penelope schloss ihre Augen und stellte sich Scarpios verfilztes Haar vor – war die Farbe darin Ocker oder getrocknetes Blut gewesen? Dieses grässlich bläulich-blasse Gesicht des Toten. Die rote Erde, die es teilweise bedeckte wie eine Totenmaske. War sein Tod ein Unfall, oder war er ein weiteres Opfer, unerwartet nach scheinbarer Genesung dem Gift erlegen?

Oder stand das alles nicht in Zusammenhang – nur ein schrecklicher Zufall? Penelopes Bauchgefühl sagte, dass dies unwahrscheinlich war. Diese Ereignisse hingen miteinander zusammen. Es konnte nicht anders sein.

»Ich wünschte, wir wüssten etwas mehr über das Gift und was genau die forensische Analyse ergeben hat«, sinnierte sie laut.

»Penny, bitte! Sei mal etwas rücksichtsvoller«, fuhr Clémence sie an.

»Da sind ein paar Polizisten in den Ausstellungsraum gegangen, genau wie beim ersten Mal. Warum sollten sie das tun? Was glaubst du denn, wonach sie suchen?«

»Das habe ich nicht mitbekommen.«

»Und sie haben nichts mehr darüber gesagt, wer die Farbe mit dem Arsen genommen haben könnte?«

Clémence zog eine Grimasse.

Penelope interpretierte das als ein Nein. »Meinst du nicht, dass Nicolas möglicherweise …?«

»Penny, hör auf damit!«

Peinlich berührt wich Penelope zurück. »Ich werde mal ein wenig umherwandern und mich umsehen, ohne dass es so aussieht, als würde ich mich umsehen.«

Clémence bedachte sie mit einem verächtlichen Blick, und das nicht nur, weil sie den Fehler begangen hatte, Nicolas' Abwesenheit zu hinterfragen. Jetzt kam offensichtlich auch noch hinzu, dass Clémence es ziemlich unwahrscheinlich fand, dass eine groß gewachsene Engländerin in weiten Hosen und einer preiswerten Wildlederjacke von Marks & Spencer in so einer Situation unbemerkt blieb.

Aus sicherer Entfernung beobachtete Penelope, wie die Kriminalbeamten und das Team der Spurensicherung ihre makabre Arbeit verrichteten und in dem Zelt über dem Kanal, wo Scarpio lag, ein- und ausgingen. Sie ging davon aus, dass die Polizei von allen, die an dem Morgen im Museum anwesend gewesen waren, Aussagen aufnehmen wollte. Und eben dies würde sie als Grund angeben, falls sie jemand fragte, warum sie noch da war. So oder so versuchte sie, ein Zusammentreffen mit den offiziellen Ermittlern zu vermeiden.

Während sie zu den Nebengebäuden hinter der alten Fabrik bummelte, kam ihr ein schrecklicher Gedanke. Sicherlich wollte die Polizei etwas über den Streit zwischen Nicolas und Claudine wissen, den sie mitangehört hatte. Zweifellos wäre Reyssens total begeistert davon.

Die Bauten, die sich im rechten Winkel hinter dem Museum erstreckten, waren überwiegend offen. Die vorderen Wände waren entfernt worden – sofern es je welche gegeben hatte. Hier wurde dargestellt, wie in der alten Fabrik früher gearbeitet worden war. Es gab Dampfmaschinen und große Öfen aus roten Ziegeln. Daneben standen riesige hölzerne Färbebottiche und eine beeindruckende Auslage an gemusterten Terrakottafliesen.

Am äußersten Ende befanden sich zwei gemauerte Schuppen. Penelope lugte durch je ein Fenster, konnte jedoch drinnen nichts erkennen. Die Tür des am weitesten vom Museum entfernten Schuppen war von dort nicht einsehbar. Sie ging hinüber, zog daran, und der Schuppen öffnete sich. Sie ließ die Tür weit offen stehen, damit das Licht hineinfiel, und trat über die Schwelle.

Da das Gebäude unverschlossen gewesen war, befand sich darin, wenig überraschend, nichts von Wert. Sie sah nur verrostete Maschinenteile, weitere Bottiche und Fliesen, die sich in Regalen stapelten, und Kisten mit altem Werkzeug und orange-braun verfärbte Holzpaddel. Alles war von Spinnweben überzogen.

Es stand so voll, dass sie nur wenige Schritte weit hineingehen konnte. Da sie ihre Neugier befriedigt hatte, wollte sie sich gerade abwenden und gehen, als ein Sonnenstrahl auf die Wand zu ihrer Rechten fiel. Sie betrachtete die Stelle eingehender. Hinter dem Metallskelett eines Apparates standen schimmernde Holztafeln. Im Gegensatz zu allem anderen waren die weder verstaubt noch mit Spinnweben bedeckt.

»Was hast du hier zu suchen?«

Penelope fuhr mit einem erschrockenen Satz herum.

Sie konnte Laurents Miene nicht deuten.

»Oh!«, japste sie. »Hast du mich erschreckt.«

»Du hast meine Frage nicht beantwortet.«

»Ich ... gar nichts.« Penelope entschied sich, aufrichtig zu sein. »Ich war einfach neugierig.«

»Warum?«

»Weil ich nicht im Weg sein möchte. Ich gehe davon aus, dass ich hier nicht wegkomme, bis die Polizei es erlaubt. Und da wollte nicht aufdringlich herumstehen, während alle anderen vollkommen aufgewühlt zu verstehen versuchen, was passiert ist.«

Pause.

»Wohin bist du gestern Abend während des Konzerts verschwunden?«, platzte Penelope heraus, bevor sie sich besinnen konnte.

Laurent starrte sie ungläubig an.

»Tut mir leid, ich meinte ... ich wollte nicht ...«

Laurent warf ihr einen genervten Blick zu. »Komm mit rein«, sagte er nur.

Es dauerte mehrere Stunden, bis Penelope von einem Polizisten gebeten wurde, ihre Aussage zu Protokoll zu geben, und dann gehen durfte. Während der Warterei im Café hatte sie zu viel Kaffee getrunken, und ihre Nerven lagen blank. Sie dachte ernsthaft darüber nach, ob sie für jede Minute, die sie hier verbracht hatte, über ein Alibi verfügte und ob sich die anderen daran erinnern würden, wann sie bei ihnen gewesen war. Konnte zum Beispiel jemand für die zwanzig Minuten bürgen, während der sie vor dem Eingang Laub gefegt hatte?

Sie ging zum Parkplatz hinaus, ohne Claudine oder gar Clémence noch einmal gesehen zu haben. Laurent war verschwunden. Auf der Heimfahrt empfand sie eine plötzliche Erschöpfung. Das alles fühlte sich unwirklich an, als würde sie gar nicht wahrhaftig an den Ereignissen teilhaben. Und als wären das wunderbare Konzert sowie die Reise nach Nizza nur ein Traum gewesen.

26

In den folgenden Tagen ging Penelope ganz selbstverständlich davon aus, dass Clémence oder Laurent sich mit Neuigkeiten melden würden. Oder dass sie wenigstens von Gilles hören würde. Aber weder ihr Telefon rührte sich, noch kam jemand unerwartet vorbei. Am dritten Tag rief sie Clémence in der Agentur Hublot an.

»Nicolas ist noch immer verschwunden. Claudine ist außer sich vor Sorge. Immerhin hat die Polizei begonnen, nach ihm zu suchen«, erklärte Clémence. »Tut mir leid, ich kann jetzt nicht reden.«

Die Immobilienmaklerin meldete sich weder am nächsten noch am darauffolgenden Tag.

Penelope las die Artikel über Scarpios Ermordung in *La Provence.* Er war durch einen Schlag auf den Kopf getötet worden, wobei er auch eine nicht tödliche Schusswunde am linken Bein erlitten hatte. Eine Getriebestange, die im Pumpenhaus am Kanal benutzt wurde, war mit Blutspuren des Opfers gefunden worden. Die Schusswaffe aber war nicht auffindbar. Weitere Einzelheiten hatte die Polizei nicht bekannt gegeben. Kein Wort über Nicolas.

Der Winter verstärkte seinen eisigen Griff. Ein kalter Wind drang durch und durch. Die Hügel schienen wie aus braunem Samt, und an den Hängen versammelten sich graue Wolken.

Penelope fühlte sich nutzlos und nahm halbherzig ihre Jagd nach Möbeln in den Trödelscheunen wieder auf, in denen man noch Schnäppchen machen konnte: gebrauchte Kommoden, Schränke und Bücherregale, die abgeschliffen und im Shabby Chic neu gestrichen worden waren. Sie übte einige Cello-Stücke und traf sich mit den anderen Streicherinnen, um das Konzert in der vergangenen Woche zu besprechen und mögliche weitere Veranstaltungen zu planen. Sie streifte durch ihren Garten und plante dessen Gestaltung und Bepflanzung. Sie bestellte einen Maurer, der sich die Nebengebäude ansah und die Arbeiten kalkulierte, die dort nötig waren. Aber nichts konnte ihre innere Leere füllen.

Nach drei weiteren Tagen Funkstille rief sie Clémence noch einmal an. »Gibt es etwas Neues?«

»Nicolas wird nach wie vor vermisst.«

»Sollen wir uns treffen, um mal gemeinsam zu überlegen?«

»Das passt im Moment leider überhaupt nicht.«

Penelope beendete das Gespräch und fühlte sich noch schlechter. War sie denn an diesem Morgen im Museum so vollkommen unsensibel gewesen, was diese engen Freundschaftsbande anbelangte? Es war schrecklich, denn es sah ganz danach aus.

Und dennoch empfand sie es als richtig, diese Fragen gestellt zu haben, und wenn es nur war, um sie verwerfen zu können. Könnte Nicolas Don umgebracht haben? War das so undenkbar? Was, wenn er Don loswerden wollte, weil sein Erfolg eine Bedrohung darstellte? Oder weil es einfach in künstlerischer Hinsicht eine schreiende Ungerechtigkeit war? Zugegeben, es schien weit hergeholt. Und warum Scarpio töten? Wobei der kleine Gauner herausgefunden haben könnte, was er getan hatte …

Penelope glaubte nicht ernsthaft, dass Nicolas etwas mit den Todesfällen zu tun hatte. Im Museum hatte sie wie früher während ihrer Arbeit und nicht wie eine Freundin gedacht. Sie hatte erwartet, dass Clémence das merken würde – sie schien bei allem, was vor sich ging, immer so scharfsinnig zu sein. Aber vielleicht nicht in diesem Fall.

Eigentlich, so dachte sie, war Clémence der Frage ausgewichen. War es zu weit hergeholt, sich vorzustellen, dass der Bürgermeister und seine Teilzeitgeliebte mehr wussten, als sie zugeben wollten? Sie waren eine so fest verschworene Gruppe.

Wann war der Kanal zuletzt kontrolliert worden, bevor man die Pumpe einschaltete? Sicherlich hatten Claudine und ihr Team vor der Zeremonie dafür gesorgt, dass der Wasserlauf frei von Hindernissen war. Es war schwer zu glauben, dass an jenem Morgen niemand nachgesehen hatte. Aber da war der Hausmeister, der sich krankgemeldet hatte. Vielleicht hatte in der allgemeinen Aufregung jeder gedacht, jemand anderes hätte die Verantwortung übernommen.

Sie lief in ihrer Küche auf und ab. Unter dem Vorwand, nach den Kunstkursen fragen zu wollen, rief sie Fenella Doncaster an, erreichte jedoch nur die Mailbox. Sie hinterließ keine Nachricht.

Penelope brauchte etwas Greifbares, in das sie sich verbeißen konnte. Und damit meinte sie nicht Frankreichs beste Croissants oder Schokocroissants.

Konzentriert saß sie am Küchentisch und versuchte, ihre Gedanken für neue Schlussfolgerungen frei zu machen. Sie mochten am Ende natürlich falsch sein, aber darum ging es nicht. Penelope hatte schon immer Freude daran gehabt, sich mit den geheimnisvollen Details zu beschäftigen, selbst wenn am Ende nichts dabei herumkam. Diese Aufgaben hatte sie damals im Innenministerium mit Camrose am liebsten übernommen. Hin und wieder war sie auf einen Aspekt gestoßen, der bei den bisherigen Ermittlungen übersehen worden war, und dann hatte sie sich gefühlt, als hätte sie den Hauptgewinn gezogen. Hinzu kam die aufrichtige Bewunderung von Camrose. Mit der Zeit hatte er auf ihr Urteil und ihren Instinkt vertraut.

Ständig hatte er beruhigende Zitate aus Wordsworths Balladen zur Hand. Im Geiste konnte sie ihn hören. »›Die Ruhe bewahrt die Gefühle‹, das hat der gute alte Bill W. über Gedichte gesagt, und genauso empfinde ich eine Autopsie nach einem Gewaltverbrechen. Wir arbeiten ruhig und bedächtig daran, herauszufinden, welche Gefühle die Wunden verursacht haben. Was sagt dir deine Intuition, Penny?«

Sie schloss die Augen und konzentrierte sich, ließ die Bilder und Gesprächsfetzen auf sich einwirken. Zaghafte Verbindungen bildeten sich und lösten sich wieder auf. Sie musste ihren Gedanken freien Lauf lassen.

Die sauberen Holztafeln im Schuppen des Museums.

Der Ansturm auf das alte Holz aus der Kapelle vor Viens.

Der Artikel, den sie in Digne über die Diebstähle von mittelalterlichem Holz gelesen hatte.

Die Tafeln in Scarpios Atelier. Was wäre, wenn er sie nicht schwarz beschmiert, sondern nur den Staub und die Patina der vergangenen Jahre entfernt hätte? Als Schreiner wusste er, wie man so etwas machte.

Gab es irgendeinen Zusammenhang, oder griff sie hier nach Strohhalmen?

Wenn sie nur diese Verbindungen finden könnte, um die Fälle zu lösen oder wenigstens die Polizei in die richtige Richtung zu weisen. Das wäre vielleicht geeignet, die Beziehung zu ihren französischen Freunden wieder zu verbessern. Aber im Moment war es wirklich ein Stochern im Nebel.

Um den Kopf frei zu bekommen, fuhr Penelope einfach mit dem Range Rover los und hielt ohne konkretes Ziel auf die Hauptstraße zu. Sie verhinderte gerade noch einen frontalen Zusammenstoß mit einem silbernen Clio vor Mariette Avores Haus, als das Auto einen Schlenker machte und abbremste. Penelope fluchte vor sich hin, doch die Fahrerin winkte freundlich und stieg aus.

Es war Monique von den Musikerinnen. »*Bonjour,* Penny!«

»Ah, *Bonjour!* Warst du auf dem Weg zu mir?«

»Nein, ich wollte zu Mariette.«

»Ich wusste nicht, dass ihr euch …« Penelope unterbrach sich. Es gab sicherlich eine Menge Kontakte zwischen den Dörfern in der Gegend, von denen sie nichts wusste.

»Hi!« Mariette kam aus dem Haus zu ihnen. Sie küsste Monique dreimal, bevor sie Penelope dazu brachte, aus dem Auto zu steigen, und sie auf dieselbe Weise begrüßte.

»Haben Sie es eilig? Warum kommen Sie nicht auf einen Kaffee rein?«, bot Mariette an. »Ich weiß ja, dass ihr euch bereits kennt.«

»Eigentlich … ach, das wäre schön, vielen Dank.« Penelope parkte rasch am Straßenrand und folgte den beiden.

Die Küche war gemütlich, hell und aufgeräumt. Frischer Farbgeruch hing in der Luft.

»Das ist gut geworden«, sagte Monique anerkennend und schaute sich um. »Hast du das alles allein gemacht?«

»Habe ich.« Mariette füllte eine Kaffeemaschine mit Wasser.

Die Holzschränke waren in einem angenehm hellen Salbeigrün gehalten, und die Wände waren weiß. Es war ein schöner, friedlicher Raum. Den Kupferpfannen und Küchenutensilien nach zu urteilen musste Mariette eine anspruchsvolle Köchin sein.

»Ich wollte den Raum schon so lange verschönern, aber während … na ja, mein Mann noch lebte, konnte ich die nötige Motivation nicht aufbringen. Jetzt möchte ich es in einen guten Zustand bringen, um es zu verkaufen oder zu vermieten. Das habe ich noch nicht entschieden.«

Penelope und Monique nickten. Mariette lächelte und schwieg sich darüber aus, ob sie bereits in den Hof weiter die Straße hinuntergezogen war. Sie sah noch jünger und glücklicher aus als beim letzten Mal, da Penelope sie gesehen hatte.

Monique setzte sich auf einen Stuhl an dem runden Kieferntisch unter dem Fenster. »Wie laufen die Hochzeitsvorbereitungen?«

»Super. Wir haben endlich entschieden, wo wir den Sektempfang nach der Zeremonie in der *Mairie* veranstalten. In der alten Priorei! Erst empfangen wir den Segen in der Kapelle, und danach gibt es etwas zu trinken. Was haltet ihr davon?«

»Ist es dazu im Dezember nicht zu kalt?«, fragte Monique und sprach damit Penelopes Gedanken aus. »Ich kann mir gar nicht vorstellen, wie man es dort warm bekommen soll.«

»Daran hat Pierre auch schon gedacht. Er will einen Generator und elektrische Heizungen aufstellen. Dazu werden wir das alles winterlich dekorieren, sodass man das hinterher nicht mehr sieht. Für eine Stunde mit Champagner und Canapés wird es reichen.«

»Das klingt sehr romantisch«, meinte Penelope.

»Das wird es sein. Ich kann es kaum noch erwarten!«

Sie unterhielten sich beim Kaffee über Gott und die Welt: über Moniques Tochter, die im kommenden Frühjahr einen bezaubernden jungen Mann heiraten würde, den sie bei ihrer Arbeit als Sachbearbeiterin für die Gemeinde kennengelernt hatte; über die Gefechte, die örtliche Produzenten, insbesondere Lavendelbauern, gegen die Einmischungen aus Brüssel austrugen; über den unerklärlichen Qualitätsverlust bei getrockneten Tomaten eines bestimmten Marktstandes; über die Musikstücke, die die Gruppe als Nächstes spielen könnte.

Das war alles sehr angenehm und vertraut. Die Sonne schien auf den Tisch, und Penelope fühlte sich wohl. Dank ihres hervorragenden Gedächtnisses verbesserte sich ihr Französisch weiterhin rasant. Sobald sie einen Satz hörte, speicherte sie ihn ab und konnte ihn nach Belieben wieder abrufen.

»Wie läuft der Unterricht mit Sylvain?«, fragte Monique Mariette.

»Nicht schlecht. Er ist wirklich sehr geduldig.«

»Mariette fängt wieder an zu singen«, sagte Monique als Erklärung zu Penelope. »Sie hat eine schöne Stimme, aber sie ist seit Jahren aus der Übung.«

»Das ist wunderbar!« Penelope strahlte. »Wie ich und mein Cello. In den Zeiten, in denen ich nicht sehr glücklich war, habe ich es weggelegt und nicht einmal angeschaut.«

»Nur, bitte erwähne Pierre gegenüber nichts davon«, sagte Mariette mit ernster Miene.

»Oh?«

»Es soll eine Überraschung werden. Als wir jung waren, ist er hergekommen, um mich singen zu hören.«

Penelope fiel wieder ein, dass Mariette und Pierre Louchard als junge Leute sehr verliebt ineinander gewesen waren. Bis ihre Familie ihnen die Beziehung verboten hatte.

Mariette nickte. »Ich will auf der Hochzeitsfeier singen. Monique wird mich begleiten.« Sie zögerte. »Ich denke mal nicht, dass du auch mitspielen würdest, oder?«

»Mariette, ich würde mich geehrt fühlen, ganz im Ernst.«

»Dann ist es entschieden.«

»Aber wir sollten bei mir zu Hause in Gargas üben«, sagte Monique. »Hier sollten wir es nicht machen, für den Fall, dass Pierre vorbeikommt. Und ich habe auch nicht so viel Zeit, ich habe mich im Dezember für ein paar zusätzliche Schichten einteilen lassen.«

»Als was arbeitest du denn?« Penelope wurde bewusst, dass sie noch gar nicht gefragt hatte.

»Ich bin Krankenschwester.«

»Und zwar eine gute«, ergänzte Mariette. »Sie arbeitet auf der Intensivstation, da kann eine Schicht schon mal vierundzwanzig Stunden dauern.«

»In welchem Krankenhaus?«

»In Avignon.«

»Das klingt nach harter Arbeit – aber auch nach sehr befriedigender.« Es war ein Schuss ins Blaue, aber Penelope konnte einfach nicht anders. »Du hattest nicht zufällig Dienst, als Don Doncaster eingeliefert wurde?«

»Der britische Künstler?«

Penelope nickte.

»Als er aufgenommen wurde, hatte ich keinen Dienst. Aber ich habe ihn am folgenden Tag betreut. Ich musste auch einige Besucherinnen abweisen.«

»Wirklich? Wer waren sie?«

»Eine Frau war sehr hartnäckig. Sie sagte, sie sei seine Frau, dabei hatten wir seine Frau bereits zu ihm gelassen.«

»Wie sah sie aus?«, fragte Penelope.

»Eher unkonventionell, du weißt schon.«

»Türkise oder schock-rosa Haare?«

Monique schaute sie ziemlich befremdet an.

»Penny ist so etwas wie eine Detektivin«, erklärte Mariette.

»Kann ich unmöglich sagen«, meinte Monique dann. »Sie trug ein um den Kopf gewickeltes Tuch, das sie über ein Ohr festgebunden hatte. Künstlerklamotten.«

»Kam sie am nächsten Tag zurück?«, fragte Penelope.

»Dazu kann ich nichts sagen.«

»Hatte der Patient denn noch andere Besucher, an die du dich erinnern kannst?«

»Zwei Männer, einer war ziemlich groß. Frag mich nicht, wie sie sonst aussahen. Wir haben uns darauf konzentriert, den Patienten stabil zu halten. Kanntest du den Verstorbenen?«

»Ich war in der Galerie in Avignon, als er zusammenbrach.«

»Diese ganze Sache war ziemlich merkwürdig.« Monique schaute auf ihre Uhr. »Herrje, ich muss los. Mariette, es war wie immer reizend, vielen Dank.«

Penelope verabschiedete sich ebenfalls, reduzierte ihren Ausflug auf einen kurzen Halt im Intermarché und fuhr zurück.

Penelope fixierte das Telefon, das schon so lange schwieg, und nahm dann ab.

Die wenigen Augenblicke, die sie dem vertrauten britischen Doppelklingelton lauschte, fühlte sie sich in das mit Büchern überfüllte Zimmer am Manchester Square zurückversetzt. Das Klingeln hielt an.

Keine Antwort.

Penelope entschied sich, keine Nachricht zu hinterlassen und es stattdessen auf dem Handy zu versuchen. Er antwortete sofort, als befände er sich noch im Dienst. »Camrose Fletcher.«

Nach einer knappen, aber freundlichen Begrüßung kam sie sofort zur Sache.

»Was hältst du von einem Ausflug nach Frankreich?«

»Penny, meine Liebe, das tut mir so leid.«

»Was – was ist los?« Penelope war sofort besorgt. Sie konnte es aus seinem Tonfall heraushören, dass etwas nicht stimmte.

»Ich habe mir den Knöchel gebrochen. Das Ergebnis der idiotischen Entscheidung, trotz eines Regenschauers nach Scafell Pike aufzusteigen. Ich hätte es besser wissen müssen, aber wir halten uns ja alle immer für unverwundbar.«

»Oh nein! Geht es dir gut, wo bist du, wie ist das passiert?«

»Mir geht es gut. Einfach blöd ausgerutscht. Ich bin im Krankenhaus von Ambleside.«

»Du Ärmster! Tut es sehr weh?«

»Ist nicht so schlimm. Aber es tut mir so leid, Penny. Ich wäre dich zu gern besuchen gekommen. Was für eine Schande. Ich ärgere mich wahnsinnig über mich selbst.«

Penelope schluckte ihre Enttäuschung hinunter. »Wir werden noch andere Gelegenheiten finden, mach dir keine Sorgen. Das Wichtigste ist, dass es dir so weit gut geht – und es hoffentlich keine bleibenden Schäden nach sich zieht.«

»Ich gehe davon aus, dass es sich wieder völlig herstellen lässt. Ein ziemlich glatter Bruch. Das Schlimmste war, dass ich die Bergrettung anrufen musste. Das war ziemlich peinlich, denn ich kannte einige von denen aus dem Pubquiz-Team im Lamb & Fell, und ich hätte es wie gesagt besser wissen müssen, als auf nassen Felsen herumzukraxeln. Ich glaube eben immer noch, dass ich erst vierzig bin.«

Penelope sah ihn im Geiste vor sich, groß, breit gebaut und geschmeidig, in Jeans und dickem Pullover; Kleidung, die er trug, wenn er im Lake District unterwegs war.

»Jetzt erzähl, Penelope. Was brauchst du für einen Rat?«

Er nannte sie nur Penelope, wenn er sie necken wollte. Sie stellte sich vor, wie die feinen Lachfalten sich um seine hellblauen Augen verzogen.

»Die Genesung von Vergiftungen durch Arsen.« Wie früher kam sie direkt zum Punkt. »Du erinnerst dich sicher, dass ich dir erzählte, dass Don auf dem Wege der Besserung war, als er plötzlich wieder einen Rückfall hatte und starb.«

»Natürlich.«

»Kommt es häufig vor, dass eine Genesung nach einer Vergiftung mit einem Rückfall einhergeht?«

»Das würde ich eher nicht behaupten.«

»Aber falls doch, würde solch ein Rückfall zum Tode führen?«

»Also ich würde erst nach einer anderen Todesursache forschen, vielleicht im Zusammenhang mit der ursprünglichen Vergiftung. Es könnte eine weitere Dosis verabreicht worden sein.«

»Eher nicht«, erwiderte Penelope. »Don erholte sich zu dem Zeitpunkt im Krankenhaus.«

»Erinnerst du dich an den traurigen Fall der wohlhabenden alten Dame, die von ihren Söhnen getötet wurde, während sie krank im Bett lag?«

»Ja, und ob. Und genau darüber habe ich angefangen nachzudenken.«

»Getötet durch Luft in den Adern, die eine Embolie verursachte«, sagte Camrose.

»Gerade als es schien, es würde ihr besser gehen. Von Luft abgesehen – was noch würde keine chemischen Spuren hinterlassen?«

»Ein Kissen über dem Gesicht, wobei Ersticken aber offensichtlich erkennbar sein sollte.«

»Sonst noch etwas?«

»Wasser. Eine Injektion reinen Wassers in die Venen des Patienten könnte den Tod herbeiführen, aber abgesehen von einem Nadeleinstich keine Spuren hinterlassen. Ich gehe nicht davon aus, dass du den Autopsiebericht vorliegen hast?«

»Nicht wirklich, und die Polizei wird ihn mir auch nicht zur Verfügung stellen. Der Polizeichef ist einer von denen, die du als Gegner bezeichnen würdest.«

»Wie lange bist du schon in Frankreich, Penny?«

»Ich weiß! Es klingt unmöglich, sich jetzt schon einen Moriarty angelacht zu haben, aber es ist nun einmal so. Er war alles andere als erfreut, dass ich plötzlich aufgekreuzt bin, das kann ich dir versichern.«

Sie lachten.

Wieder ernst geworden erzählte sie ihm alles über Scarpio/ Barry und die gruselige Entdeckung seiner Leiche, über Nicolas' Verschwinden und dass sie seitdem von jeglichen Informationen abgeschnitten war. Da sie nichts als Vermutungen und keinerlei konkrete Ansätze hatte, konnte Camrose ihr nicht mehr als einen freundlichen Rat geben.

»Ich würde dir zustimmen, dass Nicolas verdächtig erscheint, aber du solltest vorsichtig sein, wem gegenüber du das äußerst.«

»Ich weiß. Ich fürchte, ich bin schon etwas zu weit gegangen.«

Eine kurze Pause trat ein. »Du weißt, dass du mich jederzeit an diesem Ende des Telefons erreichst. Vor allem in den nächsten sechs Wochen. Halt mich auf dem Laufenden.«

»Ich wünschte, du könntest hier sein«, seufzte Penny. »Aber ich wünsche dir jetzt erst einmal schnelle Besserung.«

Sie stellte fest, dass sie enttäuscht war. Nicht nur, weil Camrose nicht über das Wochenende kommen konnte, sondern auch, weil sie sich eingestehen musste, dass sie sich einsam fühlte. Vielleicht war das Leben in der Provence für eine alleinstehende Frau in einem gewissen Alter doch nicht so erfüllend, wie sie in den ersten Monaten geglaubt hatte.

Ach, Mädchen, reiß dich zusammen, schimpfte sie energisch mit sich selbst.

Sie setzte Teewasser auf. Die Sonne ging zwischen rosa Wolkenfetzen unter. Die Steineichen und Buchen hatten ihre Blätter abgeworfen und zeichneten sich als scharfe schwarze Umrisse vor dem milchigen Himmel ab. Im Tal war es still.

Sie saß da, schlürfte ihren Tee und dachte über den jüngsten Tod nach. Mit jedem Tag, der ohne eine Nachricht von Nicolas verging, wurde sein Verschwinden beunruhigender. Hatte er Feinde? Das schien unwahrscheinlich. Berufliche Animositäten vielleicht, aber für ein Mordmotiv sollte es doch schon etwas Ernsteres sein. War es möglich, dass er der Mörder war?

Penelope griff wieder zum Telefonhörer.

»Frankie? Was hältst du von einer Reise? Du kannst sogar dein eigenes Badezimmer haben.«

27

Eine der liebenswertesten Eigenschaften von Frankie war ihre Spontanität. Zwei Tage später machte Penelope sich auf den Weg, um sie abzuholen.

Die Blätter in den Weinbergen zu beiden Seiten der Straße glühten wie Kupfer unter dem grauen Himmel. Was würde ihre alte Freundin von den anderen Veränderungen seit ihrem letzten Besuch gegen Ende des Sommers halten?

Am Flughafen von Marseille gönnte sich Penelope in einem Café ein Croissant. Sie musste ihren Blutzuckerspiegel aufrechterhalten, wenn Frankie in der Nähe wäre.

Sie fragte sich allerdings schon, warum es ihr immer wieder an Selbstbeherrschung mangelte, als die Ankunftstafel umsprang und anzeigte, dass das Flugzeug aus London gelandet war. Sie konnte aber noch in Ruhe ihren Kaffee austrinken. Frankie reiste nie mit leichtem Gepäck, und sie würde auf einen beachtlichen Koffer warten müssen.

Als die Schiebetüren sich öffneten, um eine unverkennbar britische Fracht auszuspucken, eingepackt in Anoraks und Regenmäntel und mit zerknautschten Taschen von Boots und WHSmith, ging Penelope auf den Ankunftsbereich zu.

Aus dem Augenwinkel nahm sie eine plötzliche Bewegung wahr. In der nächsten Sekunde war sie verschwunden. Unmittelbar darauf tauchte ein großer, dunkelhaariger Mann mit gerader Haltung hinter einer Säule auf. Zuerst erkannte sie ihn in dem langen dunklen Mantel mit Pelzkragen nicht.

»Hallo, Gilles«, rief sie. Sie hatte sich von ihm zurückgewiesen gefühlt. Der Galerist hatte sich seit ihrem Abendessen in Èze, das sie für den Beginn einer möglichen Romanze gehalten hatte, ziemlich rargemacht. Hatte er gerade versucht, ihr aus dem Weg zu gehen und es sich dann anders überlegt? Seit ihrem Anruf, mit dem sie ihn zum Konzert eingeladen hatte, hatten sie nicht mehr miteinander gesprochen.

Aber sein Lächeln erreichte seine Augen, als er auf sie zuging.

»Penny, was für eine angenehme Überraschung!«

»Finde ich auch!«

»Wo fliegst du hin?«

»Nirgendwo hin. Ich warte auf eine Freundin aus England. Sie sollte jeden Moment auftauchen.«

»Ah ja«, sagte Gilles ernst, als er ein pummeliges junges Paar in Jogginganzügen erblickte. »Die Briten sind angekommen.«

Sie schwiegen sich für einige Augenblicke unbeholfen an.

»Fliegst du?«, fragte Penelope, »irgendwohin, meine ich?«

»Russland. Eine Geschäftsreise.«

»Wann geht dein Flieger?« In dem Moment, als sie es sagte, merkte sie, dass sie es nur noch schlimmer machte. Wie schrecklich, wenn er dachte, sie würde ihn mehr als nur mögen, wo er doch offensichtlich das letzte bisschen Interesse verloren hatte. Falls denn je eines vorhanden gewesen war. Unwillkürlich warf sie einen Blick auf die Abflugtafel.

»Erst in einigen Stunden. Es ist peinlich, aber ich habe immer völlige Panik, zu spät zu kommen. Besonders bei Flügen. Mein Flug nach Sankt Petersburg ist noch nicht einmal angekündigt.«

»Es hat mir schrecklich leidgetan, von Scarpio zu hören«, sagte sie beschämt, weil ihr plötzlich einfiel, dass er wahrscheinlich immer noch versuchte, den Tod eines zweiten

Künstlers zu verdauen. Kein Wunder, dass er sie nicht angerufen hatte.

»Schreckliche Angelegenheit.«

»Gibt es Neuigkeiten von Nicolas? Sucht die Polizei noch nach ihm?«

Gilles schüttelte den Kopf und wirkte erschöpft. »Überhaupt keine Nachricht. Kein Mensch hat ihn seit jenem Abend gesehen.«

»Wie geht es Claudine?«

»Nicht so gut.«

Penelope wollte ihn gerade fragen, wie er selbst es verkraftet hatte, als sie vom Epizentrum eines Erdbebens zur Seite geschleudert wurde.

»DA BIST DU JA, PEN, LIEBLING! Und wen baggerst du da gerade an?«

Frankie trug einen orangefarbenen Mantel, mit dem ihr das unmögliche modische Kunststück gelungen war, Glitzer mit Pelz zu kombinieren. Ihre Umarmung fühlte sich an wie eine paillettenbesetzte Lawine. Bevor sie erstickte, befreite Penelope sich.

»Frankie, das ist Gilles de Bourdan, ein Freund. Gilles … Frankie.«

Der Mann reichte Frankie eine behandschuhte Hand. »Madame, ich freue mich, Sie kennenzulernen.« Er verbeugte sich kurz.

Frankie ergriff seine Hand und schüttelte sie kräftig. Ihr Mondgesicht strahlte. Sie war eine große Frau, sowohl von der Größe als auch vom Umfang her, und tat nichts, um es zu verbergen. »Ein Freund von Penny ist auch mein Freund. Ich liebe Ihren Mantel!«

Eine kurze Pause entstand, bis Gilles leicht verwirrt lächelte und versuchte, die falschen Wimpern, den überschwänglichen Gebrauch von scharlachrotem Lippenstift und überhaupt die schiere Präsenz von Penelopes ältester und bester Freundin zu begreifen. Es war offensichtlich, dass ihr die Anweisungen von Stilikone Inès de la Fressange zum Kleidungsstil für über Fünfzigjährige nicht bekannt waren.

»Ich wünsche Ihnen eine glückliche Zeit hier«, sagte er zu Frankie und wandte sich Penelope zu. »Ihr habt es sicher eilig, nach Hause zu kommen. Bitte lasst euch durch mich nicht aufhalten. Ich muss vor meinem Flug noch ein paar Dinge erledigen. Madame …?«

»Nennen Sie mich Frankie, Sie wollen das doch!«

»Madame … Frankie, es war mir ein Vergnügen, Sie zu treffen, so kurz. Ich bin sicher, dass wir uns nach meiner Rückkehr noch näher kennenlernen werden. Guten Tag Ihnen beiden!«

Er verbeugte sich ein zweites Mal und verschwand in der Menge.

»Na, das war ja mal gar nicht peinlich«, murmelte Penelope.

Frankie glotzte sie an. »Ding dong! Penny, was hast du mir sonst noch zu erzählen? Ist er eine unbedeutende Kleinigkeit, die du vor deiner besten Freundin verschwiegen hast?«

»Oh, bitte. Auf keinen Fall, Frankie! Ehrlich, was ist denn los mit dir?!«

»Streitest du das nicht etwas mehr als nötig ab, Pen?«

»Halt die Klappe, Frankie.«

»Er zieht sich ja auch gut an. Wird er lockerer, wenn du ihn näher kennenlernst? Er hat eine geschmeidige Stimme und dazu schöne Hände. Da hätte ich auf jeden Fall große Hoffnungen, dass der Rest auch noch stimmt!«

»Frankie!«

Eine weitere Pause entstand. Frankie ordnete ihren orangerosafarbenen Schal neu und lachte.

»Können wir unterwegs etwas trinken? Ein Glas mit etwas Kaltem und Sprudelndem wäre genau das Richtige.«

»Wir trinken als Erstes ein Glas, sobald wir nach Hause kommen.«

Es war eine Art fröhlicher Wahnsinn, ihre alte Freundin in St Merlot zu haben. Penelope hatte sich mit zweitägiger Abstinenz vorbereitet, aber sie wusste, dass dies für die anstehende Schlacht bei Weitem nicht ausreichte. Frankie war immer ein durstiger Gast, und ihrer mitreißenden Art war stets schwer zu widerstehen.

Sie hatte Penelope ein leistungsstarkes, selbst fokussierendes Fernglas als Gastgeschenk mitgebracht. Von der Terrasse von Le Chant d'Eau konnte sie nun die Einzelheiten im Luberon-Tal erkennen; Gehöfte, Lavendel- und Obstplantagen im Winterschlaf sowie die über die Hügel verstreuten Dörfer. In der Ferne stachen die roten Ockerfelsen von Roussillon hervor, daneben auf einem kleineren Felsvorsprung das Dorf. Dahinter lag Gordes, grau und majestätisch.

»Das ist perfekt, Frank. Danke!«

»Prost, Pen.« Frankie erhob ihr zweites Glas Champagner.

Letztendlich hatte Penelope auf dem Heimweg absichtlich ganz aus Versehen alle Café-Bars vermieden und ihrer Freundin versichert, dass für ihre Ankunft eine spezielle Flasche rosa Sekt im Kühlschrank lagerte.

»Übrigens«, fragte Frankie. »Was hast du da an?«

Das war normalerweise Clémences Text. Penelope fragte sich, ob das einzige Ergebnis ihres Umzugs nach Frankreich darin bestand, dass alles, was sie anzog, trotz aller kulturellen Unterschiede für beide Seiten indiskutabel war.

»Das hast du aber nicht auf irgend so einem Markt gekauft,

oder?« Frankie beäugte Penelopes blaugraues Strickkleid sehr kritisch. »Es ist zu verspielt.«

»Nun …«

»Oh, Pen!«

»Was stimmt damit nicht? Mir gefällt der Bo-bo-Look.«

»Bo-bo?«

»*Bourgeois-bohème*. Ein wenig damit spielen, zur Bohème zu gehören. Du weißt schon, selbstbewusste Künstlerin und so. Natürlich keine, die am Hungertuch nagt. Keine, die ihre zierlichen erfrorenen Hände *pour nous* ausstreckt.«

Frankie schüttelte entsetzt den Kopf. »Es wirkt ein wenig unheimlich, eher übernatürliches Bo-Peep. Entschuldigung, Pen.«

»Hier in der Gegend können Frauen jeden Alters Spitzenschuhe, Schlabberhemden und Haremshosen tragen«, fügte sie angesichts des Umstands hinzu, dass sich Frankies missbilligender Gesichtsausdruck nicht änderte.

Ihre Freundin entschied sich, das Thema zu wechseln. »Wie geht es diesem prächtigen Stück lokaler Bürgermeisterlichkeit?«

»Keine Ahnung. Was hat das mit ihm zu tun?«

»Jetzt lass dich nicht bitten.«

»Wirklich. Ich habe ihn in letzter Zeit nicht gesehen.«

»Aber ihr habt euch doch so gut verstanden. Das verstehe ich nicht. Was verheimlichst du mir?«

Schweigen.

»Pen?«

»Frankie, lass es einfach! Ich will nicht über Laurent reden. Ich bin einfach nicht interessiert.«

»Aber wer wusste das?«

»Wer wusste was?«

»Ich wusste, dass du interessiert bist.«

»Oh, ich bitte dich!« Penelope seufzte. »In Ordnung. Wenn du es unbedingt hören willst. Ich fürchte, er ist wütend auf mich, weil ich die Vermutung ausgesprochen hatte, dass seine Freunde Claudine und Nicolas – theoretisch – etwas mit den Vergiftungen zu tun haben könnten. Und jetzt wird Nicolas vermisst … Und ja, es war ziemlich unsensibel, das zu sagen. Ich hab nur laut gedacht und es nicht so gemeint. Aber …«

»Meine Güte, Pen – was hast du erwartet?«

»Ich weiß, ich weiß.«

»Ich kann mir vorstellen, dass Clémence auch keine Partei für dich ergreift.«

»Nö. Sie meldet sich auch nicht.«

»Fett, fünfzig und ohne Freunde«, fasste Frankie trocken zusammen.

»Sehr charmant.« Penelope krümmte sich innerlich.

»Er könnte eifersüchtig auf deine Ausflüge mit diesem Gilles sein, hast du daran gedacht?«

»Das halte ich eher für ziemlich unwahrscheinlich.«

In dieser Form hielten die Sticheleien und Nettigkeiten während des gesamten Mittagessens und bis in den Nachmittag hinein an. Der Holzofen brannte und verströmte im ganzen Haus den dezenten Duft grüner, würziger Feige. Frankie war für alle Themen ein großartiger Resonanzboden, sie kommentierte die Dinge klug und scharfsinnig. Scarpios vorzeitigen Tod fand sie faszinierend, seine reale Identität als Barry Finch urkomisch, und sie schlug vor, ihren Mann Johnny zu bitten, seine Möglichkeiten auszuschöpfen, mehr über ihn herauszufinden.

Sie bestand darauf, die Reparaturen und Renovierungen zu begutachten, die seit ihrem letzten Besuch durchgeführt worden waren. Dann warf sie einen Blick auf die Pläne für die anstehenden Projekte: den Umbau der Nebengebäude, von denen eines als Penelopes Musikzimmer vorgesehen war.

»Also, Penny«, sagte sie, mit einem Bleistift in der einen Hand und einem reichlich gefüllten Glas Rosé in der anderen. »So, wie ich das sehe, gibt es gute und schlechte Nachrichten.«

»Verkünde mir die gute Nachricht, dann trinken wir noch ein Glas, bevor du mir die schlechte nahebringst.« Penelope hatte sich längst eingestanden, dass all ihre guten Vorsätze schon jetzt dahin waren. Als ihre Freundin die Flasche Rosé in ihre Gläser leerte, konnte sie sich nicht erklären, wohin der Inhalt so schnell verschwunden war.

»Gut«, sagte Frankie. »Die gute Nachricht ist, dass die Arbeiten im Haus gut aussehen. Keine runden Ecken in den Badezimmern, Steinzeug von guter Qualität und schöne, sauber ausgeführte Sanitärarbeiten. Ich werde mich gründlich in den Nebengebäuden umsehen und mich über den Stand der Dinge dort informieren. Sag du mir, wenn ich etwas übersehe.«

»Ich wusste, dass ich mich auf dich verlassen kann. Was ist die schlechte Nachricht?«

»Dieser Kerl, Gilles. Ich fresse meinen Hut, wenn der nicht etwas verheimlicht.«

»Und ich bin nicht so grün hinter den Ohren, wie ich aussehe«, antwortete Penelope. »Darauf bin ich selbst schon gekommen.«

Eine Zeit lang hingen beide ihren Gedanken nach.

»Laurent wird sich schon wieder melden, du wirst sehen.«

»Ich denke immer wieder daran, dass ich alles wiedergutmachen könnte, wenn ich nur einen Weg fände, diese Morde zu lösen. Oder wenigstens die zündende Idee hätte, um alles in die richtige Richtung zu lenken.«

»Wir werden alles tun, was wir können«, erklärte Frankie. »Jetzt bin ich hier, und jetzt stehen wir das gemeinsam durch.«

»Dann lass uns das auch ordentlich gemeinsam durchstehen«, sagte Penelope kichernd.

28

Am nächsten Morgen war Frankie schon im Morgengrauen wach, und natürlich blieb der epische Vortag für sie folgenlos. Penelope hingegen hatte eindeutig einen ausgewachsenen Kater. Immerhin fiel er nicht ganz so schlimm aus, wie sie befürchtet hatte.

Unten bog sich der Küchentisch unter einer umfangreichen Gebäckauswahl.

»Ich bin zur Bäckerei gegangen«, erklärte Frankie unnötigerweise. »Da wir in Frankreich sind, geht es nicht ohne Leckereien.«

»Eine gefährliche Philosophie für diejenigen von uns, die hier leben.«

Frankie gehörte zu jenen nervigen Menschen, die schon in aller Herrgottsfrühe voller Energie und optimistisch in den Tag hinein starteten, während Penelope kaum aus dem Bett kam, ehe sie nicht eine ordentliche Dosis Koffein intus hatte.

Frankie ließ sich nicht beirren.

»Es ist ein schöner sonniger Tag. Wohin sollen wir gehen? Was werden wir tun?«

»Wie wäre es mit Schweigen, bis wir zu Ende gefrühstückt haben, Frankie? Zumindest werde ich das so machen.«

Frankie biss in ein Croissant, ignorierte den guten Vorschlag und schwatzte unbekümmert weiter: »Wenn eine Frau keinen Rosé mehr verträgt, verträgt sie das Leben nicht mehr, Pen. Und wir beide brauchen eine Auszeit. Komm, lass uns eine Degustationstour machen! Weinproben sind im Winter ohnehin besser zu machen als in sommerlicher Hitze und bei strahlendem Sonnenschein.«

Penelope schürzte die Lippen. »Kann es sein, dass du deine Hormonersatzmedikamente etwas überdosierst?«

»Kann schon sein. Aber ich fühle mich großartig!«

Nicht zum ersten Mal dachte Penelope flüchtig darüber nach, etwas Stärkeres als Atemübungen und Vitaminpräparate für die Menopause zu finden, um ihr durch diesen heiklen Lebensabschnitt zu helfen. Sie griff nach einem göttlich buttrigen Frühstückscroissant.

»Ich habe über Claudine und Nicolas nachgedacht«, sagte Frankie. »Als ich das letzte Mal hier war und sie getroffen habe, schienen sie vollkommen glücklich verheiratet zu sein. Auch wenn man so was natürlich nie genau wissen kann. Sie mögen Streit gehabt haben, aber würde er einfach weglaufen? Weißt du, Pen, das traue ich ihm nicht zu. Und ebenso wenig traue ich ihm zu, dass er jemanden tötet.«

»Ich auch nicht! Und ich habe nie gesagt, dass er es getan hat.«

»Aber Laurent denkt, dass du Nicolas immer noch verdächtigst.«

»Das Problem war, dass Clémence und Laurent mir unterstellt haben, dass ich mit meinen Fragen darauf hinauswollte. Sie haben mir keine Gelegenheit gegeben, es zu erklären. Es gibt ja sogar einen Haufen Indizien, die dagegen sprechen, dass er Scarpio getötet haben könnte.«

»Und die wären?«

»Scarpio wurde ins Bein geschossen, auf den Kopf geschlagen und dann, bewusstlos oder schon tot, in den Kanal am Museum gelegt. Warum um alles in der Welt würde Nicolas den Körper in den Kanal legen? Er wusste, dass Claudine das

Wasser am nächsten Morgen vor aller Augen und laufender Fernsehkamera einlaufen lassen würde. Nein, wer immer das getan hat, ahnte nichts von der anstehenden offiziellen Inbetriebnahme.«

»Es sei denn, das war genau das, was er wollte: die dramatische Zurschaustellung des Verbrechens«, widersprach Frankie. »Aber ich verstehe, was du meinst. Von jemandem, der mit dem Museum zu tun hat, würde ich so ein Vorgehen auch nicht erwarten.«

»Die meisten Menschen in Roussillon wussten über die Zeremonie Bescheid. Nach dem, was Claudine erzählt hat, haben sie seit Wochen die Werbetrommel gerührt.«

»Wann genau war denn der Streit zwischen Nicolas und Claudine?« Frankie war gut darin, Abläufe zu analysieren.

Penelope nahm sich einen Augenblick Zeit, über den Abend vor dem Konzert nachzudenken. »Das müsste zwischen halb sechs und sechs gewesen sein. Ich höre immer noch, wie die Tür zugeknallt wurde.«

»Hast du irgendetwas verstanden, was sie gesagt haben? Wenigstens einzelne Worte?«

»Eher nichts. Sie waren unten, ich war oben, und meine Tür war geschlossen.«

»Hast du nicht darüber nachgedacht, deine Tür aufzumachen und etwas genauer hinzuhören?«

»Nein, Frankie, habe ich nicht.«

»Weil du natürlich nicht wusstest, dass es wichtig werden könnte.«

»Kann schon sein.«

»Du hast gerade gesagt ›eher nichts‹, dann …«

»Ich weiß nicht genau, was ich gehört habe, das ist ja das Problem«, sagte Penelope. »Ich bin diesen Abend im Geist schon so oft durchgegangen, und ich bin mir nicht mehr sicher, ob ich mir das nicht einbilde oder nur glaube, ich hätte es gehört.«

»Nun sag schon.«

»Nicolas hat etwas geschrien. Es klang wie ›Kontrolle‹.«

»Das ist alles?«

»Das ist alles.«

»War Claudine eine von diesen Frauen, die ihre Männer kontrolliert haben?«, wollte Frankie wissen.

»Kann ich dir nicht sagen. Ich kannte sie doch gar nicht gut genug. Ich würde sie nicht so einschätzen, aber der äußere Anschein kann oft trügerisch sein. Wenn überhaupt, dann wäre es wohl eher umgekehrt gewesen. Ich hatte den Eindruck, dass Nicolas eher der Dominante war. Die beiden stritten angeblich häufig darüber, dass sie zu viel Geld ausgibt.«

Penelope dachte an den Konzertabend. An ihre Freunde im Publikum. Ihre Enttäuschung, als sie erfahren hatte, dass Laurent ihre Schumann-Darbietung verpasst hatte. Sie wusste immer noch nicht, wohin er verschwunden war. Für einen Moment durchfuhr es sie eiskalt, bevor sie sich zur Ordnung rief. Laurent wegen irgendetwas zu verdächtigen war einfach nur lächerlich.

»Wann genau wurde Scarpio umgebracht?« Frankie langte nach einem weiteren Mandelcroissant.

»Soweit ich weiß, hat die Polizei nichts über den genauen Todeszeitpunkt verlauten lassen.«

»Du hast seine Leiche gesehen, könntest du eine Vermutung abgeben?«

Penelope schüttelte den Kopf. »Das ist ziemlich schwer. Wenn ich müsste … würde ich vielleicht von zwölf Stunden ausgehen. Die Totenstarre hatte schon voll eingesetzt. Er hatte die Arme erhoben, als würde er sich gegen den Angreifer zur Wehr setzen wollen.«

»Es wäre also logisch, anzunehmen, dass es während des Konzertes passierte. Der Mörder könnte einer der Konzertbesucher gewesen sein.«

»Davon würde ich nicht ausgehen. Warum sich überhaupt in der Nähe des Tatortes zeigen?«

Sie grübelten eine Weile darüber nach.

»Und wir haben immer noch nicht einmal eine Vermutung, warum Nicolas verschwunden ist. Hat Claudine etwas angedeutet, das es erklären könnte?«

»Nichts Konkretes. Am Abend des Konzerts war sie offensichtlich verärgert. Aber sie wollte mit mir nicht darüber reden. Clémence meinte, sie mache sich Sorgen um ihn. Anscheinend war er seit einigen Wochen in einer merkwürdigen Stimmung. Claudine führte das auf den Mord an Don zurück, aber da muss noch mehr gewesen sein. Er mochte Don nicht besonders. Gilles sagte mir, dass Nicolas der Ansicht war, Don habe das Niveau gesenkt – und damit Gilles' Ruf, was sich wiederum auf ihn selbst ausgewirkt hätte.«

»Interessant«, sagte Frankie mit vollem Mund. »Hat Clémence etwas aus ihrem riesigen Netzwerk gehört?«

Penelope zuckte mit den Achseln. »Sie hat meine Anrufe nicht beantwortet. Ich glaube, sie ist im Moment nicht so gut auf mich zu sprechen.«

»Gut, da stehen wir also.« Frankie tupfte sich Krümel von den Lippen. »Ich werde sie jetzt anrufen. Kümmern wir uns um diese dumme Angelegenheit.«

»Und was willst du sagen?«

»Ich weiß es nicht. Am besten falle ich direkt mit der Tür ins Haus.«

»Und was ist, wenn sie genau weiß, warum du anrufst, und gar nicht erst mit dir spricht?«

»Wenn es sein muss, behaupte ich eben, dass ich ein Haus

kaufen will.« Mit diesen Worten holte Frankie ihr Telefon hervor.

Danach fuhren sie zur Weinhandlung nahe Bonnieux, kauften eine einzige Kiste Rosé und fanden ein vielversprechendes Restaurant fürs Mittagessen. Der Duft von Trüffeln und gebratenem Fleisch durchzog den rustikalen Speisesaal. Sie gaben sich einem Drei-Gänge-Menü hin, denn dieses unvergessliche Dessert wegzulassen wäre einfach eine zu große Schande gewesen. Ein Krug mit Rotwein wurde ganz selbstverständlich zusammen mit einem Krug voll Wasser an den Tisch gebracht.

Penelope schob absichtlich ihr Weinglas zur Seite und goss Wasser in einen Becher. Frankie gluckste dagegen vergnügt und widmete sich ungeniert dem Rotwein. Das Menü war eine Hymne, begonnen mit einem reichhaltigen Trüffelomelett, gefolgt von Perlhuhn mit geröstetem Sellerie und geschmortem Salat und einem Birnenkuchen mit geschlagener Vanillecreme.

Es war wie im Urlaub. Umso mehr noch, da sie in stillem Einverständnis nicht über Leichen sprachen.

Um sechs Uhr standen die Aperitifs bereit, und sie erwarteten die Immobilienmaklerin im Le Chant d'Eau. Penelope fühlte sich nicht wohl in ihrer Haut.

Nach zehn Minuten hielt der Mini Cooper vor dem Haus, allerdings ohne seinen üblichen Schwung, was an sich schon merkwürdig war.

Kaum ertönte das Klopfen, sprang Frankie zur Vordertür. Penelope hörte, wie sie die Französin lautstark im Flur begrüßte. Bei Frankies früheren Besuchen hatten die beiden sehr schnell ein gutes Verhältnis zueinander aufgebaut. Nach weniger als einer Minute erschienen sie beide in der Küche.

»Hallo Penny. Wie geht es dir?«

Bildete sich Penelope das ein, oder wirkte Clémence immer noch sehr distanziert?

»Mir geht es gut, danke. Und selbst?«

Clémence nickte. Es war gut möglich, dass ihr nicht klar war, dass wenn eine Engländerin »Mir geht es gut« sagte, ihre ganze Welt zusammengebrochen war.

»Pen sitzt ein wenig in der Patsche.« Frankie kam wie immer direkt auf den Punkt. »Ihr ist klar, dass sie Sie verärgert hat, aber sie weiß nicht, warum.«

Penelope bedachte sie mit einem mörderischen Blick. Aber Frankie neigte lediglich den Kopf zur Seite und machte große Augen, als wollte sie sagen, dass man Missverständnisse nur aus dem Weg räumen konnte, wenn man offen miteinander war.

»Wie auch immer, es tut mir aufrichtig leid.« Penelope entschied sich, den Stier bei den Hörnern zu packen. »Vor allem, falls meine Äußerungen an diesem Tag im Museum unsensibel angekommen sind … der Tag, an dem Nicolas verschwunden ist. Das war nicht beabsichtigt.«

Sie wandten sich beide an Clémence.

Die Französin nickte einige Mal nachdrücklich. »Ich glaube … wir standen alle unter Schock«, sagte sie endlich.

»Wie geht es Claudine?«, fragte Penelope, nachdem sie sich an den Küchentisch gesetzt und eine Flasche sprudelnden Crémant de Bourgogne geöffnet hatten. »Gibt es Nachrichten von Nicolas?«

»Nicht sehr gut und nein.«

»Was macht denn die Polizei? Gibt es bei der Suche irgendwelche Fortschritte? Oder in Bezug auf Scarpios Tod?« Es war seltsam, dass niemand Barry Finch mit seinem echten Namen erwähnte.

»Nicht dass ich wüsste.«

»Es gibt etwas, das mich beschäftigt«, meinte Penelope. »Warum hat niemand das Bewässerungssystem kontrolliert, bevor das Fernsehteam angekommen war?«

Clémence nickte. »Darüber habe ich auch schon nachgedacht, und ich habe Claudine gefragt. Es war am Abend vorher überprüft worden, und Claudine wollte es an jenem Morgen vor der offiziellen Inbetriebnahme noch ein letztes Mal kontrollieren. Aber wegen all der Sorgen über Nicolas und den Hausmeister, der sich krankgemeldet hatte, ist das nicht passiert. Jeder dachte, jemand anderes hätte es getan.«

Penelope erinnerte sich daran, wie aufgelöst Claudine gewesen war.

»Und du hattest recht, was diesen Streit am Abend zuvor anbelangt.« Clémence fuhr sich mit der Hand durchs Haar. »Claudine hatte sich schon seit Wochen Sorgen gemacht. Nicolas war nicht er selbst, und er wollte ihr nicht sagen, warum. Erst dachte sie, es hätte mit Dons Ermordung zu tun, und vielleicht stimmte das sogar. Aber Nicolas hatte Don nie gut leiden können, daher ergibt das keinen Sinn. Der Grund scheint eher auf einer höheren Ebene zu liegen.«

»Oder es ist ein völlig anderer Grund«, mischte sich Frankie ein. »Pen, erzähl ihr, was du mir über ›Kontrolle‹ gesagt hast.«

Penelope seufzte und wünschte, ihre Freundin hätte es nicht erwähnt. »Ich bin mir nicht sicher, ob es etwas bedeutet oder ob ich mich überhaupt richtig erinnere. Aber ich dachte, ich hätte Nicolas über ›Kontrolle‹ schreien gehört.«

»Nur das?«

»Ja.«

»Ist sie ein Kontrollfreak? Oder er?«, warf Frankie ein.

»Weder noch«, sagte Clémence.

»Es sei denn … Moment mal.« Frankie ballt die Fäuste. »›*Contrôler*‹ … das bedeutet doch nicht unbedingt ›kontrollieren‹, oder, Clémence? Es kann doch auch ›überprüfen‹ bedeuten, oder nicht? Vielleicht erinnerte er sie daran, etwas zu überprüfen, oder er hatte es überprüft und herausgefunden, dass etwas nicht stimmte.«

»Das würde eher passen«, meinte Clémence.

Penelope war nicht überzeugt. »So ein teuflischer Streit, nur weil etwas überprüft werden soll?«

»Die Überprüfung des Wasserkanals?«, schlug Frankie vor.

»Das lag nicht in seiner Verantwortung«, sagte Clémence.

»Besteht die Möglichkeit, dass Scarpios Tod doch ein Unfall war?«, fragte Frankie.

»Bei dem Schlag auf den Kopf? Unwahrscheinlich.«

»Hat die Polizei Abdrücke oben auf der Klippe gefunden? Er müsste zum Kanal geschleift worden sein.«

»Claudine zufolge waren der Mörder – oder die Mörder – sehr vorsichtig und haben alle Spuren beseitigt. Die Polizei hat viel Zeit damit verbracht, Fingerabdrücke aufzunehmen, Fotos zu machen und mit dem Hausmeister zu sprechen. Sie haben nicht das Geringste herausgefunden.«

»Hat Scarpio dort oben jemanden getroffen? Was hatte er dort überhaupt zu suchen?« Frankie trommelte mit den Fingerspitzen auf den Tisch.

»Das weiß bisher niemand«, erwiderte Clémence. Sie schien mindestens genauso ratlos zu sein wie die anderen beiden.

»Ich habe an diesem Tag mit Laurent einen schrecklichen Fauxpas begangen«, sagte Penelope. »Er könnte es so verstanden haben, dass ich dachte, er könnte am Abend des Konzerts etwas im Schilde geführt haben.«

Clémence runzelte die Stirn. »Was hast du denn gesagt?«

»Ich fragte ihn, wohin er nach der Pause verschwunden war.« Weil sie so unbedingt gewollt hatte, dass er sie spielen hörte. »Ich hatte das gar nicht so gemeint.«

»Und wie war seine Antwort?«

»Er hat keine Antwort gegeben.«

Die Französin nickte. »Ich hätte es dir erzählen sollen. Seine jüngere Tochter – sie ist Studentin, neunzehn Jahre alt – hatte einen Fahrradunfall, hat sich die Schulter ausgekugelt und den Arm gebrochen. Sie wollte vom Krankenhaus aus mit ihm sprechen, bevor sie unter Vollnarkose zur Operation musste, damit die Knochen wieder gerichtet werden konnten.«

»Geht es ihr inzwischen wieder gut?«

»Sie wird im Pariser Verkehr nicht mehr Rad fahren, aber ja. Und Laurent hat sie besucht. Das ist wahrscheinlich der Grund, warum du ihn nicht erreichen konntest.«

Sie tranken noch ein Glas Wein und vertilgten einige winzige Toasts mit Tapenade.

»Gilles ... wo muss man ihn denn kitzeln, um ihn in Wallung zu bringen?«, fragte Frankie mit gespielter Unschuld.

Penelope zuckte zusammen. »Das weiß ich wirklich nicht, Frankie. Und musst du so vulgär daherreden?«

Aber das prallte völlig an ihr ab. »Wann triffst du ihn wieder?«

»Nun, zurzeit ist er verreist.«

»Um was geht es?«, hakte sich Clémence ein. »Du und Gilles de Bourdan? Ist es was Ernstes?«

»Nein! Ich war nur einmal mit ihm aus. Na ja, zweimal, wenn man ein Überraschungsessen in Saignon mitzählt.«

Frankie wandte sich an Clémence. »Er ist doch nicht schwul?«

Die Maklerin schüttelte den Kopf. »Das glaube ich nicht, aber wer weiß?«

»Das wirst du noch herausfinden, Pen. Ich hatte deutlich den Eindruck, dass er dir gefällt. Ein bisschen wie damals, als du Keith Simmons hinterhergelaufen bist, weißt du noch? Der Mannschaftskapitän der Schwimmer von der Jungenschule. Du fandest seinen Körper toll, sowohl im als auch außerhalb des Schwimmbeckens, vor allem wenn er mit den Speedos aus dem Wasser gestiegen ist. Das hat dich eindeutig beeindruckt.«

»Ich habe das völlig anders in Erinnerung, Frankie.«

»Doch, das war so, vor allem mit diesem riesigen …«

»Wechseln wir das Thema«, erklärte Penelope scharf.

»Und du hast so getan, als wärst du Mark Imries Schwester, um zu dieser Schwimmgala zu gehen. Und dazu hast du dann die Kamera deiner Mutter genommen, um …«

Das war die Kehrseite, wenn man eine alte Freundin wie diese hatte. Sie sorgten dafür, dass man manche Dinge nie vergaß.

»Hör jetzt auf, Frankie! Clémence, das ist sehr lange her. Und ich glaube, es sagt mehr über meine Freundin und ihr ausgezeichnetes Gedächtnis aus, als über mich. Ich hatte diese hochpeinliche Episode völlig vergessen.«

Aber Clémence amüsierte sich köstlich. Jegliche Verstimmungen waren zusammen mit der zweiten Flasche Wein, einem prickelnden Weißen, aus der Welt geschafft, während Frankie weitere, noch beschämendere Details ausbreitete.

»Versetz mir ruhig den Todesstoß«, stöhnte Penelope.

Was unter den gegebenen Umständen eine ziemlich gewagte Ansage war.

29

Nachdem sie sich mit Clémence wieder ausgesöhnt hatte, fühlte Penelope sich sehr viel besser. Sie schlug vor, Lourmarin zu besuchen, ein hübsches Dorf an der Südflanke des Luberon mit einem sehr schönen Markt am Freitagvormittag.

Frankie war begeistert. »Gibt es denn ein gutes Angebot an Verkaufsständen für meine großzügige Taille?«, gluckste sie.

Penelope versicherte ihr, dass sowohl in der Mode- als auch in der gastronomischen Abteilung für alle Formen und Größen gesorgt wäre.

»Wunderbar«, rief Frankie. »Wir können uns ein paar Kleider anschauen, ein schönes Mittagessen einnehmen und dann zurückgehen und alles eine Nummer größer kaufen.«

Penelope beneidete ihre Freundin wirklich darum, wie unbekümmert sie mit ihrer Figur umging.

Der einzige Nachteil des Marktbesuches in Lourmarin lag für Penelope in der Hin- und Rückfahrt. Eine schmale Schlucht spaltete den Höhenzug des Luberon bei Apt, und die Straße schlängelte sich zwischen den hohen Klippen beiderseits hinunter gen Süden nach Lourmarin. Die Combe de Lourmarin war schwindelerregend. Die Straße verlief den gesamten Weg im Zickzack bergab; an manchen Stellen zwischen kahlen steilen Felswänden hindurch, was für örtliche Rennfahrer jedes Alters und Könnens genau die richtige fahrerische Herausforderung war. Am Ende jeder Fahrt lagen Penelopes Nerven blank. Aber alle anderen Wege nach Lourmarin führten um das Luberon-Gebirge herum und waren dreimal so weit.

Frankie war so schnell durch nichts zu erschüttern, doch selbst sie war blass um die Nase, als sie mit zitternden Knien in Lourmarin aus dem Auto stiegen, nachdem sie in der letzten Kurve gerade noch einem überholenden Lastwagen hatten ausweichen können.

»Kein Wunder, dass du es das Tal des Todes nennst, Pen! Ich habe mehrmals mein ganzes Leben vor meinem inneren Auge vorbeiziehen sehen. Und in unserem Alter sind solche Momente verdammt lang …«

»Die provenzalische Art zu fahren. Es ist entweder wie auf einer Rennstrecke oder im Schneckentempo hinter einem Traktor her. Provenzalisch-*vite* oder provenzalisch-*glaciale* und nicht viel dazwischen. Jetzt zum Markt?«

»Wir brauchen erst eine kleine Stärkung. Immerhin sind wir trotz allem in Frankreich.«

Kopfschüttelnd führte Penelope ihre Freundin die von Marktständen gesäumten Straßen entlang ins Zentrum des Dorfes, wo drei Cafés Kundschaft erwarteten. Wenn sie Frankie nicht so gut kennen würde, hätte sie ernsthaft geglaubt, ihre Freundin könnte an einem Alkoholproblem leiden. Doch sie wusste, dass es einfach nur der Überschwang war, endlich einmal eine Woche fernab der heimatlichen Sorgen verbringen zu können. Frankie arbeitete sechs Tage pro Woche hart für das familiäre Bauunternehmen. Ihr Verhalten entsprach einfach nur der Norm des britischen Verständnisses von Urlaub, so viel wie ein Kamel zu trinken, das gerade die Oase erreichte.

Es war noch früh, gegen elf Uhr, doch im Freien waren die meisten Tische besetzt. Sie bestellten zwei Kaffee, einen Krug Rosé und einen Teller mit fröhlich bunten Macarons.

Etwa eine Stunde später sah man zwei Engländerinnen fröhlich lachend Arm in Arm durch die engen Gassen schlendern, an dem einen oder anderen Kleiderstand innehalten und verschiedene Wollkleider und lange, voluminöse Strickjacken auswählen. Die eine posierte mit dem Kleidungsstück in der Hand, die andere musterte sie kritisch von oben nach unten und machte dann eine Bemerkung, die beide wieder zum Lachen brachte. Oft genug spielten die Marktverkäufer mit und nahmen es ihnen nicht übel, obwohl sie keine Anstalten machten, einen Kauf auch nur in Betracht zu ziehen.

Nach diesem misslungenen Versuch, die Haute-Provençal-Couture zu finden, beschloss Frankie, dass sie jetzt etwas anspruchsvollere Kultur brauchte.

»Mal sehen, ob der Geist von Don Doncaster durch die Galerien von Lourmarin weht oder ob sich sein Erfolg nur auf das Luberon-Tal beschränkt«, verkündete sie und hielt vor einem eleganten Geschäft an, das Bilder verkaufte. Energisch betrat sie es und steuerte umgehend auf ein Ausstellungsstück an der Wand zu.

»Guck dir das an, Pen!«, rief sie aus. »Das ist ein Dufy. Wer hätte das erwartet?«

Der Besitzer schien den sarkastischen Unterton nicht zu bemerken.

»*Oui, Madame*, Raoul Dufy … Freund der großen Postimpressionisten.« Er hielt inne und fuhr in gebrochenem Englisch fort: »Nur viertausend Euro. Ein sehr guter Preis. Nicht so viel Geld.«

»Sehr günstig!«, stimmte Frankie zu. Sie wandte sich an Penelope. »Sehr, sehr günstig … bei einem Wert von etwa zwei Millionen Pfund.«

»Sie haben völlig recht, Madame.«

Penelope erschrak. Neben ihr hatte sich ein kleiner Mann

in Schwarz materialisiert, der ein Notizbuch hielt und den Kopf schüttelte.

»Leider sind nicht viele Menschen so bewandert wie Sie. Es wird immer irgendeinen Touristen mit mehr Geld als Geschmack geben, der dies kauft und glaubt, er habe eine große Entdeckung gemacht. Und dann, am nächsten Tag, wird ein weiterer ›Dufy‹ im Schaufenster hängen, die Farbe auf der Leinwand wahrscheinlich noch feucht.«

Penelope erkannte ihn sofort. Es war Emile Sablon, der melancholische Kunstkritiker, den sie in der Galerie Bourdan gesehen hatte.

»Es ist die Geißel der Provence, *Mesdames*«, fuhr er mit Grabesstimme fort. »All dieses Geld, die berühmten Geschichten der Künstler, die hier lebten, und einige skrupellose Fälscher. Nachahmer. Überall gibt es Imitatoren!«

Er seufzte.

»Und wissen Sie, was das eigentliche Problem ist?«

»Ich bin sicher, Sie werden es uns verraten«, sagte Frankie.

»Wenn Sie sich die neuen Originale ansehen, so sind sie noch schlimmer! Als ich in Paris war, hätten es diese Leinwände nicht einmal an das Geländer entlang der Seine geschafft.«

»Sie müssen Paris vermissen, Monsieur«, sagte Penelope unaufrichtig.

»Leider ja. Ich versuche mit ganzer Macht, meinen Geschmack und meine Erfahrung für *La Provence* einzubringen, aber die interessieren sich hier doch nur für Trauben und Boule.« Er seufzte erneut und ging fort, um sich weitere Bilder anzusehen. Penelope konnte hören, wie er »*mon dieu*« und »*quel horreur*« murmelte, gefolgt von langem, klagendem Stöhnen.

Die beiden Freundinnen sahen sich an, während sie versuchten, sich das Lachen zu verbeißen.

Vor einem kleineren Bild kritzelte Sablon energisch in sein

Notizbuch. Er blickte auf. »Sehen Sie! Genau das hier meine ich! Selbst für Monsieur Doncaster ist das ein neuer Tiefpunkt! Genug! Ich kann nicht mehr.« Er drehte sich um und verließ den Laden wie eine dunkle Regenwolke auf dem Weg zum Strand. Penelope und Frankie blieben zurück und starrten auf die Leinwand.

Ein Hund mit bösartigen Augen und tropfendem Schlund starrte zurück. Penelope entdeckte die Signatur *DD* in der unteren Ecke.

»Das ist erstaunlich! Das ist Perk, wie er leibt und lebt!«, rief Frankie. Wie so viele Hundebesitzer war sie vollkommen in ihr Haustier vernarrt. »Das nehme ich!«

»Das kannst du nicht kaufen!« Penelope war entsetzt. Es war ein ziemlich schreckliches Gemälde. Allerdings war das der Rottweiler ihrer Freundin auch.

»Ich kann, und ich werde es kaufen.«

»Du solltest vorsichtiger mit dem Rosé sein, bevor du losziehst und Kunst kaufst, Frank.«

Doch Frankie handelte den Verkäufer von hundert auf sechzig Euro herunter und freute sich über ihren Kauf. »Ich werde es zu Hause in der Küche über Perkys Platz hängen.«

»Ich hoffe, er begreift, wie es gemeint ist, und versucht nicht, es zu bekämpfen«, meinte Penelope.

»Könnte sein, dass er es auffrisst … aber ich konnte einfach nicht widerstehen.«

Nachdem sie wieder etwas ernster waren, kauften sie noch Proviant für ein leichtes Mittag- und Abendessen. Beide leicht schwankend unter dem Gewicht der großen Tragetaschen, die sie mit diesem bescheidenen Vorrat gefüllt hatten, kehrten sie zum Auto zurück.

»Eine halbe Meil', eine halbe Meil', auf Sattel und Schabracke, vor, in Sturmeseil', vor, zur Attacke. Hinein, hinein ins

Todestal …«, deklamierte Penelope, die etwas zu sorglos in die erste Kurve und zurück nach Apt fuhr. »Schnall dich an, Frankie, jetzt kommt die Achterbahn.«

Nach einem späten Mittagessen in St Merlot machten sie einen Spaziergang. Der Weg führte bergab in ein Waldgebiet, wo der Boden mit einem weichen Teppich aus Kiefernnadeln bedeckt war und die Wacholderbüsche mit ihrem Duft nach Gin ihre Nasen kitzelten.

»Kommen wir noch einmal auf das Rätsel um die toten Künstler zurück«, begann Penelope. »Wir übersehen da etwas. Die Frage ist, was?«

»Es muss einen Zusammenhang zwischen dem Tod von Don und diesem Scarpio geben und der Tatsache, dass sie beide zuvor vergiftet wurden«, meinte Frankie. »Beide aus demselben Umfeld. Das ist doch kein Zufall!«

»Vielleicht ist es genau das, was wir alle denken sollen. Aber in Wirklichkeit gibt es unterschiedliche Täter und unterschiedliche Motive. Der letzte Mord wird von jemandem begangen, der nichts mit dem ersten oder dem Mordversuch zu tun hat, sondern es nur so aussehen lässt, als gäbe es eine Verbindung. Um jeglichen Verdacht abzulenken.«

»Das macht das Ganze sehr kompliziert.«

»Das wäre genau die Absicht«, sagte Penelope.

»Ich mag vielleicht ganz gern etwas herumspinnen, aber ich bin keine Anhängerin von Verschwörungsgeschichten.«

»Ich meine mich daran zu erinnern, dass du eine Zeit lang geglaubt hast, an der Geschichte, in der königlichen Familie gäbe es Außerirdische, wäre etwas dran«, sagte Penelope boshaft.

»Das stand im *National Enquirer*. Die Beweise waren sehr überzeugend.«

»Ich weiß, ich sollte das nicht denken, aber ich habe immer noch das seltsame Gefühl, dass Claudine mehr weiß, als sie zugibt.« Penelope wollte wieder auf das Thema zurückzukommen. »Nur so ein Bauchgefühl. Aber vielleicht … ach, ich weiß es nicht. Es kann nicht sein, dass Nicolas' Verschwinden zufällig mit Scarpios Tod zusammenfällt.« Sie sah auf und versuchte, ihre Gedanken zu ordnen. Ein Raubvogel schwebte hoch über ihnen und nutzte die Thermik, um mühelos dahinzugleiten.

Sie marschierten schweigend den leichten Pfad hinab. An einem Bach kamen sie zum Stehen.

»Okay, nur Fakten, keine Vermutungen«, sagte Frankie. »Don Doncaster. Er war ein bekannter Schürzenjäger. Er muss ein Meister im Verheimlichen, Täuschen und Verwischen seiner Spuren gewesen sein. Was hat er sonst noch verheimlicht?«

»Er mochte es, wenn man über ihn schrieb, und stellte sich gerne als Bohemien dar. Alle Frauen, die etwas mit ihm angefangen hatten, wussten, wie er war, und es schien sie nicht zu interessieren. Er brauchte nichts zu verbergen«, ergänzte Penelope.

»Abgesehen von seiner Ehe mit Nina«, erinnerte Frankie sie.

»Wenn die tatsächlich gültig wäre«, sagte Penelope.

Sie erzählte Frankie von dem feministischen Lager außerhalb von Avignon, wobei ihr unangenehm bewusst wurde, dass sie sich dabei von ihren eigenen Vorurteilen als Frau aus der Mittelklasse britischer Vorstädte leiten ließ. Sie hatte gehofft, die meisten in Esher zurückgelassen zu haben, aber das schien nicht der Fall zu sein. »Dieser Ort war das Mutterschiff der Emanzen. Überall idiotische Graffiti und Haremshosen, bei denen der Schritt um die Knie herum schlottert.« Derartige Kleidung stufte Penelope in dieselbe Kategorie wie Mungobohnen und Wildlinsen ein. Sinnvoll, aber in Gesellschaft anderer nicht ratsam.

»Ein Haufen überholter Unsinn«, sagte Frankie ärgerlich. »Wenn eine von denen mit mir über Gleichberechtigung sprechen will, werde ich ihr sagen, wie es gemacht wird: Dadurch, dass ich genauso so viel vom Bauen verstehe wie jeder Kerl und ebenso hart arbeite, um mir den Respekt aller zu verdienen.«

»Gilles glaubt, dass Nina diejenige ist, die etwas zu verbergen hat. Dass sie Don krank gemacht hat.«

»Möglicherweise ist sie doch schuldig«, sagte Frankie. »An Verbrechen gegen den gesunden Menschenverstand und an nichts anderem. Wir sollten sie treffen.«

Penelope überzeugte das nicht. »Die Polizei hat sie freigelassen statt sie anzuklagen.«

»Wo genau in Avignon ist ihr Atelier?«

»In dem Gebäude gegenüber von Gilles' Galerie.«

»Dann müssen wir dorthin fahren.« Frankie hatte sich jetzt darauf eingeschossen.

»Das geht nicht.«

»Warum nicht?«

Penelope antwortete nicht.

»Es wäre doch eine sehr gute Ausrede, den Tatort des ersten Verbrechens aufzusuchen. Wenn wir Nina sehen, sagen wir, dass wir nur gekommen sind, um in Gilles' Galerie reinzuschauen. Ich würde sie wirklich gern kennenlernen.«

»Das mit Gilles könnte unangenehm werden«, sagte Penelope.

»Gilles ist in Russland, erinnerst du dich?«

»Oh nein! Jetzt sieh dir das an!«

Frankie reckte ihr das Bild, das sie in Lourmarin gekauft hatte, entgegen. Der grässliche Hund hatte einen langen, tiefen Kratzer über seinen gemeinen kleinen Augen, und von einem Teil der Nase war die Farbe abgekratzt.

Penelope zuckte zusammen. »Wo hast du es hingestellt – draußen?«

»In den Flur. Ich habe es auf dem Tisch unter dem Spiegel abgestellt, als wir gestern reinkamen.«

»Und da ist dir der Schaden nicht aufgefallen?«

»Nein, im Flur ist es ziemlich dunkel, wenn die Fensterläden geschlossen sind.«

»Dann könnte es im Kofferraum passiert sein. Vielleicht während des letzten Bremsmanövers auf der Combe de Lourmarin«, sagte Penelope. »Das tut mir wirklich leid, Frankie. Vielleicht lässt es sich reparieren.«

Im hellen Licht, das durch die großen Küchenfenster hereinströmte, wirkte die Farbe noch feucht und klebrig. Wo der lange Kratzer war, hatte sie sich wie Haut abgelöst.

»Das ist aber kein Holz, was da durchscheint«, stellte Penelope fest. »Es sieht eher wie dunkle Ölfarbe aus. Darunter ist etwas.«

Sie sahen einander an.

»Sag ehrlich, wie sehr gefällt dir das Bild?«, fragte Penelope. Es war von Anfang an eine Schmiererei gewesen, und jetzt war es sowieso komplett ruiniert.

»Nicht so sehr, dass ich meiner Neugier nicht nachgeben würde«, sagte Frankie. »Hast du einen Schaber?«

Zehn Minuten später konnten sie ein Gesicht und einen Bart erkennen.

»Ein Mann steht vor der Sonne«, sagte Frankie. »Dass das hier besser ist als das, was darüber gemalt wurde, sehe sogar ich. Wobei es eine ordentliche Reinigung vertragen könnte.«

»Keine Sonne«, sagte Penelope. »Ein Heiligenschein.«

»Wirklich?«

»Du hältst da eine Ikone in der Hand. Das ist ja ein Fund! Jetzt müssen wir tatsächlich zu Gilles' Galerie fahren.«

In der Aufregung legte Penelope ihre Skrupel, er könnte glauben, sie würde ihm nachrennen, beiseite. »Er selbst wird nicht da sein, aber es muss doch den einen oder anderen Assistenten geben, den wir nach ein paar Informationen fragen können. Dann kannst du dir die Galerie ansehen, und wir könnten möglicherweise bei Nina vorbeischauen. Sie wird entweder im Atelier arbeiten oder im Lager sein.«

Frankie sah ihre Freundin an. »Ich hoffe inständig, dass es Ersteres ist, Penny. Feministinnen stehen normalerweise nicht auf meinen Stil. Und ich spreche nicht nur von meinem Schmuck.«

30

»*Sur le pont d'Avignon, l'on y danse, l'on y danse. Sur le pont d'Avignon, l'on y danse tous en rond!*«, trällerte Frankie vergnügt, während sie entlang des Flusses Durance auf die Stadt zufuhren.

Penelope war nervös, ohne dass sie genau sagen konnte, warum. »Er sollte noch in Sankt Petersburg sein.«

»Gilles?«

»Ja. Ich hatte mich gerade gefragt, wie lange er weg ist. Von hier aus ist es sicherlich eine Tagesreise bis nach Sankt Petersburg. Dann muss er seine Leute treffen und all das. Dann ein weiterer Tag für die Rückreise. Ich bin sicher, dass er noch nicht zurück ist, und das ist vielleicht auch besser so. Ich möchte nicht, dass er glaubt, ich würde ihm nachrennen.«

»Wobei wir aber schon wollen, dass er sich die Ikone ansieht«, stellte Frankie klar.

»Stimmt. Aber alles zu seiner Zeit.«

Sie parkten in der Nähe der Stadtmauer.

Während sie zügig durch die stillen, kalten Straßen zur Galerie in der Rue des Teinturiers gingen, dachte Penelope an ihren letzten Besuch mit Laurent zurück, und daran, wie viel Spaß es gemacht hatte. Es schien eine Ewigkeit her zu sein.

Sie bogen um eine Ecke.

»Hier sind wir, die Rue des Teinturiers. Die Galerie befindet sich weiter die Straße rauf.«

Frankie hatte Mühe, über das Kopfsteinpflaster zu laufen.

»Ich hätte nicht ganz so hohe Absätze tragen sollen. Aber ich wollte einen guten Eindruck machen.«

»So kann man es auch sagen«, sagte Penelope zerstreut. Das Outfit ihrer Freundin war noch auffälliger als sonst: ein korallenrosa Kleid, kombiniert mit einem mit Leopardenmuster bedruckten Kunstpelzmantel, dazu ein burgunderfarbener Filzhut und passende Schuhe sowie eine orangene Tasche als Kontrast.

»Das war nicht nett.«

Frankie hob sich von der grauen Pracht der Straße aus dem achtzehnten Jahrhundert wie ein knalliger Paradiesvogel ab. »Oh, schau dir diese wunderschönen Konstruktionen der Wasserräder an«, rief sie, die Beleidigung schon vergessen. »Die Straße der Färber. Man sieht es deutlich vor sich! Kristallklares Wasser fließt von den Hügeln außerhalb der Stadt in diesen winzigen Kanal. Im Sommer wären die Arbeiter von all diesen Bäumen vor der Sonne geschützt. Alles summt voller Aktivität, Wasser plätschert, wenn sich die Räder drehen …«

Penelope blickte ins Wasser und betrachtete die sich kräuselnden Reflexionen kahler Bäume vor einem rauchgrauen Himmel. Efeu rankte bis weit in den Kanal hinein, und Tauben pickten auf den alten Steinen nach Moos.

»So ist das hier abgelaufen.« Frankies Enthusiasmus war ansteckend. »Hydraulische Räderwerke. Bei diesem ist nur noch die Achse übrig. Keine Schaufeln mehr, wahrscheinlich verrottet. Aber wenn du dich vorbeugst, kannst du die alten Stützen sehen – und da, der Zylinder, der den Schmierstoffgeber schützt. Mag ja sein, dass es hier schon im Mittelalter Färber gab, aber ich würde sagen, dass es erst im Industriezeitalter mit dem Wasserlauf und den Rädern so richtig abgegangen ist.«

Während Frankie weiter über technische Einzelheiten referierte, gingen sie an einem kleinen Kloster der Bruderschaft der Pénitents Gris vorbei.

Abrupt hielt Penelope an.

Jenseits eines weiteren Wasserrades bot sich ihr ein Anblick, der ihr nur allzu unangenehm vertraut war. Eine beschädigte Tür war mit Flatterband und Schildern, die den Eintritt untersagten, abgesperrt. Das Gebäude gegenüber der Galerie Gilles de Bourdan war schwarzverkohlt und roch nach Rauch. Den Fenstern fehlten die Glasscheiben, darüber war der Stuck rußgeschwärzt. Feuerwehrleute kämpften noch gegen einzelne Rauchnester.

»Was zum …?« Penelopes Herz sank, als eine markante Gestalt sich unter dem Flatterband am Eingang duckte, ohne dass sie besonders in die Knie gehen musste.

Er schien mindestens ebenso verblüfft, sie zu sehen.

»*Ça alors!* Madame Keet!«

Das Gesicht von Chef de Police Georges Reyssens war alles andere als erfreut. »Und darf ich fragen, was Sie hier zu suchen haben?«

Penelope straffte die Schultern. »*Bonjour*, Monsieur. Ich bin mit meiner Freundin aus England hier. Wir wollten die Kunstgalerie Gilles de Bourdan besuchen. Ist alles in Ordnung?«

Reyssens verzog die Lippen. »Sind Sie nicht wegen Nina Chiroubles hier?«

»Nein.«

Er glaubte ihr offensichtlich keine Sekunde lang.

»Wie Sie sehr gut sehen können, Madame, ist ganz und gar nichts in Ordnung. Und obwohl es mich geradezu schmerzt, das zu sagen, denke ich, dass es hilfreich wäre, wenn wir uns ein wenig unterhalten würden.«

Mit einem Mal verstand Penelope, und ihr wurde übel. »In diesem Gebäude war Ninas Atelier.«

Der Polizist widersprach nicht. »Es gehört Gilles de Bourdan.«

Frankie erkannte ihre Chance. »Das Mittagessen geht auf mich.« Sie streckte dem fassungslosen Beamten, der im Vergleich zu ihr nicht zuletzt wegen der hohen Absätze und dem riesigen Mantel gerade einmal halb so groß wirkte, den Arm entgegen. Bevor Penelope protestieren konnte, wurde Reyssens wie ein Kind die Straße entlanggezogen, was aussah, als würde er von einem riesigen Leoparden entführt. Sie folgte den beiden zu einer Brasserie an einer Ecke und hörte zu, wie Frankie ihn in fließendem Französisch mit einer Charmeoffensive bedachte, der schon ganz andere Männer als Reyssens nicht hatten widerstehen können.

»Habe ich schon meine Zeit in Paris erwähnt … Ich war Tänzerin im Moulin Rouge, wissen Sie?«

»Madame, ich bitte Sie, bitte …«

»Natürlich war ich damals erst neunzehn Jahre alt. Neunzehn! Und mit einer winzigen Taille. Stellen Sie sich dieses unschuldige junge Mädchen vor, in Korsetts und Strümpfen mitten auf dem verruchten Montmartre …«

Ausnahmsweise einmal schien Reyssens sprachlos zu sein. *Eins zu null für Frankie,* fand Penelope. Mit wachsender Sorge hinsichtlich der Folgen beobachtete sie, wie ihre Freundin den Polizisten durch die Tür in den dunstigen Innenraum zog.

Das Restaurant, dessen Tische sich im Sommer unter den Bäumen am Wasserweg ausbreiteten, war jetzt nur noch ein dunkler, getäfelter Raum. Ein Holzfeuer brannte im Kamin, und bis auf einen Tisch waren alle besetzt.

Frankie bestellte Getränke.

Penelope lehnte sich auf ihrem Stuhl zurück und wunderte sich wieder einmal über die schiere Dreistigkeit ihrer Freundin. Sie entschied, dass es am sichersten wäre, einfach still zu sitzen und Reyssens reden zu lassen. Unglücklicherweise bestürmte Frankie ihn mit Fragen und gab ungefragt ihre Meinung zum Besten. Penelope befürchtete das Schlimmste.

Nachdem die Getränke und Speisekarten gebracht worden waren und Frankie aufgehört hatte zu reden, um einen langen Schluck Rotwein zu trinken, verengte Reyssens seine Augen zu schmalen Schlitzen und fixierte Penelope über den Tisch hinweg.

»Sie können sicher herleiten, was passiert ist. Wir wurden heute früh zum Brand hinzugerufen. Die Feuerwehrleute haben in den Ruinen eine Leiche gefunden.«

»Oh nein!«, kam es von Penelope und Frankie zugleich.

»Oh ja.«

»Wie schrecklich. War es ein Unfall – oder …?«

»Das werden wir herausfinden.«

Penelope richtete sich auf. Was bisher eine vage Idee war, wuchs plötzlich zu einem ziemlich unangenehmen Verdacht. Sie hatte gewusst, dass Reyssens nicht freiwillig mit ihr sprechen würde, wenn er nicht einen sehr guten Grund gehabt hätte. Sie holte tief Luft. »Der Körper …«

»*Oui*, Madame?«

»Wer ist es?« Frankie wurde ungeduldig.

»Die Leiche ist noch nicht offiziell identifiziert worden, das verstehen Sie. Aber ich habe den starken Verdacht, dass es sich um …« Reyssens legte eine dramatische Pause ein. »… die Künstlerin Nina Chiroubles handelt.«

Penelope wollte ihren Ohren nicht trauen. Ein weiteres Opfer aus der Künstlergruppe.

»Ich dachte, Sie verdächtigen sie des Mordes an Don Doncaster …«

»Wir mussten sie freilassen, bis weitere Ergebnisse unserer Ermittlungen vorlagen.«

»Wurde sie – ich meine, wurde sie getötet, oder sieht es so aus, als hätte sie Selbstmord begangen?«, fragte Penelope.

Reyssens blickte sie mit finsterer Miene an. »Hätte sie denn einen Grund gehabt, sich das Leben zu nehmen?«

»Ich weiß es nicht. Ich kannte die Frau kaum. Aber es wäre unklug, es als gegeben hinzunehmen.«

»Sie kannten sie kaum, und doch waren Sie dabei, als sie verhaftet wurde«, erinnerte er sie.

»Ich interessiere mich für Kunst.«

Es dauerte nie lange, bis sie wieder miteinander über Kreuz lagen. Penelope trank etwas Wasser und wagte es, eine Frage zu stellen. »Wissen Sie schon, ob sie aufgrund des Brandes starb oder schon tot war?«

»Das werden wir anhand der Rauchspuren in der Lunge feststellen.«

»Vermuteter Todeszeitpunkt?«, fragte Penelope ganz mechanisch.

»Wirklich, Madame Keet. Sie erwarten nicht ernsthaft von mir, dass ich Ihnen darüber etwas erzähle. Ich bin derjenige, der hier die Fragen stellt, vergessen Sie das nicht. Und natürlich werden wir eine Autopsie durchführen, wie das in solchen Fällen üblich ist.«

»Und wenn Sie etwas mehr Respekt zeigen würden, würden Sie auf Ihre Fragen auch vernünftige Antworten erhalten«, sagte Frankie. »Meine Freundin hat bedeutende Erfahrungen …«

»Frank, bitte!«

»Also, ehrlich gesagt …«

»Das ist nicht hilfreich«, erklärte Penelope entschieden.

Der Polizist blickte sie düster an. »Ich werde Ihnen eine Sache verraten. Die Türen waren verschlossen.«

»Gehen Sie davon aus, dass es ein Unfall war?«, fuhr sie fort.

»Das kann ich Ihnen nicht sagen. Wir müssen die Vorgaben einhalten. Ich bin sicher, dass Sie das verstehen.«

»Natürlich, Inspektor, sehr lobenswert.«

Hatte Reyssens nicht die nötige Erfahrung, um aus Penelopes britisch-kühlem Tonfall diese winzige Spur Sarkasmus herauszuhören?

Er lehnte sich zurück und trank einen Schluck. »Madame, wenn es darum geht, Verbrechen aufzuklären, geht es darum, Vorgaben einzuhalten! Wenn es nicht so wäre, wäre ich nicht da, wo ich heute bin.« Nach einem kritischen Blick auf das tiefe Rot des Châteauneuf-du-Pape nahm er einen größeren Schluck. »Madame Keet, können Sie mir genau sagen, was Sie gestern Abend gemacht haben?«

Penelope spuckte vor Schreck aus. Nur gut, dass sie Wasser statt Wein trank, sonst wäre Reyssens' makellos weißes Hemd jetzt rot gesprenkelt. »Was in aller Welt meinen Sie damit, Inspektor? Verdächtigen Sie mich?«

»Ich verdächtige *je-den*, Madame. Ich laufe nicht argwöhnisch diesem oder jenem nach und hetze dann der nächsten Person hinterher. Ich halte meinen Mund und mache alles im Kopf. Und ganz zum Schluss habe ich die Antwort.«

»Ich glaube, Sie haben zu viele Kriminalromane von Hercule Poirot gelesen.«

»Es ist wirklich außerordentlich interessant, Madame, dass Sie meine Frage nicht beantwortet haben. Eine so einfache Frage.«

»Ich verbitte mir diesen Tonfall«, sagte Penelope. »Wenn

Sie es unbedingt wissen müssen: Nachdem ich in Lourmarin auf dem Markt war, war ich zu Hause. Mit Frankie, hier.«

»Der Markt ist am Nachmittag zu Ende.«

»Ja. Wir sind spazieren gegangen. Wir waren den ganzen Tag und den ganzen Abend zusammen.« Penelope war nicht in der Stimmung, sich verhören zu lassen.

»Kann das sonst noch jemand bestätigen?«

Dieser zwergenhafte Polizist mit dem furchtbar lächerlichen Toupet war eindeutig kein Mensch, der die Vergangenheit auf sich beruhen lassen wollte.

»Ja, Madame Clémence Valencourt kam um sechs Uhr zu uns.«

»Und Sie, Madame.« Er wandte sich an Frankie. »Kannten Sie Nina Chiroubles?«

»Nein. Ich bin ihr nie begegnet.«

Reyssens schien etwas sagen zu wollen, überlegte es sich dann jedoch anders. Er schob die Speisekarte von sich. »Ich bedauere, dass ich nicht mit Ihnen zu Mittag essen kann, meine Damen.«

»Weil wir Verdächtige sind?«, fragte Frankie ungläubig.

»Weil ich noch wichtige Arbeit zu erledigen habe.« Aber er stand nicht auf, um zu gehen. »Haben Sie in letzter Zeit Gilles de Bourdan gesehen, Madame Keet?«

»Ja, vor Kurzem.«

»Wo und wann war das?«

Penelope sah Frankie an. »Wir trafen ihn vor drei Tagen am Flughafen von Marseille.«

»Wirklich?« Das war eindeutig nicht das, was Reyssens erwartet hatte. Er war sofort interessiert.

»Ich war dort, um Frankie abzuholen, und Gilles war auf dem Weg zu einem Flug am Nachmittag.«

»Wohin wollte er?«

Etwas ließ Penelope innehalten. Sie sah Reyssens direkt in die Augen. »Ich habe wirklich keine Ahnung. Ich glaube, er erwähnte, es wäre geschäftlich.«

»Und sagte er, wie lange er unterwegs wäre?« Reyssens schien auf seinem Stuhl zusammenzusacken, als hätte diese neue Information eine seiner Theorien zerschlagen.

»Ich bin mir nicht sicher. Erinnerst du dich, Frankie?«

»Durchsuch mich. Ich hab mir keine Notizen gemacht. Ich war gerade aus dem Flugzeug gestiegen.«

Reyssens befeuchtete seine wulstigen Lippen, was ziemlich abstoßend aussah. »Wir sind immer noch dabei, den Fall von Don Doncaster zu untersuchen. Er wurde vergiftet. Er stand mit Nina in Verbindung. Und wir haben Scarpio, einen weiteren Künstler der Gruppe, der vergiftet und später ermordet wurde. Wir müssen uns sicher sein, bevor wir uns dem nächsten Punkt widmen.«

»Natürlich muss man sich sicher sein«, meinte Penelope. »Haben Sie alle Krankenschwestern befragt, die Don betreut haben, während er im Krankenhaus lag?«

Der Polizist schloss die Augen. »Warum fragen Sie?«

»Weil ich eine von ihnen kenne und sie mir erzählt hat, dass Don vor seinem Tod von einigen Frauen und zwei Männern besucht wurde. Sind Sie sicher, dass das Gift ihn getötet hat und nicht irgendeiner dieser Besucher ihm etwas angetan hat?«

Schweigen. Dann: »Seien Sie versichert, unsere Untersuchungen gehen weiter. Aber ich würde mich im Moment sehr viel lieber über Nina Chiroubles unterhalten.«

»Was wollen Sie wissen?«, fragte Penelope. »Nicht dass ich sehr viel über sie weiß.«

»Was genau war der Status ihrer Beziehung zu Don Doncaster?«

»Wenn ich das richtig verstanden habe, waren die beiden verheiratet.«

»Warum lebte sie dann in dieser Frauenkommune?«

»Um ihre Schamlippen zu malen«, warf Frankie ein. »Zumindest habe ich das gehört.«

»Bitte, Madame!« Reyssens wirkte allmählich genervt.

»Wann ist denn das Feuer ausgebrochen?« Penelope wollte seine Abscheu zu ihrem Vorteil nutzen. »Irgendwann im Verlauf des gestrigen Abends, am wahrscheinlichsten spät in der Nacht. Stimmt das, Inspektor?«

Reyssens seufzte. »Sie liegen richtig, Madame. Der Brand scheint in den sehr frühen Morgenstunden ausgebrochen zu sein. Die Meldung ging nach Mitternacht ein. Die Feuerwehrleute mussten wegen der ganzen brennbaren Materialien und Chemikalien im Atelier sehr vorsichtig sein. Dort befanden sich sogar Gasflaschen. Sie haben über sechs Stunden benötigt, um das Feuer so weit unter Kontrolle zu bringen, dass wir hineinkonnten.«

»Dann haben Sie die Leiche also erst gegen Morgen gefunden. Und sie war vermutlich sehr stark verbrannt.«

»Sie war nicht zu identifizieren. Wir sind gerade dabei, uns die Daten ihres Zahnarzts zu beschaffen.«

Mit einem Mal wirkte er so erschöpft und ausgelaugt, dass Penelope sogar Mitgefühl empfand.

»Wir sprechen gerade mit allen, die sie kannten. Wenn Sie dazu irgendetwas beitragen können, vor allem in Bezug auf die neue Madame Doncaster, wäre ich äußerst dankbar.«

»Was also machen wir jetzt?«, fragte Frankie nach dem Mittagessen. Penelope war immer noch übel davon, dass sie über den nächsten Todesfall gestolpert waren.

Frankie und Reyssens hatten die Flasche Wein gemeinsam geleert und dann eine Vorspeisenportion Wildterrine mit Brot gegessen, bevor er ging, nicht ohne noch einmal zu betonen, dass er keine Zeit habe, zu Mittag zu essen. Penelope hoffte inständig, dass ihr Gespräch im Restaurant keine unvorhergesehenen Konsequenzen hätte.

»Genau das, was wir vorhatten«, erklärte Penelope grimmig. »Wir gehen zu Gilles' Galerie. Und wenn es nur ist, weil wir Reyssens gegenüber genau das gesagt hatten, nämlich, dass wir das vorhätten.«

»Du hast recht. In der Galerie wird schon jemand sein, mit dem wir reden können. Sie werden von Nina gehört haben und genauso verwirrt sein wie wir. Wenn etwas Unerwartetes passiert, wollen die Leute meistens darüber sprechen. Jetzt ist also ein perfekter Zeitpunkt.«

Sie gingen zurück über die Straße, wo inzwischen ein Polizeizelt aufgestellt war, und versuchten, sich nicht allzu offensichtlich die Hälse zu verrenken. Als sie vor der Galerie ankamen, mussten sie feststellen, dass sie geschlossen war. Vermutlich ein Zeichen des Respekts, da nun drei ihrer Künstler so ein grausames Schicksal ereilt hatte.

Zurück in St Merlot wünschte sich sogar Frankie, den Rest des Tages in Ruhe zu verbringen. Sie nahm ein Buch zur Hand, während Penelope eine Weile auf ihrem Cello spielte. Dann bereiteten sie gemeinsam einen einfachen Auflauf zum Abendessen vor. Als der im Ofen war, nahm Penelope sich noch einmal Frankies beschädigtes Bild vor. Sie drehte es um, um die Rückseite zu untersuchen, aber da war nichts, was ihr einen Hinweis auf den Künstler oder die Herkunft gab. Warum um alles in der Welt war ein potenziell so schönes Gemälde mit einer von Dons Scheußlichkeiten übermalt worden?

Sie ging zu ihrem Schreibtisch, um im Internet nach irgendwelchen Hinweisen zu suchen, aber bevor sie ihren

Computer einschalten konnte, klopfte es an der Tür. Wider besseres Wissen hoffte sie, dass das Gespräch mit Clémence einen Zauber gewirkt haben könnte und es sich um Laurent handelte. Penelope strich sich über ihr Haar, während sie den Flur durchquerte. Mit einem einladenden Lächeln zog sie die schwere Eichentür auf.

»Grundgütiger!« Penelope wich zurück. »Sie! Ich dachte, Sie wären tot!«

31

Zitternd stand Nina Chiroubles in ihren dünnen Haremshosen und dem weiten Ledergürtel vor Penelope. Ihr türkisfarbenes Haar war verfilzt, als hätte sie es tagelang nicht gewaschen.

»Kann ich reinkommen?«, fragte sie flehend.

Penelope führte sie in die warme Küche. »Ich habe Sie im ersten Moment für ein Gespenst gehalten! Besser, Sie erzählen mir sofort, was in Gottes Namen passiert ist. Aber, halt, erst hole ich Ihnen etwas zum Stärken.«

Nichts war für diese Aufgabe geeigneter als der Pflaumenschnaps von Monsieur Louchard mit seinen wunderbar entspannenden Eigenschaften.

»Wie haben Sie mich gefunden, Nina?«, fragte Penelope.

»Ganz einfach. Jeder weiß, dass Sie die St-Merlot-Morde gelöst haben. Ich brauchte nur im Dorf herumzufragen. Ich war vorhin in der *Boulangerie*. Dort scheinen Sie sehr gut bekannt zu sein.«

Kurz war Penelope darüber entsetzt, bis Frankie zu glucksen begann.

»Geh und hol Nina etwas zum Wärmen«, entfuhr es ihr, und ihre Freundin gehorchte. »Und warum sind Sie ausgerechnet zu mir gekommen, Nina?«

»Ich habe Sie in Avignon zusammen mit diesem Polizisten beobachtet. Ich muss wissen, was vor sich geht und was er Ihnen erzählt hat.«

Frankie kehrte mit einem weißen, flauschigen Badetuch

zurück und legte es Nina über die Schultern. »Warum das?«, fragte sie, direkt wie immer.

Nina schaute erst bestürzt drein, dann malte sich auf ihren Zügen die blanke Wut ab. »Weil mein Leben sich in einem verdammten Alptraum verwandelt hat. Weil ich irgendwie einen Weg finden muss, aus dieser Nummer wieder unbeschadet herauszukommen. Und weil ich wissen muss, womit ich es zu tun habe!«

»Schon mal daran gedacht mit unserem Freund von nebenan, dem Polizeichef, zu sprechen?« Penelope hatte rasch erkannt, dass sie hier eine Verbündete finden könnte, und machte daher aus ihrer Verachtung gegenüber Reyssens keinen Hehl.

»Willst du mich verdammt noch mal verarschen?«

»Nein, ich verstehe Sie, glauben Sie mir.« Penelope überlegte, wo sie am besten anfangen sollte, da schien Nina endgültig zusammenzubrechen. »Ich wollte nicht, dass das alles passiert«, krächzte sie, und all ihre Selbstbeherrschung verschwand unter Tränen.

Die beiden Engländerinnen sahen einander an.

»Dass was alles passiert?«, fragte Penelope. »Vielleicht sollten Sie von Anfang an erzählen, dann können wir unter Umständen helfen.«

Nina trank einen Schluck Pflaumenschnaps. Umgehend bekam sie wieder etwas Farbe. »Alles begann mit den Oliven.«

»Mit den Oliven?«

»Ja, diese besonderen Oliven, die er so liebte, die aus Goult.«

»Wir sprechen von Don, ja?«

Ein Nicken. »Er war verrückt nach einer bestimmten Olivensorte, denen, die mit Mandeln gefüllt sind. Und nur aus einem einzigen Geschäft in Goult.« Nina krümmte sich nach vorne, als wolle sie sich so klein wie möglich machen.

»Weiter, Nina.«

Sie begann, sich vor und zurück zu wiegen.

»Haben Sie etwas mit den Oliven gemacht, bevor Sie sie Don gegeben haben?«, fragte Penelope sanft.

Ihre Stimme war nur ein winziges Flüstern »Ja.«

Wieder Schweigen.

»Haben Sie sie grün angemalt?«

Nina starrte hoch zu Penelope, ihre Augen feucht. Dann rollte eine Träne über ihre Wange.

»Mit Scheeles Grün aus dem Museum?«, fragte Penelope, um die Gunst der Stunde zu nutzen.

»Was? Nein! Das hat mich die Polizei auch andauernd gefragt. Ich hab nur eine Schlaftablette zerkleinert und eine winzige Dosis unter die Mandeln gedrückt. Um ihn müde zu machen, damit er keinen anderen Frauen hinterherrennt.«

»Aber das heißt, dass Sie die Oliven an jenem Abend zur Galerie gebracht haben?«

»Nein! Hab ich nicht. Nachdem er gestorben war, habe ich in seinem Atelier in Ménerbes nachgesehen. Die Oliven, die ich gekauft und präpariert hatte, waren immer noch dort. Die Polizei hat sie für ihre Analysen mitgenommen.«

»Sie haben also weder das Arsen aus dem Museum verwendet, noch haben Sie Oliven für die Ausstellung mit in die Galerie genommen«, fasste Frankie, die auch mitreden wollte, noch einmal zusammen.

»Nein, habe ich nicht.« Nina vergrub das Gesicht in ihren Händen und schluchzte. »Und es waren nur Schlaftabletten, aber ich dachte, ich hätte … hätte ihn umgebracht.«

Penelope gab ihrer Freundin ein stummes Zeichen, Kaffee kochen zu gehen, und wandte sich dann wieder an Nina.

»Nina, haben Sie Don im Krankenhaus besucht?«

Sie nickte. »Es ging ihm besser. Ich war so erleichtert! Warum ist er dann gestorben?«

»Ich weiß es nicht«, sagte Penelope.

»Ich habe ihn an dem Tag, nachdem er eingeliefert worden war, besucht. Er ging ihm immer noch sehr schlecht, doch das Personal sagte mir, er wäre auf dem Weg der Besserung. Und dann, am nächsten Tag, war es …« Sie konnte den Satz nicht zu Ende bringen.

Frankie kam mit einem Becher Kaffee.

»Haben Sie der Polizei von den Schlaftabletten erzählt?«

Sie nickte energisch. »Das musste ich doch. Ich habe es auch den Ärzten im Krankenhaus gesagt, damit sie Don auf eine versehentliche Überdosis untersuchen konnten.«

»Hat die Polizei Sie deswegen verhaftet?«

»Kann sein. Sie hatten behauptet, sie hätten meine Fingerabdrücke auf einer alten Tintenflasche oder so was im Ocker-Museum gefunden. Ich sagte ihnen, dass dies gut möglich wäre, denn schließlich hatte ich dort gearbeitet.«

»Und sie glaubten Ihnen.«

»Das mussten sie doch. Ich wurde freigelassen.«

»Und wo waren Sie seitdem?«

»Meistens in meinem Wohnwagen. Die Polizei hat meinen Personalausweis einbehalten und mir befohlen, dortzubleiben, solange die Untersuchungen zu Dons Tod andauern. Gestern wollte ich allerdings ein paar Sachen aus meinem Atelier holen.«

»Und was?«

»Ein Skizzenbuch. Damit kann niemand außer mir etwas anfangen. Aber ich wollte wieder mit der Arbeit beginnen, etwas tun, das mich von dem ganzen Kummer ablenkt. Ich hatte bis spät in die Nacht gewartet und bin dann hingegangen. Ich bin ins Atelier, hab mein Skizzenbuch genommen und wollte gerade wieder gehen, als ich dachte, dass ich jemanden hereinkommen höre.«

»Wie sind Sie denn selbst hereingekommen?«

»Ich hatte die Tür anscheinend nicht verschlossen. Allerdings ist das Atelier in den letzten Jahren von einigen Künstlerinnen und Künstlern genutzt worden. Es kann sein, dass noch jemand Schlüssel besitzt. Ich wollte jedenfalls nicht gesehen werden. Ich dachte, es wäre vielleicht die Polizei, und die hatte mir ja befohlen, im Lager zu bleiben. Also bin ich schnell zur Hintertür raus.«

»Haben Sie die Hintertür dann verschlossen, Nina?«

»Ja.«

»Und dann sind Sie in das Lager zurückgekehrt.«

»Ja.«

»Was also ist heute Morgen in dem Atelier vor sich gegangen?«, fragte Frankie.

»Ich hatte ein schlechtes Gefühl wegen der Person, die da ins Atelier gekommen ist. Ich konnte es nicht wirklich greifen, aber in letzter Zeit ist so viel Scheiß passiert. Daher bin ich heute gegen halb zwölf wieder hingegangen und sah nur noch die qualmenden Überreste. Und Reyssens, wie er sich mit euch beiden unterhalten hat. Dann habe ich zufällig gehört, dass jemand sagte, man hätte einen Toten gefunden. Ich wusste nicht, was ich tun sollte. Ich habe versucht, Gilles anzurufen, doch der ist nicht ans Telefon gegangen. Was hat die Polizei gesagt?« Nina Stimme wurde flehentlich. »Glauben die jetzt wieder, ich hätte jemanden umgebracht?«

»Sie denken, dass Sie es sind. Die Leiche«, sagte Penelope.

»Was?«

»Ja, wirklich. Sie müssen zur Polizei gehen und denen sagen, dass Sie noch leben.«

Nina nahm einen großen Schluck Pflaumenschnaps und

kniff die Augen zusammen. »Ich weiß. Das mache ich. Aber ich muss da erst ein paar Dinge erledigen.«

»Was für Dinge?«

»Ihr müsst mir vertrauen, bitte.«

»Sie sollten sofort zur Polizei«, wiederholte Penelope.

»Ich weiß. Aber hier geht etwas vor sich, und ich habe keine Ahnung, was. Das ist alles größer, als ihr denkt. Und ich bin mir sicher, dass die ganzen Sachen miteinander zusammenhängen. Ihr glaubt mir doch – warum hätte ich sonst herkommen sollen?« Nina stierte in ihr leeres Glas. Frankie hielt ihr einen Teller mit Brot und Käse unter die Nase.

»Dann erzählen Sie endlich«, drängte Penelope sie.

Wie eine Verhungernde fiel Nina über die Speisen her, während Frankie ihr Glas erneut mit Pflaumenschnaps füllte. Nina stürzte ihn hinunter und starrte dann wie gebannt auf einen Punkt hinter Penelopes Schulter.

Die folgte ihrem Blick. Hinter ihr stand die halbgesäuberte Ikone auf der Küchenanrichte.

»Was zur Hölle macht die hier?« Nina stieß ihren Stuhl zur Seite und ging zu dem Bild. Mit zitternden Händen nahm sie es in die Hand.

Penelope und Frankie tauschen einen Blick.

»Erkennen Sie es wieder?« Penelope versuchte, ihrer Stimme einen gelassenen Klang zu geben. »Wissen Sie etwas darüber?«

Die eintretende Stille wurde lediglich vom Ticken der Küchenuhr unterbrochen, während Nina das Bild untersuchte. Sekunden verrannen. »Ja, ich denke schon.«

»Die Reste der Acrylfarbe machen es schwer, sicher zu sein?«, vermutete Penelope.

»Genau wegen der Acrylfarbe bin ich ja sicher.«

»Ich verstehe n…«

»Es ist dieselbe Ikone. Der vergoldete Heiligenschein hat so eine schöne Textur, wie Reißlack. So etwas vergesse ich nicht.«

»Wissen Sie noch, wo Sie sie gesehen haben?«

Nina hielt das Bild noch näher ans Gesicht. »Im Ocker-Museum.«

»Im Ocker-Museum?«, warf Frankie ein.

»In Nicolas' Werkstatt. Er ist Experte, wenn es darum geht, die Echtheit von Bildern zu bestimmen. Viele Käufer oder Verkäufer fragen ihn für Expertisen zu Bildern an. Es sind eine Menge Fälschungen im Umlauf, vor allem Ikonen.«

»Kennt Nicolas sich denn mit Ikonen aus?« Penelope beobachtete Ninas Gesichtsausdruck, während sie mit den Fingerspitzen über die braunen Acrylkleckse strich, die noch von dem Hund übrig geblieben waren, den man über den originalen Heiligen gemalt hatte. Sie nickte bei sich, als müsste sie sich noch einmal davon überzeugen, dass sie recht hatte.

»Ich glaube nicht. Ich habe mal einen heftigen Streit zwischen ihm und Gilles über eine Ikone mitbekommen, und Gilles warnte ihn davor, einfach zu behaupten, dass er ein Experte wäre. Dass er selbst, also Gilles, der einzig wahre Experte wäre und Nicolas besser bei dem bleiben solle, womit er sich auskennt.«

»Wann war das?«

»Ist schon eine Weile her. Scarpio war auch beteiligt. Die sind alle drei durchgedreht und haben sich gegenseitig angeschrien.«

»Was war Scarpios Problem?«, sagte Penelope.

»Das habe ich nicht mitbekommen. Aber er hing oft in der Werkstatt herum. Ich vermute, dass er Dinge aus den Nebengebäuden gestohlen hat. Er hatte immer schon lange Finger.«

»Interessant. Woran können Sie sich noch erinnern?«

Statt einer Antwort richtete Nina ihre Aufmerksamkeit auf die beschädigte Ikone. »Wo haben Sie die gefunden?«

»In einem Laden in Lourmarin«, sagte Frankie. »Das war mal ein Bild von einem Hund.«

»Von Don Doncaster«, fügte Penelope hinzu.

»Wir haben die Ikone nur entdeckt, weil ein Teil der neuen Farbe versehentlich abgeschabt ist«, fuhr Frankie fort.

»Ist Ihnen nicht in den Sinn gekommen, dass es einen Grund dafür gegeben haben muss, warum sie übermalt wurde?«, fragte Nina. »Und zwar genau auf diese Art und Weise, dass es so leicht wieder abgeht?«

»Natürlich«, sagte Penelope. »Und warum?«

»Ich verrate es Ihnen«, sagte Nina. »Um es vor den Behörden zu verstecken. Vielleicht wegen Einfuhrzöllen, vielleicht um keine Vermögenssteuer zu bezahlen. Es könnte nach Lourmarin geschickt worden sein, damit der wahre Käufer es inkognito abholen kann.«

»Woher wissen Sie das alles?«

»Ich weiß es nicht sicher. Aber Don ahnte, dass etwas nicht stimmt. Das war nach einer von Gilles' Ausstellungen in Moskau. Gilles hatte gegenüber Don behauptet, all seine Bilder wären verkauft worden, aber kurz danach entdeckte Don ein Bild in einem Laden in Ansouis. Er war ein wirklich kluger Mann. Er hatte herausgefunden, dass da irgendein Betrug vor sich ging.«

»Wertvolle Ikonen mit Doncaster…« Penelope wollte eigentlich »Müll« sagen, hielt sich aber gerade noch rechtzeitig zurück. »… Doncaster-Kunst übermalen? Um sie durch den Zoll zu bringen, ohne erpresserische Zollgebühren zu zahlen?«

»Und einige ziemlich verärgerte Russen werden versuchen, diese Ikone hier wieder aufzuspüren. Ich möchte sie nicht in der Hand halten, wenn die hierherkommen. Sie sind nicht gerade für subtiles Vorgehen bekannt, wenn es darum geht, mit solchen Störungen in der Lieferkette umzugehen. Das ist nicht die Art von Händlern, mit denen man sich anlegen will. Don war der Sache auf der Spur. Vielleicht haben diese Typen ihn getötet.«

»Wa-a-s? Wovon reden Sie da? Die Russen sind doch nicht für jeden Giftanschlag verantwortlich.« Penelope war sehr skeptisch.

Nina bedachte sie mit einem warnenden Blick.

Penelope bemerkte, wie ihr der kalte Schweiß ausbrach.

»Gilles machte sich wegen einiger russischer Verbrecher in Nizza ziemliche Sorgen«, fuhr Nina fort. »Er ist seit Scarpios Ermordung sehr nervös. Er hat sogar die Galerie in Nizza vorzeitig wegen der Weihnachtsfeiertage geschlossen und den größten Teil seines Bestands an Ikonen hierhergebracht. Wenn ihr mich fragt, solltet ihr diese hier so schnell wie möglich zu ihm bringen.«

Penelope verschränkte die Arme, während ihr Verstand ganz von selbst einige höchst unwillkommene Schlussfolgerungen zog. »Moment mal! Was, wenn Gilles an dieser ganzen Betrugsgeschichte beteiligt ist? Sie sagten, das Bild, das Don wiedererkannt hatte, hätte eigentlich in Russland verkauft werden sollen – das heißt doch, dass Gilles es wieder mit zurückgebracht haben muss.«

»Genau deshalb möchte ich, dass es wieder in die Galerie kommt. Ich will sehen, was er dann macht.«

»Gilles wird gar nicht dort sein. Es ist in Russland unterwegs.«

»Umso besser, wenn er nicht da ist«, meinte Nina. »Versucht, in der Galerie Hinweise zu finden, fotografiert alle Doncasters, die ihr dort seht. Dieses Geschäft mit den Ikonen ist der Schlüssel zu den Morden und Nicolas' Verschwinden. Da bin ich mir sicher.«

»Ich bin doch ein kompletter Volltrottel!«, rief Penelope.

Frankie zog die Schultern hoch. »Mach dich nicht so fertig, Pen – wir haben alle unsere Momente.«

»Aber ich hatte es direkt vor meiner Nase und habe es nicht bemerkt.«

»Was nicht bemerkt?«

»Ist dir am Flughafen etwas Merkwürdiges aufgefallen?«

»Nun, deine Schuhe passten nicht ganz zu deinem Kleid.«

»Nein, nein! Doch nicht an mir, sondern an Gilles.«

Frankie schaute ratlos drein.

»Also, mir schon, aber ich habe später nicht mehr daran gedacht, zu blöd auch.«

»Sprich weiter.«

»Gilles war auf dem Weg nach Sankt Petersburg, hatte aber noch nicht eingecheckt, weil er so früh dran war.«

»Ja … und?«

»Er hatte kein Gepäck dabei, Frankie. Nicht einmal eine Aktentasche.«

Auf Frankies Miene zeichnete sich Begreifen ab, und Nina riss die Augen weit auf, als hätte sie gerade ein riesiges Geschenk bekommen.

Penelope zog ihr Smartphone heraus und schnalzte ungeduldig, bis sie ein WiFi-Signal fand. »Da haben wir's.« Sie hielt Frankie das Telefon hin.

»Die Reiseziele des Flughafens von Marseille. Was siehst du, Frank?«

»Sie fliegen nach Marrakesch – ich wollte schon immer mal nach Marrakesch! Kennst du …«

»Um Himmels willen! Es geht nicht darum, wohin sie fliegen, sondern wohin nicht.«

Frankie überflog die Liste.

»Keine Direktflüge nach Sankt Petersburg.«

»Genau, Frankie. Gilles hat gelogen. Er wollte gar nicht nach Russland fliegen.«

Sie sahen sich an.

»Also muss er umsteigen«, sagte Frankie. »Wahrscheinlich in Paris.«

Penelope schüttelte den Kopf. »Er hat eindeutig gesagt: ›Mein Flug nach Sankt Petersburg.‹«

Eine halbe Stunde später macht Nina sich zum Aufbruch bereit. Sie weigerte sich, ihnen zu verraten, was sie tun wollte, um sie nicht noch mehr in die ganze Sache hineinzuziehen. Penelope fand das alles andere als richtig, doch sie gab sich geschlagen. Reyssens und sein Team sollten inzwischen selbst herausgefunden haben, dass die Leiche in dem ausgebrannten Atelier nicht Nina war. Was unweigerlich zu der Frage führte: Wer war es dann?

Die beiden Freundinnen sahen zu, wie Nina ihr Motorrad startete. Dann lauschten sie ihm, wie es röchelnd über den Weg keuchte und die Richtung nach St Merlot einschlug.

»Da sitzen wir ganz schön in der Klemme«, meinte Penelope. »Reyssens und ein Haufen Russen, die in den illegalen Kunstmarkt verstrickt sind. Aber ich habe eine Idee.«

32

Penelope fühlte sich zutiefst unbehaglich, weil sie zugestimmt hatte, Ninas Besuch vor der Polizei geheim zu halten, und sei es auch nur für kurze Zeit. Wenn jemand anderes als Georges Reyssens verantwortlich gewesen wäre, hätte sie Ninas Bitte keinesfalls in Betracht gezogen. Aber wenn sie mit ihrer Vermutung bezüglich der Bedrohung durch die Russen richtig lag, würde ihr scheinbarer Tod es ihr ermöglichen, weitere Beweise zu sammeln, ohne dass jemand sie verdächtigte.

Frankie hatte die Galerie Bourdan gegoogelt und herausgefunden, dass Gilles mindestens einmal im Jahr einige handlichere Werke seiner Künstler für eine Ausstellung nach Russland brachte. Vor allem Werke von Scarpio und Doncaster tauchten häufig in den Listen auf. Penelope wusste, dass sie ihr geplantes Spiel durchziehen musste, so gefährlich es auch sein mochte. Sie wollte Gilles' Reaktion auf die Ikone erleben, die Frankie versehentlich gekauft hatte.

»Es ist ein hohes Risiko.« Frankie nahm all ihren Mut zusammen. »Aber es ist die einzige Möglichkeit, herauszufinden, wie genau dieser Betrug vor sich geht – und ob er mit Don und Scarpio in Verbindung steht. Die Galerie ist geöffnet, obwohl heute Sonntag ist. Die Leute sind in entspannter Stimmung, perfekt, um Kunst zu kaufen.«

»Wir haben keine andere Wahl«, stimmte Penelope widerwillig zu. »Wir haben Reyssens gegenüber erklärt, dass wir in die Galerie gehen wollen. Aber falls die Polizei uns sieht, müssen wir sagen, dass wir gekommen sind, um ihnen klarzumachen, dass es nicht Nina war, die bei dem Brand ums Leben gekommen ist.«

»Einverstanden. Und wenn Gilles nicht in der Galerie ist, sollten wir einen Ort finden, an dem wir die Ikone hinterlassen können, ohne dass es jemand merkt. Je weniger Leute davon wissen, desto besser.«

»Und wie sollen wir das machen?«

»Ich sorge für Ablenkung«, sagte Frankie.

Penelope wusste, dass es ein gefährlicher Schritt war, Frankie in dieser Sache die Führung zu überlassen, aber sie hatte natürlich recht.

Eine halbe Stunde später waren sie, gestärkt durch je zwei Mandelhörnchen, wieder auf dem Weg nach Avignon. Die Ikone befand sich, sorgfältig in Einschlagpapier gewickelt, in einer Tasche aus einem Kleidergeschäft.

Sie gingen ohne Umwege zur Galerie. Auf der gegenüberliegenden Straßenseite waren einige Polizisten damit beschäftigt, das Zelt vor Ninas Atelier abzubauen und das Flatterband einzuwickeln. Zu Penelopes großer Erleichterung war Reyssens nirgendwo in Sicht.

Sie gingen an ein paar schwarzen Leinwänden vorbei, die am Eingang auf dem Boden gestapelt lagen. Einige Interessierte bummelten schweigend umher. Gilles' geckenhafter junger Assistent Alexis, der heute eine Schildplattbrille und eine Tweedjacke zu einer burgunderfarbenen Cordhose trug, telefonierte hinter einem eleganten schwarzen Schreibtisch. »Er wird morgen zurückerwartet. Paris. Ich bin mir nicht sicher. Fragen Sie bei Sergei nach. Bis bald.« Er sah auf, als er den Hörer auflegte. »*Bonjour*. Wie kann ich Ihnen helfen? Ach, Madame Kee…«

Frankie hievte ihren beträchtlichen Hintern auf den

Schreibtisch. »Guten Morgen! Ich bin gekommen, um viele schöne Bilder für mein neues Haus in Gordes zu kaufen. Verkaufen Sie hier tatsächlich was, oder träumen Sie nur davon?«

Das bescherte ihr seine volle Aufmerksamkeit.

»Natürlich, Madame, erlauben Sie mir … Wonach genau suchen Sie denn?«

»Große Gemälde. Sehr, sehr große. Mit Raffinesse und Tiefgang und einem Verständnis für Form und Geschichte. Und gute Investitionen!«

»Darf ich vorstellen: meine gute Freundin, Madame Turner-Blake«, unterbrach Penelope.

Der Assistent nahm eine beflissen unterwürfige Haltung ein. Er stand auf, verbeugte sich andeutungsweise vor der glitzernden Bluse und lächelte schmeichlerisch.

»In diesem Fall, Madame, haben Sie die optimale Entscheidung getroffen, indem Sie hierhergekommen sind, da bin ich sicher.«

Frankie kam in Fahrt. »Als Britin schottischer Abstammung kann ich Ihnen sagen, dass Sie ein äußerst elegantes Harris-Tweedjackett von sehr guter Qualität tragen. Es demonstriert perfekten Geschmack – das ist für junge Leute keineswegs selbstverständlich.«

Es war das erste Mal, dass Penelope von schottischen Vorfahren hörte.

»Jetzt«, plauderte Frankie, »möchte ich, dass Sie mir bei der Auswahl einiger Bilder helfen. Ich habe ein wirklich großes Haus mit viel Platz an den Wänden.« Sie wich Penelopes Blick aus, während der Assistent auf das größte Gemälde von Nicolas Versanne zusteuerte.

Während Frankie Alexis in ein Gespräch über Kunstgeschichte, Ursprünge und moderne Techniken verwickelte und aus Spaß anfing, um Preise zu feilschen, wanderte Penelope in den rückwärtigen Teil der Galerie, wo die Doncaster-Sammlung garstigen Farbspritzern gleich an den Wänden hing. Kein Bild war auf Holz gemalt. Bei allen glänzte das Acryl, doch als sie eines berührte, war die Farbe hart. Es wäre schwierig geworden, die Oberfläche freizukratzen.

Hier im hinteren Teil des Raumes war sie ungestört. Penelope schaute sich nach den Überwachungskameras um, von denen sie wusste, dass sie an den Wänden angebracht waren.

Als Frankie sich bei dem zierlichen Assistenten unterhakte und ihn in den nächsten Raum zog, ging Penelope wie zufällig zum Schreibtisch zurück. Sie warf einen Blick auf die wenigen Papiere und Kataloge, die dort verstreut lagen, doch nichts davon erregte ihr Interesse.

Ihre Freundin befand sich außer Sichtweite – Frankies Gelächter diente als sicherer Indikator dafür –, also erlaubte Penelope sich, ungestört herumzuschnüffeln. Da sie den Grundriss der Galerie in Nizza kannte, vermutete sie, dass Gilles hier ebenfalls eine Art verborgene Schatzkammer für Kunst hatte, die er unter der Hand lagerte und handelte. Im Idealfall könnte sie dort Frankies Ikone mitten zwischen den anderen versteckt hinterlassen.

Sie setzte sich auf den Stuhl neben dem Schreibtisch. Das sollte nicht allzu merkwürdig erscheinen, falls sie gefilmt wurde, denn einen weiteren Sitzplatz gab es nicht. Direkt unter der Schreibtischkante hingen zwei Schlüssel an einem Ring. Penelope widerstand der Versuchung, sie einfach zu nehmen. Sie stand auf und schaute sich nach der Tür zum Personalbüro um. Es musste eine geben. Frankies Geschwätz hallte durch die Galerie wider. Die Leute, die sich nur umgucken wollten, waren gegangen. Sie waren die einzigen Menschen dort.

Die Wände des Ausstellungsraums im Foyer hingen komplett voll mit Gemälden, darunter ein spektakulär abstrakter Versanne, der Penelope an ein sturmumtostes Tal denken ließ. Sie erblickte weder ein Schloss noch ein Möbelstück, das sich mit einem Schlüssel öffnen ließe.

Sie ging in den zweiten Raum und hatte mehr Glück: Rechter Hand entdeckte sie die Umrisse einer Tür, die sich vermutlich mit einem kräftigen Stoß öffnen ließ. Die Kameras waren auf die ausgestellten Kunstwerke gerichtet, nicht auf eine Personaltür. Wenn Frankie den Assistenten im hinteren Teil der Galerie noch eine Weile beschäftigte, könnte sie es vielleicht versuchen.

Wie auf Stichwort tauchten die beiden wieder auf. Alexis hielt ein Blatt mit roten Klebepunkten in der Hand, auf dem eindeutig einige fehlten. Er lächelte breit.

»Und jetzt genehmigen wir uns etwas zu trinken und besprechen die Preise.« Frankie zwinkerte Penelope zu. »Bei einer Flasche Champagner werden wir sicher einen für beide Seiten befriedigenden Kompromiss finden.«

»Aber, Madame«, sagte der junge Mann, »ich kann die Galerie nicht einfach verlassen! Monsieur de Bourdan ist nicht hier. Ich bin allein verantwortlich.«

»Würde er wollen, dass Sie meinen spektakulären Großeinkauf zunichtemachen, junger Mann? Stellen Sie sich vor, was es für Ihre Reputation bedeutet, wenn er zurückkommt und feststellt, dass Sie eine Reihe Versannes und einen Scarpio verkauft haben! Ich habe es mir zur Gewohnheit gemacht, bei einem größeren Kauf ein Glas Champagner zu trinken, während der lästige finanzielle Teil des Geschäfts abgewickelt wird.«

Enttäuschung und Frust malten sich auf seine hübschen Gesichtszüge. »Besteht vielleicht die Möglichkeit, dass Sie morgen wiederkommen, wenn er zurück ist?«

»Leider nicht. Ich fliege zu einer Party nach Malaga und dann weiter nach Paris zu einem Geschäftstreffen mit meinen Innenarchitekten. Jetzt oder nie.«

Der Assistent kämpfte sichtlich mit sich.

»Ich mache Ihnen einen Vorschlag. Penny hier kann sich um den Laden kümmern, während Sie mich in die nette Bar am Ende der Straße begleiten. War heute Morgen sehr viel los?«

»Nun, nicht wirklich.«

»Da haben Sie es.«

Den jungen Mann packte der Ehrgeiz. Er warf sich in die Brust und straffte die Schultern. »Es wäre mir eine Ehre, Madame.«

Noch während sie hinausgingen, stellte Penelope ihre Tasche auf dem Tisch ab und griff gleichzeitig nach den Schlüsseln, darauf hoffend, dass die Kameras sich von diesem Trick täuschen ließen. Sie ging davon aus, dass sie wenigstens zwanzig Minuten Zeit hatte.

Sie verschloss die Eingangstür, drehte das Schild mit der Aufschrift *Geschlossen* nach vorne und eilte zurück in den zweiten Raum. Ein kräftiger Stoß, und die Personaltür öffnete sich.

Penelope stand in einem schmalen Zwischenflur. Wie erwartet gab es eine Tür zu den Toiletten und eine andere zu einer Teeküche. Eine dritte wies das Schlüsselloch auf, nach dem sie gesucht hatte. Sie benutzte einen der Schlüssel. Er ließ sich leicht drehen, und mit einem gut geölten sanften Klicken öffnete sich die Tür zu einer dunklen Kammer. Penelope blieb im Durchgang stehen, bis sie den Lichtschalter fand. Mit einem Schlag befand sie sich in einer glitzernden Kaverne. Engelhafte Gesichter, Heilige und die Mutter Gottes mit dem Christuskind samt Heiligenschein starrten sie an und boten ihr mit einem Lächeln ihren Segen an. Auf dem Boden stapelten sich weitere Bilder, sowohl Ikonen als auch schwarze Leinwände, die aussahen, als stammten sie von Scarpio.

Rasch befreite Penelope ihre beschmierte Ikone aus der Tragetasche und legte sie auf einen der Haufen.

An einer Wand, unter einem Bücherregal, das mit losen Blättern und reihenweise Aktenordnern vollgestopft war, stand ein Schreibtisch. Er stellte mit seinen zwei Schubladencontainern das Gegenteil von dem eleganten Schreibtisch in der Galerie dar. Sie öffnete die oberste Schublade, da sie vorhatte, Gilles eine kurze Nachricht zu schreiben, anhand der er »zufällig« verstehen würde, was sie getan hatte. Er musste diese Ikone finden.

Keine der Schubladen war abgeschlossen.

Die obersten beiden waren angefüllt mit den zu erwartenden Rechnungen, Briefen und Katalogentwürfen. Kein Briefpapier. Sie müsste auf die Rückseite einer Rechnung schreiben, fand dann jedoch in der dritten Schublade einen Stapel Briefpapier und ein Paket mit Umschlägen ganz hinten eingeklemmt. Mit sanfter Gewalt zog Penelope das Paket hervor. Die Schublade war nur halb so tief wie die anderen, und sie wusste genau, was das bedeutete. Gezielt tastete sie mit den Fingern den hinteren Teil des Fachs ab, bis sie einen Riegel fand.

Neugier hatte sie immer wieder in missliche Situationen gebracht. Aber sie hatte sich auch oft genug als wertvoll erwiesen. Penelope öffnete das Geheimfach und fand einige Papiere. Das erste war eine Rechnung über eine große Menge Holztafeln. Genauer gesagt antike Holztafeln. Aus einer Kirche in Manosque. Als Lieferadresse war Scarpios Mühle bei Reillanne angegeben.

Hieß das, dass Gilles die Holztafeln für Scarpio gekauft

hatte? Als Investition in einen Künstler, an den er glaubte, der jedoch selbst arm wie eine Kirchenmaus war? Sie machte ein Foto von der Rechnung und legte sie zurück.

Das Nächste war ein Brief, in dem es um eine Ikone ging. Das Französisch war zu kompliziert, um es in der Zeit, die noch blieb, zu übersetzen. Sie fotografierte das Schreiben ebenfalls. Danach legte sie alles wieder ordentlich an seinen Platz, schrieb Gilles ihre Nachricht und legte diese unübersehbar mitten auf den Schreibtisch.

Sie prüfte noch einmal, ob alle Schubladen wieder wie zuvor geschlossen waren, und kam dann hinter dem Schreibtisch hervor. Erschrocken fuhr sie zusammen, als ihr Telefon eine Nachricht ankündigte.

Sind auf dem Rückweg.

Penelope beeilte sich und schaffte es gerade noch rechtzeitig, die Schlüssel wieder an ihren versteckten Haken unter dem schwarzen Schreibtisch zu hängen. Durch die Schaufensterscheiben konnte sie Frankie und Alexis die Straße hinaufkommen sehen. Frankie hielt inne und zeigte nach oben, was den Assistenten dazu zwang, ebenfalls aufzuschauen und ein Dach oder ein anderes architektonisches Detail zu betrachten. Penelope hastete zur Tür und entriegelte sie im allerletzten Moment. Frankie kam durch die Tür wie eine Naturgewalt, zog ihren Mantel aus und ließ sich auf den Stuhl fallen. »Ich dachte immer, ich trinke schnell, aber hier habe ich einen würdigen Gegner gefunden«, zischte sie Penelope zu.

»Mein lieber Alexis, ich war ein wenig zu forsch. Ich müsste das alles mit meinem Vermögensverwalter besprechen, bevor ich meine Einkäufe endgültig besiegele. Ich muss ihm eine Mail schreiben. Könnte ich kurz Ihren Computer benutzen? Und bestünde die Aussicht auf eine Tasse Kaffee?«

»Eines Tages gehst du zu weit«, flüsterte Penelope.

Aber der junge Mann war längst Frankies Charme erlegen. Er verließ den Raum durch die Tür, die Penelope kurz zuvor benutzt hatte, und kochte vermutlich frischen Kaffee.

»Hast du was gefunden?«, flüsterte Frankie. »Gilles ist auf dem Rückweg. Nach dem ersten Glas Wein hat Alexis eine Textnachricht von ihm bekommen. Deshalb wollte er unbedingt so schnell zurück. Dabei hatte ich mich gerade so gut amüsiert. Ich hab's noch drauf, Pen. Du weißt, was ich meine.«

»Gott sei Dank«, antwortete Penelope. »Ich meine dafür, dass Gilles bald zurück ist. Wann genau soll er kommen?«

»Jeden Moment. Meine Güte, das ist ziemlich aufregend. So, ich muss abhauen. Ich will doch keine fünfundzwanzigtausend Euro für mehrere Versannes und die Kaufoption auf einen Scarpio bezahlen. Du musst mich bei ihnen entschuldigen.«

»Was? Frankie!«

Aber Frankie war schon auf dem Weg hinaus. Sie wandte sich nach links und war verschwunden.

Und wie auf Kommando erschien der Assistent mit zwei Bechern Kaffee.

»Alexis ist Ihr Name, richtig? Es tut mir fürchterlich leid. Die Madame hat einen Anruf bekommen, dringende Geschäftsangelegenheit. Sie kommt sicher bald zurück. Sie könnten mir in der Zwischenzeit erzählen, wie Ihre Erfahrungen hier in dieser Galerie mit Gilles so sind. Arbeiten Sie schon lange hier?«

»Ungefähr ein Jahr.«

»Und gefällt es Ihnen?«

»Und wie.«

»Arbeiten Sie auch mit den Künstlern zusammen?«

»Wie meinen Sie das?« Er wirkte ein wenig nervös, als hätte er inzwischen verstanden, dass die beiden Engländerinnen ihn für dumm verkauft hatten. »Bitte sagen Sie Gilles kein Wort darüber, dass ich die Galerie verlassen habe«, flehte er sie an.

»Keine Sorge, auf keinen Fall.«

Er war ganz offensichtlich nicht überzeugt.

»Ich vermute, dass Gilles im Moment viel wichtigere Dinge hat, um die er sich kümmern muss«, sagte sie. »Hat er etwas darüber gesagt, warum er früher als geplant zurückkehrt?«

Sie nahm an, dass es daran lag, dass die Polizei ihn wegen Nina angerufen hatte – oder vielmehr wegen der Leiche, die sie in der Brandruine gefunden hatten, doch sie wollte es von ihm hören.

Alexis schüttelte den Kopf. Er sah besorgt aus.

»Schreckliche Sache, das mit Nina Chiroubles«, versuchte Penelope es noch einmal.

»Absolut.«

»Hat die Polizei mit Ihnen darüber gesprochen?«

Da summte die Eingangstür und ging auf.

Penelope war ziemlich verärgert, während Alexis sich aufraffte und umwandte, um einen möglichen Kunden zu begrüßen.

Sie hielt den Atem an, als sie sah, wer da gekommen war.

Gilles de Bourdan wirkte ziemlich ausgelaugt, als wäre er tagelang ohne eine Sekunde Schlaf unterwegs gewesen. Tiefe Falten und Schatten verstärkten den zutiefst entsetzten Ausdruck, der über sein Gesicht huschte, als er begriff, dass es Penelope war, die da vor ihm stand.

33

Sie hatten Frankies Ikone auf dem Schreibtisch aufgestellt. Penelope saß mit Gilles unter dem gelassenen Blick des Heiligen in dem kleinen Hinterzimmer. Er schien um zehn Jahre gealtert, und es war klar, dass er Wichtigeres im Sinn hatte als eine versteckte Ikone und ihre eigentümliche Herkunft. Sie hatte eine Menge Fragen, wollte aber jetzt nichts überstürzen.

Im Moment war Gilles derjenige, der Antworten verlangte.

»Hast du etwas von Nina gehört? Weiß man, wie der Brand ausgebrochen ist? War es Brandstiftung?«

Penelope versuchte, ihn zu beruhigen. »Ich war gestern hier und habe die Schäden gesehen. Sie wissen noch nicht, was das Feuer verursacht hat und ob es vielleicht Brandstiftung war. Die Polizei sagte mir, Nina wäre eingeschlossen gewesen, aber …«

Gilles barg den Kopf in seine Hände. Der jüngste Schlag schien ihn an den Rand des Zusammenbruchs gebracht zu haben. Sie empfand Mitgefühl für ihn und rief sich dann aber all die Gründe ins Gedächtnis, warum sie ihm nicht trauen sollte. Aber weder diese Erschöpfung noch seinen Schrecken konnte er unmöglich vortäuschen. In was auch immer er verwickelt war, er stellte keine Bedrohung für sie dar – nicht in diesem Zustand.

»Ich weiß nicht, ob wir hier reden können«, sagte Penelope und dachte dabei an die Überwachungskameras. »Aber es gibt eine Sache, die du über Nina wissen solltest.«

Er richtete sich mit einem Ruck auf. »Was hast du herausgefunden?«

»Nicht hier.«

»Nein, du hast recht. Ich brauche frische Luft. Komm mit.«

Alexis warf Penelope einen flehentlichen Blick zu, ihn auf keinen Fall zu verraten, als Gilles seinem Assistenten Bescheid gab, dass sie rausgehen würden. Vor der Galerie betrachtete Gilles sehr lange und intensiv die ausgebrannte Ruine, bevor sie sich gemächlich in Bewegung setzten.

Nach einer Weile bot er ihr den Arm an, und sie hakte sich ein. Dabei hatte Penelope eher das Gefühl, dass er bei ihr nach Halt suchte, während sie sich durch das Gewirr der kleinen Gassen an Türmen, Kirchen und massiven steinernen Verteidigungsanlagen vorbei in Richtung Zentrum bewegten. Überdeutlich nahm Penelope die eisernen Geländer und Balkone wahr, die Fenster in den Erdgeschossen und diese Atmosphäre von unentdeckten Geheimnissen und Jahrhunderten voller harter Leben. Und dann kam unerwartet die Sonne hervor, und ihr Licht fiel auf eine Fassade, die daraufhin ihre Schönheit offenbarte. Penelope erinnerte sich daran, irgendwo gelesen zu haben, dass Avignon sowohl eine ungewöhnliche als auch eine grausame Stadt sei. Und etwas Ungewöhnliches und Grausames war auch Gilles zugestoßen, da war sie sich sicher. War es, weil er Nina für tot hielt, oder weil er mehr wusste? Hatte Nina mit ihrer Vermutung bezüglich der russischen Verbrecher recht, und fürchtete er sich vor ihnen? Angst hatte er jedenfalls, so viel war klar. Sie setzte an, um etwas zu sagen, doch er schüttelte den Kopf. »Noch nicht.«

Also durchquerten sie schweigend versteckt liegende Hinterhöfe, wo sich verborgen im Schatten plötzlich Durchgänge auftaten, die zu weiteren Plätzen führten und immer tiefer hinein in dieses Labyrinth. Der beißende Wind frischte auf und trieb die Blätter der Platanen vor sich her.

»Wohin gehen wir, Gilles?«

»Es ist nicht mehr weit.«

Sie kamen auf den großen leeren Platz vor dem Palais des Papes, der sich mit seiner gewaltigen Steinfassade über dem Kopfsteinpflaster in den Himmel reckte.

»Hier rauf.«

Sie stiegen die Stadtmauer hinauf, wobei Penelope sich wunderte, dass er überhaupt die Energie dafür aufbrachte. Er öffnete ein Gittertor, hinter dem ein Garten mit Bäumen und Sträuchern lag. *Rocher des Doms* stand auf einem Schild.

Mit jedem Schritt in den Park hinein schien Gilles sich mehr zu entspannen. Penelope vergrub die Hände in ihren Manteltaschen und holte tief Luft. Sie war sich immer noch nicht sicher, ob sie es riskieren konnte, ihm zu vertrauen. »Ich werde dir nicht verraten, woher ich das weiß. Aber die Leiche im Atelier ist nicht Nina.«

Er blieb abrupt stehen und wandte sich ihr zu. »Nicht Nina? Bist du sicher? Kein Irrtum möglich?«

»Ich bin mir sicher. Ich habe sie gestern Abend gesehen.«

Er nahm sich ein paar Augenblicke Zeit, um diese Neuigkeit zu verarbeiten, und stieß dann einen Seufzer aus, der mehr wie ein Würgen klang. War das Erleichterung oder etwas weitaus Komplizierteres? »Aber warum behauptet die Polizei dann, dass Nina bei dem Brand umgekommen ist?«

Penelope schüttelte den Kopf. »Das kann ich dir nicht sagen.«

»Wenn es nicht Nina war, wer dann?«

»Das weiß ich nicht«, sagte sie.

Eine unangenehme Pause entstand.

»Warum bist du heute hergekommen, Penny?«

»Ich habe es dir gesagt. Das Bild. Die übermalte Ikone.«

»Du wusstest nicht, dass ich hier sein würde.«

»Nein, aber ich hatte darauf gehofft«, sagte Penelope ganz sachlich.

»Erzähl mir noch mal, wo du sie herhast.«

»Aus einem Geschäft in Lourmarin. Ich würde gern behaupten, Frankie hätte eine Entdeckung gemacht, aber tatsächlich wurde sie von diesem Hund angelockt. Das Bild war schlecht, noch unter Doncasters üblichem Niveau, und dazu gehört schon einiges. Und ich hatte bemerkt, dass es mit *DD* signiert war. Was seltsam ist, denn die Doncaster in der Ausstellung waren mit *RD*, Roland Doncaster, signiert.«

Gilles verkroch sich tiefer in seinem Mantel.

»Es war also die Kopie eines Doncasters, deutlich erkennbar für alle, die wissen, worauf sie achten müssen.« Sie versuchte, ihn zu locken, um seine Reaktion abzuschätzen. Sie musste wissen, ob Ninas Aussagen in Bezug auf das Geschäft mit den Ikonen und all seinen Folgen der Wahrheit entsprachen.

Er sagte jedoch immer noch nichts.

Penelope entschloss sich zu einem Schuss ins Blaue. »Russen sind nicht sehr zimperlich, wenn etwas schiefgeht, nicht wahr?«

Gilles schreckte auf. »Du bist eine tapfere Frau, Penelope Kite«, sagte er.

Ihre Blicke trafen sich.

»Du machst immer weiter, obwohl du an mir zweifelst.«

Penelope nickte unsicher.

»Ich habe einigen Mist gebaut, und dafür werde ich bezahlen«, erklärte Gilles. »Aber wenn ich dich jetzt darum bitte, musst du mir unbedingt vertrauen.«

Seine Worte ähnelten denen von Nina am gestrigen Abend auf sehr unangenehme Weise.

»Es tut mir leid, dass du diese Sache mit den russischen Ikonen erfahren musstest. Hätte ich mich doch nur nie da reinziehen lassen. Als ich begriffen hatte, dass das keine Sache war, die man einfach so zum Spaß machen und danach vergessen kann, war es viel zu spät.«

Sie hatte keine Ahnung, wovon genau er da sprach, aber sie gab sich alle Mühe so zu tun, als ob dem so sei.

Gilles begann wieder zu herumlaufen. »Anfang der Neunzigerjahre bin ich zum ersten Mal in Moskau gewesen, um mein Studium abzuschließen. Damals habe ich angefangen, Ikonen zu kaufen. Nach Glasnost stand alles zum Verkauf – jeder brauchte Geld. Eigentlich hatte ich sie für mein Studium gekauft, aber dann stiegen ihre Werte, und ich begann, mit diesen Werken zu handeln. Es war mehr als einfach, in Russland Ikonen zu finden. Das Problem bestand vielmehr darin, sie außer Landes zu bringen.«

»Indem man sie übermalt.«

»Genau. Wir brachten eine ›Ausstellung‹ von Scarpio und Doncaster nach Russland, entsorgten die Originale und kehrten dann mit Ikonen zurück, die im Stil von Scarpio und Doncaster übermalt waren.«

»Warum ausgerechnet diese beiden?«

»Na ja, Scarpios Bilder sind nicht gerade schwer zu kopieren, solange man genügend schwarze Farbe hat. Auch Doncaster war sehr leicht nachzuahmen – so schrecklich, wie sein Stil ist.« Er fing an zu lachen. »Das ist doch komisch, *non?* Diese Meisterwerke, versteckt unter grauenhafter Kunst!«

»Du hast Don in dein kleines Geheimnis nicht eingeweiht.«

»Nein. Er war ein Mann von Ehre. Er hätte das niemals gutgeheißen. Wir haben ihm erzählt, dass seine Bilder verkauft worden wären.« Gilles hielt inne. »Als dann zu viel Bürokratie und Bestechung dazu führten, dass der Nachschub versiegte, habe ich selbst welche produziert. Die meisten Leute würden den Unterschied niemals erkennen.«

Penelope versuchte, aus dem Ganzen schlau zu werden, ohne ihn zu unterbrechen. War Frankies Ikone denn jetzt echt oder gefälscht?

»Ich war gut. Ich habe authentische Farben aus der jeweiligen Epoche und jahrhundertealtes Holz verwendet.«

Penelope erschauderte. Ein weiteres Puzzleteil fiel an seinen Platz. »Und Scarpio hat dir dabei geholfen, das Holz zu besorgen. War es so?«

»Er kaufte es aus Restbeständen. Es hat alles wunderbar funktioniert, bis der Idiot zu gierig geworden ist und sein eigenes Ding drehen wollte.«

»Was, die Diebstähle aus Kirchen?«

Gilles zog eine Grimasse und schluckte irgendein französisches Schimpfwort hinunter.

»Aufgrund seiner Vergangenheit hätte ich es besser wissen müssen, als ihm zu vertrauen. Aber Don hat mir zumindest am Anfang nichts davon gesagt, als er uns einander vorgestellt hat. Scarpio war ein Dieb. Er hat mir einige echte Ikonen gestohlen und auf eigene Rechnung verkauft, indem er behauptete, einer meiner Mitarbeiter zu sein. Das wurde zum Problem, als er auch Fälschungen stahl – er konnte den Unterschied nicht erkennen.«

»Und Russen sind nicht zimperlich … könnten sie Scarpio getötet haben?«

Sie hatten einen Aussichtspunkt erreicht, von dem aus sie die Rhône und die berühmte Halbbrücke darüber sehen konnten. Gilles konzentrierte sich gedankenverloren auf das Wasser. »Es würde mich zumindest nicht überraschen.«

Pause.

»Noch mal: Don wusste also nichts von deinen Nebengeschäften«, meinte Penelope.

»Bis vor Kurzem nicht.«

»Du meinst, bis kurz vor seinem Tod.«

Schweigen.

Abrupt wandte Gilles sich ab und marschierte zu einem großen Teich, in dessen Mitte sich eine Bronzestatue der Venus, zu deren Füßen Schwäne, Enten und Karpfen schwammen, erhob. Penelope rannte ihm nach.

»Das ist gefährlich. Verstehst du das?«

»Die Russen?«

»Die Russen kannst du mir überlassen«, erklärte Gilles grimmig. »Wie man mit denen umgeht, weiß ich.«

Penelope zögerte, aber sie musste einfach fragen. »Am Flughafen von Marseille. Du hast behauptet, du würdest nach Sankt Petersburg fliegen. Aber wo wolltest du wirklich hin?«

Gilles atmete scharf aus. »Ich wollte nirgendwo hin. Ich hatte gehofft, einen russischen Kontaktmann zu treffen, der aus Paris einfliegen sollte. Ich wollte versuchen, seine Unterstützung zu gewinnen. Aber der Typ ist nicht aufgetaucht.«

Aus Penelopes Handtasche ertönten zwei Takte elektronischer Sambamusik.

»Mein Telefon, entschuldigung.« Sie zog es hervor. »Hallo Frankie.«

»Meine Gute, wo bist du? Ich hänge schon seit Ewigkeiten in der Bar herum, in der wir mit Reyssens waren.«

»Ich bin bei Gilles, in einem Park über der Brücke.«

»Wie lange dauert das noch?«

»Nicht mehr lange. Aber das hier ist wichtig, verlass dich

auf mich.« Sie steckte das Telefon wieder in die Tasche und wandte sich an Gilles. »Ich muss zurück. Frankie wartet auf mich.«

»Wir nehmen eine Abkürzung.«

Sie stiegen wieder zu den Zinnen der alten Stadtmauer hinab. Von diesem Aussichtspunkt sah es aus, als bewegte sich die mächtige schiefergraue Rhône wie von Geisterhand. Die berühmte Brückenruine ragte weit ins Wasser.

»Du musst auf mich hören, Penny. Geh nach Hause und bleib dort.«

Penelope fühlte sich ein wenig überrollt. »Aber warum?«

»Du stellst zu viele Fragen.«

»Aber ...«

»Don hat das auch getan.«

Penelope schwirrte der Verstand. »Nina hat Angst, dass sie jetzt an der Reihe ist«, meinte sie. Allmählich fing alles an, Sinn zu ergeben, obwohl die Zusammenhänge noch nicht ganz deutlich wurden. Und es hing ganz davon ab, ob Gilles die ganze Wahrheit sagte.

»Das würde sie allerdings behaupten«, sagte er leise. »Dabei ist Nina die Gefährliche, falls sie wirklich noch am Leben ist.« Er sagte das mehr zu sich selbst.

»Was meinst du damit?«

Er antwortete nicht.

War er immer noch davon überzeugt, dass Nina Don getötet hatte? Kurz überlegte sie, ihm von den Schlaftabletten zu erzählen. Nina hatte zugegeben, sie verabreicht zu haben. Aber sie hielt den Mund. Gilles könnte lügen. Oder war Nina die Lügnerin?

»Ich mache mir Sorgen um Nicolas«, meinte Gilles. »Und um Claudine natürlich auch.«

»Warum?«

Sie hatten die Brasserie erreicht, in der Frankie wartete. Ihre bunte Erscheinung leuchtete hinter den Fensterscheiben.

»Geh nach Hause, Penny«, wiederholte Gilles. Im nächsten Augenblick war er verschwunden.

34

»Gilles hält Nina für gefährlich.« Penelope atmete tief durch. »Aber ich verstehe immer noch nicht …«

Sie und Frankie waren zurück im Le Chant d'Eau. Wie ernst die Lage war, konnte man daran erkennen, dass sie das Mittagessen vergessen hatten.

»Du hättest gestern Abend die Polizei rufen sollen, Pen. Wer weiß, wo Nina jetzt gerade ist und was sie anstellt.«

»Ja, aber wer von beiden sagt die Wahrheit?«

»Nina hat dich gestern Abend davon überzeugt, dass sie diejenige wäre«, sagte Frankie. »Und beinahe hätte sie auch mich überzeugt.«

»Was meinst du mit ›beinahe‹?«

»Sie hat eine ziemlich widersprüchliche Art an sich. Erst macht sie einen auf aggressive, starke Emanze, und dann verwandelt sie sich in eine Heulsuse. Das passt nicht ganz zusammen.«

Penelope musste zugeben, dass Nina genau das ausgestrahlt hatte, als sie sich im Lager getroffen und miteinander gesprochen hatten.

»Kann natürlich auch sein, dass Nina einfach völlig durch den Wind ist«, fuhr Frankie fort. »Es muss nicht zwangsläufig etwas bedeuten.«

Penelope fuhr sich mit beiden Händen übers Gesicht. »Gilles hat die ganze Zeit geglaubt, dass Nina Don getötet hat. Kurz bevor er verstorben ist, war sie im Krankenhaus. Das hat sie mir selbst gesagt. Und Monique, die Krankenschwester, hat es mehr oder weniger bestätigt. Zwei Frauen in Künstlerklamotten, sagte sie. Eine davon muss Nina gewesen sein.«

»Warum ist das so wichtig?«

Penelope erzählte ihrer Freundin, dass Camrose ihr erklärt hatte, dass eine Injektion mit Luft als auch Wasser tödlich sein konnte und dass man so einen natürlichen Tod oder den Tod durch eine Vorerkrankung vortäuschen konnte.

Frankie pfiff durch die Zähne. »Warum hat Gilles dann gesagt, er wäre vor allem wegen Nicolas und Claudine besorgt?«

»Das hat er nicht verraten. Moment mal! In der Galerie. Kurz, bevor Gilles zurückgekommen ist. Ich habe in seinem Hinterzimmer etwas gefunden. Das hatte ich bis jetzt völlig vergessen.«

»Ich habe dir doch gesagt, du solltest eine Hormontherapie machen. Du würdest dich wundern …«

Penelope hörte gar nicht mehr zu. Sie holte ihr Telefon und suchte nach den Fotos, die sie gemacht hatte. »Das hier ist eine Rechnung.« Sie hielt es hoch. »Holztafeln … aus einer Kirche in Manosque. Sie wurden zu Scarpios Mühle geliefert.«

»Ja, und?«

»Ich vermute, dass Gilles die Tafeln für seine gefälschten Ikonen gebraucht hat. Aber jetzt kommt's erst.«

Das zweite Foto war ziemlich unscharf. Erst konnte Penelope die winzigen Buchstaben nicht entziffern, doch als sie sie vergrößerte, wurden der Brief und sein Inhalt Wort für Wort klarer. Sie gab Frankie das Handy, die den Text las und simultan übersetzte.

»Sehr geehrter Herr, ich schreibe Ihnen, weil ich eine umgehende Erstattung für die Madonna mit Kind erwarte, die ich am 23. März 2018 von Ihnen in Nizza gekauft habe. Von meinem Versicherungsunternehmen, das die Werke für meine Kundschaft in Russland versichert, war mir geraten worden, die Echtheit dieser Arbeit zu überprüfen. Ich ließ sie von Monsieur N. Versanne, einem Experten für historische Gemälde, analysieren. Er hat mir geantwortet, dass einige Pigmente des Bildes jüngeren Datums wären als die Entstehungszeit, die für das Bild angegeben worden ist. Damit ist es aus seiner Sicht mit großer Wahrscheinlichkeit kein Original. Es interessiert mich nicht, ob dies ein Fehler Ihrerseits ist oder ein Betrug Ihres Mitarbeiters Monsieur Scarpio, mit dem ich den Kauf verhandelt habe, aber ich erwarte die umgehende Erstattung des Kaufpreises. Andernfalls werde ich die Angelegenheit an meine Anwälte übergeben.«

Sie starrten sich entsetzt an.

»Nicolas hat offizielle Expertisen über die Echtheit von Gemälden angefertigt. Dabei hat er sein Wissen über antike Farben genutzt, um Vermutungen bezüglich gefälschter Ikonen zu belegen. Er muss Unterlagen in seinem Büro haben, oder vielleicht auch im Museum ... Das könnte Gilles gemeint haben«, fasste Penelope zusammen.

»Das würde bedeuten, dass er darüber die Wahrheit gesagt hat.« Frankie trommelte mit ihren pinken Fingernägeln auf dem Tisch. »Das reicht jetzt. Du musst der Polizei von Nina erzählen.«

»Ich weiß.« Penelope erhob sich. »Aber erst sollten wir Claudine warnen.«

»Ich komme mit.«

»Nein. Bitte, erzähl du der Polizei in Avignon, dass Nina hier bei uns gewesen ist. Erzähl denen, was immer du musst, damit ich aus der Schusslinie bleibe. Meinetwegen sagst du, dass du anrufst, weil dein Französisch so viel besser als meins ist, sag ... Keine Ahnung, lass dir was Kluges einfallen.«

»Das sollte verdammt noch mal wirklich klug sein«, grollte Frankie.

»Ich weiß, dass du an deinen Herausforderungen wächst.«

Penelope rannte aus der Tür hinaus zum Range Rover. Während sie das Auto vom Grundstück lenkte, angelte sie ihr Telefon hervor. Sie bemühte sich, die richtigen Tasten zu drücken, und schlingerte dabei zu beiden Seiten. Es klingelte, dann ertönte eine Stimme. »*Bonjour.* Dies ist der Anschluss von Claudine Versanne. Im Moment kann ich Ihren Anruf …«

»Verflucht!«, schrie Penelope und bog in die Hauptstraße ein. »Claudine! Rufen Sie sofort die Polizei. Sie sind in Gefahr. Lassen Sie niemanden rein. Ich bin auf dem Weg. Ach so, ich bin's, Penny.«

Sie warf das Telefon auf den Beifahrersitz und fuhr auf die Straße.

Penelopes Fahrstil entsprach in jeglicher Hinsicht dem provenzalisch-*vite*, als sie auf der Talstraße nach Roussillon raste. Der Himmel zeigte sich in einheitlichem Grau und kündigte Schnee an. Die roten Klippen des Roussillon erhoben sich in der Ferne. Sie wirkten im fahlen Winterlicht öde und abweisend, gar nicht wie ein Rubin in einem Meer von Grün, sondern mehr wie eine felsige Insel, die von stürmischen Wellen umspült wird. Penelope nahm die Kurve vor dem Museum so schnell, dass sie beinahe von der Straße abgekommen wäre. Zittrig bremste sie ab und bog auf den Parkplatz ein. Nur wenige Autos parkten dort. Der Weg hinunter zum Wasserlauf war immer noch mit Flatterband und Verbotsschildern versperrt. Zügig lief sie hinüber zum Hauptgebäude.

»Ich möchte bitte Madame Versanne sehen«, sagte sie zu der Frau an der Kasse. »Es geht um eine persönliche Angelegenheit.«

Die Assistentin reagierte mit Gelassenheit. Die Madame befinde sich in einer Besprechung, und es könne noch einige Zeit dauern.

»Ich werde warten«, sagte Penelope entschlossen.

»Wie Sie wünschen.«

Da es keine Sitzgelegenheiten gab, ging Penelope in den Museumsshop. Doch sie wurde immer nervöser und ging nach zehn Minuten zurück in den Eingangsbereich. Am Empfang saß niemand.

Penelope machte sich auf den Weg zu Claudines Büro. Sie lauschte, und als sie nichts hören konnte, öffnete sie die Tür.

Der Raum lag im Dunkeln. Auf dem Monitor auf dem Tisch flimmerte eine Power-Point-Präsentation. Keine Spur von Claudine. Nachdem Penelopes Augen sich an das schwache Licht gewöhnt hatten, bemerkte sie, dass sie doch nicht allein war. Eine Gestalt kam aus der Dunkelheit auf sie zu.

»Penny!«

»Gilles!«

»Ich habe dir doch gesagt, du sollst zu Hause bleiben ... sieht so aus, als hätten wir beide denselben Gedanken gehabt.«

»Wo ist sie?«

»Claudine hat einen Anruf aus dem Café bekommen, dass es dort irgendwelche Probleme gäbe. Sie meinten, es könnte eine Weile dauern, aber wenigstens ist sie in Sicherheit.«

Penelope setzte sich und spürte, wie ihr die Puste ausging. Wenn Gilles Claudine bereits vor Nina beziehungsweise den Russen gewarnt hatte, gab es für sie keinen Grund, weiter einzugreifen. Aber wo sie jetzt einmal da war, wollte sie es zu Ende bringen.

»Ich habe noch kurz einen Blick auf die Ikone deiner Freundin geworfen, die du zur Galerie gebracht hast.«

Gilles sah sogar noch erschöpfter aus als zuvor.

»Das wäre nicht nötig gewesen. Es bestand kein Grund zur Eile.«

»Die Ikone ist tatsächlich sehr interessant. Alles deutet darauf hin, dass sie aus dem achtzehnten Jahrhundert stammt, genauer aus Minsk.«

»Es muss doch einen Grund gegeben haben, warum sie mit Acrylfarbe übermalt wurde.«

Gilles' Gesicht lag im Schatten, sodass sie die Qual auf seiner Miene nicht lesen konnte. Doch sie hörte sie in seiner Stimme. »Sie muss gestohlen worden sein. Ich vermute,von Scarpio.«

»Nicolas' Expertise, alte Gemälde auf Echtheit zu prüfen, wurde häufig von Versicherungsunternehmen in Anspruch genommen, habe ich recht?« Das war blind geraten, und Penelope wusste selbst nicht genau, was sie mit dieser Frage bezweckte.

»Das stimmt.« Gilles rutschte auf seinem Stuhl herum. Es war schwer, in dem Dämmerlicht seine Miene zu deuten. »Hast du ihm das Bild, das du mir gebracht hattest, für eine Analyse gezeigt?«

»Nein, Frankie hat es erst letzten Freitag gekauft.«

Am Telefon auf dem Schreibtisch blinkte ein Lämpchen auf. Hatte Claudine ihre Nachricht erhalten? Wo steckte sie bloß?

Penelope spürte, wie ihr kalt wurde. Gilles hatte behauptet, er habe nicht gemerkt, dass Don ihnen auf die Schliche gekommen war. Und er konnte nicht wissen, dass Don Nina vor seinem Tod von dem Betrug erzählt hatte. Aber was, wenn er es doch wusste? Was, wenn Don Gilles damit gedroht hatte, ihn auffliegen zu lassen? Das wäre ein sehr plausibles Motiv.

»Warum gehst du nicht nach Hause, Penny?«

»Ich muss zuerst Claudine sehen.«

»Ich mache mir auch Sorgen um sie. Lass uns sehen, ob wir sie finden können.«

Der Empfangsbereich war nach wie vor verlassen.

»Claudine?«, rief Penelope.

Keine Antwort.

Sie gingen nach draußen in die Kälte. In Penelope waren alle Instinkte in Alarmbereitschaft. Sie musste das nächste schreckliche Ereignis verhindern. Sie schaute den Hang hinauf. Ganz oben zeichnete sich am Kanal die Silhouette einer schlanken Gestalt ab.

»Claudine!«, rief Penelope.

Gilles rannte den Pfad entlang, und Penelope folgte ihm.

Die Figur geriet außer Sicht.

Dann bremste Gilles abrupt vor einem ockerfarbenen Spalt ab. Ihr schlug das Herz bis zum Hals, als sie zu ihm huschte, um zu sehen, was ihn zum Halten gebracht hatte.

35

Penelope sah den Schlag nicht kommen. Scharfer Schmerz breitete sich auf einer Seite ihres Kopfes aus, und sie taumelte, Lichtblitze vor den Augen. Benommen tastete sie nach ihrer Wange und fühlte nasse Wärme. Sie hatte Blut an den Fingern. Dann kam ein zweiter Schlag, und die Welt um sie herum versank in Dunkelheit.

Augenblicke später – oder länger? – kam sie zu sich und wurde an den Armen fortgezogen, während ihre Fersen über den Boden schleiften. Ihre Schultern schmerzten. Dann ließ der Angreifer sie los, und ihr Hinterkopf fiel auf etwas Hartes.

Um sie herum rote Erde und Kiefern. Sie geriet in Panik. Sie kam endgültig wieder zur Besinnung und begriff entsetzt, wo sie war. Viel zu nah gähnte ein Abgrund. Gilles stand einige Meter entfernt vor ihr. Sie verfluchte sich selbst dafür, dass sie ihn falsch eingeschätzt hatte.

»Steh auf!«

Stöhnend wandte sie sich Gilles zu. Was konnte sie ihm sagen, um ihn wieder zu Verstand zu bringen? Sie versuchte, sich aufzusetzen, aber ihre Arme fühlten sich bleischwer an.

»Ich sagte: Aufstehen!« Die Stimme ertönte abermals hinter ihrem Rücken.

»Alexis, nicht!«, schrie Gilles.

Penelope schaffte es, den Kopf weit genug herumzudrehen, um zu erkennen, dass Gilles' Assistent hinter ihr stand. Er hielt eine Hand mit einem schweren Schraubenschlüssel erhoben. Wenn er damit ordentlich zuschlug, würde er ihr den Kopf spalten.

Alexis schien unsicher zu sein, was er als Nächstes tun sollte. Widerstrebend senkte er den Schraubenschlüssel langsam zu Boden. »Du hast recht, Bourdan. Es ist viel besser, wenn es wie ein Unfall aussieht. Ein falscher Schritt im Dunkeln und dann der Sturz von den Klippen.«

Penelope sah, wie Gilles auf sie zukam. Instinktiv kauerte sie sich zusammen.

»Lass sie in Ruhe, Alexis. Sie hat damit nichts zu tun. Wenn du ihr etwas antust, machst du alles nur noch schlimmer.«

Alexis ließ den Schraubenschlüssel fallen. Penelope keuchte vor Erleichterung auf.

Langsam trat Gilles an sie heran und streckte ihr beide Hände entgegen.

»Penny, ich wusste nicht ...«

Er war nur noch eine Handbreit entfernt, als ein gedämpfter Schuss in der Dunkelheit ertönte. Gilles stolperte rückwärts, eine Hand ging zu seiner Schulter.

»Niemand bewegt sich!«

Penelope erstarrte. Das war eine weibliche Stimme. Mit einem Akzent, der ihr bekannt vorkam.

Eine schlanke, schwarz gekleidete Gestalt kam aus dem Schatten der Kiefern. Gilles versuchte zu fliehen, die Hand immer noch an der Schulter. Penelope sah, dass er die andere Hand unter sein Jackett gleiten ließ.

»Niemand bewegt sich, habe ich gesagt.« Anya trat auf sie zu. »Alexis, nimm ihm die Pistole ab.«

Alexis ging zu Gilles und zog einen schmalen Revolver aus der Brusttasche seines Chefs.

Sprachlos sah Penelope zu, wie Fenella Doncasters junge Assistentin eiskalt das Kommando übernahm. Gilles wirkte dagegen nicht überrascht. Seine Reaktion bestand eher aus Resignation, gepaart mit Verachtung.

»Auf die Knie – da rüber, mit ihr!«, befahl Anya.

Gilles gehorchte zögernd. »Was hast du mit Claudine gemacht?«, keuchte er, als er unbeholfen zu Boden sank und dabei immer noch seine rechte Schulter umklammerte. Blut sickerte zwischen seinen Fingern hervor.

Penelope streckte instinktiv ihre Hand aus, um ihm zu helfen, die Balance nicht zu verlieren.

Anya hielt ihre Pistole direkt auf Gilles gerichtet. Sie war mit einem Schalldämpfer versehen. Sehr professionell, dachte Penelope. Sie hatte Mühe, sich aufrecht hinzusetzen.

»Claudine weiß, wo Nicolas ist«, sagte Anya.

Schweigen.

»Nein, weiß sie nicht«, antwortete Gilles. »Niemand weiß, wo Nicolas ist.«

»Das stimmt nicht ganz, oder, Gilles? Du weißt ganz genau, wo Nicolas ist.« Anyas hübsches Gesicht war zu einer unbarmherzigen Maske erstarrt. »Sag mir, wo er ist.«

Gilles schwitzte stark. Schweißperlen standen auf seiner Stirn, und sein Haar war feucht. »Woher soll ich wissen, wo Nicolas ist?«

Penelopes Beine waren weich wie Spaghetti. Sie schloss die Augen, als sie erneut versuchte, sich aufzurichten. Sie fühlte ein Gewicht auf ihrer Schulter und hätte fast vor Schmerzen aufgeschrien, als sie auf den Boden zurückgestoßen wurde.

»Du bleibst, wo du bist«, fuhr Alexis sie an.

»Weil du dabei warst, als Scarpio getötet wurde«, sagte Anya zu Gilles. »Als du und Nicolas Scarpio getötet habt.«

Gilles' Atem ging schwer. Es war für einen Moment das einzige Geräusch in der Stille.

»Scarpio hatte den Auftrag, sich um das Problem mit Nicolas zu kümmern. Was hattest du dabei zu suchen?«, fragte Anya kalt.

Penelope versuchte, in Gilles' Gesicht zu lesen, während sich, Stück für Stück, die einzelnen Ereignisse aneinanderreihten. Seine Miene gab nichts preis.

»Stattdessen wird Scarpio tot aufgefunden. Und Nicolas verschwindet«, fuhr Anya ungeduldig fort, weil er nicht antwortete. *Vielleicht ist sie doch nervöser, als sie nach außen hin wirkt,* dachte Penelope. »Und du fährst nach Paris, um unsere russischen Freunde zu besuchen. Über unsere Köpfe hinweg. Du hast ein ganz schönes Chaos hinterlassen. Deine angeblichen Beschützer sind nicht mehr so mächtig wie früher. Neues Blut ist jetzt an der Macht, wie ich und …« Sie warf einen Blick auf Alexis. »Und kein Einziger von euch hat etwas gemerkt.«

»Don hat etwas bemerkt.« Endlich sagte Gilles etwas. »Und er hat es Nina erzählt.«

»Arme Nina, so ein dummes Huhn.« Anya lachte höhnisch. »Diese stümperhafte Giftmischerin. Ich hab sie im Atelier in Ménerbes dabei beobachtet, wie sie die Schlaftabletten zerkleinert hat. Eigentlich bestand meine Aufgabe lediglich darin, auf Don aufzupassen und sicherzustellen, dass er nicht mitbekommt, wofür wir seine Bilder benutzen. Aber letzten Endes war Nina ziemlich nützlich. Sie hat Don mit den Tabletten geschwächt, das war sehr hilfreich. Ich hatte erwartet, ihm mit den Oliven den finalen Stoß zu versetzen, aber Don hatte schon immer viel mehr Energie, als ich ihm zugetraut hätte.«

»Gerade du hättest das doch wissen müssen!«

Anya lächelte nicht. »Versuch nicht, mich zu provozieren. Das wird für dich am Ende keinen großen Unterschied machen, aber es könnte alles beschleunigen.«

In Penelopes Kopf fiel ein weiteres Teil an seinen Platz. Trotz ihrer Kopfschmerzen begriff sie plötzlich alles in einem Anfall von Klarheit. Oder besser gesagt, sie wusste etwas mit Sicherheit, war sich nur nicht ganz sicher, was es bedeutete.

Don. Das Krankenhaus. Es war Anya, die Don im Krankenhaus den Rest gegeben hatte. Mit einem Kopftuch verkleidet, um als Nina oder Fenella durchzugehen. *Was hat sie benutzt – Wasser oder Luft?* Penelope war nicht so dumm, die Frage laut auszusprechen. Während alle Aufmerksamkeit auf Gilles gerichtet war, gelang es ihr, dank der einbrechenden Dunkelheit unbemerkt, sich endlich aufzurichten. Sie überlegte, ob sie versuchen sollte, das Telefon anzuschalten, doch sie glaubte nicht, dass sie das heimlich schaffte. Sie musste alle Kräfte sammeln, um wieder auf die Beine zu kommen. Es fehlte nicht mehr viel.

Alexis war zu schnell für sie. Er packte sie und drängte sie auf den Rand der Klippe zu. Ganz am Rande ihres Bewusstseins kam Penelope in den Sinn, dass der einzige Grund, weshalb all diese Morde offen vor ihren Ohren diskutiert wurden, der war, dass man dafür sorgen würde, dass sie es zukünftig niemandem erzählen konnte. Kein Mensch wusste, wo sie waren. Nicht Claudine. Nicht Frankie. Ihre Beine zitterten. Sie hätte nicht weglaufen können, selbst wenn sie gewusst hätte, in welche Richtung sie rennen sollte.

»Und habt ihr beiden auch den Brand im Atelier gelegt?«, fragte Gilles mit unsicherer Stimme. Seine Wunde musste bald medizinisch versorgt werden.

Keine Antwort.

»Aber ihr habt Nina nicht erwischt«, sagte Gilles. Spielte er jetzt ihren einzigen Trumpf aus?

Alexis' Griff wurde fester. Er hielt sie wie in einem Schraubstock. Vielleicht war das sogar alles, was sie noch aufrecht hielt.

»Was meinst du damit?« Anyas ausdruckslose Miene zerbrach. »Wer war noch dort?« Sie hob die zweite Hand, um die Pistole sicherer zu halten.

»Du weißt das noch gar nicht, oder?«, sagte Gilles. »Das war nicht Nina!«

Er schaute zu Penelope, als wollte er sich vergewissern.

»Spiel keine Spielchen mit mir, Gilles«, sagte Anya.

»Wenn es nicht Nina war, wer dann?«, fragte Alexis spöttisch.

Aus den Bäumen hinter ihnen ertönte eine neue Stimme.

»Es war Fenella. Sie trägt die gleiche Art von Kleidung wie ich. Ist nur logisch, dass ihr uns verwechselt.«

Nina trat aus dem Schatten. »Sie hatte gerade von der Hochzeit in Thailand erfahren und wusste, was das finanziell für Konsequenzen für sie haben würde. Ich vermute, sie wollte mich zur Rede stellen und kam dafür ins Atelier. Ich war da schon durch die Hintertür hinausgeschlichen. Das habt ihr nicht gewusst.« Sie näherte sich Anya von der Seite. »Ihr dachtet, sie wäre ich.«

Anya lachte kurz auf. »Das musst du beweisen!«

»Ich weiß, dass es stimmt!«, rief Nina. Sie sah aus, als hätte sie seit dem gestrigen Abend nicht geschlafen. »Der Ikonen-Betrug ... Die einzige Sache, in der Don sich geirrt hat, war, dass er nie ahnte, wer alles beteiligt war. Aber es waren eure miesen Kunstverbrechen«, schrie sie Gilles ins Gesicht, »die ihn umgebracht haben. Wir waren nur die Coverstory, nicht wahr? Du hast nie an unsere Arbeiten geglaubt. Es war sogar besser für dich, dass du nicht daran geglaubt hast! Das eigentliche Geschäft war der Handel mit russischen Ikonen. Du brachtest die Gemälde von Scarpio und Don zu Ausstellungen nach Russland. Dann hast du dort entsorgt, was nicht verkauft wurde, und anschließend wertvolle Ikonen mit den Kopien jener Bilder, die ursprünglich in der Ausstellung waren, übermalt, um sie zurück nach Frankreich zu bringen. Die von Scarpio waren sogar noch einfacher als die von Don – da reichte es, schwarze Farbe draufzupinseln! Viel einfacher konnte es nicht werden, aber dann, als Don anfing, Fragen zu stellen …«

Anya hob die Pistole mit dem Schalldämpfer. Penelopes Herz fühlte sich an, als mache es einen Sprung, weil sie erkannte, dass Nina damit nicht gerechnet hatte.

Die Russin neigte den Revolver und betrachtete ihn beinahe entschuldigend. »Ich erledige meine Geschäfte nie ohne ihn, so ist die Welt nun einmal. So, und jetzt da rüber, gut so, ab zu der naseweisen Engländerin, bis an die Kante. Du auch, Bourdan.«

Der Anblick des steilen Abgrunds, an dessen Wänden sich nicht einmal Wurzeln festzuklammern vermochten, war schwindelerregend. Felssäulen ragten ihnen entgegen, dazwischen Vertiefungen. Ganz unten klaffte die ausgehöhlte rote Felswand wie eine offene Wunde in der Landschaft.

Penelope war kaum mehr als einen Meter vom Rand entfernt. Sie konnte nicht weiter gehen.

»Beeindruckend, nicht wahr?«, meinte Alexis.

»Penelope, es tut mir leid. Das ist alles meine Schuld«, sagte Gilles neben ihr. »Ich hätte längst mit all dem aufhören sollen. Aber je länger ich weitergemacht habe, umso komplizierter wurde es …«

Penelope brachte kein Wort hervor.

»Meine Nebenbeschäftigung mit Scarpio lief bestens, bis wir diese beiden da eingeweiht hatten. Ich hatte die Kontrolle verloren. Ich wollte aufhören. Bis vor einigen Tagen hatte ich keine Ahnung, dass man Alexis dazu eingeschleust hatte, um mich zu zwingen, mich an meine Verpflichtungen zu halten.«

»Du hast Scarpio umgebracht.« Alexis spuckte aus.

Gilles leugnete es nicht. »Er wollte Nicolas töten. Ich hatte keine andere Wahl.«

Anya ging auf ihn zu. »Ich frage dich noch einmal: Wo ist Nicolas?«

»Er ist in Sicherheit«, sagte Gilles. »Egal, was du tust, ich werde nie …«

Ein Schuss. Dann ein weiterer.

Plötzlich brach die Sonne hervor. So schien es jedenfalls. Gilles stand einen Augenblick lang mit fuchtelnden Händen über dem Kopf da. Er sah aus wie einer der Heiligen auf seinen Ikonen, dann fiel er rückwärts in die Helligkeit. Für einen Sekundenbruchteil schien er in der Luft zu schweben. Dann war er verschwunden.

Penelope stand in Licht getaucht. Es war überall um sie herum. *Natürlich ist das nicht die Sonne,* dachte sie benommen. *Ich stehe kurz vor der Begegnung mit meinem Schöpfer. Es ist himmlisch.*

Das Licht wurde noch heller. Der Boden fing an zu beben. Erst da registrierte sie das gleichmäßige Knattern von Rotorblättern. Ein Hubschrauber umrundete eine Säule aus Sandstein und schwebte über ihnen, Scheinwerfer auf das Quartett gerichtet, das immer noch gefährlich nahe am Rand der Klippe stand.

Sie erstarrten, vom Licht geblendet, als eine Stimme aus einem Megafon ertönten.

»Treten Sie weg von der Kante!«

»Sie hat eine Waffe!«, schrie Nina.

»Wir haben Sie im Visier. Legen Sie die Waffe weg, und legen Sie sich auf den Boden, Mademoiselle Kulikova.«

Jetzt huschten weitere dunkel gekleidete Gestalten verstohlen aus dem Wald. Schleichend bewegten sie sich auf die Gruppe zu.

Anya und Alexis sahen sich hektisch nach allen Seiten um und suchten nach einem Fluchtweg. Aber sie waren umzingelt. Augenblicke später rannte Claudine auf Nina zu, Penelope wurde zu Boden geworfen, umklammert von zwei starken, paillettenbesetzten Armen. »Gott sei Dank geht es dir gut, Pen!«

36

Die Dächer der Nebengebäude des Le Chant d'Eau schimmerten silberweiß in der Morgensonne. Die Hügellandschaft war mit rauem Frost bedeckt. Dies war Penelopes erster Winter in der Provence, und sie empfand den Anblick als wunderschön. Sie stand am Fenster ihres Schlafzimmers und sprang einige Hampelmänner, um sich warm zu halten. Vielleicht waren die Übungen der schwedischen Armee genau das Richtige, um bis März in einem kalten Steinhaus zu überleben. Dann hielt sie abrupt inne.

Gilles war tot. Sie betastete die Beulen an ihrem Kopf und ihr geschwollenes blaues Auge und dachte an die lange Nacht, in der sie mit der Polizei gesprochen hatte. Stundenlang hatte sie Reyssens erklärt, was genau sie herausgefunden und wer ihr was wann erzählt hatte. Dazu hatte sie Auskunft darüber gegeben, wo sie in den letzten Wochen überall gewesen war. Konnte es sein, dass der Schlag auf den Kopf ihr Kurzzeitgedächtnis beeinträchtigt hatte?

Penelope ließ sich wieder aufs Bett sinken. Die Schmerztabletten, die man ihr gegeben hatte, mussten ziemlich heftig sein, denn ihr Kopf schien wie in Watte gepackt. Stück für Stück erinnerte sie sich daran, dass sie ins Krankenhaus nach Apt gefahren worden war und Frankie Reyssens lauthals vorgeworfen hatte, er wäre mehr daran interessiert, sie endlich befragen zu können, als an ihrer Gesundheit.

Frankie war hier, um auf sie achtzugeben. Sie sprach davon, ihren Aufenthalt zu verlängern. Penelope war sich nicht sicher, ob sie in der Lage sein würde, mit dem Tempo, das ihre Freundin hinsichtlich ihrer Genesung im Sinn hatte, mitzuhalten. Sie schloss die Augen und schlief bis elf Uhr.

Als Penelope schließlich nach unten ging, strahlte der Holzofen eine erfreulich intensive Wärme aus, und auf dem Küchentisch stand ein üppiger Brunch. Ihre beste Freundin war noch einmal ins Dorf einkaufen gegangen, angetan mit einem Paar von Monsieur Charpets alten Gummistiefeln.

Im Garten tropften Perlen von den Ästen, als der Frost schmolz. Die Freundinnen sprachen gerade über Thermounterwäsche – war französische erotischer als britische? –, als es an der Tür klopfte.

Dort stand Laurent mit einem riesigen Blumenstrauß. Voller Reue fragte er nach ihrem Befinden. Er hoffe, dass sie nicht zu schwer verletzt oder durcheinander war. Hätte Penelope es nicht besser gewusst, wäre ihr der sonst so überaus selbstbewusste Bürgermeister von St Merlot ein wenig nervös erschienen.

»Mir geht es wirklich gut.« Penelope verbarg das Gesicht hinter dem Strauß Amaryllis, Kamelien und weißer Lilien, damit er nicht sah, wie gerührt sie war.

»Ich kann immer noch kaum glauben, was da passiert ist. Wie mutig du warst – und auch etwas unvorsichtig!«, fuhr Laurent fort. »Und Gilles de Bourdan … Was für eine schreckliche Sache. Und eine schreckliche Sache, dass du das miterleben musstest …«

Penelope nickte. Dem konnte sie nichts entgegenhalten. Sie hatte immer noch nicht herausgefunden, was sie Gilles gegenüber empfunden hatte, und auch den Schock nicht verarbeitet, dass sie hatte mit ansehen müssen, wie er vor ihren Augen erschossen wurde. Hinzu kam diese unbehagliche Trauer, weil sie das Gefühl hatte, dass er nicht ganz der rettungslos verlorene Bösewicht gewesen sein mochte, zu dem man ihn jetzt machte.

»Warum hast du dich nicht bei mir gemeldet?«, fragte Laurent.

Aber sie wussten beide, warum.

Ihr Auge war zu einem echten roten Hingucker angeschwollen und der Schmerz, als die Schmerzmittel nachließen, unerträglich. Sie drehte den Kopf zur Seite, um ihm den allerschlimmsten Anblick zu ersparen. »Es tut mir leid, wenn ich unsensibel war, als Nicolas vermisst wurde. Alles schien an diesem Morgen im Museum vollkommen unwirklich. Und ich wusste nichts von dem Unfall deiner Tochter.«

Laurent nickte, dann lächelte er breit. »Hat Reyssens es dir schon gesagt?«

»Was gesagt?«

»Dass die Polizei Nicolas gefunden hat.«

»Was? Nein!«, riefen Penelope und Frankie zugleich.

»Ja, er war in Gilles' Tresorraum in der Galerie in Nizza. Er war seit Wochen zu seiner eigenen Sicherheit dort. Es war Gilles' Art, ihn zu beschützen.«

»Was für eine Überraschung.« Penelope wurde ganz schwach vor Erleichterung. »Das sind gute Nachrichten.«

Laurent setzte sich neben ihr an den Tisch. »Ich habe heute Morgen mit ihm gesprochen. Gilles hat ihn an jenem Abend des Konzertes in Roussillon vor Scarpio gerettet.«

»Gilles hat Scarpio getötet«, sagte Penelope. »Aber nur, um Nicolas zu retten. Das hat Gilles gestern Abend selbst gesagt. Wie geht es Nicolas jetzt, geht es ihm gut?«

»Den Umständen entsprechend erschöpft und durcheinander, aber körperlich unversehrt. Er ist erleichtert, dass jetzt alles vorbei ist. Es war für ihn wie in einem Gefängnis, aber immerhin hatte er Essen, Wasser und sogar Wein.«

Penelope schob den Teller mit den Resten eines Croissants zur Seite.

»Du hast als Erste herausgefunden, dass mit Scarpio etwas nicht stimmt«, meinte Laurent. »Alle anderen haben ihm vertraut.«

»Es beginnt damit, dass Scarpio für Gilles Einrahmungen und Tischlerarbeiten macht«, dachte Penelope laut. »Er hilft Gilles dabei, antikes Holz für seine Fälschungen zu beschaffen. Aber er überschätzt sich. Er stiehlt einige Ikonen und verkauft sie, darunter leiden auch Gilles' Fälschungen. Scarpio erkennt die Unterschiede gar nicht. Er versaut das ganze Geschäft, indem er die falschen Ikonen an die falschen Leute verkauft. Er greift außerdem auf gestohlenes Holz zurück, anstatt es sich unauffällig und legal zu besorgen. Gilles wollte aus dem Geschäft mit den gefälschten Ikonen aussteigen.«

Ihr Kopf begann zu schmerzen, doch sie war entschlossen, jetzt noch einmal alles zusammenzufassen. »Aber in der Zwischenzeit hatte Scarpio sich zu weit eingemischt und aus der Sache viel zu viel Geld herausgeholt, um auch nur in Betracht zu ziehen, damit aufzuhören. Und dann hat Nicolas in ein Wespennest gestochen, indem er eine Fälschung entdeckte.«

»Woher weißt du das?«

»Ich bin versehentlich im Hinterzimmer von Gilles' Galerie in Avignon gelandet und, ähm, hatte dort etwas in den Schubladen gesucht«, gestand sie. »Dabei bin ich über einen Brief gestolpert, in dem stand, dass Nicolas die Echtheit einer Ikone, die Gilles verkauft hatte, nicht bestätigen konnte.«

Ungläubig schaute Laurent sie an, schwieg aber.

»Das ist eine lange Geschichte«, zwitscherte Frankie dazwischen. »Die damit beginnt, dass Nina von den Toten wiederauferstanden ist.«

Zum Glück fragte er nicht nach der Chronologie der Ereignisse.

»Aber da ahnten wir schon, dass Gilles zuvor nicht aufrichtig gewesen war.«

Frankie strahlte mit ihrem orange-pinken Glitzerpullover um die Wette. »Als ich am Flughafen angekommen war, hat er sich merkwürdig benommen und gelogen, was sein Flugziel anbelangt.«

»Das sah so aus, als ob er versucht, mich im Auge zu behalten«, erklärte Penelope. »Zuvor hatte er mich bereits gebeten, möglichst viel über die Umstände zu Dons Tod herauszufinden. Inzwischen habe ich begriffen, dass er wirklich nur ganz genau wissen wollte, wer hinter diesem ersten Mord steckte. Außerdem musste er herausfinden, ob herauskommen würde, warum Don sterben musste. Ich hatte es abgelehnt, den Amateurdetektiv für ihn zu spielen, ihm jedoch versprochen, ihm alles zu erzählen, was ich wusste. Wir haben uns zu einem Abendessen verabredet und dabei auch über die Sache gesprochen, uns danach aber nicht wiedergesehen.«

»In Wahrheit war Gilles am Flughafen, um einen russischen Kontaktmann zu treffen, von dem er hoffte, dass der ihm helfen könnte«, ergänzte Frankie.

Laurent hörte aufmerksam zu.

»Los, jetzt erzähl du uns, was in der Konzertnacht passiert ist«, forderte Penelope.

Draußen kündigte auffliegender Kies ein weiteres Auto mit noch mehr Besuchern an. Glitzernd lief Frankie zur Tür und kehrte mit Clémence und Claudine zurück. Nicolas folgte, verlegen etwas hinter den anderen zurückbleibend.

Penelope stand von ihrem Stuhl auf, um sie zu begrüßen, und wünschte sich im nächsten Augenblick, sie hätte das nicht getan. Ihr schwamm der Kopf, und sie plumpste wieder hin.

Laurent eilte zu Nicolas und umarmte ihn stürmisch.

Claudine reichte Penelope eine Packung edel verpackter Schokoladentrüffel.

»Von denen solltest du nur eine am Tag essen!«, warnte Clémence sie.

»Vielen Dank!« Penelope schaute von Claudine zu Nicolas. »Es freut mich wirklich sehr, Sie beide zu sehen.«

Nicolas war blass und wirkte auch etwas dünner, ansonsten sah er bemerkenswert normal aus. Er ergriff Penelopes Hand. »Danke sehr. Für alles.«

»Ich habe doch gar nichts getan«, sagte sie.

»Doch, haben Sie. Sie haben Fragen gestellt, Verbindungen hergestellt. Wären Sie nicht zu Gilles gegangen, säße ich unter Umständen jetzt noch in Nizza. Und wenn Anya und Alexis es geschafft hätten, Gilles zu beseitigen, bevor Sie eingriffen, wäre ich vielleicht jetzt immer noch dort, und niemand wüsste davon. Dann wäre es nur eine Frage der Zeit gewesen, bis entweder sie oder ihre Partner aus Nizza mich dort aufgespürt hätten.«

Darüber dachten sie alle für sich nach.

Claudine legte ihre Hand auf seinen Arm. »Und ich danke Ihnen ebenfalls, Penny. Von ganzem Herzen.«

»Hört, hört!«, jubelte Frankie. »Laurent war gerade dabei, uns zu erzählen, was mit Ihnen passiert ist.« Sie wollte unbedingt hören, wie die Geschichte weiterging.

Sie alle setzten sich und nahmen schwarzen Kaffee.

Laurent wandte sich an Nicolas. »Ich war gerade dabei, zu erzählen, dass du vorhattest, Gilles am Abend des Konzerts vor dem Museum zu treffen, und wie dir dort stattdessen Scarpio aufgelauert hat.«

Claudine schüttelte den Kopf. »Ich war so wütend auf ihn, dass er schon wieder wegwollte. Er weigerte sich, mir zu sagen, wohin. Ich wusste, dass etwas nicht stimmte, aber er hörte nicht auf mich.« Sie stieß einen erschöpften Seufzer aus. »Mein armer Nicolas. Und die ganze Zeit dachte ich, er wäre abgehauen.«

»Es war dunkel«, sagte Nicolas. Seine Stimme zitterte leicht. »Ich war auf den Weg zum Museumsparkplatz, wo ich Gilles treffen wollte. Er hatte darauf bestanden, mich zu sehen, aber wollte mir nicht sagen, worum es ging, außer dass es dringend wäre, angeblich das Wichtigste, worüber wir jemals sprechen würden. Er bat mich eindringlich, Claudine nicht zu sagen, wohin ich gehe oder mit wem ich mich treffe. Es klang ernst, also tat ich, worum er mich gebeten hatte. Ich kam auf dem Parkplatz an, doch da war keine Menschenseele. Ich konnte weder Gilles noch sein Auto oder den Lieferwagen der Galerie entdecken. Dann wurde ich plötzlich aufgehalten – von Scarpio. Er hatte eine Pistole. Er wollte mich erschießen. Aber zuerst verlangte er von mir, dass ich ein Echtheitszertifikat für eine Ikone ausstelle. Er wusste, dass ich es tun würde, und sei es nur, um mir eine Überlebenschance zu wahren. Ich hatte keine andere Wahl. Wir gingen gerade auf meine Werkstatt zu, als hinter uns Schritte zu hören waren.

Es war Gilles. Er schlug Scarpio mit etwas Schwerem nieder. Es war eine der Getriebestangen von der Pumpe am Kanal. Scarpio fuhr herum, und Gilles erblickte die Pistole. Da schlug er noch einmal zu, und ein Schuss löste sich. Der traf Scarpio ins Bein. Gilles schlug ihn ein letztes Mal, da ging Scarpio zu Boden.

Ich dachte, Scarpio wäre nur verletzt, nichts Lebensbedrohliches. Ich zitterte, sowohl wegen des Kampfes als auch wegen der Pistole. Gilles sagte mir, ich solle am Lieferwagen der Galerie auf ihn warten, jetzt wüsste ich ja selbst, wie ernst die Lage sei. Da folgte ich seiner Anweisung.

Irgendwann kam Gilles wieder zurück. Er war dreckig und schwitzte, hatte Scarpios Pistole bei sich und legte sie unter seinen Sitz. Er behauptete, er habe sich um Scarpio gekümmert, denn es sei nur eine Fleischwunde gewesen. Er habe ihm gesagt, er könnte entweder ins Krankenhaus fahren oder nach Hause gehen. In der Klinik würde man ihn zwar untersuchen, aber er müsse dafür das Risiko in Kauf nehmen, dass man ihm unangenehme Fragen stellt.

Danach erzählte Gilles mir, er habe ein Problem mit ›ein paar Russen‹ und gab alles über das Geschäft mit den Ikonen zu. Er schämte sich. Dann sagte er, sie wären hinter uns beiden her. Er wolle uns etwas Zeit verschaffen. Ich solle mich verstecken – und niemand durfte wissen, wo ich war; nicht einmal Claudine, zu ihrer eigenen Sicherheit. Gilles wollte später nach Paris reisen. Er beabsichtigte, dort mit einigen mächtigen russischen Kontakten zu sprechen, die uns hoffentlich Schutz bieten würden. In dieser Nacht sind wir dann noch nach Nizza gefahren. Gilles hat die Galerie geschlossen, und ich habe mein Lager im Tresorraum aufgeschlagen.«

Gemurmel erhob sich rund um den Tisch, als kollektiv der Atem ausgestoßen wurde.

Clémence beugte sich nach vorne zum Bürgermeister. »Hast du heute Morgen etwas von der Polizei erfahren? Sind sie davon überzeugt, dass Gilles Scarpio umgebracht hat, um Nic zu beschützen?«

»Davon gehe ich aus. Penny hörte gestern Abend, wie er das zugegeben hat, bevor …«

Im Geiste drängte Penelope die Erinnerung zurück, wie

Gilles rückwärts fiel. »Das hat er nicht verdient«, sagte sie schließlich.

»Nein, wirklich nicht«, stimmte Laurent zu.

Ein Schweigen voller gemischter Gefühle legte sich über den Raum.

Penelope runzelte die Stirn und wandte sich an Nicolas. »Übrigens, gehörten die Holztafeln, die in einem der Nebengebäude des Museums stehen, Ihnen, oder hat sie jemand anders dort abgelegt?«

»Die gehören mir«, sagte Nicolas. »Ich hatte sie gekauft, um damit einige Experimente durchzuführen, nachdem ich mehrere Ikonen gesehen hatte, die ich nicht beglaubigen konnte, und daher misstrauisch geworden war. Ich wollte selbst ausprobieren, wie das Holz die Farbe annimmt, wenn man beim Auftragen alte Pigmente verwendet.«

»Na dann«, sagte Clémence ganz aufgeregt, »Ich habe heute Morgen inoffiziell mit einem meiner Kontakte bei der Polizei gesprochen. Bei der Autopsie von Don Doncaster wurde ein unerklärlicher Einstich in eine seiner Venen festgestellt.«

»Ich wusste es!«, rief Penelope.

Alle sahen sie an.

»Anya hat Don getötet«, fuhr Penelope fort. »Und ich glaube, ich weiß, wie.« Sie erklärte ihnen Cams Ausführungen möglicher Methoden, jemanden zu töten, ohne Spuren zu hinterlassen.

Laurent musterte sie erstaunt. »Hast du das der Polizei gesagt?«

»Gestern Abend. Es war die einzig logische Erklärung – ich war ganz sicher. Ich wusste nur nicht, was sie ganz exakt getan hat.«

»Es kommt noch besser«, sagte Clémence. »An Scarpios

Körper wurden Spuren von Gilles de Bourdans DNA gefunden.«

»Gilles hat getan, was er konnte, um mich vor Anya und diesem hinterlistigen Alexis zu beschützen«, erwiderte Nicolas. »Er hatte viel zu spät begriffen, dass man Alexis auf ihn angesetzt hatte. Der hat für die Russen gearbeitet, die das Geschäft von den ursprünglichen russischen Gangstern in Nizza übernommen hatten. Anya war so eine Art Schläfer, die das illegale Kunstgeschäft aus der Nähe im Auge behalten sollte; erst für die alte Truppe, und dann für die neue.«

Penelope schluchzte, während sie an Gilles dachte. Sein Charme und seine Machenschaften. Er hatte Schlechtes getan, doch er hatte versucht, es so gut wie möglich wieder in Ordnung zu bringen. Clémence bemerkte ihr leichtes Zittern und legte ihr freundlich eine Hand auf die Schulter.

»Mach dir keine Vorwürfe, *chérie*. Gilles hat uns alle für sich eingenommen – na gut, außer dir, Laurent.«

Penelope nickte zurückhaltend. »Wie steht es um Nina? Die Polizei hat sie doch sicher noch einmal vernommen.«

»Es geht ihr gut. Sie steht nach den gestrigen Ereignissen unter Schock, genau wie du«, antwortete Laurent.

»Sie war nachmittags bei mir«, sagte Claudine.

»Das wollte ich sowieso noch fragen, weil sie so plötzlich auf der Klippe erschienen ist«, meinte Penelope.

»Nina ist echt verrückt, das steht mal fest. Aber sie meint es gut – meistens.« Damit sprach Claudine aus, was alle dachten. »Wie auch immer, sie kam um ungefähr halb vier zum Museum und verlangte, sofort mit mir zu sprechen. Sie wollte allerdings nichts sagen, bis wir das Gebäude verlassen hatten, oder besser gesagt mein Büro. Ich schlug ihr vor, dass wir zu mir nach Hause gehen, aber das war ihr ebenfalls nicht recht. Sie wollte raus auf das höhergelegene Museumsgelände. Ihr könnt euch vorstellen, dass mich das ziemlich beunruhigte, nach allem, was mit Scarpio passiert war. Aber sie war vollkommen damit einverstanden, dass ich Aline von der Rezeption Bescheid gab, wo ich hingehe, und wir vereinbarten, dass sie sagen solle, ich wäre in einer Besprechung, falls jemand nach mir fragte. Nina bestand sogar darauf, dass ich mein Mobiltelefon mitnahm, und wies Aline an, dass sie die Nummer regelmäßig anrufen sollte. Da war ich überzeugt, dass sie nicht vorhatte, mir etwas anzutun.«

»Das klingt sogar so, als wäre Nina selbst besorgt gewesen«, sagte Penelope.

»Oh ja, das war sie. Panisch würde ich sogar sagen. Wir haben es dann ja auch nur gerade noch so geschafft. Wir sahen Gilles auf den Parkplatz fahren und dann ins Gebäude gehen. Wenn ich allein in meinem Büro gewesen wäre …«

Claudine erschauderte. »Aber dazu kam es ja nicht, vielmehr sind wir beide, Nina und ich, den Pfad zwischen den Bäumen hinaufgegangen und haben uns währenddessen unterhalten. Don hatte sie schon vor Monaten davor gewarnt, dass Gilles und Scarpio ein paar krumme Dinger drehten, doch er wusste nicht genau, um was es dabei ging. Don und Nina verdankten Gilles beide sehr viel, daher entschieden sie sich, darüber hinwegzusehen. Don habe gemeint, es hätte ja nichts mit ihnen zu tun und die Kunstwelt bestünde sowieso aus Übertreibungen und Täuschungen.«

»Gut, wenn man sich seinen finanziellen Erfolg ansieht, wusste er ja aus erster Hand, wovon er da sprach«, stellte Clémence fest.

»Aber dann wurde Ninas Atelier angezündet«, nahm Claudine den Faden wieder auf. »Da wusste sie, dass sie auf der Abschussliste steht. Sie war gefangen zwischen der Polizei auf der einen Seite und den Leuten, die sie lieber tot sehen wollten, auf der anderen. Und sie hatte nicht viel Zeit, bis die Polizei feststellen würde, dass es nicht ihre Leiche in der Brandruine war. Aber sie wollte tun, was sie konnte, um mich zu warnen. Außerdem brauchte sie einen Beweis für all die Fälschungen. Und dafür, warum sie angefertigt wurden. Sie wollte herausfinden, welche Schuld Gilles wirklich auf sich geladen hatte.«

»Gilles bestand darauf, dass sie gefährlich wäre«, sagte Penelope. »Aber inzwischen glaube ich, er hielt sie eher nur für einen unberechenbaren Faktor, der ungewollt die gesamte Aufmerksamkeit auf die Galerie in Nizza lenken und damit Nicolas' Versteck preisgeben würde.«

»Das wäre sehr gut möglich«, pflichtete Claudine bei. »Weil sie ja hier – genau in diesem Haus! – einen Durchbruch erzielt hatte, mit dem sie überhaupt nicht gerechnet hatte.«

»Heilige Scheiße, meine Hundeikone«, fiel Frankie ihr ins Wort.

Claudine zog eine Grimasse. »Ich weiß nichts von einem Hund, aber sie hat eine Ikone gesehen, die mit Acrylfarbe übermalt worden war. Dann haben Sie ihr erzählt, dass sie Ihnen als ein Doncaster verkauft worden war. Nina meinte, nachdem sie hier gewesen war, entschied sie sich, nach Goult zu fahren, denn dort, so glaubte sie, würde sie die einzige Person finden, die ihr helfen könnte.«

»Fenella«, sagte Clémence.

Penelope setzte sich auf. »Aber Fenella war natürlich nicht dort.«

»Wir wissen, warum«, ergänzte Laurent düster.

In der folgenden Pause dachten sie alle an die arme Fenella, das dritte Opfer, von dem beinahe gar nicht gesprochen wurde.

»Nina hatte sich davongemacht, so schnell sie konnte, und

Anya hat die Falsche getötet, als sie Ninas Atelier anzündete. Und so konnte es dann zu dem Auftritt kommen, als Anya und Alexis Gilles und Penelope an den Rand der Klippe getrieben hatten«, durchbrach Claudine das Schweigen. »Also, Nina und ich warten da oben zwischen den Bäumen. Wir sehen, wie Gilles ankommt, und danach Penny. Wir warten in sicherer Entfernung ab. Dann kommen zwei weitere Leute. Es sind Anya und Alexis aus der Galerie. In diesem Moment hat Nina mich angewiesen, die Polizei anzurufen und denen alles zu erzählen. Ihr wisst ja noch, dass sie darauf bestanden hatte, dass ich mein Handy mitnehme. Bei ihrem Telefon war der Akku leer. Wir hatten uns entschieden, uns so lange nicht vom Fleck zu rühren, bis die Polizei eingetroffen war.« Claudine machte eine dramatische Pause. »Es hat einige Zeit gedauert. Dann hörten wir Stimmen. Gilles kam denselben Pfad hinauf, und zwar mit noch jemandem. Eine Frauenstimme, die Englisch sprach. Da konnte es sich nur um eine handeln!«

Penelope warf die Handflächen in die Höhe.

»Nina sagte, ich sollte bleiben, wo ich war, während sie Sie beide hinauf zum Rand der Klippe verfolgte. Sie rechnete damit, dass die Polizei jeden Moment eintreffen würde.«

»Ich hatte sie ebenfalls alarmiert«, ergänzte Frankie. »Und zwar sofort, nachdem Penelope nach Roussillon aufgebrochen war. Wir wollten der Polizei mitteilen, dass Nina noch am Leben war und es nicht ihre Leiche sein konnte, die nach dem Brand entdeckt worden war. Ich sagte den Beamten, wohin Penelope gefahren war und dass sich Claudine möglicherweise in Gefahr befand. Dass das alles irgendwie zusammenhing …«

»Das würde den Hubschrauber erklären«, meinte Claudine. »Die Polizei ging zweifelsohne davon aus, dass es ein größerer Einsatz werden könnte.«

»Könnte schon sein, dass ich ein wenig übertrieben habe«, gab Frankie zu. »Aber wenn deine älteste, beste, nervigste Freundin in so etwas verwickelt ist, willst du kein Risiko mehr eingehen.«

»Hey! Wenn du ehrlich bist, bist du doch die Nervigere von uns beiden«, brummte Penelope und sah Frankie mit hochgezogenen Augenbrauen an.

»Der Anruf hat auf jeden Fall sein Ziel erreicht«, sagte Claudine. »Denn er hat dazu geführt, dass die Polizei den von uns ernst genommen hat.«

»Wie sind Sie darauf gekommen, in Nizza nach Nicolas zu suchen, Laurent?«, wollte Penelope wissen. »Bis zum Ende hat Gilles sich geweigert, zu verraten, wo er ist.«

Laurent fuhr sich mit der Hand durch seine Haare. »Es scheint so, dass Gilles geahnt hat, dass es für ihn nicht gut ausgehen würde und er die Konfrontation vielleicht nicht überlebt. Die Polizei in Nizza hat einen anonymen Anruf erhalten. Sie sollten sich den Tresorraum in der Galerie Bourdan ansehen. Der Anruf konnte zur Galerie in Avignon zurückverfolgt werden. Die Galerie in Nizza war ja bereits ›über die Weihnachtsfeiertage‹ geschlossen.«

Dann endlich genehmigten sie alle sich ein trostspendendes Mandelcroissant, sogar Clémence.

37

»Hast du das da draußen gesehen, Pen? Es ist wunderschön!«

Der Garten war in Weiß gehüllt und der Grand Luberon von Zuckerguss überzogen, die Falten und Grate von über Nacht frisch gefallenem Schnee geglättet.

»Wie aufregend!« Penelope war in alberner Stimmung. *»A nice day for a …«*

»… white wedding«, sang Frankie, traf dabei jedoch nicht ganz den Ton.

»Wer hätte gedacht, dass wir nach über dreißig Jahren immer noch Billy Idol zitieren, und das in einem Bauernhaus in der Provence?« Penelope lachte.

»Aber es passt so schön. Der erste Schnee der Saison an dem Tag, an dem Pierre und Mariette sich das Ja-Wort geben werden. Das ist doch fast wie im Film.«

»Das stimmt, und dazu gibt es noch eine Menge Arbeit, bis wir zur *Mairie* aufbrechen können.«

Penelope absolvierte noch ein paar leichte Übungen (Frankie entschuldigte sich vom Zumba-Kurs mit der Begründung, sie wäre im Urlaub), dann wusch und föhnte sie ihr Haar. Sie nahm das Kleid, das sie zu tragen gedachte, aus dem Kleiderschrank – ein wollenes rosarotes Wickelkleid von Bombshell, das ihrer schmalen Taille schmeichelte – und stellte die schwarzen Stiefel bereit, zu denen das Wetter sie zwang. Danach begann sie mit der schmerzhaften Aufgabe, ihr Gesicht zurechtzumachen. Es sah zwar nicht mehr ganz so schrecklich aus wie am Anfang, aber nach jetzt mehr als einer Woche waren der Schnitt auf ihrer Wange und die grünlich verfärbten Überreste des blauen Auges immer noch sichtbar. Sie verfluchte Alexis noch einmal dafür und versuchte es mit viel Grundierung, damit man es nicht mehr sehen konnte.

»Ich sehe immer noch aus wie der Elefantenmann, Frankie!«

Die sinnierte gerade über das knöchellange, wie eine Schlangenhaut gemusterte Lamé-Kleid, das sie für die Feier gekauft hatte. »Das ist etwas viel für einen Morgen in der *Mairie*, sogar für mich. Aber heute Abend trage ich es auf jeden verdammten Fall.« Sie kam zu Penelope und begutachtete ihr Gesicht. »Man müsste schon sehr nah herangehen, um etwas Ungewöhnliches zu sehen, Pen. Wenn du also nicht gerade etwas mit Laurent planst, wird das schon gut sein.«

Penelope fühlte, wie sie tief unter den Schichten des Makeups errötete.

Frankie schaute aus dem Fenster. »Ich bin froh, dass du einen Allradantrieb hast, Pen. Es schneit wieder. Es wird immer dichter.«

Die taumelnden Flocken, die an diesem Morgen so elegant heruntergeflogen waren, glichen inzwischen wirbelnden Wattebällchen.

»Irgendwie ist es eine Schande, Frankie. Pierre hat seit Wochen seinen preisgekrönten Traktor für heute poliert – er wollte damit an der *Mairie* vorfahren. Ich bin nicht sicher, ob er das immer noch will.«

Sie schaute aus den zugeschneiten Fenstern. *Es fühlt sich wirklich an, als wäre bald Weihnachten,* dachte Penelope.

St Merlots Marktplatz war komplett zugeparkt. Es sah ganz so aus, als wäre nahezu das ganze Dorf für die Hochzeitszeremonie in die *Mairie* eingeladen.

Der Raum war so voll, dass sich bereits ein tropisches Raumklima entwickelt hatte. Penelope und Frankie schlüpften auf zwei Plätze ganz hinten.

In dem Moment eilte Monique herein und reckte die Daumen nach oben. Mariette war eingetroffen; sie trug ein wunderschönes dunkelblaues Kleid mit passendem Blazer und einer weißen Rose am Revers. Sie und Pierre schritten durch die Reihen zum Tisch nach vorne, wo Laurent sie bereits erwartete, um den offiziellen Teil durchzuführen. Nach einem wilden Jubel wurde es im Raum still.

Die Zeremonie war gnädigerweise kurz. Nachdem das frisch vermählte Paar den Raum unter lautem Applaus und viel Schulterklopfen verlassen hatte, sammelten sie sich alle draußen, um für Fotos zu posieren und Konfetti unter die Schneeflocken zu mischen.

»*Bonjour*, Penny. Ist das nicht romantisch?«

Sie fuhr erschrocken herum und sah in Laurents lächelndes Gesicht. Sie wurde rot, wollte so tun, als würde sie nicht rot werden, und wurde dann noch etwas dunkler, als sie versuchte, ihm ihr unverletztes Auge zuzuwenden. »Es ist ganz entzückend.«

»Hast du übrigens heute Morgen *La Provence* gelesen?«

»Nein, warum?«

»Unser lieber Freund Reyssens, *Monsieur le Chef de Police*, hat eine Auszeichnung erhalten. Dafür, dass er ganz allein die Fälle um die ermordeten Künstler aufgeklärt und noch dazu ein Netzwerk aus russischen Kunstfälschern ausgehoben hat. Allein und ohne jegliche fremde Hilfe!«

»Was für ein bemerkenswerter Mann«, meinte Penelope.

»Ich habe mich gefragt, ob du heute Lust auf ein Abendessen hättest – um seinen Erfolg zu feiern …?«

Sie lachten beide.

»Ach, das wäre schön, endlich!«

»Prima. Dann gehen wir nach dem Empfang heute Abend zum …«

Er konnte den Satz nicht beenden, da Pierre Louchard winkte und um Aufmerksamkeit bat. Die Menge verstummte.

»Mesdames, Messieurs, jetzt sind wir verheiratet …« Das rief einige Jubelrufe und scherzhafte Zwischenbemerkungen hervor. »Jetzt sind wir verheiratet, und meine Frau und ich …« Weiterer Jubel. »Meine Frau und ich erwarten euch heute Abend um sechs Uhr in der *Prieuré*. Dort wird in der Kapelle ein Segen gesprochen, und anschließend gibt es *vin d'honneur*.« Besonders lauter Jubel, der vor allem von der *Pétanque*-Mannschaft herrührte, schallte über den Platz.

»Soll ich dann für halb neun einen Tisch im *Le Carillon* in Goult reservieren?«, fuhr Laurent unbeirrt fort.

»Das klingt perfekt«, erwiderte Penelope. »Ich muss mich jetzt vorbereiten.«

»Vorbereiten, Penny? Du wirst doch nicht so lange brauchen, um dich für ein Abendessen mit mir fertig zu machen!«

Penelope lachte. »Laurent, hier geht es nicht um das Abendessen. Wir haben eine Überraschung für Pierre, und zum allerersten Mal weiß ich darüber mehr als du!« Damit wandte sie sich ab und ging zielstrebig zu ihrem Auto. Sie hielt unterwegs nur kurz an, um Frankie mitten aus einem lärmenden Mob herauszuziehen, der hauptsächlich aus der *Pétanque*-Mannschaft von St Merlot bestand, die offensichtlich sehr schnell Vertrauen zu ihr aufgebaut hatte.

»Warte, Pen, ich komme gerade zu dem Punkt, an dem der saudische Scheich … Du weißt schon, als der Schniedel stecken blieb.«

Penelope drehte ihre Freundin in Richtung Auto und gab ihr einen kleinen Schubs. »Ich bin mir nicht sicher, ob St Merlot schon für deine Moulin-Rouge-Geschichten bereit ist, Frankie.«

Sie ließen es sich den Nachmittag über gut gehen. Penelope übte auf ihrem Cello das Lied, das Mariette singen würde. Sie führte den Bogen über die Saiten und stellte sich dabei im Geiste die ineinander verwobenen Kontrapunkte von Mariettes Stimme und Moniques Geige vor, während sie das Stück durchspielte. Es war eine Bearbeitung ihres Lieblingsliedes von Fauré, *Après un Rêve*.

»In einem Schlaf, der dein Bild herbeizauberte, träumte ich vom Glück.«

Die ersten Zeilen des Gedichtes von Bussine hatten sie immer schon zutiefst berührt. Aber dieses Mal, als sie an den langen Alptraum dachte, den Pierre und Mariette durchgemacht hatten, bis das Schicksal sie wieder zusammenführte, tropfte eine Träne von ihrer Wange auf das sanfte braune Holz ihres Instruments.

Frankie applaudierte vom Sofa aus, kaum dass sich die letzten Töne in die Luft erhoben hatten.

»Du hast schon einen sehr weichen Kern, meine Liebe!«

Trauer schwappte wie eine Woge über Penelope hinweg. Sie dachte an Don und Gilles, an das, was Nicolas durchgemacht hatte, an Ninas Tapferkeit und wie falsch sie sie eingeschätzt hatte. Sie spürte Frankies sanfte Umarmung und wie ihr Kopf an diesen nicht unbeträchtlichen Busen gezogen wurde.

»Wie ich schon sagte, ein bisschen weich – aber genau dafür lieben wir dich.«

Penelope ließ alles heraus, setzte sich dann auf und wischte sich über die Augen. Sie fühlte sich mit einem Mal leichter.

Die rote Sonne stand gerade noch über den Hügeln in der Ferne, während sich die Dämmerung über St Merlot ausbreitete. Für den Augenblick wurde die verschneite Landschaft in Rosa getaucht. Penelope packte das Cello und ihrer beiden Schuhe ins Auto und ging dann nach oben, um ein anderes beerenfarbenes Kleid anzuziehen, dieses Mal ein Maxikleid mit einem langen Wickelrock aus Seidenkrepp.

Frankie erschien in diesem bronzefarbenen Etwas mit Schlangenhautmuster, mit dem so manche zierlichere Frau nicht durchgekommen wäre, das aber an ihr in vollem Umfang ein Monument des Selbstbewusstseins darstellte. Sie krönte es mit dem Leoparden-Kunstfellmantel, und beide zogen sich Gummistiefel für die kurze Reise in die Priorei jenseits des Dorfkerns von St Merlot an.

Durch das mit Flechten überwachsene Portal der *Prieuré des Gentilles Merlotiennes* funkelten strahlend weiße Lichter entlang der Allee mit den kahlen Platanen, die sich wie Skeletthände in den Himmel reckten. Neben dem ehrwürdigen Tor der *Prieuré* stand ein riesiger Weihnachtsbaum, an dem Laternen und goldene Netze voller Lavendel hingen.

Frankie war wie verzaubert. »Hier geht es nach Narnia!«

Sie kicherten und fuhren auf Anweisung von Mariette hinter das Gebäude. Ein junges Mädchen nahm dort das Cello in Empfang. Dann fuhren sie weiter zum Parkplatz und gingen bis zum großen Tor.

Altarkerzen erhellten die Eingangshalle und den Weg zur

Kapelle auf der einen Seite und zu einem mit Kiefernzweigen und roten Rosen geschmückten Raum auf der anderen.

Jemand klopfte Penelope auf die Schulter.

»Monique! *Bonsoir!*«, rief sie. Sie alle tauschten zum zweiten Mal an diesem Tag Küsse aus.

»Wir haben dein Cello dort in den Raum gestellt«, flüsterte Monique ihr zu. »Sobald Pierre in der Kapelle ist, werde ich es herausholen und im Empfangsraum hinter dem Sichtschirm verstecken.«

Bald wurde aus den vereinzelt eintreffenden Gästen ein steter Strom, und die Lautstärke der Gespräche nahm zu. Penelope und Frankie sicherten sich rasch zwei Plätze in der Kapelle. Von einem Gesteck aus roten Rosen und Tannenzweigen abgesehen gab es dort keine Hochzeitsdekoration. Eine Gewölbedecke erhob sich über den blanken Steinwänden.

»Ich liebe Männer in Uniform, Pen!«

Penelope drehte sich um und sah Pierre Louchard in der vollständigen Gardeuniform eines Hauptmanns der französischen Fremdenlegion vor sich. Er schritt mit stolz gereckten Schultern den Mittelgang hinab und nahm seinen Platz ganz vorne am Altar ein.

Dann, als sie sich nach der Braut umsah, setzte ihr Herz einen Schlag aus. In der Tür erschien Clémence Arm in Arm mit einem distinguiert aussehenden Mann mit angegrautem schwarzen Haar in einem dunklen Anzug, auf dem reihenweise Medaillen an der Brust prangten. Könnte das möglicherweise der geheimnisvolle Monsieur Valencourt sein? Sie spürte prickelnde Vorfreude, bald ein weiteres Rätsel auflösen zu können. *Aber zuerst die Zeremonie.*

Mariette erschien in einem umwerfenden, cremefarbenen, knielangen Kleid mit dezentem Ausschnitt. In der Hand hielt sie einen Strauß roter Rosen. Sie nahm den Arm von Benoît, und beide schritten feierlich auf den Bräutigam zu.

Champagnerkorken knallten. Gefüllte Gläser auf silbernen Tabletts warteten auf die Gäste, die nun den Empfangsraum des Weihnachtswunderlandes betraten. Noch mehr Laternen, in denen Kerzen flackerten, inmitten von roten Rosen, Kiefernzweigen und Efeuranken. Als alle ein Glas in der Hand hielten, läutete Laurent eine Glocke und bat um Ruhe. »Und nun, meine Freundinnen und Freunde, begrüßen wir unser glückliches Paar mit einem *coupe de Champagne*. Alles Gute, liebe Mariette und lieber Pierre!«

Die Dorfbewohner riefen laut ihre Segenswünsche und erhoben die Gläser.

»Danke sehr, mein Lieber.« Pierre war sichtlich bewegt. »Wir danken euch, dass ihr an diesem wunderbaren Tag hier seid und mit uns feiert, in diesem wunderbaren alten Gebäude, in diesem wunderbaren Dorf!«

Er wischte sich eine Träne ab, während die Menge zustimmend jubelte.

Frankie wandte sich an Penelope. »Ab mit dir. Ich heb dir ein *coupe* auf!«

Penelope zwinkerte Monique zu, die sich ebenfalls unauffällig hinter den Sichtschirm bewegte. Diesmal war es Mariette, die um Aufmerksamkeit bat.

»Pierre. Mein Ehemann Pierre.«

Noch mehr Jubel.

Mariette schaute zu Boden und musste einen Moment innehalten, dann reckte sie entschlossen ihr hübsches Gesicht ins Licht. »Ich hätte nie gedacht, dass ich das einmal sagen würde. Aber jetzt ist mein Herz so voller Freude, und das ist für dich, Pierre.«

Sie ging hinüber zum Sichtschirm. Zwei Kellner zogen ihn geschickt zur Seite, um Monique und Penelope zu präsentieren, die mit ihren Instrumenten bereit saßen. Ein überraschtes Raunen ging durch die Menge und verstummte schnell wieder. Die beiden Musikerinnen zogen ihre Bögen über die Saiten, um sich auf die Melodie einzustimmen, zunächst leise, dann lauter und eindringlicher. Alle hielten inne, als Mariettes volle, honigsüße Mezzosopran-Stimme den Saal erfüllte.

»Dans un sommeil que charmait ton image
Je rêvais le bonheur ardent mirage …«

Es war kein langes Stück. Aber nachdem der letzte Ton sich erhoben hatte und langsam verklang, erfüllte eine intensive Stille die Luft und wurde nur von gelegentlichem Rascheln unterbrochen, als viele Tücher gleichzeitig aus Hosen- und Handtaschen gezogen wurden. Sogar Frankie hatte einen verschleierten Blick, als Mariette zu ihrem neuen Ehemann ging und ihm einen innigen Kuss gab.

Laurent hob erneut sein Glas. »Dem glücklichen Brautpaar!«

Braut und Bräutigam küssten sich lange und innig.

Freundliches Lachen erhob sich in die Luft, und allmählich setzte Geplauder ein. Penelope sah, dass Laurent sich in ihre Richtung bewegte, und wurde ganz aufgeregt. *Lasst den Countdown für das* diner à deux *endlich beginnen,* dachte sie. Das Restaurant, das er gewählt hatte, war ruhig und romantisch, die perfekte Wahl nach einem Tag voller Emotionen.

»Penny, ich muss einige der anderen Gäste begrüßen, aber ich hoffe, dass halb neun bei dir immer noch passt.«

»Das passt mir sehr gut, genau richtig«, antwortete sie. Sie erschauderte voller Vorfreude. Sie setzte gerade an, um ihn zu fragen, ob sie gemeinsam in einem Auto fahren würden, als sie einen kräftigen Schlag in die Rippen spürte.

»Warte mal, Pen – was mache ich denn zum Abendessen?«

»An deiner Stelle würde ich es mit der *Pétanque*-Mannschaft versuchen, Frankie!«, sagte Penelope geistesabwesend. Sie hatte die vornehme Gestalt von Monsieur Valencourt entdeckt, der am anderen Ende des Raumes stand und telefonierte. Verzweifelt dachte sie darüber nach, wie sie dorthin gelangen konnte, ohne dass es allzu offensichtlich wirkte.

»Penny! Eine weitere musikalische Köstlichkeit – was für ein Moment! Und wie wunderbar, Mariette wieder singen zu hören.« In dem allgemeinen Lärm hatte sie das übliche Klackern von Clémences Absätzen gar nicht bemerkt. Sie tauschten Küsse aus, und Penelope dachte krampfhaft über etwas Unverfängliches nach, mit dem sie das Gespräch beginnen könnte. Aber es gelang ihr nicht.

»Clémence, ist das dein Mann da drüben?«

»*Oui*, Penny. Soll ich ihn dir vorstellen?«

»Es wäre mir eine Ehre!«

»Warte auf mich, Pen! Ich muss nur etwas nachschenken, dann bin ich …«

Aber Penelope stürmte bereits auf die Ecke zu, an der Monsieur Valencourt gestanden hatte.

Er war nicht mehr da.

Penelope suchte mit den Augen den Saal und den Zugang vor der Tür ab, aber sie entdeckte keine Spur von ihm. Clémence blieb stehen und zog das Telefon aus ihrer Chanel-Handtasche.

»*Zut alors!*«

»Was ist los, Clémence?«

»Eine Nachricht von Thibault. Er musste umgehend aufbrechen und hat das Auto genommen. Wie blöd. Ich hatte mich darauf gefreut, ihn dir vorzustellen. Jetzt müssen wir wieder damit warten, bis er zurückkehrt.«

»Ist er für länger fort?«

»Einige Zeit, denke ich. Das ist meistens so.«

»Wohin denn?«

»Nach Paris.«

»Paris?«, wiederholte Penelope. »Das kommt ein wenig plötzlich, findest du nicht?« Ihre eigentlichen Gedanken waren wesentlich ungnädiger, sowohl im Namen von Clémence als auch im Namen ihrer unbefriedigten Neugier. Aber diese mürrische Laune verflog sofort wieder. Immerhin würde sie gleich mit Laurent zu einem gemeinsamen Abend aufbrechen.

Wie aufs Stichwort läutete die Uhr im Saal – laut Pierre zum ersten Mal seit vielen Jahren wieder – ein elegantes Glockenspiel schlug halb acht, und Laurent materialisierte sich neben Penelope. Er beugte sich vor und flüsterte ihr ins Ohr.

»Wir müssen uns nur noch Pierres Rede anhören, die zweifellos zu lang und voller philosophischer Ausschweifungen sein wird. Dann können wir gehen.«

»Ich dachte, die hätte er schon gehalten.«

»Nein, das war nur die Begrüßung.«

Penelope lächelte und bereitete sich innerlich darauf vor, als Pierre sich auf den Weg machte und nahe dem Durchgang Aufstellung nahm. Laurent und Benoît baten abermals um Ruhe.

»Mesdames, Messieurs, ich wollte heute Abend eine Rede halten. Aber Mariette hat mit ihrer wunderbaren Überraschung bereits alles gesagt. Doch nun möchte ich euch überraschen! Ihr seid alle zu einem Hochzeitsessen im Refektorium eingeladen, das nun zum ersten Mal seit mehr als sechzig Jahren wieder benutzt wird.«

Er streckte die Arme weit aus, und wie von Zauberhand

öffneten sich die großen Holztüren jenseits der Empfangshalle zum Refektorium.

»Lieber Gott, wir sind in Hogwarts!«, entfuhr es Frankie.

Die Gäste strömten hinein und sahen sich vor langen Tischreihen, die von Kerzen beleuchtet wurden. Die Wände waren mit Stechpalmen, weiteren Kiefernzweigen und Rosen geschmückt. Am Ende, an einem Tisch, der im rechten Winkel zu den anderen stand, warteten Köche mit weißen Hauben über dampfenden Speisenplatten. Die Menge brauchte keine weitere Aufforderung, um sich ihre Plätze zu suchen, während Pierre und seine Frau in inniger Umarmung zurückblieben.

Penelopes Herz schien einen Schlag auszusetzen.

Sie blickte Laurent an, der im Kerzenlicht umwerfend gut aussah. Als die Erkenntnis in Enttäuschung umschlug, ließ sie die Bilder ein letztes Mal in ihrem Kopf ablaufen, als versuchte sie, nach dem Erwachen einen schönen Traum zu verlängern: die Vorstellung, wie sie beim intimen Abendessen im Restaurant in Goult saßen, die Möglichkeit, einander etwas besser zu verstehen (niemals hätte sie gewagt, auf mehr zu hoffen). Laurent sah sie an. Es war ein denkwürdiger Moment.

Ein Moment, der durch Frankies Stimme vollständig ruiniert wurde, die durch den Raum hallte: »Damit ist Pens Abend versaut!«

Penelope fühlte die Hitze in ihre Wangen steigen, aber dann begann sie zu lachen.

»Vielleicht nächste Woche, Penny«, sagte Laurent und zwinkerte ihr kaum merklich zu.

»Dann muss es ein guter Vorsatz fürs neue Jahr werden«, antwortete sie. »Ich fahre über Weihnachten nach England, um mit der Familie zu feiern.«

»Dann ist das unsere gute Reservierung fürs neue Jahr!«

Und damit war er inmitten der Menge, die ins Refektorium strömte, verschwunden.

»Wieder kein Abendessen mit Laurent. Was für ein Pech.« Wie aus dem Nichts tauchte Clémence neben ihr auf.

»C'est la vie.« Penelope hakte sich bei der Französin unter. »Ich liebe Herausforderungen.«

Danksagung

Croissants und Rosé für alle, die Penelope Kite auch bei ihrem zweiten Abenteuer die Treue hielten. Die Bücher begannen als großer Spaß, der von Anfang an voller Begeisterung von unseren Literaturagentinnen Stephanie Cabot und Araminta Whitley in New York und London begleitet wurde. Wir schätzen uns unglaublich glücklich, dass die beiden uns betreuen.

Ebenso stellt es eine anhaltende Freude dar, mit unserer Lektorin Jennifer Barth und ihrer unbeirrbaren Wertschätzung des britischen Humors zusammenzuarbeiten, sowie die Unterstützung des Verlegers und Präsidenten von Harper, Jonathan Burnham, genießen zu dürfen. Ein herzlicher Dank geht an alle Menschen im Verlagshaus Harper, besonders an Sarah Ried, Yvette Grant, Jamie Kerner und Joanne O'Neill. Und an Emily VanDerwerken und Megan Looney, die einen fantastischen Job gemacht haben, uns in den Medien zu vertreten.

Wir möchten auch allen Bibliotheken danken, die *Tod in Saint Merlot* angeschafft haben, sowie all den wunderbaren Instagrammern, die mit so viel Enthusiasmus Postings über unser Buch verfassten.

Hinter den pittoresken Fassaden von Saint Merlot lauert die Verderbnis

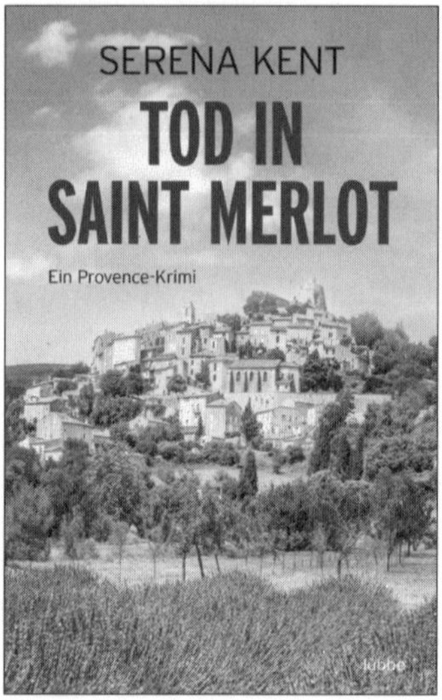

Serena Kent
TOD IN SAINT MERLOT
Ein Provence-Krimi
Aus dem Englischen
von Linda Budinger,
Alexander Lohmann
400 Seiten
ISBN 978-3-404-17990-9

Bei einem Urlaub in der Provence verliebt sich die Britin Penelope Kite in einen alten Bauernhof. Kurzerhand erwirbt die Frührentnerin das Gehöft und zieht um. Doch kaum angekommen, erlebt sie den Schreck ihres Lebens: Im Swimmingpool schwimmt eine Leiche! Es ist Manuel Avore, der ehemalige Besitzer des Hofes, der diesen wegen Spielschulden verkaufen musste. Die Polizei geht von einem Unfall aus, doch Penelope ist sich da nicht so sicher. Sie beginnt auf eigene Faust zu ermitteln …

»Wer könnte einem Urlaub in der Provence widerstehen?« NYT BOOK REVIEW

Lübbe

Die Sonne geht auch über Leichen auf …

Isabella Esteban
TÖDLICHES SPIEL
IN BARCELONA
Comissari Soler ermittelt

400 Seiten
ISBN 978-3-404-18330-2

Frühmorgens im berühmten Park Güell in Barcelona: Still sitzt ein Mann auf der Bank, ihm zur Seite sein treuer Hund. Doch die Idylle trügt, der Mann ist tot, gestorben an der Überdosis eines Betäubungsmittels. War es Selbstmord oder Mord? Comissari Jaume Soler übernimmt die Ermittlungen, und schon kurze Zeit später taucht in einem anderen Park eine zweite Leiche auf. Wieder war Betäubungsmittel im Spiel. Eine weitere Übereinstimmung scheint es nicht zu geben. Zufall, oder hat Comissari Soler es mit einer Mordserie zu tun? Eine Frage, die sich auch seine Schwester Montse stellt und ihm mit eigenen Nachforschungen dazwischenfunkt …